短歌文法辞典

新装版

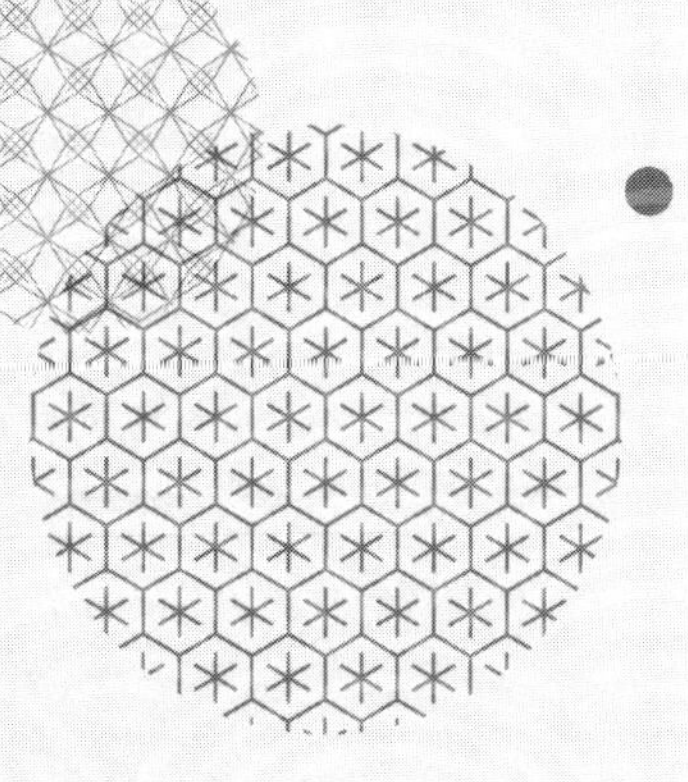

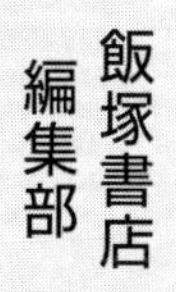

飯塚書店編集部

新装版発行にあたり

『短歌文法辞典』の旧版が出版されてからすでに六〇年余になります。その後、新版として一九八五年に大幅に改定増補し、以来度々の増刷を重ねてまいりました。

この度、多くの愛用者の要望に応え、内容は従前を変えることなく、より手軽な造本の「新装版」として発行いたします。

時代の流れとともに短歌のスタイルも変わり、近年は口語、カタカナ語、ローマ字からネット用語に至るまであらゆる語句を作品に組み入れ、百花繚乱の様相を呈しております。とはいえ、日本の伝統文化である和歌より引き継がれた近代短歌の読解、鑑賞に文語文法の知識、理解は欠かすことができません。さらには短詩形文学の核心でもある韻律と文語との相性の良さを切り離しては秀歌の誕生は覚束ないこと自明です。現代短歌にも口語と文語の混じりあっている作品が多いことの証左でもあります。

本書により正しい文語を理解されることを願います。なお、より体系的な解説書である小社刊、『短歌文法入門 改訂新版』の併読を推奨いたします。

二〇二一年九月

飯塚書店編集部

凡例

本書の編集について

本書は、半世紀以上にわたり歌人の座右の書として愛用された旧版を、全面的に改訂して、より時代に即応し、文語文法の正しい知識と歌語の誤りない使用法が修得されるよう編集した。新版は見出し語八六八語、引例歌二八四〇首を収録し、旧版と比べて倍増した。

Ⅰ　配列法と表現法

① 一〇品詞に、接頭語・接尾語・枕詞・連語の四語を加えて、一四の大項目とした。
② 見出し語は、太字の平がなを用いて文語で表示し（　）内に漢字を表記した。
③ 見出し語は、終止形を用いて、語幹と語尾の間は「・」で区切った。複合語は語間を「-」で区切った。（語幹と語尾の区別のないものは・を付けない）
④ 見出し語の配列は、五十音順とした。

Ⅱ　内容

① 品詞と語の文法上の性質、種類、用法は各品詞と語の大項目の初めに説明した。見出

し語の語意は、古語より現代までの解釈を、意味別に①②③の数字を付して説明した。引例歌に付した①②③と対照して、語の意味及び引例歌の内容が理解できる。

② 引例歌の配列は語意順にした。但し活用する動詞、形容詞、形容動詞、助動詞は終止形を前に、あとは未然形、連用形、連体形、已然形、命令形の順に配列した。

③ 引例歌中の太字は見出し語に当たる部分で、活用するものは活用語尾まで太字にした。

④ 巻末に、文語動詞・文語形容詞・文語形容動詞・文語助動詞の活用表を付し、他の語との接続や、意味によって、六つの形に正しく活用させて用いる方法が理解できるようにした。（六つの活用形については、動詞の項目の初めに詳細説明してある）

⑤ 巻末に、文語助詞一覧表を付し、他の語にどのように付いて、どのような働きをするかが理解できるようにした。（繰りかえし読んで覚えて欲しい）

⑥ 巻末に、見出し語索引を付して、品詞・語（大項目）がわからなくても、調べたい語のページが簡単に引けるようにした。

Ⅲ 略 語

① 見出し語の下の（　）内の略語は、各品詞の項目の初めに説明してある。

② 活用形の略語は動詞の項目の初めに説明してある。

短歌文法辞典　新装版＊目次

本書使用の前に

本書を読まれる初心者のために、文語文法の、きまりと、修得する方法の要点を簡略に述べます。

本書を効果的に利用するためには、まず凡例を読んでください。次に文法の基礎になる単語の所属品詞を判断できるようにしてください。文語活用表と助詞一覧表とを繰り返し参照して理解してください。

ことばと品詞

品詞とは、ことば（単語）を文法的性質によって分類したものです。その説明は各品詞の巻頭に所載してあるので先に読んでください。品詞は一〇種類あります。

①新しき地図を買ひ来て夜ごと読む**いづへ**の海に行きて眠らむ　（代名詞六四頁所載）　土屋　文明

②やさしみてわれは思へど否（いな）みつつ**しかも**容れつつ人のこころは　（接続詞七三頁所載）　岡井　隆

③煮あがりし飯（いひ）の面（おもて）の白ほむら**あな**飲食（おんじき）の者を遠ざくあり　（感動詞七六頁所載）　安永　蕗子

④硝子戸（がらすど）に風の音する折ふしを**いたく**やさしと思ふことあり　（副詞一一〇頁所載）　佐藤佐太郎

⑤やまばと　の　**とよもす**　やど　の　しづもり　に　なれ　は　も　ゆく　か　ねむる　ごとく　に　（動詞一八〇頁所載）　会津　八一

⑥深梅雨（ふかつゆ）は夜を**したたかに**ふるさとの従兄弟（いとこ）の家を包みつつ降る　（形容動詞二三三頁所載）　宮　柊二

右の他に①の「新しき」が形容詞、「を」「て」「の」「に」が助詞、「む」が助動詞、それと連体詞です。

⑤は単語と単語との間をあけて作っている短歌です。「やまばと」「やど」「しづもり」「なれ」が名詞（代名詞も含む）に、「とよもす」「ゆく」「ねむる」が動詞に、「の」「に」「は」「も」「か」「に」が助詞に、「ごとく」が助動詞に属します。ひらがな書きのため一見して意味がわかりにくいので、助詞・助動詞（—印）を上の単語の下に付けてくぎった「文節」にします。

やまばとの|　とよもす　やどの|　しづもりに|　なれは|

も　ゆくか　ねむるごとくに

これで、ずっとわかりよくなったと思います。

主語と述語と修飾語

次に主語と述語を確認して、短歌の意味を調べてみます。主語は「なれはも」、述語は「ゆくか」です。上から順番に文節を見ると、「やまばとの」は「とよもす」に連なり、「とよもす」は「やどの」に連なり、「やどの」は「しづもりに」に連なり、「しづもりに」は一文節とんで「ゆくか」に連なり、「なれはも（汝はも）」は「ゆくか」に連なり、「ねむるごとくに」は倒置法で上の「ゆくか」に連なっています。

これにより主語文節は述語文節と関係し、その他も修飾語として文節と文節とが修飾・被修飾の関係になっていることがわかります。「やまばとの」は動詞「とよもす」を修飾するので連用修飾語、「とよもす」は名詞「やど」を修飾するので連体修飾語と言います。つまり名詞（体言）を基礎にした文節に連なる文節は連体修飾語、動詞・形容詞・形容動詞（用言）を基礎にした文節に連なる文節は連用修飾語です。

山鳩のしきりに鳴いている宿、さわぎがやんでひときわ静寂を覚えるとき――お前は死ぬのか――ひっそりと眠るように、と短歌の主題である「死」は修飾語によって情趣が深まっています。

活用について

単語は使い方によって語形が変化します。動詞・形容詞・形容動詞・助動詞に属する単語の語尾変化を活用すると言います。動詞の活用の種類の見分け方は、単語を六つの活用形の主な用法に続けてみます。

①の「買ひ」は「買はず」「買ひたり」「買ふ」「買ふとき」「買へども」「買へ」と語尾（―印）が五十音のハ行の上から四段に変化するので四段活用と言います。「買ひ来」と動詞「来」に続けるために連用形を使います。

②の「容れ」は「容れず」「容れたり」「容る」「容るるとき」「容るれども」「容れよ」とラ行の中心の音から下へ二段に変化するので下二段活用と言います。「容れつつ」と助詞「つつ」に続けるために連用形を

使用します。「否み」は四段活用と、「否みず」「否みたり」「否む」「否むるとき」「否むれども」「否みよ」とマ行の中心の音から上へ二段に変化する上二段活用もします。

③の「煮あがり」は「煮る」と「あがる」が結ばれた複合動詞で、「煮る」は「煮ず」「煮たり」「煮る」「煮るとき」「煮れども」「煮よ」とナ行の中心の音から上へ一段に変化するので上一段活用と言います。動詞「あがる」に続けるために連用形を使います。

④の「音する」は名詞「音」と動詞「す」が結ばれた複合動詞です。「音せず」「音したり」「音す」「音するとき」「音すれども」「音せよ」とサ行の音に変則的に変化するのでサ行変格活用と言います。「音する折ふし」と名詞「折ふし」に続けるために連体形を使います。「あり」は「あらず」「ありたり」「あり」「あるとき」「あれども」「あれ」とラ行に変則的に変化するのでラ行変格活用と言います。切れる文節なので終止形を使います。

①の「買ひ来て」の「来」は「こず」「きたり」「く」「くるとき」「くれども」「こよ」とカ行に変則的に変化するのでカ行変格活用と言います。助詞「て」に続けるために連用形を使います。この他にナ行に変則的に変化するナ行変格活用があり「死ぬ」「往ぬ」の二語のみです。またカ行の中心の音から下へ一段だけ変化する下一段活用がありますが「蹴る」の一語のみです。

形容詞は次の用法で見分けます。①の「新しき地図」の「新しき」は「新しくば」「新しくなる」「新し」「新しきとき」「新しけれども」「新しかれ」と変化するので、シク活用と言います。名詞「地図」に続けるために連体形を使用します。この他に連用形の語尾が「く」になるク活用があります。

形容動詞は終止形の語尾が「なり」と「たり」のナリ活用とタリ活用があります。用法は動詞とほとんど同じですが、連用形が「なりき」と「になる」、「たりき」と「となる」の二通りに変化します。⑥の「したたかにふる」の「したたか」はナリ活用で、動詞「降る」に続けるために連用形「に」を使用します。

助動詞の活用は、これまで述べた活用とほぼ同じで、特殊に活用するものと無変化のものが少しあります。

助詞

助詞

語と語との関係を示し、また、語に一定の意味を添えるはたらきをする。そのはたらきにより、つぎの六種類に分ける。

格助詞　体言または体言に準ずる語（用言・助動詞の連体形）などについて、その文節が、それを受ける文節に対して、どういう関係に立つかを示す。本文中（格助）と略記する。

が・の・に・を・へ・と・より・から・にて・して等。

接続助詞　用言または用言に準ずる語などについて、それのついた語の意味を、つぎの用言または文節に続ける。本文中（接助）と略記する。

ば・と・とも・ども・が・に・を・も・て・つつ等。

係助詞　いろいろの語について、助詞を含む文節に一定の意味を添え、それを受ける文節に特定の約束を加える。本文中（係助）と略記する。

は・も・ぞ・こそ・や・か等。

副助詞　いろいろの語について、ある意味を添え、副詞のようにそれを受ける文節を修飾する。本文中（副助）と略記する。

だに・すら・さへ・のみ・ばかり・など・まで等。

終助詞　文末で、いろいろの語について、詠嘆・願望・疑問・禁止などの意味を添え、文を終止する。本文中（終助）と略記する。

な・がな・がも・か・かな・かも・かし・な等。

間投助詞　文節の末で、いろいろの語について、語勢・語調を整え、余情を添え、感動をあらわす。本文中（間助）と略記する。

よ・や・し・を。

いで（接助）　打消の意をあらわす。口語で、…ないで、の意。

動詞、助動詞の未然形につく。

城ケ島の女子うららに裸となり鮑(あはび)取ら**いで**何思(も)ふらむか　　北原白秋(はくしゅう)

か（終助）　詠嘆、感動をあらわす。口語で、…だなあ、の意。

体言、活用語の連体形につく。

かなしみと云ひがたきほどのかなしみに微かに顫ふわれの心**か**　吉井　勇

寒けくも降り来る雪**か**草鞋(わらじ)つくるうつそみの摩羅(まら)冷えにけるかも　結城哀草果(ゆうきあいそうか)

寒ざむと降ってくる雪だなあ。草鞋を作っているこの俺の男根も冷え切ってしまったことよ。

つきつめて新しき世も思はねばかくある日日(ひび)を楽しといふ**か**　柴生田(しぼうだ)　稔(みのる)

けさの朝明のいまの時までねがひたる人のいのちのはやもあらぬ**か**　大熊長次郎

後(おく)れ起きて枸杞(くこ)味噌汁をひとり食ふ硬きところあり春もたけし**か**　土屋　文明(ぶんめい)

(枸杞―なす科の落葉小灌木。果実、根皮、葉は薬用となる。たけし―少し盛りを過ぎた時。)

か（係助）　①文中で用いる場合、次の様になる。

(a)疑問、不定をあらわす。口語で、…か。…だろうか、の意。

霜**か**おくとおどろき見るや窓ちかく立てる巌(いはほ)のきよらに白きを　宇都野(うつの)　研(けん)

ありの儘にていま**か**過ぎゆかむ友に慍(いかり)をもちたることも　大西　民子

(b)疑問の意をあらわす語を伴い、疑問、不定をあらわす。口語で、…か。…だろうか、の意。

戸な引きそ戸の面(も)は今しゆく春のかなしさ満てり来よ何**か**泣く　若山　牧水(ぼくすい)

(戸な引きそ―戸を引くな。「な…そ」は禁止の意。)

菫(すみれ)もちて白き甃(いしみち)に佇(た)つをとめいかなる幸(さち)を待つに**か**あらむ　大野　誠夫(のぶ)

(c)疑問の意をあらわす語を伴い、反語をあらわす。口語で、…であろうか、いや…ではない。…であろうか、いや…でありはしない、の意。

あまたあるみそらの星のいづれを**か**わがゆふぐれの国と定めん　みづほのや

(みづほのや―太田水穂(みずほ)。)

(d)並列して疑問、不定をあらわす。口語で、…か、それとも…か。…だろうか、それとも…だろうか、の意。

昔見し人**か**あらぬ**か**夕ぐれのさ霧にきゆるそのうしろ影　佐佐木信綱

文中で用いる場合、係り結びの法則により「か」を受け

て終止する活用語は連体形で結ぶ。（流す用法も多い）
以上は、体言、活用語、副詞、助詞につく。
②文末で用いる場合、次の様になる。
(a)疑問、不定をあらわす。口語で、…か。…だろうか、の意。

咲きさかる桜の若木月光に透きとほりつつ冷えゆくらむ**か**　　長沢　一作

(b)疑問の意をあらわす語をともない、疑問、不定をあらわす。口語で、…か。…だろうか、の意。

風荒く満ち散らしたる何の葉**か**地に這ふ草をかばふごとくに　　土屋　文明

(c)打消の助動詞「ず」の連体形「ぬ」について願望をあらわす。口語で、…ないかなあ、の意。

君亡しと何の伝ごと死にたるは恐らく今日の我にはあらぬ**か**　　与謝野鉄幹

（詞書に、「山川登美子のみまかれるを悲しみて詠める」とある。）

(d)体言「もの」について、反問をあらわす。口語で、…ものであろうか。…ことがあろうか、の意。

からもおだやかな心になれるもの**か**／小田原の町　／海なりがする　　渡辺　順三

愛情は激しきもの**か**愛情は積み重ねゆくものにあらぬか　　葛原　繁

(e)「かも」「かは」の形で反語をあらわす。口語で、…だろうか、いや…ではない、の意。

垂乳根の母なることを忘れよと今日は言はむ**か**も鬼にもなりて　　川田　順

（垂乳根の—「母」「親」などにかかる枕詞。）

(f)並列して疑問、不定をあらわす。口語で、…か、それとも…か。…だろうか、それとも…だろうか、の意。

死の前**か**命の前**か**今あるは消なむ心**か**燃えむ心**か**　　原　阿佐緒

なほ多く悔ゆる日無き**か**なほ深く心傷つく時のあらぬ**か**　　三ヶ島葭子

以上は、体言、活用語、副詞、助詞につく。
③動詞の已然形について疑問をあらわす。口語で、…か。…だろうか、の意。

日の暮れに物を思へ**か**わき知らに山に対ひて吾が疲れたり　　中村　憲吉

（わき知らに—見さかいもつかず。）

か（副助）　並列して、どれか一つを選択する意をあらわす。体言、活用語の連体形につく。

雪蹴ってほうほう飛び去る白鬼**か**青鬼**か**餓鬼**か**餓鬼なら逃すな　前川佐美雄

雪を蹴たてて、あわてふためき飛び去っていくのは、白鬼か、青鬼か、それとも餓鬼であろうか。もし餓鬼だったら場ちがいだから逃さずにひっとらえてしまえ。

が（終助）　軽い詠嘆の意をあらわす。文末につく。

岬めぐれば人家かたまれりわが汽船荒磯に沿ひて久しかりし**が**　木下利玄

（荒磯—荒波が打ち寄せる浜。岩石の多い磯。）

何気なく投げし花一つ波の間にただよひてしばしやさしがりし**が**　斎藤史

深い考えもなくほうった花がたった一つ、少しの間、波間にふわふわと浮かんで、すなおな様子だったことよ。

が（格助）　①名詞について、主語をあらわす。また接尾語「さ」のついた述語を伴い、その主語をあらわす。

子の籠手を繕ふ妻**が**灯のもとにけものの皮は美しと言ふ　田谷鋭

（籠手—弓を射るとき、左の手首につける皮製の道具。手の指、腕先をおおう剣道の道具。）

亡骸に涙かけてはならぬと言ふ歯をくひしばり泣くなる兄**が**　小野興二郎

ふるさとに帰り来りて稀にあへる提燈祭見る**が**羨しさ　松村英一

（羨し—珍しいのであきない、の意。）

霧くらく道路にふれり顔向きてつぶさに人といふ**が**かなしさ　中村憲吉

霧がくらく道にふっている。顔が私に向いたので詳細に見ると、人というのは心にしみていとおしいことよ。

②名詞について、所有、所属、同格、分量、類似などをあらわし、下の名詞を修飾する。

ひた走るわ**が**道くらししんしんと堪へかねたるわ**が**道くらし　斎藤茂吉

ひたむきに走っていく私の道はまっくらだ。しんしんと静まりかえっている天地の中、かなしみにたえかねて走っていく私の道の何とくらいことよ。（伊藤左千夫死去の電報を旅先の信濃上諏訪で受取り、夜十二時過ぎ島木赤彦宅へ走る、と詞書のついた「悲報来」抄の巻頭歌。）

君**が**手にわ**が**手かさねつ思ふこといはず別れて久になりしよ　前田　夕暮

父逝きし七日**が**程に春深く三椏の木に朝の蜂ゐる　宮　柊二

（三椏―晩秋、葉が落ちた三叉形の枝ごとに一団の蕾をつけ、春には葉に先だって黄色の小花を球のように開く。樹皮の繊維は製紙原料になる。）

③名詞以外のものにもついて、その語が下の名詞を修飾することをあらわす。

をたけびは海見てあげしよろこびかはた悲しみを消さむ**が**ためか　吉井　勇

熊蜂のうなる**が**下にかがみたり茶畑なれば匂ふ茶の花　中島　哀浪

④原因、状態をあらわす。多くは「ごと」「ごとし」「ままに」「からに」などがあとに続く。

はすかひに日のなりゆけばそぎ立てる断崖の面は愁ふる**が**ごと　若山　牧水

欲る**が**ままに買ひうる身にもあらざりき買へばかならず妻をくるしめき　木俣　修

⑤希望、好悪、能力の対象をあらわす。

曖昧をのこす**が**よしと胸薄ききみ出でゆくを追へり雨中に　小野　茂樹

ゴム長をはく**が**嬉しく少年は春日の畦を父に従ふ　田谷　鋭

友**が**みなわれよりえらく見ゆる日よ／花を買ひ来て／妻としたしむ　石川　啄木

反戦の会の誘い(ひ)も忘れし**が**寂し結末のひとつつたえ(へ)て　近藤　芳美

戦争反対の討論会に誘われていたのさえうっかり忘れてしまい、何となく心が満たされない、あとから結論の一つを知らされただけなので。

①〜⑤とも、体言、活用語の連体形につく。

が（接助）

①場面を与えて、前置きとし、重要な語句を導き出す語。②ある事柄が反対の結果になったり、食い違う事柄に移って行くことをあらわす。口語で、…けれど、の意。

活用語の連体形につく。

ふと立ちて行きし**が**やがて盂蘭盆の亡き子にものを言う(ふ)妻の声①　野北　和義

ためらはず手を振りゐし**が**たちまちに見えずなりたり
すがしといはむ①　　岡野　弘彦

かし（終助）　強く念を押し意味を強める。口語で…よ。…ね。…ことだ、の意。
文末につく。また、命令形につく。

多摩川の砂にたんぽぽ咲くころはわれにもおもふ人のあれ**かし**　　若山　牧水
多摩川の川原の砂にたんぽぽが咲いて人恋しくなる春の訪れの頃は、私にも愛する人があれよと思う。

朝の渚踏みつつ人はよろこぶをその明るさに生き給へ**かし**　　河野（こうの）　愛子

ふるき嘆き忘られかねて幽囚（とらはれ）の身に似るわれぞ雲よ照れ**かし**　　窪田　空穂（うつぼ）
すぎ去った恋の嘆きが忘れることができず、とらわれの身のようになっている私だ。そんな私に、どうか雲よ照ってくれよ。

海曇る日も岬なる赤土の色のさびしく変らざれ**かし**　　与謝野晶子（あきこ）

憤り立ちむかひたりし人さへに安かれ**かし**な年は経にけり　　土屋　文明
（安かれかしな—安らかであってくれね。「な」は文末で念を押して言う終助詞。）

かな（終助）　感動、詠嘆をあらわす。口語で、…だなあ。…であることよ、の意。
体言、または活用語の連体形につく。文末で用いる。

無花果（いちじく）の裂けたるごとく若き日の心は早く傷つける**かな**　　与謝野鉄幹
無花果の実が熟して裂けてしまったように、若い日の自分の心は、いち早く傷ついてしまったことであるよ。

雲ひくき夜空あふぎて帰り来ぬ明日（あす）をし頼む心湧く**かな**　　柴生田　稔

はかり得ぬ君がみ胸の底にして生きてありとし思ふわれ**かな**　　四賀（しが）　光子

人行かぬかの河縁（かはべり）にひとすぢの道の見ゆるはあはれなる**かな**　　太田　水穂

少年貧時の哀しみは烙印のごとき**かな**や夢さめてなほも涙溢れ出づ　　坪野　哲久（てつきゅう）
（かなや—「かな」に間投助詞「や」が連なり、強い詠嘆を示す。）

鳥ののみどにつと入りゆきし赤き実は烈しく赤き種子

なりしかな　森岡　貞香

（のみど―のど。）

約しある二人の刻を予ねて知りて天の粉雪降らしむる**かな**　岡井　隆

がな（終助）

自己の願望をあらわす。口語で、…がほしい。…したいものだ、の意。

係助詞「も」について、「もがな」の形で多く用いる。

朝戸出のこの秋風を一人うけて君があたりは吹かせずも**がな**　服部　躬治

（朝戸出―朝、戸を開けて外出すること。）

ことごとく桜咲く日も散り初むる日も待つ人と知られずも**がな**　与謝野晶子

しばしだに「時」の車の輪をとゞめふりかへり見む神としも**がな**　相馬　御風

石踏みてあよむは苦し肉太のわがゆく道に石なくも**がな**　伊藤左千夫

（あよむ―歩くこと。）

かかる日にひと来ずも**がな**こもりゐて己心のゆらぎをぞ見む　斎藤　茂吉

がに（接助）

①程度、状態をあらわす。口語で、…しそうに。…するほどに、の意。

動詞の終止形、完了の助動詞「ぬ」の終止形につく。

花垂りて樺芽吹けるかがよい（ひ）の風過ぐるとき声をあぐ**がに**　千代　国一

②目的、願望をあらわす。口語で、…がために。…するように、の意。動詞の連体形につく。

夏草の野に咲く花の射干をさ庭に植ゑつ日々に見る**がに**　伊藤左千夫

（射干―古くから「ぬばたま」「うばたま」と呼ばれ、広い剣形の葉が互に密生し、檜扇を開いたのに似る。夏に濃紫色の斑点のある花を開く。種子は黒い。）

春雨はかへるでの芽を染むる**がに**一日こまかく降り沁みにけり　筏井　嘉一

（かへるで―楓のこと。）

あわ雪は消なば消ぬ**がに**ふりたれば眼悲しく消ぬらくを見む　斎藤　茂吉

あわ雪が、今にも消えてしまいそうな感じでふっているので、私の眼はもの悲しく消えてないあわ雪を見ようとしている。

かは（係助）　疑問の係助詞「か」に係助詞「は」が連なったもの。

①疑問をあらわす。口語で、…か。…だろうか、の意。

汚きはわが思ふこと為せることいかにして**かは**神にまみえむ　尾上　柴舟

わがこころ虚無に堪へずときみに告ぐ何が救ひである**かは**知らず　安田　章生

②反語をあらわす。口語で、…か、いやそうではない。…ではない、の意。

たらの芽を摘みつつ行けり寂しさはわれよりほかのものと**かは**しる　斎藤　茂吉

うち日さす都にありて君が歌かなしと云ふはわればかり**かは**　吉井　勇

（うち日さす―「都」にかかる枕詞。）

疑問語の「何」「いづこ」「誰」など、また「もの」について反語になることが多い。文中で用いた場合、「かは」を受ける活用語は連体形で結ぶ。（流れてもよい）

①②とも、体言、活用語の連体形、副詞、助詞につく。

か‐も（終助）　①終助詞の「か」と「も」が連なったもの。詠嘆、感動をあらわす。口語で、…のことよ、の意。体言、または活用語の連体形につく。

最上川逆白波のたつまでにふぶくゆふべとなりにける**かも**　斎藤　茂吉

最上川の川波が、流れに逆らって、波がしらを白くたてるほどに、はげしい吹雪のゆうべとなったことだ。

眼を閉ぢて深きおもひにあるごとく寂寞として独楽は澄める**かも**　植松　寿樹

落ちつきて物をば書かむ雪のあさ母屋のかたに音静み**かも**　中村　憲吉

（静みかも―静かなことよ。「み」は形容詞語幹につき名詞を作る接尾語。）

邑山の松の木むらに　日はあたり、ひそけき**かも**よ。旅びとの墓　釈　迢空

（かもよ―終助詞の「かも」と「よ」が連なって、強い感動をあらわす。）

②疑問の助詞「か」に、終助詞「も」が連なったもの。

(a)疑問をあらわす。口語で、…か。…だろうか、の意。

(b)反語をあらわす。口語で、…だろうか、いや…ではない、の意。体言、または活用語の連体形につく。

山茶花の花を挿さくは何よけむ真がねの筒か伊賀の瓶**かも**(a)　伊藤左千夫

柿をむく刃音(はおと)たちつつ夜(よる)ふかし外の面(とも)は霜の凝(こご)るらむ**かも**(a)　中島　哀浪

のこるこの子等をそだてていく年をつらくさびしく送らむ身**かも**(b)　小田　観螢(かんけい)

か-も（係助）　疑問の係助詞「か」に終助詞「も」が連なったもの。感動を含む疑問をあらわす。口語で、…か。…だろうか、の意。体言、副詞、助詞、または活用語の連体形につく。「かも」を受けて終止する活用語は連体形で結ぶ。（流れてもよい）

島めぐり二日の旅にもの一つ言はぬこの友は鵜に**かも**似たる　太田　水穂

何を**かも**信じ得べきや誰れに**かも**抱かれ泣かむはてしなき身は　若山喜志子

いただきは雪**かも**みだる真日(まひ)くれてはざまの村に人はねむりぬ　斎藤　茂吉

いぶかしみ吾れを目守(まも)りし友が児のいつの間に**かも**したしみにけり　宇都野　研

待ち望みわが居る花はつひに**かも**うつつにあらぬ美し(くは)さなるべし　斎藤　史(ふみ)

が-も（終助）　願望の終助詞「が」に詠嘆の終助詞「も」が連なったもの。願望をあらわす。口語で、…してほしい。…たらいいがなあ、の意。助詞「も」につく。

甲斐のくに米倉村の名に負へる古りにし家はとこよにも**がも**　太田　水穂

ここにして梯子のけたを子とはいふ其子の数に如(し)かむ子も**がも**　長塚　節(たかし)

ここでは梯子のけた—横桟—のことを子といっている。その梯子のけたの数ほども、子どものほしいことである。

思ほえば皆わかくして死にけり老いて足りたる人の歌も**がも**　吉田　正俊

か-や（終助）　①詠嘆の終助詞「か」と「や」が連なったもの。詠嘆、感動をあらわす。体言、あるいは活用語の連体形につく。

ただ一人ある日のわれとなりけりと驚き顔しまたも言ふ**かや**　窪田　空穂

②疑問の助詞「か」に詠嘆の終助詞「や」が連なったも

の。疑問をあらわす。口語で、…であるか、の意。

顔よき五人囃は兄弟**かや**とりいだすままにならばせてみし　　穂積　忠

きはまれるわが渋面をまざまざとみむさだめ**かや**妻としいへば　　坪野　哲久

③反問をあらわす。口語で、…であるかい。…ものかい、の意。

啼きかはしさやかに樹間をわたる鳥そらは果てなきものに**かや**ある　　尾山篤二郎

②③は、体言、副詞、助詞、活用語の連体形につく。

から（格助）①場所、時間を示す語について、口語で、…から、の意。

後の世の地獄は知らず此世**から**燃ゆる我胸何の宿世ぞ　　佐佐木信綱

ぎいぎいとねじ（ぢ）巻きながら移りゆくカケスあり朝の森**から**森へ　　高安　国世

店さきの菠薐草にいますこし前**から**かかりそめし雪片　　遠山　光栄

②原因、理由をあらわし、口語で、…によって。…がもとで、の意。

雨季を待つ谿間の布陣図にしつつわれを危ぶむその立場**から**（僕とインドシナ）　　岡井　隆

①②とも体言につく。

から（接助）原因・理由をあらわす。口語で、…ために。…ので、の意。

活用語の連体形につく。

一人死にしかの放哉を知れる**から**われは歎かじひとりなりとも　　岡野直七郎

（放哉―漂泊の末孤死した俳人の尾崎放哉。）

窪みもつ暗き路面を来し**から**に我に聞かする我の言葉出づ　　葛原　繁

（からに―ただ…だけの理由で。）

梔子の花に近づきその花の白浄き**から**亡き子を思ふ　　野北　和義

こそ（終助）希望をあらわす。口語で、…してくれ、…してほしい、の意。

動詞の連用形につく。

空かける鳥言とはばやつこわれ猶世に在りと君に告げ**こそ**　　正岡　子規

君が病はやも癒え**こそ**前畑の蒟蒻うち掘り手作るまで

に
飯井戸の水替へにけりひとりして家守る母のまさきく　伊藤左千夫

ありこそ　古泉　千樫

やっと飲用井戸の水替えをしたことよ、たった一人で家を保ってくれる母が、いつまでも無事でいてもらいたい。

こそ（係助）　ある特定の事物を取り立てて、強く指示する。「ぞ」より強調の度合いが強い。文中で使用する場合、「こそ」を受けて終止する活用語は已然形で結ぶ。（流れてもよい）

いろいろの語につく。

髪ながき少女とうまれしろ百合に額は伏せつつ君を**こそ**思へ　山川登美子

黒髪の豊かにながい少女として生まれ育ってきた私は、いま白百合の花の香の中に顔を伏せながら、ただ、あなたのことをこそ思い慕っているのです。

（しろ百合―「白」への憧れ。登美子はみずから「白百合」と署名、人からもそう呼ばれた。）

手の白き労働者**こそ**哀しけれ。／　国禁の書を、／涙して読めり。　土岐　善麿

手の白い、インテリゲンチャこそ哀しいものである。国禁となった本を涙しながら読んだのである。

（国禁の書―国が読むことを禁じている本、この場合はクロポトキンの『パンの略取』をさしている。）

永き平和今**こそ**はあれと鐘響きいのりささぐる老若きらも　清水　房雄

さへ（副助）　①添加をあらわす。現在の作用・状態の程度を増し、範囲を広げ、さらに同じ方向に進行する意をあらわす。口語で、…まで。その上…まで、の意。

もの忘れまたうちわすれかくしつゝ生命を**さへ**や明日は忘れむ　太田　水穂

細やかに雨こそけぶれ萩は葉に花に**さへ**露をためてしだれぬ　上田三四二

②程度の軽いものをあげて、重いものを推測させる。口語で、…さえ、の意。

倒れたる薬の瓶を起す**さへ**さびしき秋になりにけるかな　尾上　柴舟

ふとわれの掌**さへ**とり落す如き夕刻に高き架橋をわたりはじめぬ　浜田　到

①②とも体言、活用語の連体形、副詞、助詞などにつく。

し（間助）　語調をととのえ、上の語の意味を強める。体言、活用語の連体形・連用形、副詞、助詞などにつく、係助詞「も」「ぞ」「か」「こそ」を伴った形で用いることが多い。

梅雨の今宵の雨に棹さして渡り来まさむ君を**し**ぞ思ふ　佐佐木信綱

天の月川の瀬照らす更闌（かうた）けてここに**し**ぞ思ふ四方の鎮（しづ）もり　北原　白秋

（更闌けて—夜もふけて。「更」は日没から日の出までを初更、二更、三更、四更、五更に分けた時刻の名称。）

うたがひの心**し**われにいまはなしひとりさびしく梅雨に親しむ　高田　浪吉（なみきち）

不満を**し**言にいはじと堪ふるなべ心重くなりて怒の燃えぬ　植松　寿樹

ほととぎす近く**し**鳴くに口笛にまねび出でたる大人（うし）をわすれず　宇都野　研

しか（終助）　自己の願望をあらわす。口語で、…したいものだ、の意。「しが」とも言う。動詞の連用形、完了の助動詞「つ」の連用形「て」、「ぬ」の連用形「に」などにつく。

山百合の幾千の花を折りあつめあつめし中に一夜寝て**しか**　佐佐木信綱

野のおくの夜の停車場（ば）を出でしときつとこそ接吻（きす）をかはして**しか**な　若山　牧水

（しかな—したいものだなあ。感動をもった願望をあらわす。「しか」と終助詞「な」が連なったもの。）

ほの白く胸にのこれるかなしみを心の尉（じやう）と思ひて**しか**な　吉井　勇

（尉—なぐさめ。）

し-かも　間投助詞「し」に終助詞「かも」が連なったもの。疑問をあらわす語について、疑問、不定、反語の意を強める。

海を越えて北に国あり何**しかも**得まくほりせし甲斐の黒駒　佐佐木信綱

生き喘ぐ田作村へ何**しかも**おめおめとわが帰りはゆくか　岡野直七郎

（何しかも—なんとしてか、まあ。なぜ、まあ。）

して（格助）　①その動作を行なう人数・範囲をあらわす。口語で、…で、の意。

②使役の対象を示す。口語で、…に。…に命じて、の意。

体言と格助詞につく。

せはしといふ二人をしひて三人**して**菅笠すがた春の旅せむ①　金子　薫園

風向に逆らふ船の櫓のちから夫婦**して**河を漕ぎのぼるなり①　筏井　嘉一

われを**して**多くの歌をよましめし汝が清く尊き涙②　前田　夕暮

暁の外の雪見んと人を**して**窓のガラスの露拭はしむ②　正岡　子規

して（接助）

①並列をあらわす。口語で、…て。そうして、の意。

その眼あきらけく**して**あな清け尾白鷲は巌のうへにかが鳴く　斎藤　茂吉

（かが鳴く—鷲などが声をあげて鳴くこと。）

魯に**して**まことなりしかば妻子らにみちびかるるがごとく生きつぐ　坪野　哲久

②順接の条件で下につづける。(a)連用修飾語について状態をあらわす。口語で。…の状態で、…で、の意。

胸にいだくうたがひいまだとけず**して**今年の秋も今日くれむとす　佐佐木信綱

容赦なく前髪に雪ふりかかる迷ひ多く**して**街ゆくときに　斎藤　史

東国はつね重く**して**ひた叛く男と恋の歌を生み来ぬ　佐佐木幸綱

(b)原因、理由をあらわす。口語で、…ので、の意。

病み病みて離婚されし例多く**して**生活実態調査ひまどりてお(を)り　大和田正一

ⓒ格助詞「に」「と」について状態をあらわす。

山畑は夕暮さわぐ鵯のこゑたちまちに**して**塒しづまる　佐藤　志満

（塒—ねぐら。鳥のねどこ。）

生きながら聖にまします君なれば今もあこがれの対象と**して**（斎藤茂吉先生）　斎樹富太郎

（聖にましし君—歌聖でいらっしゃった先生。）

夕されば灯の房となる新宿の高層ビルは背景に**して**　佐佐木幸綱

この母を母と**して**来るところを疑ひき自然主義渡来の日の少年に**して**　土屋　文明

村人の憎悪の中にあったわが家に、母親となってきた理由を、母に向けて疑問として抱いた。海外の自然主義思想が日本に渡来してきた頃に少年であった私は。

ことごとく咲くまへに**して**花序こぞる栃は明るし峡の曇に　熊沢　正一

（花序―花をつけた枝または茎、その並び方。）

③格助詞「に」について場所をあらわす。口語で、在(あ)って、の意。

ししむらに聴くことなかれ緋の柘榴硬くとどまるなかぞらに**して**　斎藤すみ子

（サ変動詞「す」の連用形「し」と助詞「て」とも）

以上は、動詞を除いた活用語の連用形と、格助詞などにつく。

しも（副助）　間投助詞「し」に係助詞「も」が連なったもの。①強調することをあらわす。(a)特にその事柄をとりたてて示す。口語で、正に、の意。

とこやみの千尋のやみの底に**しも**引いれらるる我心かな　窪田　空穂

兄と**しも**師と**しも**なりて守りたまへまだ世を知らぬ純情の吾子(あこ)　宇都野　研

二つ三つ見て**しも**既に雀躍(こをどり)す並びしかもよ抱一十数面（抱一扇面図）　岡山　巌

(b)限定して示すことをあらわす。口語で、ほかのものはともかく、少なくともそれは、の意。

如何(いか)ならむ世に**しも**民は生きにきとつねなることぞ今日の身に沁む　柴生田　稔

今は**しも**かぎりと見るにをさな顔あなあざやかに笑顔とはすや　窪田　空穂

少なくとも臨終の時と思って見ると、幼い顔は、なんとはっきり笑い顔をするではないか。

②打消の語と呼応して、口語で、かならずしも…ではない、の意をあらわす。

銭乞ふとわれにすがれる乞食の顔相見れば憎く**しも**あらず　服部　躬治

ここを**しも**終(つひ)の棲家(すみか)とおもはねど夜を沈みゆく松風の音　岩谷(いわや)　莫哀(ばくあい)

以上は、体言をはじめいろいろな語につく。

すら（副助）　①ある一つのことを特に強調する。口語で、…でも。…でさえも、の意。

②ある事を特に強調して他のものを類推させる。口語で、…だって。…だけでも、の意。

何の座に老いてゆけとや暗渠ゆく汚水**すら**だに音立てにける①　　斎藤　史

（すらだに―でさえも）

病(やまひ)もつわが身**すら**だに駆りたてし新年号の封切らんとす①　　木俣　修

竹藪を隔てて春の田の水のしたたれる**すら**聞こゆる寺ぞ①　　田中　順二

あこがれに燃えて迷ひ**すら**なき日にはただにただにながく生きたし①　　生方(うぶかた)たつゑ

①②とも、体言、副詞、助詞「や」、活用語の連体形などにつく。

そ（終助）　副詞「な」と呼応し、カ変、サ変をのぞく動詞の連用形を「な…そ」の間にはさみ、禁止をあらわす。口語で、…するな。…してくれるな、の意。また「そ」だけで禁止の意をあらわす。動詞、助動詞の連用形につく。カ変、サ変は未然形。

春の鳥な鳴き**そ**鳴き**そ**あかあかと外(と)の面の草に日の入る夕　　北原　白秋

春の鳥よ。どうか鳴いてくれるな、鳴いてくれるな。あかあかと窓の外の野の草に日がおちてゆく。その夕べの心を保たんがため。

聖(たふと)き、受胎のひかり玉のごとしひとみつぶらに生きよ嘆き**そ**　　尾山篤二郎

ぞ（係助）　①文中で用いる場合、次の様になる。(a)一つの事物を強く指示する。(b)叙述を強める。口語で、実に、の意。(c)疑問語とともに用いて不定の意をあらわす。「ぞ」を受けて終止する活用語は連体形で結ぶ。（流れてもよい）

つけ捨てし野火の烟(けむり)のあか〱と見えゆく頃**ぞ**山は悲しき(a)　　尾上　柴舟

初冬の寒き光の身に**ぞ**染む街をし行けば亡き子思ほゆ(b)　　松村　英一

誰**ぞ**誰**ぞ**誰**ぞ**わがこころ鼓(う)つ春の日の更けゆく海の琴にあはせて(c)　　若山　牧水

笛の音はいづこ**ぞ**誰**ぞ**なつかしき声こそひびけ雲のはたてに(c)　　佐佐木信綱

②文末で用いる場合。（終助詞とする考えもある）

(a)断定する意をあらわす。(b)疑問語とともに用いて、問いただす意をあらわす。

ゆく秋の川びんびんと冷え緊まる夕岸を行き鎮めがた

き**ぞ**(a)　佐佐木幸綱

日もすがら林の中をたもとほり思ふは誰の身のうへ**ぞ**
も(b)　吉井　勇

①②ともに、体言、活用語の連体形、助詞などにつく。

そ−ね（終助）　副詞「な」に呼応する禁止の終助詞「そ」に、願望をあらわす終助詞「ね」が連なったもの。口語で、…しないでくれ、の意。動詞、助動詞の連用形につく。カ変・サ変は未然形。

花過ぎて萱にかくるる鬼薊(あざみ)吾がをさなきが足な刺し**そ**
ね　宇都野　研

（鬼薊—ヤマアザミの別称。山野に自生。葉は羽状で裂け、縁にトゲ多く、秋に淡い紅紫色の頭花を開く。）

心ゆくかぎりをこよひ泣かしめよものな言ひ**そね**君見むも憂し　若山　牧水

ぞ−も（終助）　指示する係助詞「ぞ」に詠嘆の終助詞「も」が連なったもの。感動をもって強く指示する。口語で、いったい…なのだろう、の意。体言、活用語の連体形、助詞について、疑問語とともに用いられる。

真夜中に目ざめて思ふこと多く死にかかはるは何のゆ
ゑ**ぞも**　吉井　勇

我身みづから今の現(うつつ)にこの山に触りつつ居るは何(なに)の幸
ぞも　斎藤　茂吉

庭木々に音して夜半に出でし風何葬(はふ)らむと出でし風**ぞ**
も　宮　柊二(しゅうじ)

だに（副助）　①最小限の一事を取り出し強調する。口語で、せめて…だけでも、の意。意志・命令・願望・打消の意などをあらわす文に用いる。

塔の尾の御陵(みはか)の山の　夕花のしづけき　見れば、音**だ**
にもせよ　折口　春洋(はるみ)

吉野塔の尾の御醍醐天皇の御陵の山に咲く、夕ぐれの桜の花の何としずかな事か。せめて何かの物音だけでもしてくれ、と思うことよ。

一人**だに**優しく生きて終りたき心は今に嘆かひに似る　河野　愛子

②軽いものをあげて、他の重いものを推測させる。口語で、…だって。…のようなものでも、の意。

わが父がみまかりしよりの六年よ富みし思ひ出のひと
つ**だに**なし　木俣　修

もろもろのつみとが深きわれを**だに**いたはるごとし日

の明るさは　　岡野直七郎

①②ともに、文節につく。

だも（係助）　副助詞「だに」に、係助詞「も」が連なった「だにも」の略。軽いものをあげて他の重いものを推測させる。口語で、…でも。…だって、の意。文節につく。

葉の雫花にこぼれて光る**だも**座(すぞ)ろに堪へず君が眼を欲り　　中村　憲吉

木の下(もと)の冬草に**だも**照りたまふ太陽(おほひ)のほかに何にすがらむ　　岡野直七郎

怒りては庭になげうつ宝石のひとつ**だも**なく秋のしづけき　　前川佐美雄

つ（格助）　所属をあらわし、口語で、…の、の意。体言につく。

つぎつぎに氷をやぶる沖**つ**波濁りをあげてひろがりてあり　　島木　赤彦

目の下に／たたなはる山／みな低し。天**つ**さ夜風／響きつつ過ぐ　　釈(しゃく)　迢空(ちょうくう)

山なかに雉子(きぎす)が啼きて行春(ゆくはる)の曇のふるふ昼**つ**方(かた)あはれ　　斎藤　茂吉

天**つ**日に貝がら光る草生(くさふ)ゆき立つかぎろひの中に息づく　　鹿児島寿蔵(かごしまじゅぞう)

（かぎろひ—かげろう、陽炎。）

太陽の光に、貝がらが光っている海べりの草原をゆきながら、ゆらゆらとするかげろうの中に、息づいている。

つ（接助）　①二つの動作・作用が同時に行なわれるとき、従属的な方につける。口語で、…ながら、の意。②「…つ…つ」の形で用いる。口語で、…たり…たり、の意。③口語で、…たりなどして、の意。動詞の連用形、または、その音便につく。

わが胸に触れ**つ**かくるゝものありて捉へもかぬる青葉もる月①　　窪田　通治(つうじ)

（窪田通治—窪田空穂の本名。）

謀られてをりしよとあな激すこゑ胸壺しみ**つ**聴きてゐたるも①　　辺見じゅん

梅雨霽れの岸辺をさして沖つ波崩れ**つ**湧き**つ**ひた寄りに寄る②　　明石(あかし)　海人(かいじん)

たのまれぬ心となりぬわれと吾があざむきはて**つ**あざむかれつつ③　　原　阿佐緒

つつ（接助）　①同じ動作・作用がくり返し行なわれることをあらわす。口語で、…ては…して。…し、また…する、の意。

牛を追ひ牛を追ひ**つつ**この野辺にわが世の半はや過にけり　佐佐木信綱

②二つの動作が同時に行なわれることをあらわす。口語で、…ながら、の意。

水辺の樹しきりに花を降らせ**つつ**透明稚魚を祝福したり　斎藤　史

新しき日の空渡る木枯のはろばろしさを仰ぎ**つつ**聞く　宮　柊二

③動作・作用の継続をあらわす。口語で、しつづけて、の意。

春のネクタイ欲しと云ひ**つつ**年経ぬるひとつ欲り**つつ**また買はざらむ　筏井　嘉一

④詠嘆の意をあらわす。

をさな児の兄は弟をはげまして臨終の母の脛さすり**つつ**　吉野　秀雄

⑤意に反することをあらわす。口語で、…にもかかわらず。…ながらも、の意。

三瓶山の野にこもりたるこの山を一たび見**つつ**二たびを見む　斎藤　茂吉

考課表書き**つつ**辛し浮びくる顔の背後に暮しが見えて　加藤知多雄

（考課表—会社などの社員の勤務成績表。）

①から⑤まで、動詞と助動詞の連用形につく。

て（接助）　①時間的に先に起こった動作・作用につけて、物事の起こる順序をあらわす。

牡丹花は咲き定まり**て**静かなり花の占めたる位置のたしかさ　木下　利玄

牡丹の花はすっかり咲き定まって、静かなことである。その花の位置は、ゆらぎもせず、何とたしかなことか。

②原因・理由をあらわす。口語で、…のために。…ので、の意。

こまやかに花顫ふときひそめたる艶匂ひ出で**て**目を閉らしむ　斎藤　史

帰り来し街は濃霧にとざされ**て**わが影われを抱くごとくせり　北沢　郁子

③反対の意をあらわす語句を導くのに用いる。口語で、…のに。…けれども。…ても、の意。

おうといひ**て**あるじは出でず柴の戸にわれたちをれば
木瓜(ぼけ)の花ちる　　金子　薫園

④上の語が下の語を、…の状態での意で修飾する。口語で、…のさまで。…のまま、の意。

我が重きこころのうへに歓(よろこ)びの幻なし**て**燕の飛べる
　　窪田　空穂

麦生ふる岡に芝生ののこされ**て**多賀城あとの黒きいしずゑ　　土屋　文明

かそけく**て**一むらの萩枯れゆきぬあしたの霜に夕べしぐれに　　阿久津善治

手を垂れ**て**キスを待ち居し表情の幼きを恋ひ別れ来りぬ　　近藤　芳美

冬の夜の雨やむときにたましひのしづまり**て**ゆくごとき音して　　鈴木　幸輔(こうすけ)

⑤補助用言「あり」などにつづける。

ねがひをばはたすその日のいつならむ親は老い**て**あり
我は病み**て**あり　　金子　薫園

燃え過ぎて後(あと)うち白(しら)む燠のいろ思ひ呆(ほう)け**て**われは在りにき　　鐸木(すずき)　孝

①から⑤まで、用言と助動詞（「なり」「たり」は除く）の連用形につく。

で（接助）

打消をあらわす。口語で、…ないで。…ずに、の意。用言、助動詞の未然形につく。

手も触れ**で**一日を過ぎし畑(はた)の土更けし夜床にひとり恋ほしむ　　窪田章一郎

やは肌のあつき血潮にふれも見**で**さびしからずや道を説く君　　与謝野晶子

けふなら**で**又いつの時君と二人君とただ二人語るときのあらむ　　窪田　空穂

うらかなしこがれて逢ひに来(こ)しものを驚きもせ**で**ひとのほゝゑむ　　若山　牧水

て-は（接助）

接続助詞「て」に係助詞「は」が連なったもの。

①仮定をあらわす。口語で、…たならば。…たら、の意。

相見**ては**なかなか胸の迫る哉言はず泣かずにわれや別れむ　　服部　躬治

②口語で、…したからには。…した以上は、の意。

別れ**ては**訪ひしことなき妻の家この夜見にゆくほのかに酔ひて　　大野　誠夫

③動作・作用のくり返しをあらわす。口語で、…したか

と思うと、の意。

この日晴れ一天(いってん)すめりわが舟を揺り**ては**すぐる蒼うねりかも　木下　利玄

④その場合にはいつも同じ結果の起こることをあらわす。口語で、…するときはいつも。…するたびに、の意。

野に出でて君におしへし花の名を思ひ出で**ては**歌につゞる日　相馬　御風

⑤特に取り立てて言う。口語の「ては」に同じ。

青葉分け花よりきたる風を待ち窓ひらき**ては**真向ひて居り　窪田　空穂

①から⑤まで、用言と助動詞の連用形につく。

て―も（接助）　①逆接の仮定条件をあらわす。口語で、たとえ…しても、の意。②逆接の確定条件をあらわす。口語で、…たけれども、の意。用言の連用形につく。

おお朝の光の束(たば)が貫ける水、どのよ(や)うに生き**ても**恥①　佐佐木幸綱(ゆきつな)

誰(たれ)が見**ても**とりどころなき男来て／威張りて帰りぬ／かなしくもあるか①　石川　啄木

（とりどころ―とりえ。長所。）

と（格助）　①動作の共同者をあらわす。口語で、…と共に。…といっしょに、の意。

かわききりて白き砂道幼児が少しあゆむを妻**と**よろこぶ　土屋　文明

②動作の相手をあらわす。

今は亡き姉の恋人のおとうと**と**／なかよくせしを／かなしと思ふ　石川　啄木

③比較の基準をあらわす。口語で、…と比べて。…に対して。…よりは、の意。

寒夜には子を抱きすくめ寝ぬるわれ森の獣(けもの)**と**いづれかなしき　筏井　嘉一

④伝聞したこと、言うこと、考えることなどを受けていう。また、引用の「と」。終止形・命令形につく。

快(こころよ)く働(はたら)かしめよ、／健(すこや)かに眠らしめよ、**と**、／けふも、いのれり　土岐　哀果

梅雨の間を木槿の白き花咲く**と**妻の手紙は長からずよし　加藤知多雄

めぐりあはむ一人のために明日あり**と**紅き木の実のイヤリング買ふ　三国(みくに)　玲子

⑤心理状態を指定する。口語で、…のつもりで。…と思

って。…と案じて、の意。

いついかに死ぬるやもはかり知らえぬ**と**一燈をあぐ寒き朝々　　前川佐美雄

⑥変化の結果を示す。…の状態になる意をあらわす。

しみじみ**と**物のあはれを知るほどの少女（をとめ）**と**なりし君とわかれぬ　　北原　白秋

朝のまの時雨は晴れてしづかなる光**と**なりぬ街路樹のうへ　　佐藤佐太郎

⑦口語で、…として、の意をあらわす。

読みさしてゆとりあるまのうら和ぎや自（し）が楽しみ**と**書は読みける　　北原　白秋

⑧比喩をあらわす。口語で、…のように、の意。

夕ぐれは街のひびきが縞なして水**と**澄みゆけば秋の奈良なる　　前川佐美雄

枯草にレールの鼓動つたはりて貫く細き意志**と**なりゆく　　加藤知多雄

⑨口語で、（自分）から、の意をあらわす。

あまえ心われ**と**ゆるしてもの言へり不可思議のごとく灯は点りゐる　　石川不二子

⑩同じ動詞を重ねて意味を強める。口語で、すべての、の意。

老いさらぼい（ひ）架け替え（へ）らるることのなき生き**と**し生ける人間は何か　　香川　進

⑪いくつかの事柄を並列する。

梅の花疾（と）き**と**遅き**と**時はあれど咲きの盛りの木ぬれしよしも　　長塚　節

④を除き、①から⑪までは、体言および体言に準ずるもの、動詞の連用形につく。係り結びのあるときは、結ばれた形（連体形・已然形）につく。

と（接助）　①口語で、たとえ…しても。…ても、の意。②ある条件が備わると、いつも同じことが起きること、習慣的な事柄の条件を示す。③口語で、…とすぐに。…すると同時に、の意をあらわす。

動詞活用の終止形、形容詞活用の連用形につく。

この渓よゆるく曲る**と**とく折る**と**水速けれや紅葉みてゆくに①　　若山　牧水

売上げを夜毎数ふ**と**歌書く**と**同じ小机にわれは拠りつつ①　　阿久津善治

まないたに青き魚を横たへて首かつきる**と**心たかぶる③　　加藤　克巳

夜の時雨いまはあがる**と**杉むらの山はら這へる朝の霧雲③　　若山　牧水

みんな黙つてゐて呉れ　物を言ふ**と**／泣き出したくなる俺の心だ③　　渡辺　順三

ど（接助）　逆接の意をあらわす。①ある事の結果がその原因から予想されたものとは相反することを示す。口語で、…けれども。…のに、の意。②過去・現在・未来にかかわりなく、ある条件に対してはいつでもある事態があらわれることをあらわす。口語で…ても（やはり）、の意。

用言、および助動詞の已然形につく。

はたらけ**ど**／はたらけ**ど**猶わが生活楽にならざり／ぢつと手を見る①　　石川　啄木

よく眠ることを願ひて眼つぶれ**ど**眠られ難くなりし夜かな①　　松村　英一

三人子をつぎつぎに呼び囲らせばけぶるがにきよし妻なれ**ど**母②　　宮　柊二

夕かげは垣根にひくくさし入れ**ど**何事もなし日の暮れどきを②　　村野　次郎

と─ぞ（格助）　格助詞「と」に係助詞「ぞ」が連なったもの。①助動詞「む」などについて、「と」の受ける内容を強める。②文末に用いて、口語で、…ということだ、の意をあらわす。

接続は格助詞「と」に同じ。

いきどほる心われより無くなりて呆けむ**とぞ**する病の牀に①　　斎藤　茂吉

（呆けむとぞす─まさに呆けようとすることよ。）

果たし得ざりし学問を汝こそ遂げよ**とぞ**言ひ遺せる父の忌はまためぐり来ぬ①　　大西　民子

祖母が口くろくよごれて言ふ聞けば炭とり出でてうまからず**とぞ**②　　片山　貞美

柵の辺の森に巡視のひそみ居て一日癩者を見張りゐる**とぞ**②　　東　光二

とて（格助）　格助詞「と」に接続助詞「て」が連なったもの。①理由・原因をあらわし、口語で、…というので。…からといって、の意。②目的をあらわし、口語で、…として。…と思って、の意。③物事の名をあらわし、口語で、…という名で。…として、の意。④口語で、…だといっても。…だって。…もやはり、の意。
①②は終止形・命令形につく。③〜④は体言および体言に準ずるもの、動詞の連用形につく。

須磨琴のわかきわが師はめしひなり御胸病む**とて**指の細りし①　茅野　雅子

かく痛むこころの液のしみ出でてかたまる**とて**も珠にはならじ①　五島美代子

（接続助詞とする説もある）

悪の海いま弱き子を取らむ**とて**沖津潮騒鳴りどよむなれ②　吉井　勇

書籍**とて**友より来ぬる小包のひらけば出づる正月の餅③　窪田章一郎

眺め**とて**何の色なき冬山の雑木端山も見ずばさぶしき④　北原　白秋

眺めといっても、とりたてて何の色ばえもない枯れがれした冬の雑木の小山でも、もし見ることができなければなんともさびしいことである。

めでたしと言ひてほがむは事古りぬよしそれ**とて**もめでたかりける④　服部　躬治

この寝ぬる朝けに見れば三朝川今朝もけさ**とて**たぎちゐるかも④　木下　利玄

とも（接助）

①ある事を仮定し、それに対して予想と反したことが起こることをあらわす。（逆接の仮定条件）口語で、たとえ…ても、の意。②確定していることを仮定の形であらわし、それを条件として後に述べることを強める。口語で、…しているが。…ても、の意。
動詞と形容動詞活用の終止形・連体形につく。また形容詞活用の連用形、打消の助動詞「ず」の連用形につく。

黙す**とも**思ふ思ひは通はむと頼みしこともはかなくなりつ①　柴生田　稔

いかならむ運命を負ふ己ぞと問ふ**とも**誰も答へはしない②　安田　章生

あり触れしことと云ふ**とも**光のび来るはたのし心ゆらぎて②　山口　茂吉

かりそめの勇気なり**とも**ととのへていで立つがならひ旅のあしたは②　斎藤　史

食はず**とも**よき老二人雪催ふ冬をこもるに火は絶やすなし②　岡部　文夫

冬山に来りてこころ緊る**とも**砕けつるわが白磁かへら

ず②　　　　　　　　　　　　　　　　　　　畑　和子

と―も　格助詞「と」に係助詞「も」が連なったもの。

①引用をあらわし、口語で、…というように も。…ということも、の意。体言・終止形・命令形につく。

②同じ語などを重ねて用い、意味を強める。体言および体言に準ずるもの、動詞の連用形につく。

大空にしろがね色の花ぶさの見ゆ**とも**思ふ春のくること①　　　　　　　　　　　　　　　与謝野晶子

矢のごとく地獄におつる躓きの石**とも**知らず拾ひ見しかな①　　　　　　　　　　　　　　　山川登美子

わが夜虚しまたたくま**とも**杳か**とも**齢は過ぎて今日に到りぬ②　　　　　　　　　　　　　　筏井　嘉一

卓上の松虫草をかなし**とも**やさし**とも**思ひ近々とよる②　　　　　　　　　　　　　　　中野　菊夫

ども（接助）　①ある事の結果が、その原因から予想されたものと相反することをあらわす。（逆接の確定条件）口語で、…けれども、の意。

②過去・現在・未来にかかわりなく、ある条件に対してはいつでもある事態があらわれる意をあらわす。口語で…ても（やはり）、の意。

用言、および助動詞の已然形につく。

身にしみて　山の木草はさやげ**ども**、心あそばず　夏ふけにけり①　　　　　　　　　　　　折口　春洋

外の面には子らゑらげ**ども**弟の児の家にもどりて独遊びす①　　　　　　　　　　　　　　　窪田章一郎

（ゑらぐ―笑い興じる。）

雪のなかに日の落つる見ゆほのぼのとさんげの心かなしかれ**ども**②　　　　　　　　　　　　斎藤　茂吉

（さんげの心―過去の犯した罪を悔いて告白する心。ざんげする心。）

言挙げを吾はせね**ども**うら深く国を憂ふる者の一人ぞ②　　　　　　　　　　　　　　　　　半田　良平

（言挙げ―言葉に出してあれこれ議論すること。）

な（終助）　①意志、希望の意をあらわす。口語で、…しよう、の意。動詞、助動詞の未然形につく。

この家に来て初のたよりは妹より来し昼の休みにゆりと読ま**な**　　　　　　　　　　　　　　松倉　米吉

②感動をあらわし、口語で、…なあ、の意。文末につく。

夏の夜の月の光にさそはれて忍んだりや**な**忍ばれたり

やな　吉井　勇
（やな——…ことだなあ。「や」は間投助詞。）

③禁止をあらわし、口語で、…するな、の意。
動詞、助動詞の終止形につく。ラ変には連体形につく。

おのづからあふるるままにあらしめよ吾が来し道は吾子に知らゆ**な**　五島美代子

若き葉のあまりすなほに揺るる見つさだめなき未来を語らしむる**な**　斎藤　史

ながら（接助）①二つのことが同時に行われることをあらわす。口語で、…しながら、その一方では、の意。②上と下のことが矛盾するような気持ちをあらわす。口語で、…にもかかわらず。…ではあるが、の意。③口語で、…のままで。…のままの状態で、の意。④口語で、…であるゆえ、の意をあらわす。
動詞活用の連用形、また体言、形容詞・形容動詞活用の語幹につく。

竿はづし乾ける肌着抜き**ながら**竿先に見る星の近さよ
①　加藤知多雄

昼**ながら**幽（かす）かに光る螢一つ孟宗（もうそう）の藪を出でて消えたり
②　北原　白秋

湖も山谷もさびし命なきもの**ながら**永久に置かむと思へば②　土屋　文明

玉川の流を引ける小金井の桜の花は葉**ながら**咲けり③　正岡　子規

生き**ながら**針に貫かれし蝶のごと悶へつつなほ飛ばむとぞする③　三ヶ島葭子
生きたままで針につらぬかれた蝶のように、私も悶えながら、なお飛ぼうとしているのである。

風清き月夜**ながら**に故里にあらざる国に十年を老ゆ④
太田　青丘
（作者は、中国唐代の詩人杜甫（とほ）になりかわってその感慨をうたっている。）

など（副助）①おもなものの例をあげて他にも類似のあることを示す。②やわらかく言う。③打消、反問などの意を強める。④引用句を受けて大体このようなことをの意をあらわす。
いろいろな語につく。

わが恋を／はじめて友にうち明けし夜のこと**など**／思ひ出づる日②　石川　啄木

花の木**など**植ゑて住むべき家持つは何時の日ぞ部屋の

隅に炊げり②　大西　民子

眼に近くゆらぎてやまぬ花あれば不要に赤き色**など**塗るな③　斎藤　史

うつし世になごりの歌を書かむ**など**思ひつつ摺る墨にやあらむ④　吉井　勇

に（終助）　感動をあらわす。口語で、…のになあ、の意。活用語の終止形につく。

かの君をたそゝめかしつれて来よさらばよきものわれあたへむ**に**　九条　武子

雪あびて冬の花苑の夥しひそかなる吾が往来(ゆきき)つづく**に**　富小路禎子(とみのこうじよしこ)

可愛ゆき子わが受持ちの少年は受験に瘦する春来といふ**に**　馬場あき子

に（格助）　①場所をあらわす。口語で、…に。…で、の意。

ひえびえと闇の底ひ**に**霧ながれわが身不思議にかがやきそめぬ　尾山篤二郎

まじはりはあはあはとして或る時は暑き彦根の街**に**会ひたり　岡部　文夫

②時を示す。口語で、…に。…ときに、の意。

うす青き信濃の春**に**一つぶの黒きかげ置き君去(い)にけり　若山喜志子

あかときとおもふめざめ**に**きこえきてひとつの蟬の声のつづける　熊谷(くまがい)　武至(たけし)

③それに帰着することを示す。また、それから出たことを示す。口語で、…へ。…に、の意。

啼きながら雲**に**入りたる春鳥のいのちもさびしわれはおもふに　安田　青風

失ひしわれの乳房**に**似し丘あり冬は枯れたる花が飾らむ　中城(なかじょう)ふみ子

④方向を示す。口語で、…へ。…の方へ、の意。

何ものの声到るとも思はぬに星**に**向き北**に**向き耳冴ゆる　安永　蕗子

⑤動作・作用の結果、変化の結果を示す。口語で、…に、の意。

いのちありてまた見る空も大つちもすみれの色**に**たゆたひて暮る　五島美代子

山の小鳥はみな仰のけ**に**死にゐたりおきぬけにきて籠をのぞけば　中野　菊夫

⑥動作の目的を示す。口語で、…のために、の意。

うつしみの終（つい）（ひ）のあぶらを捨て**に**ゆく越の深山（みやま）は水の音する
山田　あき

この世に生きてきた人間の最後の煩悩、情念を捨てるためにゆく故郷越後の奥深い山には、なんときよらかな水の音がしていることよ。

⑦原因・理由をあらわし、口語で、…で、の意。

幾千の花かがやかす椿の木風なき午後を渇き**に**堪へず
大野　誠夫

試されてゐるを知りたるむなしさ**に**桜の蕊の降るなか歩む
阿久津善治

⑧受身のときに、その動作の源を示す。

桃二つ寄りて泉**に**打たるるをかすかに夜の闇に見てい(ゐ)る
高安　国世

⑨使役のときに、その動作の目標を示す。

落ちてゐる鼓を雛**に**持たせては長きしづけさにゐる思ひせり
初井しづ枝

⑩手役・方法を示す。口語で、…で。によって、の意。

おのがもつ十幾貫の重たさ**に**今日をゆだねて生くるかなしさ
前川佐美雄

むらがれる鉄道草を杖**に**うち煙だちゆく種おびただし
熊谷　武至

（鉄道草「ひめむかしよもぎ」の別名。）

山の湯の仕事**に**老いてゆく人のひそけき歎きその歌**に**読む
田谷　鋭

⑪動作の対象を示す。口語で、…に対して、の意。

ただ神**に**仕へやすけきひと見れば文学**に**執するおのれみにくし
安田　章生

感慨を目尻に怺へ職場去る解放感**に**きみ触れしのみ
加藤知多雄

春山にこころ遊べと沈黙の智恵者**に**われは従はざらん
島田　修二

⑫比較の基準を示す。口語で、…より。…以上に、の意。

人たけ**に**いまだ足らざるあすなろの木群（こむら）の緑厠つつめり
伊藤左千夫

⑬比況をあらわす。口語で、…のように、の意。

時雨るればまた寒くなる夜の闇を人魂**に**咲くあまた山茶花
西村　尚（ひさし）

⑭同じ動詞を重ねて意味を強める。連用形につく。

遠嶺には雪こそ見ゆれ澄み**に**澄む信濃の空はかぎりなきかな
島木　赤彦

⑮場合・状況などをあらわす。口語で、…ならば、の意。

わが恋は人に似ずけり夏咲くや草**に**ひあふぎ木**に**はねむのき　　伊藤左千夫

⑭を除き、①から⑮までは、体言、または活用語の連体形につく。

に（接助）　①事実を述べて下につづける。口語で、…と。…したところが、の意。

しづか、しづか、しづかは君が名なりきと思ふ**に**またも泣かれぬるかな　　金子　薫園

樫の木のさびしき夏葉おつる**に**ぞ月のひかりにきらりと触れし　　遠山　光栄

森駈けてきてほてりたるわが頬をうづめんとする**に**紫陽花くらし　　寺山　修二

②下の事実が、上の事実から予想される結果とは相反した結果になっていることを示す。口語で、…のに。…けれども、の意。

風の日の川ははげしく激てる**に**白き汽艇はさかのぼりゆく　　中野　菊夫

読みて行く妹の日記他愛なき**に**ある時にははげしく父を怒れり　　近藤　芳美

とげむともねがはずなりし恋なる**に**なほ捨てまどふ身のあはれなる　　原　阿佐緒

③原因、理由をあらわす。口語で、…ので、の意。

暫くを三間（みま）うち抜きて夜ごと夜ごと児等が遊ぶ**に**家湧きかへる　　伊藤左千夫

④恒時条件をあらわす。口語で、…する時は常に、の意。

秋となり萩はな咲けばおどろきてさしぐむこころ、見る**に**しのびず　　若山　牧水

秋になって萩の花が咲くと、驚いて何となく涙ぐむ様子は、見るにしのびない思いのすることだ。

①から④まで、活用語の連体形につく。

に—て（格助）　格助詞「に」に接続助詞「て」が連なったもの。

①場所、時、年令、状態、資格、手段、方法、材料などをあらわす。口語で、…で、の意。

母のことを子の云ひ出づる夜卓**にて**わが下心微かに疼く　　加藤知多雄

まゆみの花はしづかなさかり**にて**紅（あけ）に四つなる蘂（しべ）が対（む）きあふ　　遠山　光栄

（まゆみ—檀。山野に自生する落葉低木。五、六月ご

ろ淡緑の小花が開く。紅葉が美しい。観賞用に栽培もする。昔、弓の材料にしたが、今は材は細工物に用いられる。）

十三人生み八人の子を育てたる母は八十七歳**にて**みまかりぬ　石黒　清介(せいすけ)

武器もたぬこの民衆の一人**にて**歩道の上の石をまたげり　大西　民子

高い段を降りてゆく我の演技**にて**裾かろやかに舞はしめにけり　斎藤　史

クレオン**にて**ナガ井サブラウ君描きたる内地の山はかく緑なり　小泉　苳三(とうぞう)

白き膜(まく)**にて**くぎらるる柘榴(ざくろ)の実少女酷薄なるひとづまに　塚本　邦雄(くにお)

かたい表皮がわれて、白い膜でくぎられているざくろのつややかに張りつめた実を見ていると、少女がひとづまになったときのむごさを思わせる。

②理由、原因をあらわす。口語で、…のために。…によって、の意。

ただひとり吾より貧しき友なりき金(かね)のこと**にて**交絶(まじはり)てり　土屋　文明

①②とも、体言および活用語の連体形につく。

には

格助詞「に」と係助詞「は」が連なったもの。「に」の意味に従っていろいろの意をあらわす。体言または活用語の連体形につく。

①口語で、…にとっては、の意をあらわす。

いちはつの花咲きいでて我目**には**今年ばかりの春行かんとす　正岡　子規

晩春、いちはつの花が咲き出してきて、この私にとって、今年限りの春が、今去っていこうとしていることだ。

（いちはつ―あやめ科の植物で、高さ三〇㎝前後。四月ごろ紫や白色の花が開く。）

②目的をあらわす。

「愛さなくなる為**には**愛してゐなかったと思ひさへすればそれで良い」とぞ　森山　晴美

③比況をあらわす。

この里に住みても見ばや富士の嶺(ね)のたかきをおのが心**には**して　落合　直文(なおぶみ)

この里に住みたいものだ、あの富士山の崇高な姿を自分の様子のようにして。

に―も

格助詞「に」に、係助詞「も」が連なったもの。「に」の意味によりいろいろの意味をあらわす。口語で、①…においても、の意。②…のときも、の意。③…にさえも、の意。④…につけても、の意。⑤…からも、の意。⑥…に対しても、の意。⑦…であろうとも、の意。⑧並列をあらわし、口語で、…でも、の意。
体言、活用語の連体形につく。

君が戸**にも**同じう泣かむきりぎりすよびてたがひのうたをしへばや①　相馬　御風

常世(とこよ)**にも**見るべき色か入りつ日はただに静けきくれなゐに燃ゆ①　筏井　嘉一

不老不死といわれる常世の国で、見られそうな色であることよ。落ちゆく日は、ただひたすらに静かなくれないの色に燃えている。

待ち得たる時代とも或は思へども疲れやすし単純な思考**にも**③　近藤　芳美

春日射す床にひそまる兎らは耳ふりたてぬ小さき友**にも**⑥　三国　玲子

それぞれに孤独ゆゑ手をつながむと言ひくれし友**にも**久しく逢へず⑥　大西　民子

病みふして明日だに知らぬ身**にも**なほ世のゆくすゑは思はるるかな⑦　落合　直文

未来なきその日ぐらしの生活**にも**徹せよ徹せよと不敵にいへり⑦　安田　章生

に―や

格助詞「に」に、係助詞「や」が連なったもの。反語をあらわす。口語で、…であろうか、いや…でない、の意。
体言、活用語の連体形につく。

機械のごとくに製図つづけつつ過ぎ行く日日に何願ふ**にや**　近藤　芳美

彼(か)の世より呼び立つる**にや**この世にて引き留(と)むる**にや**熊蟬の声　吉野　秀雄

あの世から、早くこいと呼び立てているのだろうか、あるいはまた、この世に引きとめようとしているのだろうか。いずれともわからない、生死の境で聞く熊蟬の声であることよ。
（熊蟬—蟬の一種。日本の蟬類の中ではもっとも大きく、体長四～五㎝。体は黒色。盛夏のころ盛んに鳴く）

河南**にや**はたビルマ**にや**一兵の行方はしらずとどろきのなか　窪田章一郎

赤富士は透きとほりゐて翳淡しみえずなる**にや**現しみの我に　　鈴鹿　俊子

他に対する希望をあらわす。口語で、…てほしい。…てください、の意。

ね（終助）

動詞活用の未然形と、助詞「そ」につく。

高原の水のつめたく夏を咲くかそけき花に笑ましたま**はね**　　窪田　空穂

海の幸鰭の広もろ狭ものらの差向はあらず沢に得て来**ね**　　半田　良平

海の幸なら魚のひれが広いの、狭いのと区別はしない。なんでもよいから、沢山見つけてとってきてくれ。

（註　完了の助動詞「ぬ」の命令形も「ね」なので間違いやすい。助動詞の「ぬ」は連用形につく。）

の（格助）

①下の体言を修飾する語を作る。

(a)体言について、所有、所在、所属、時、作者、続柄、名称、内容、資格、行為者の場所、材料、性質状態などをあらわす。(b)「ごとし」「まにまに」などの語につづける。(c)形容詞、形容動詞の語幹、副詞につく。

われ男**の**子意気**の**子名**の**子つるぎ**の**子詩**の**子恋**の**子あゝもだえ**の**子(a)　　与謝野鉄幹

昨**の**夜**の**一夜空はれてたまりたる桑**の**葉**の**露滴りにけり(a)　　島木　赤彦

街**の**上にうすき埃**の**にほひ立ちて明けはなれゆく今日**の**かなしさ(a)　　古泉　千樫

氷片**の**ごとく泛きたる昼**の**月からまつ**の**間**の**歩みに移る(b)(a)(a)(a)　　加藤知多雄

拒みがたきわが少年**の**愛**の**しぐさ頤に手触り来そ**の**父**の**ごと(a)(a)(a)(b)　　森岡　貞香

風は己れ**の**音を聴き雪己れ**の**色を視るいづれ非情**の**顔つき**の**まま(a)(a)(a)(b)　　斎藤　史

山**の**上わづか**の**空は澄みとほり暮れかかりたる湖をてらせり(a)(c)　　佐藤佐太郎

②主語を示す。

かざす手に若葉の楠**の**かげるありこのあさけ室**の**さはやかなるかな　　尾山篤二郎

修道女ひとり仏弟子ふたり何の血**の**わが子のうちに継がれゐたりや　　加藤知多雄

③比喩をあらわす用法で、下の用言を修飾する語を作る。口語で、…のように、の意。

日だまり**の**ふかきよろこび草の芽をあひたたへつつ父とはならず　小中（こなか）英之（ひでゆき）

④用言の下について体言の代用をする。口語で、…こと、の意。

白玉を枝とふ枝にちりばめて老（おい）梅のはなの見**の**すがしも　窪田　空穂

⑤並立する体言を結ぶ。口語で、…とか、の意。

おろかしく文字に執して現実**の**浪漫**の**とさてはや来迎（らいがう）もなし　斎藤　史

①〜⑤とも、体言、助詞などにつく。

のみ（終助）　語句を強く言い切る意をあらわす。文末につく。

こゑなきてしきりに挑む七面鳥あかるき朝は霜の光**のみ**　吉植　庄亮

うとまる老と雖（いへど）もその生（いき）を清くまししは父**のみ**母**のみ**　宮　柊二

人にいやがられる老人でも、その生涯を汚れなく立派に過ごされたのは、実に私の父と母である。

のみ（副助）　①限定をあらわし、口語で、…だけ、ばかり、の意。②そのことが何度も起こることをあらわす。口語で、しきりに、の意。③限定して強調することをあらわす。口語で、とくに。もっぱら。とりわけて、の意。

体言その他いろいろの語につく。用言、助動詞は連体形。

死といふこと難しと**のみ**はおもほえず風やすらかに胸にかよひて①　金子　薫園

年ながく生きて身につく寂しさは吾**のみ**のもの妻さへ知らじ①　松村　英一

一粒の向日葵の種まきし**のみ**に荒野をわれの処女地と呼びき①　寺山　修司

秋の風肌寒うして堪へがたき時**のみ**我をおもひ出づる君②　吉井　勇

同じ茂りふたたびは見ぬ木蔭ゆく命**のみ**こそただに長しも③　土屋　文明

は（終助）　感動、詠嘆をあらわす。口語で、…よ。…ぞ、の意。文末につく。

獄を出て／国境、海辺の町に来て／やけつく砂に／身を伏す、今**は**——　大田遼一郎

は（係助）　「は」の上にある事物を他からはっきり区別する語。①とくに提示する意をあら

わす。（主語のように用いる）②とくにとりたてて区別する。③強調する気持ちをあらわす。口語で、なんと…が、の意。

いろいろの語につく。

信濃路**は**いつ春にならん夕づく日入りてしまらく黄なる空のいろ①　島木　赤彦

よしきり**は**一つ鳴きたり青江さす若葉しげなる葦原の中に①　橋田　東声

よしきりが、一つだけ鳴いた。青い川の水がみちている若葉の生い茂った葦原の中で。

後肩いまだ睡れり暁**は**まさにかなしく吾が妻なりけり②　千代　国一

雪の上に春の木の花散り匂ふすがしさにあらむわが死顔**は**②　前田　夕暮

真白な雪の上に、うすくれないの春の花が散り匂うような、すがしさになろう、私の死顔こそは。

春**は**まだ寒き水曲を行きありく白鷺の脚のほそくかしこさ③　北原　白秋

（水曲—川の流れが曲って水のよどんでいる所。）

星のゐる夜空のもとに赤赤とははそはの母**は**燃えゆきにけり③　斎藤　茂吉

（ははそはの—「母」にかかる枕詞。）

ば（接助）

①未然形について、仮定した場合の条件をあらわす。口語で、…ならば、の意。

韓にして、いかでか死なむ。われ死な**ば**、をのこの歌ぞ、また癈れなむ　与謝野鉄幹

髪五尺ときな**ば**水にやはらかき少女ごころは秘めて放たじ　与謝野晶子

白銀の鍼打つごとききりぎりす幾夜はへな**ば**涼しかるらむ　長塚　節

銀の鍼を打つように、冴えざえとしたきりぎりすの声が心の奥底に浸み透ってくる。あと幾夜を過したならば涼しくなるのであろうか。

②已然形について、原因、理由をあらわす。口語で、…ので。…から、の意。

友も妻も、かなしと思ふらし——／病みても猶、／革命のこと口に絶たね**ば**。　石川　啄木

暁はまだ遠けれ**ば**しんしんと雪は降れれ**ば**妻よねむれ　田井　安曇

③已然形について、事実を述べて下に続ける。口語で、

…すると。…したところが、の意。
よわよわしきわが子まもれば**ば**はや霖雨(つゆ)の蜀葵(たちあふひ)淡(うす)く紅(べに)に咲きたり　　前川佐美雄
妹のごとしと言へ**ば**はく息のあはあはしけれ窓の日ぐれに　　大河原(おおかわら)惇行(としゆき)
④已然形について、ある条件のもとでは常に同じ結果が生ずることを示す。口語で、…のときはかならず、の意。
しゃぼん玉撒(ま)かれて消ゆるにぎやかさ忘れかねつつ病む子おもへ**ば**　　片山　貞美
⑤打消の助動詞「ず」の未然形について、逆接のように用いる。口語で、…のに。…ので、の意。
⑥已然形について、並列的、対照的に事を述べる。
わが内のかく鮮(あたら)しき紅(くれなゐ)を喀(は)け**ば**凱歌のごとき木枯　　滝沢　亘
自分が身体のなかから、このように鮮やかな紅色の血を吐いていると、外では勝ち誇ったように木枯が鳴っている。

ばかり（副助）

①その数量の前後をあらわす。口語で、…ぐらい。…ほど、の意。
②動作・作用の程度をあらわす。口語で、…て間もない。…ほど。…ぐらい、の意。③それだけに限定することをあらわす。口語で、…だけ、の意。
助　詞　は—はか
いろいろの語につく。用言、助動詞は終止形・連体形。
ついばみて孔雀は殿(との)にのぼりけり紅き牡丹の尺**ばかり**なる①　　与謝野鉄幹
黄の蝶はわが家(や)の軒に来ずなりてつめたき雨が三夜(みよ)さ**ばかり**ふる①　　坪野　哲久
墓原の彼方屹立するビルに入れし**ばかり**の窓々光る②　　高安　国世
枸杞の実のしたたる**ばかり**朱(あか)きをば一茎引きて惜しむ春の日②　　前川佐美雄
唇ふれん**ばかり**に近く面寄せてよろこびあえ（へ）ぐ職決まりしを②　　篠　弘
（ふれんばかりに—まさに触れそうになるほど。）
松風の音**ばかり**だにさびしきを雨もふりきぬ小夜の中山③　　落合　直文
亀裂多きフイヨルドの海図わが読みし**ばかり**にめざとき夜ごとのみだれ③　　竹内　邦雄(くにお)
（読みしばかりに—ただ読んだだけの理由で。）

はーも（終助）　終助詞の「は」と「も」が連なったもの。強い詠嘆をあらわす。口語で、…よ、の意。文末につく。

稲刈りし後の田川は用なきが如き流のすみやかさ**はも**　岡　麓

みごもれる程もおとなしくわが妻に女の童らしと云はれし子**はも**　木下　利玄

はや（終助）　深い感動、詠嘆の意をあらわす。文末の体言、用言の連体形につく。

底ひより噴きかへるみづのいきほひを超えゆくときは息づまる**はや**　岡部　文夫

秋出水稲田をひたす山里にみ魂迎への楽ひびく**はや**　吉野　秀雄

この酷き痛みに堪へて幾十とせなほ生き行かむ父母なる**はや**　川田　順

衰へのしるきわが身を直照らす日が裂きにける土の深さ**はや**　窪田　空穂

ばや（終助）　自己の希望をあらわす。口語で、…したいものだ。…しよう、の意。動詞、助動詞の未然形につく。

野に生ふる、草にも物を、言はせ**ばや**。涙もあらむ、歌もあるらむ。　与謝野鉄幹

野に生えている草にさえも物を言わせたいものである。おそらく涙もあるであろうし、歌もあるであろう。

緋威の鎧を著けて太刀佩きて見**ばや**とぞ思ふ山ざくら花　落合　直文

はなやかで立派な、緋威の鎧や太刀を身につけて、見たいものだと思うことよ。この美しい山ざくらの花は。

うつそみの病みて得しこのしづけさを愉しみ愛でて独りをら**ばや**　栗原　潔子

鳥逐ふを見**ばや**　そよや揚雲雀　花は遠く散りゆく　山中智恵子

ばーや　接続助詞「ば」に疑問の係助詞「や」が連なったもの。仮定条件の疑問をあらわす。口語で、…だとしたら…だろうか、の意。動詞の未然形につく。

雲なき日夏の緑の十重二十重なかにうもれて死な**ばや**足らむ　相馬　御風

へ（格助）　①動作・作用の進行する方向を示す。口語で、…に向かって。…の方へ、の意。

舟は沖**へ**うねりは磯**へ**空の下(もと)に行きちがひ行きちがひ浦わ漕ぎ出づ　木下　利玄

思はざる高み**へ**視線のゆく日にてみづきの花の真盛りに遇ふ　大西　民子

肩先まで髪は伸びなむ良き恋の我に笑まふか夏から秋**へ**　栗木　京子

②動作・作用の起着点をあらわす。口語で、…に、の意。

東京**へ**帰るとわれは冬木原(ふゆきはら)つらぬく路の深き霜踏む　窪田　空穂

③動作・作用の行なわれる相手を示す。口語で、…に対して、の意。

文学**へ**の思慕たちがたきものの集(つど)ひ旋盤工店員ら主婦もまじりて　木俣　修

木を足しつつ囲炉裏に豆を煮る母**へ**山姥の眼はそそがれてゐむ　小野興二郎

山里の家で、一人孤独に囲炉裏に木をくべながら豆を煮ている母に、きっと深山にすむというあの伝説的な山姥の眼がそそがれていることであろう。

（註「へ」は方向、「に」は場所、「を」は経過する場所をあらわすのが元来からの用法である。）

①から③まで、体言につく。

ほど（副助）　①物事の程度をあらわす。口語で、…ぐらい、の意。②比例をあらわす。口語で、…につれてますます、の意。

体言および活用語の連体形につく。

君が唇闇(くちやみ)のなかにもみゆる**ほど**あかかりし夜の強きくちづけ①　前田　夕暮

ゆふさめの寒からぬ**ほど**は石にふり濡れそぼちゆく鶏頭のはな①　中村　憲吉

裏山の冬木にそそぐさむ時雨見てゐる**程**にいやさびしもよ②　木下　利玄

（註　体言「ほど」と格助詞「に」が連なった、接続助詞とも考えられる。）

語る**ほど**に光れる位置を移す雲わが眼を奪ひゆく力あり②　小野　茂樹

まで（副助）　①動作・作用・状態の程度、限度を示す。口語で、…くらい。…ほど、の意。

②限定をあらわす。口語で、…だけ。…にすぎない、の

で。…に、の意。④動作・作用の及ぶ時間的・空間的な限界を示す。口語で、まで。くらい、の意。（③④は格助詞とする見方もある）

意。③動作・作用の帰着点、終点を示す。口語で、…ま

いろいろの語につく。

青き**まで**ふゆ月照れり松林（しょうりん）の千万の葉尖（はさき）りんと張りみつ①　坪野　哲久

苦しみてかれが飲む酒ひかりたる頭の尖より湯気たつる**まで**①　香川　進

晩春の雨すぎてより憚（たゆ）き**まで**草むらのそらあをくかがやく①　宮　柊二

布靴を濡らせしことに挫かれてい（ゐ）るこころわが及ばぬ**まで**に①　平井　弘

さらばよし別るる**まで**ぞなにごとの難きか其処に何のねたまむ②　若山　牧水

一すぢの小道の末は畑に入りて菜の花一里当麻寺に**まで**③　服部　躬治

子ら三人（みたり）臥処（ふしど）のなかに入る**まで**は私事（わたくしごと）のごとくおもほゆ④　斎藤　茂吉

裸木にふりしきる雪明日**まで**も降らばいかほど枝に積もらむ④　佐佐木信綱

（明日までも―明日になっても。「も」は係助詞。）

も（終助）　詠嘆の意をあらわす。

文末のいろいろな語につく。

捜り行く路は空地にひらけたりこのひろがりの杖にあまる**も**　明石　海人

手さぐりのように杖を頼りに歩いて行く道が、空地に出たらしく不意にひらけた。そのひろびろとした不安な感じは、杖一本の頼りでは思いあまることである。

ある時は　人を憎まぬ心なり。しみ〳〵と　母のいたまれて来**も**　折口　春洋

つくづくとわが身のまはり見廻しつついつついつと堪へて長き世（よ）なる**も**　栗原　潔子

も（間助）　①詠嘆をあらわす。②意味を強める。

文節の末のいろいろな語につく。

眼閉（めと）づれど、／心にうかぶ何もなし。／さびしく**も**、また、眼をあけるかな①　石川　啄木

眼の前に転倒したる自転車の少年の恥われに苦し**も**①　滝沢　亘

秋の日のあかるき空のもとをゆく人あらはに**も**小さな

るかな①
秋の日の明るい空の下を歩いて行く人は、何と日の中にはっきりとしかも小さく見えることか。　金子　薫園
なまけものなまけてあればこおひいのゆるきゆげさへもたへがたかりき②　北原　白秋
（こおひいの—コーヒーの。）
①並列をあらわす。口語で、…も、の意。

も（係助）

少年のわが日は苦し触るもの黄薔薇も愛も死なしめてゆく　田井　安曇
軒めぐる氷柱いつくし短かきも長きもともに角によく似て　筏井　嘉一
②同趣の事柄の一つをあげて言う。口語で、…もまた。…においてもまた、の意。
青やかに竹の林にさし入れる日光はすずしその竹の子も　岡野直七郎
曼珠沙華咲く野の日暮れは何かなしに狐が出るとおもふ大人の今も　木下　利玄
③軽いものをあげて重いものを想像させる。口語で、…さえも。…でも、の意。
一夜あけ涼しき部屋に朝の蚊にささるることもこころ果敢なし　佐藤佐太郎
天井に視野かぎらるる病褥の汗疹爛れも生きゐる証し　加藤知多雄
④口語で、せめて…だけでも、の意。
仏らはいづくにありやわがいのち燃え尽くるとき鳥も飛ぶべし　前川佐美雄
⑤仮定してみる気持ちをあらわす。口語で、…でも。…なりと、の意。
温室を馳せも出づべく心燃ゆはやはや君を見にかへるべく　前田　夕暮
ぬば玉の夜の空はれてやや寒し水草の螢とびものぼらず　島木　赤彦
（ぬば玉の—「夜」「黒」「髪」などにかかる枕詞。）
いつまでも明けおく窓に雨匂ふもしや帰るかと思ふも寂し　大西　民子
⑥主語などについて和らいだ表現をする。
大きなる鮪の頭を買ひ得たる妻の誇りも今日のよろこび　植松　寿樹
⑦小さい数量をあらわす数詞や語について、それさえも

ない意をあらわす。
ひとたびも母に抱かれし記憶なき我をあはれみし母も死にたり　　石黒　清介
⑧不定をあらわす語について総括する意をあらわす。
来る手紙はどれもこれも平凡なことばかり気をかねて言はぬ心根(こころね)があはれ　　筏井　嘉一
⑨否定の文に用いて否定を強める。
赤茄子の腐れてゐたるところより幾程もなき歩みなりけり　　斎藤　茂吉
(赤茄子——トマトの別称。)
汝もまた寂しき結婚を知るならむ言ふべきもなき今日のわが思ひ　　高安　国世
⑩推量、命令をあらわす文に用いて感情を添える。
寂しさに激したる日も過ぎゆかむ春の疎水(あんりゅう)に手を浄めをり　　安立スハル
①から⑩まで、名詞、助動詞および活用語の連体形、連用形につく。

も（接助）　①逆接の確定条件をあらわす。口語で、…のに。けれども、の意。②逆接の仮定条件をあらわす。口語で、…ても。…とも、の意。
動詞活用の連体形につく。
みづからを火焔(ほのほ)のなかに燃えしむる不動といふも影かたちなし①　　前川佐美雄
人間のいのちといふもはかなくて夜明けに過ぎしひとひらの夢①　　前川佐美雄
耀けるもの身をぬきとほるたまゆらを歌ふといふも嘆きなるべし①　　斎藤　史
まばゆいほどきらきらと光るものが、自分の体をつきぬけていくような瞬間の感動を歌おうとも、結局は嘆きとなってしまうことなのである。

もーが（終助）　係助詞「も」に願望の終助詞「が」が連なったもの。願望をあらわす。口語で、…であればなあ。…があればなあ、の意。
体言および形容詞の連体形、助詞「に」などにつく。
雑草(あらくさ)は道をおほへり真中に立ち我ここにありといはむ声**もが**　　佐佐木信綱
もが
むらがりて真白き花の珠と咲くおほでまり花子が毬(まり)に　　宇都野　研

もがーな（終助）　終助詞の「もが」と「な」が連なったもの。願望をあらわす。口語で、…であればいいなあ。…があればなあ、の意。

体言および形容詞の連用形、助詞「に」などにつく。

せめてたゞ恋に終りの無く**もがな**よりどころなきこの

あめつちに　　　　　　若山　牧水

がな

燃えたてる炎の烟その中にまぎれ入るべきわが身とも

がな　　　　　　　　佐佐木信綱

何ごとも、完(ステ)にをはりぬ。息づきて、全(マタ)く霽(ハル)けむ心と

もがな　　　　　　　　　　釈　迢空

もが―も（終助）　終助詞の「もが」と「も」が連なったもの。願望をあらわす。口語で、…であればなあ。…があればなあ、の意。

体言、形容詞の連用形、助詞「に」などにつく。

旨(うま)き物食(た)ぶる顔のやさしきを恋ふるこころに旨き物も

がも　　　　　　　　窪田　空穂

あたらしき命**もがも**と白雪(しらゆき)のふぶくがなかに年をむか

ふる　　　　　　　　斎藤　茂吉

やすやすと行かむ野**もがも**若草のなごやが中に吾こひ

にけり　　　　　　　　土屋　文明

（なごや―和や。なごやかなこと。やわらかなもの。）

白々とビルデイング街に照る日光しづかに住まむ故郷

もがも　　　　　　　　渡辺　直己

も―こそ（係助）　係助詞の「も」と「こそ」が連なったもの。「も」の意味をさらに強調する。

名詞、助詞、活用語の連体形と連用形につく。

重々(おもおも)とうつろひゆけり流れの底を石のまろべる音**もこ**

そせね　　　　　　　　斎藤　史

神神のこゑ**もこそ**せね昼顔の花あかくしぼみ渇きゆく

野に　　　　　　　　前川佐美雄

（もこそせね―…さえもしないことよ。「も」は下の打消の助動詞「ね」の否定を強める。）

もの（終助）　口語で、…のになあ。…のだがなあ、の意。文末につく。

足乳根の母に連れられ川越えし田越えしこともありにけむ**もの**　　　　　　斎藤　茂吉

これが　生れる前に見た暗さなのかしら　このごろよくこころを掠める**もの**　　　　　　五島　茂

もの―か（終助）　①強い感動をあらわす。口語で、…ではないか。…ことよ、の意。

②非難を含む反問をあらわす。口語で、…ことがあろうか、の意。

活用語の連体形につく。

うつしみは悲しき**ものか**一(ひと)つ樹をひたに寂(さみ)しく思ひけるかも①　斎藤　茂吉

咽喉元(のどもと)をかすれて出づる息堪ふれ侏儒のごときが笛ふく**ものか**①　坪野　哲久

（侏儒―こびと。一寸法師。）

ひとりするおもひをしげみ相会ひて斯くし言葉の乏しき**ものか**①　五島　茂

一人のときはしきりにあなたのことを思うのに、会うと意外にもこんなに言葉の少ないことよ。

もの‐から（接助）　名詞「もの」に格助詞「から」が連なったもの。

①確定の逆接条件を示す。口語で、…のに。…けれども。の意。②確定の順接条件を示す。口語で、…ゆえに、の意。

活用語の連体形につく。

琴の音はかよふ**ものから**何にかく逢ふことかたきわが身なるらむ①　落合　直文

いまだ炉も塞がで家にこもりゐぬ火を吾妹子と思ふ**ものから**②　吉井　勇

もの‐ぞ（終助）　名詞「もの」に終助詞「ぞ」が連なったもの。

断定をあらわし、口語で、…ものである、の意。また、助動詞「む」につき、口語で、きっと…にちがいない、の意。

活用語の連体形につく。

憂しと云へ日向(ひなた)の草に宿かれば果敢なき露も輝く**ものぞ**　中原　綾子

この庭に土竜(もぐら)もたげし黒土が朝々にあり淋しき**ものぞ**　斎藤　茂吉

もの‐ゆゑ（接助）　名詞「もの」と「ゆゑ」が連なったもの。

口語で、…ので。…ものだから、の意。

活用語の連体形につく。

いとけなくいのち終りし**ものゆゑ**に吾がをさなごを忘れかねつも　岡部　文夫

腹のものを反(かへ)し哺(はぐく)む親鳩のふるまひかなし生ける**ものゆゑ**　島木　赤彦

もの‐を（終助）　名詞「もの」に間投助詞「を」が連なったもの。感慨をあらわす。

口語で、…のになあ。…のだがなあ、の意。
文末で用いられ、活用語の連体形につく。

大空の塵とはいかが思ふべき熱き涙のながる**ものを**　　与謝野鉄幹

大空の塵のような自分の存在だとは、とうてい思えない。わが生のゆくてを想いめぐらせば、このように涙がながれることよ。

哀楽の過ぎ来し思へば石光る冬の渚も身に沁む**ものを**　　加藤知多雄

一介の介は芥に通ずるといはれなくとも知りゐる**ものを**　　前川佐美雄

ものを（接助）　①確定の逆接条件をあらわす。口語で、…のに、の意。②確定の順接条件（原因・理由）をあらわす。口語で、…ので、の意。活用語の連体形につく。

あやまちは詮なき**ものを**言荒く教へ子を責めてけふもかなしき①　　筏井　嘉一

しばだたくまなこは香の沁む**ものを**信なきわれは掌をあはすのみ①　　上田三四二

父は老い母は衰へ生活すら立ちがたき**ものを**子は為さずあり①　　鐸木　孝

いつしんに事を為さむとおもひ立つそのたまゆらは楽しき**ものを**②　　若山　牧水

もよ（間助）　間投助詞の「も」と「よ」が連なったもの。感嘆の意をあらわす。文節の末のいろいろな語につく。

こゝにきてこゝろたのし**もよ**高原の萱草あをく天になびきて　　太田　水穂

若葉せる樹の上に夢を遊ばせて吾はかなし**もよ**家暗く臥す　　前川佐美雄

群れ泳ぐおたまじやくしのいや愛し苗代水に生れて来**もよ**　　筏井　嘉一

や（間助）　①感動、詠嘆をあらわす。②名詞について、口語で、…の。…は、の意をあらわす。③語調をととのえて、軽い感動の意をあらわす。いろいろの語につく。

わづかばかり人に知られし名を持ちて苦しむことのあはれ愚**や**①　　宮　柊二

きらめきてさらりさらりと降る雪の日のくれぐれ**や**いのちまがなし②　　坪野　哲久

今朝の朝の露ひやびやと秋草**や**すべて幽(かそ)けき寂滅(ほろび)の光③　伊藤左千夫

すっかり晩秋となった今朝は、露がいかにも冷えびえと秋草にやどっている。その秋草の露の光は、万物が枯れ果ててゆく、ほろびの季節の光なのである。

この道**や**春の埃の風ふけばふたたび逢はぬものの遙けさ③　土岐善麿

や（係助）　①疑いをあらわす。②問いをあらわす。③反語の意をあらわす。

いろいろの語につく。

みづみづと青く直ぐなる草抜き居り不用意に自らのもの摘みし**や**①　新井貞子

しらたまの君が肌はも月光(つきかげ)のしみとほりて**や**今宵冷たき①　川田順

庭の雪にかかり**や**せむとこの朝げ畳の塵もはらはざりけり①　服部躬治

紅燈(こうとう)の巷(ちまた)にゆきてかへらざる人をまことのわれと思ふ**や**②　吉井勇

歓楽のまちに入りびたって、まっとうな生活にはかえってこない私のことを、本当の姿だと思っているのか。

眼をとぢつ君樹によりて海を聴くその遠き音になにのひそむ**や**②　若山牧水

この歌を読むらん人の誰あり**や**さもあらばあれ歌ひつづけん②　窪田空穂

愚かとしただに言はめ**や**自らの力をつくし飯(いひ)減るこの子を③　島木赤彦

愚かだと簡単に云えるだろうか、絶対に云えやしない。受験で力を果たし食事の減っているこの子を。

夕ぐれに近づくころのはつかなる浅黄(あさぎ)の空を凡(おほ)にし見め**や**③　斎藤茂吉

夕ぐれ近くなったころの、わずかに微妙な浅黄色に変化する空を、ただなんとなくぼんやりと見ていられようか。いや、そんなことはない。

や－も（終助）　係助詞「や」に間投助詞「も」が連なったもの。反語をあらわす。口語で、…であろうか、いやそんなことはない、の意。

動詞、助動詞の已然形につく。

病ひにも堪へつつ君は行くらめど堪へられめ**やも**そを思ふものは　島木赤彦

この我を見ずはあられぬものとせし母なるものを恋ひ

ざらめ**やも**　窪田　空穂

この私のめんどうを見ないことなどは、あってならないものと思っていた母という人を、恋いしたわずにいられようか。したわずにはいられない。

ふるさとの青山に日は照らせれどわがなき父にまたあはめ**やも**　橋田　東声

ゆ（格助）　①動作の時間的・空間的起点をあらわす。口語で、…から。…より、の意。②移動する動作の経過点をあらわす。口語で、…を通って。…から、の意。③比較の基準をあらわす。口語で、…よりも、の意。

体言につく。

あらためていいはじほがじ今**ゆ**後も君が幸福（サイハヒ）いのるばかりぞ①　服部　躬治

今日一日妻の手紙**ゆ**ジャスミンの匂ひは立ちぬ吾の枕べ①　近藤　芳美

睡らむとしてみどり子はその口**ゆ**ひろがる笑まひ繰り返しゐる①　田崎（たさき）　秀（しゅう）

わが胸**ゆ**海のこころにわが胸に海のこころ**ゆ**あはれ絲鳴る②　若山　牧水

海辺にいると、自分の胸から海のこころへ、また、海のこころから自分の胸へと、一本の糸がつながって、なんとまあ、しみじみとした音にひびき合い、鳴ることよ。

崖下の人家（じんか）の上に岬**ゆ**もみさきの山へ海張りきれり③　木下　利玄

よ（間助）　①詠嘆、感動をあらわす。③強く指示する。②呼びかけをあらわす。④命令の意を強く確認する。①〜③まで、いろいろの語につく。④は動詞、助動詞の命令形につく。（終助詞とする見方もある）

いのちなき砂のかなしさ**よ**／さらさらと／握れば指のあひだより落つ①　石川　啄木

暗き世のそこらここらに閃（ひら）めきてわれを罵る舌の紅さ**よ**①　川田　順

君かへす朝の舗石（しきいし）さくさくと雪**よ**林檎の香のごとくふれ②　北原　白秋

一夜、泊った恋人が帰る朝の雪よ、林檎の香りのように爽やかに、さくさくと舗石に降ってくれ。

齢たけておもひなやみの深まるにつかひ古したる顔**よ**なげきぬ③　前川佐美雄

あたたかく照れ**よ**冬の日たまたまに連れ立ちて今日は
妻も出でこし④　　安田　章生

よ（格助）　①動作・作用の時間的・空間的な起点をあらわす。口語で、…から、の意。②動作・作用の経由する場所を示す。口語で、…を通って、の意。③手段・方法を示す。口語で、…で、の意。
体言、活用語の連体形につく。

この山の杉の木の間**よ**夕焼の雲のうするる寂しさを見む①　　島木　赤彦

仰ぎ見る低き細枝**よ**さきがけて咲かむ蕾の紅ぞ濃き①
窪田章一郎

より（格助）　①動作・作用の起点をあらわす。口語で、…から。…以来、の意。

ながれ**より**かなしみ来るながれ**より**鋭（と）きかなしみの色てりかへす　　尾山篤二郎

もゆる限りはひとに与へし乳房なれ癌の組成を何時**より**と知らず　　中城ふみ子

帰り来て腕**より**腕にわたされし幼な子は妻の匂ひをつたふ　　上田三四二

②動作・作用の経過地点をあらわす。口語で、…を通って、の意。

沖べ**より**吹きとほし来るうしほ風岩にあたりて霧となる見ゆ　　島木　赤彦

③動作・作用の手段方法をあらわす。口語で、…で、の意。

電車**より**その折々にこほしみし東富橋（とうとみばし）を今日わたりゆく　　佐藤佐太郎

④比較の基準をあらわす。口語で、…よりも、の意。

昨日**より**けふ一山の冴えて見ゆ黄のもみづるはまおもての山　　遠山　繁夫

⑤即時の意をあらわす。口語で、すぐに、の意。

横須賀に戦争機械化を見し**より**もここに個人を思ふは陰惨にすぐ　　土屋　文明

①〜⑤とも、体言および用言、助動詞の連体形につく。

ろ（間助）　①感動をあらわす。口語で、…よ、の意。文末の終止形や命令形などにつく。
②「ろかも」の形で感動をあらわす。口語で、…よ。…なあ、の意。
体言および形容詞の連体形につく。
（接尾語または終助詞とする見方もある）

よみにありて人思はず**ろ**うつそみの万（よろづ）を忘れひと思は

ず**ろ**①　　伊藤左千夫
あの世にあったら人のことは思わないよ。この世の一切
のことを忘れ、人のことは思わないよ。
春雨の霽(は)れし朝(あした)の湖(みづうみ)にうかべし舟は羨(とも)しき**ろ**かも②
　　岡　麓
ひさびさに茶筅あやつり大ぶりの美濃のやきものかな
しき**ろ**かも②　　坪野　哲久
　嘆息のまじった詠嘆をあらわす。
口語で、…よ、の意。

ゑ（間助）
文節の末につく。（終助詞とする見方もある）
牛肉に刺身を併せ食ひしあと一人のみしたるおごりさ
びし**ゑ**　　吉野　秀雄
年老いてここのみ寺にのぼれりとおもはむ時に吾は楽
し**ゑ**　　斎藤　茂吉

を（間助）　①文中にも用いるが、多くは文末に用い
て、感動、詠嘆をあらわす。口語で、…
なあ。…なのになあ、の意。②体言を受け、形容詞語幹
に接尾語「み」のついたものにつづいて、「…を…み」
の形で原因、理由を示す。口語で、…が…ので、の意。
なにげなく聞きゐし雨のいとどしく降りひびくかも酒
尽くるころ**を**①　　若山　牧水
なにげなく雨の降る音を聞いていたが、そのうちにひど
い降りかたになって雨音が響いてきた。もう酒の終る頃
に。
ことごとく　しらね　はきたる　すゐせん　の　たま
ね　うう　べき　ひま　も　あら　まし　**を**①
　　会津(あいづ)　八一(やいち)
海照す月**を**涼しみ灯の見ゆる向ひの島へ渡らむと思ふ
②　　正岡　子規
針尾山(はりをやま)風**を**いたみか降りおける広野(ひろの)の雪のまひ散らふ
かも②　　太田　水穂
（風をいたみか―風が激しいためか。）

を（格助）　①動作の対象を示す。②動作の起点を示
す。③経過する場所を示す。④持続する
時間を示す。⑤格助詞「に」の動作、感情の対象をあら
わす用法と同じ。口語で、…に、の意。
体言、活用語の連体形につく。
後背の似たる**を**追ひて幾年か街に老母のまぼろし**を**見
き①　　加藤知多雄
家**を**出て五町(ちやう)ばかりは、／用のある人のごとくに／歩

いてみたれど――②　石川　啄木

秋は君が愛恋の苦の若からぬ眼光(まなこ)らせて雑踏**を**来る③　河野　愛子

三十年**を**貧しき絵描きに添ひし母がざつくばらんのもの言ひ**を**する④①　安立スハル

花どき**を**何にこもるときくな君なかく胸はくるしきものを④　金子　薫園

まこと人**を**打たれむものかふりあげし袂このまま夜**を**なに舞はむ⑤④　与謝野晶子

を（接助）

①上の句に対して矛盾していることをあらわす。口語で、…のに、の意。②下の句に対する理由、原因をあらわす。口語で、…ので、の意。③上の句と下の句を結ぶ。口語で、…と、の意。

活用語の連体形につく。体言につくこともある。

死にければ人は居らぬ**を**過(あやま)ちて我は呼びけり十年(とせ)呼びし名を①　窪田　空穂

かがまりて見はれば荒き地(つち)なる**を**何の虫かもはねて飛びたり①　前川佐美雄

努めても努めても事は終らぬ**を**つひに悲しみてわれは思へり②　柴生田　稔

蝶の飛ぶ春なるかなと見てをる**を**小鳥ぞといふに微笑み尽きず③　北原　白秋

をば

格助詞「を」に係助詞「は」が連なって濁音化したもの。物事の対象を強く示す意をあらわす。

体言、活用語の連体形につく。

語らふも心通はじわが経たる六十(むそぢ)の世**をば**負ひ持ち死なむ　窪田　空穂

おのれ**をば**鍛(う)ちなほさまくと腕組むや杉しんしんと声なく高し　前川佐美雄

（鍛ちなほさまく―きたえ直すべきだ。）

代名詞　接続詞　連体詞　感動詞

代名詞

事物の名に代えて、直接にそのものを指示していう語。人代名詞と、指示代名詞の二種類がある。

あ（吾・我）　一人称の代名詞。口語で、わたくし。わたし。われ、の意。

我が母の肉のゆるびは嘆き故**あ**を思ふゆゑにわれすべもなし　長塚　節

しなやかに熱きからだのけだものを**我**の中に馴らすかなしみふかき　斎藤　史

口あけて老母も吾が子も**吾**もねむるまひる魍魎の翳など射すな　石川不二子

（魍魎―山水木石などに宿るとされる精霊。人を害するという想像上の妖鬼。）

あなた（彼方）　①話し手より遠くへだてた方向をさす。口語で、向こうの方。かなた。あちら、の意。②転じて、口語で、以前。昔。今より前、の意。

人の世のつひのをはりの墓どころ**あなた**に町の屋根白くみゆ①　小田　観螢

太陽は山の厚みの**彼方**なればこの面の草の色のさむさよ①　木下　利玄

本になりし自伝読みつぎ歳月の**彼方**に消えし思をぞ恋ふ②　大野　誠夫

あれ（我・吾）　一人称の代名詞。口語で、われ。わたくし、の意。

海豚の子をにぎりつぶして潮もぐり悲しき息をこらすや**吾**はや　斎藤　茂吉

あれ（彼）　遠くにある物・事・所などをさす。口語で、今の。それ。あそこ、の意。

あれは海の哭くこえ（ゑ）春の森ふかく聴きい（ゐ）てずっと太古のよ（や）うに　下村　光男

いづ-かた（何方）　①不定の場所をさす。口語で、どこ、の意。②不定の方向をさす。口語で、どちら。どっち、の意。

胸ふかく花さくや霜**いづかた**に歩まむともよほろびに向ふ②　坪野　哲久

胸の底ふかく、花が咲いているのだろうか。霜が降っているのだろうか。どちらの方向に歩んでいったとしても、しょせんは滅びの方向にむかっていくことである。

春塵(しゅんぢん)の**いづ方**となき日のまぎれ渡鳥(わたり)のこゑを聴くと切なり② 北原 白秋

いづ－く（何処） 不定の場所をさす。口語で、どこ。どちら、の意。

有りとのみ今日も空しく暮れてけり生けるしるしは**何処**(いづく)にかある 中原 綾子

青草に来りやはらぐひとときも**何処**(いづく)にか真紅の花々は咲け 明石 海人

旅恋へば**いづく**の川とわかなくに青岩淵(あをいはぶち)の目に顕(た)ちながる 岡野直七郎

いづ－こ（何処） 不定の場所をさす。口語で、どこ、の意。

空のはて見れども見れど雪の山都は**いづこ**君は**いづこ**ぞ 九条 武子

橋をわたりつくづくおもふこれぞこの**いづこ**より来し水のながれか 北原 白秋

（これぞこの—これがまあ、あの。「これやこの」とも言う。）

残り菊咲ける目ざめはおそ秋の**何処**(いづこ)に棲むも旅愁ばかり 斎藤 史

いづこにも貧しき道がよこたはり神の遊びのごとく白き梅 玉城(たまき) 徹(とおる)

現実には、どこにも貧しい道がよこたわっているが、白梅は、神のいたずらのように高貴に咲いている。

いづち（何方・何処） 不定の方向・場所をさす。口語で、どちら。どの方。どこ、の意。

ひんがしは**何方**(いづち)と見れば背面(そがひ)なる松山のうへのむらさきの空 岡野直七郎

船室に安くあらなくにいでて来ぬ恐山**いづち**四方の雪山 土屋 文明

（恐山—おそれさん。青森県下北半島にある山。海抜八七九m。霊場として知られる。）

蒸しあつき髪をほどけば髪などの**いづち**を迷ひわれに来りし 森岡 貞香(さだか)

いづ－へ（何処辺） いずれの方向。どちら。どのへん。「いづべ」とも。

新しき地図を買ひ来て夜ごと読む**いづへ**の海に行きて眠らむ　　土屋　文明

母の霊**いづべ**の家に守るべき軒べ〳〵にをがら火匂ふ　　松倉　米吉

我を思ふ母をおもへば**いづべ**にかはぐくもるべき人さへ思ほゆ　　長塚　節

私のことを心配してくれる母を思うと、どこかに私が、はぐくんでやれそうな人がいるようにさえ思われてくる。

囚人のごときかなしみ湧きくれど**いづべ**へもわれは逃るるならず　　安田　章生

夕焼の雲こそにほへはしけやし**いづべ**の空にきみを思はむ　　岡野直七郎

夕焼雲がなんと美しい色に染まっていることよ、恋いしいなあ、どっちの空へ向かってあなたのことを慕ったらよいのだろう。

いづら（何ら）

不定の場所・方向をさす。口語で、どこ。どちら、の意。

しづやかに色づく園生ゆきゆきて**いづら**かと思ふ少年少女寮　　山本　友一

店のうちの**いづら**とざさぬ扉ある間隔をおきて夜半に ばたつく　　吉野　秀雄

ぬばたまの夜空に鷺の啼くこゑす**いづら**の水におりむとすらむ　　斎藤　茂吉

いづれ（何れ・孰れ）

はっきりとは決めないで、または分からないままに、物・事を言うのに用いる。口語で、どれ。どこ。どちら。何。いつ、の意。

視ると聴くとその**いづれ**とふいよをかし視て而も聴くに豈まさらめや　　北原　白秋

視るか聴くかと、そのどちらをとるのかと問うのは、いよいよもっておかしい。視て、その上に聴くことになんでまさるものがあろうか。ありはしない。

ゆめみしは**いづれ**も知らぬ人なりき寝ざめさびしく君に涙す　　若山　牧水

炉をかこみすわれる子だち親の身は**いづれ**を見ても憎しとおもはず　　小田　観螢

午睡よりさめし老いびといま坂をゆく一日の幻**いづれ**　　佐藤佐太郎

夜もすがら眠らず朝の身めぐりに黒白**いづれ**見るべくもなし　　小中　英之

一晩中眠らないで朝を迎えた私は、自分の周囲にある物が黒か白か、そのどちらもはっきり見分けることができない。

いづれ-も（何れも）　複数のものをさす。口語で、どれも。すべて、の意。

いくすぢも花野のなかをゆくながれ秋のひびきを**いづれも**立てて　中野　菊夫

荒南風のそこひ岐(わか)れてたましひの訪はむ**いづれも**葦の青立つ　小中　英之

（荒南風―あらはへ。南風(はえ)は春から秋の季節風で、西国では喜ばれるが、東国では荒きに過ぎて嫌われる。）

いまし（汝）　二人称の代名詞。口語で、あなた。おまえ、の意。

をさなごよ**汝**(いまし)が父は才(ざえ)うすく**いまし**負(おぶ)へば竹群(たけむら)に来(く)も　宮　柊二

独り身に病める**汝**(いまし)に世の中の心なぐさのひとつだにあれ　片山　貞美

おの（己）　一人称の代名詞。口語で、わたくし。自分、の意。

代名詞　いつ―おの

来し方を思へばはかな**おの**が世のこの一年(ひととせ)のまた暮れむとす　小田　観螢

過去をふりかえると、あっけなく感じることよ。自分の人世の、この一年がまたも今終わろうとしている。

生くらくは柳は柳松は松**おの**がすがたのそのままにこそ　長谷川銀作

私が考える生きるということは、柳ならば柳、松ならば松としての、おのおのの自分の姿そのままでありたい。

斯くあるも**己**がさだめと諾はむ帰り往き難きわが東京よ　三国　玲子

おの-れ（己）　一人称の代名詞。口語で、わたくし。自分、の意。卑下して言うことが多い。

いたりえぬ**己**さびしみゐしときに言はれしことは胸をうつなり　小泉　苳三

この四五日こころたかぶりたかぶりて殆ど**おのれ**守りかねつつ　矢代　東村

（註　次の短歌の「おのれ」は品詞が異なるため注意のこと。＜夕かげにおのれ揺れゐる羊歯(しだ)の葉のひそやかにして山は暮れけり　橋田東声＞これは副詞で「自然に、おのずから」の意。＜おもひみればおのれてふものいましむと人のつくりし掟なりけり　九条武子〉〈衰へて素直になれるおのれをば誰よりもなほなつかしむかな　三ヶ島葭子〉この二首は名詞で「自分自身」の意。）

か（彼）　①話し手にも聞き手にも近くない人・物・事をさす。口語で、あの。あれ。あちら、の意。

②「何」「誰」などと対応して、ばくぜんと物事をさす。

郊外を**か**往きかく往き坂のぼり黄いろき茸ふみにじりたり①　斎藤　茂吉

（かゆきかくゆき―あっちへゆきこっちへゆき。）

彼の岸に想へる母が吐息するときにかげりて雪は舞ひくる①　高松　秀明

老人のうしろ姿は誰も**か**もわが亡き父に似て見ゆるかな②　岩谷　莫哀

かしこ（彼処）　話し手から遠くへだたった場所をさす。口語で、あそこ、の意。

向うの山の大きな斜面**彼処**には百合咲いてをりはるかなるかも　木下　利玄

葉桜の中にまじりておそ桜いまさかりなりここに**かしこ**に　長谷川銀作

かなた（彼方）　話し手から遠くへだたった場所・方向をさす。口語で、あちら。向こう側、の意。

夕澄みの空の**かなた**に行きしのみ逢い（ひ）て逢わ（は）ざる恋のごとしも　馬場あき子

竹の上いろづく麦の畑みゆ白く塗りささやかに住める**かなた**に　土屋　文明

窓枠の**かなた**光を聚めたるさくら青葉となりまぎれゆく　上田三四二

渋民の村の街道**かなた**に見ゆ馬一つ通るほかに物行かず　尾山篤二郎

啄木のふるさと渋民村の街道が、向うの遠くの方に見える。馬が一頭通ってゆくほかには、何も通ってはいない、さびれた感じだ。

かれ（彼）　話し手に属しない遠い、またあきらかでない事・物・人などをさす。口語で、あれ。あの人、の意。

わが妻に触らむとせし生ものの**彼**のいのちの死せざらめやも　斎藤　茂吉

くる歳の喪中を告ぐるいくつかの手紙の中に**彼**の名も

あり　　山崎　順子

きみ（君）　二人称の代名詞。親しい人に用いる。口語で、あなた、の意。

君は死に**君**も死に**君**も死にゆきて二月くれぐれに声ぞきこゆる　　河野　愛子

（くれぐれ—暗れ暗れ。悲しみに沈むさま。）

交叉路にたちまちにして白き雪**君**との道も別れゆくべし　　近藤　芳美

こ（此・是）　話し手に近い事・物をさす。口語で、ここ。これ。この、の意。

大海人の皇子の尊のいましける吉野の宮の**こ**やあとどころ　　窪田　空穂

（こや—「こ」に感動の助詞「や」が連なったもの。これこそまさに。）

あなや**こ**はゆく手もはても薄氷のわが世なりけり何ふむべしや　　若山喜志子

貧しさは堪へむ然れど**こ**の風の**こ**の寒さには今は堪へ得ぬ　　北原　白秋

こ-こ（此処・此所）　①話し手に最も近い所をさす。口語で、この場所。この国。この世、の意。②話し手が自分にかかわりが深い事として意識する事柄をさす。口語で、この事。この点、の意。③現在を中心として過去・未来の時を限定していう。

この道はいづこへつづくと信ずべき未来が**ここ**にありと思はず①　　安田　青風

この浦に入り来る潮のいやはての**此処**の巌間にひそかなるかも①　　木下　利玄

現身の眼にはとまらぬ妻が魂天翔り来て今は**此所**に居む①　　窪田　空穂

ふるさとの沖津潮騒**こゝ**にだに夜々のしぐれの降ればかよへり①　　尾山篤二郎

炊事場に湯のたぎれるもみてきたり孤独なるものまた**ここ**にあり②　　中野　菊夫

ひとはわれに気付かずわれはひとを知らず別れゆく**ここ**より無限に③　　北沢　郁子

こち-ごち（此方此方）　あちこち。そこここ。あれこれ。

伊那の野の陵根に湧きて**こちごち**の草にわかるる五月の清水　　太田　水穂

（陵根—尾根のこと。）

こちごちに蛙（かはづ）なきつぐ声きこゆ御堂の前の池にのぞめば　　岡　麓

こち‐ら（此方）　話し手に近い場所・方向をさす。口語で、こっち。この方、の意。

髭剃ると覗く鏡に軀幹なき虚妄の顔が**こちら**視てゐる　　加藤知多雄

こなた（此方）　話し手に近い場所・方向をさす。口語で、こちら。こっち、の意。

咲き盛る寒木瓜の花のその一つ**こなた**に向きて正に足りたり　　窪田空穂

遠天（をんてん）に雷雲（いかづちぐも）の底ひかり蝶一つ舞へり**こなた**の田には　　北原白秋

見知りたる人と思ふに其の人も**此方**を見つつ過ぎてしまへり　　宇都野研

これ（此・是）　①話し手に最も近い事・物をさす。②判断の対象となるものを強調してさす。直前に述べた事・物をさす。

人すみて家居ひしめく**これ**の世をふたたび君の見むと思はなく②　　玉城徹

野草コース尽きて**これ**といふはなし白々と暗し谷のどくだみ②　　千代国一

春の花ちればまた咲く夏の花生けるかぎりのよろこびは**是れ**②　　中原綾子

し（其・自）　①指示代名詞。口語で、それ、の意。②一人称の代名詞。口語で、自分、の意。

十（とを）まりの石一つ一つ布置（おきど）よく**己**（し）がありどにぞ置かれてありける（龍安寺）①　　佐佐木信綱

十個以上の石の一つ一つが配置よく、その在り場所に置かれてあることよ。

自（し）が影を踏みて歩めば雪渓も甃石（しきいし）道もいづれ異なる②　　醍醐志万子

そ（其）　直前に述べた事・物をさす。口語で、それ、の意。

焼跡に溜れる水と帚草（ははきぐさ）**そ**を囲（めぐ）りつつただよふ不安　　宮　柊二

空襲による焼跡にできた水溜りと、生いたった帚草。それをめぐりながら、いい知れぬ不安感がただよっている。

（帚草―あかざ科草本で、高さ一ｍぐらい。赤味色の細かい多数の枝をだす。夏、穂状に黄緑色の小花をつける。茎を乾かして草ぼうきにする。）

芝の上におかれし菓子をかぎりなく美味しと食(を)しぬ褐(かち)色(いろ)の**其**(そ)を　　服部　直人

そこ（其処）　①話し手・聞き手に近い所をさす。②今述べた場所・事柄をさす。③不定の場所を示す。口語で、どこ、の意をあらわす。

そこゝの梅ほころびて朝もやの丘べのひかり寂かなるかな①　　大井　広

ねむりの中にひとすぢあをきかなしみの水脈あり**そこ**に降る夜の雨②　　斎藤　史

ひなにすみてよきくすしにも見せざりき**そこ**し思へば胸こそいため②　　小田　観螢

（くすし—医師。）

そことなく汝がありし日の面影のまつはり来ては涙する夕③　　松村　英一

そ-ち（其方）　方角をさす。口語で、そちら。そっち、の意。

そち方は月いまだ照り家の屋根白く光れりそこここまばら　　小田　観螢

それ（其）　①今述べた事柄をさす。②口語で、その時、その折、の意をあらわす。

片すみに追ひのけられて**それ**のみか忘られはてしわれにやあらむ①　　木下　利玄

疲れ来し父つくづくと酒を飲む**それ**にふれつつ母はかなしも①　　松倉　米吉

道すがら逢(あ)ひしわが子をいだきしめ菓子買ひて別る**それ**より逢はず②　　大野　誠夫

きみの上に新しき灯をつけやらむ**それ**からの筋**それ**からのこと②　　小野　茂樹

た（誰）　不定称の人代名詞。口語で、だれ、の意をあらわす。

ころころところぶがからに心とは**誰**が言ひそめし吾も然(しか)思ふ　　岡野直七郎

誰が起きて夜ふけの水を使ふ音ながき廊下の奥にきこゆる　　杜沢(とざわ)光一郎(こういちろう)

たれ（誰）　不定称の人代名詞。口語で、だれ、の意をあらわす。

物言はで暮らしゆく日の多くなるかなしき恋を**誰**に怒らん　　松村　英一

燃えあがる塒（ねぐら）の眠りといふことの**誰**（たれ）があはれに言ひ初めぬらぬ　前川佐美雄
（塒―寝座（ねくら）の意。鳥の寝る所。）

老人のうしろ姿は**誰**もかもわが亡き父に似て見ゆるかな　岩谷　莫哀
街角や通りなどで、ふと見る老人のうしろ姿は、誰もかも、自分の亡くなった父に似ているようであることよ。

垂髪のひきつるいたみありうしろ見れど**たれ**もをらぬただ月光の中　森岡　貞香

どこ（何処）　不定の場所をさす。口語で、どの所、の意。「いづく」「いづこ」とも。

霜柱あうらに崩るこの地（つち）につづく**どこ**にもきみはいまさぬ　高橋　幸子（さちこ）
（あうら―足裏。）

な（汝）　二人称の代名詞。口語で、あなた。おまえ、の意。「なれ」「なんぢ」「いまし」とも。

平静（しづか）なる息きこゆれど眠りゐる**汝**にはあらざる寂しき妻よ　香川　進

なに（何）　名前や実体のわからない物事をさす。助詞「の」が下につく場合は「なん」という。

草枯るゝこの冬堤（ふゆどて）に青みたる冬青草は**何**（な）**に何に**ならむ　木下　利玄
（何に何に―列挙すべき物・事の不明なときにいう。）

うごくともなくうごきゐる木のうれにおとづれてゐる**何**の喘ぎか　河野　愛子
（うれ―末。木の枝や草の葉の先端。こずえ。）

なれ（汝）　親しいもの、目下のもの、動物などに対して使う。口語で、おまえ、の意。

かそかなるわく子が眠息（ねいき）眼覚めゐていのちかへらぬ**汝**をなげくも　木下　利玄
（わく子―若子。幼い子。汝―妻を指す。）

うしろより母を緊めつつあまゆる**汝**は執拗にしてわが髪みだる　森岡　貞香

限りなく我を愛せよと告げながらつひに寂しき女なり**汝**　葛原　繁

降る雪にしづもれる夜半眠りなむ隈（くま）なく知りゐし**汝れ**ならず　成瀬　有（たもつ）

あどけなき笑（ゑみ）して児らを導ける**汝**を思ふは救ひに似つつ　高安　国世

わ（我・吾）　一人称の代名詞。助詞「が」「を」を伴って、口語で、わたくし。われ、の意。

木に花咲き君**わ**が妻とならむ日の四月なかなか遠くもあるかな　前田　夕暮

あかあかと一本の道とほりたりたまきはる**我**が命なりけり　斎藤　茂吉

（たまきはる—魂極る。「命」「世」「吾」などにかかる枕詞。）

われ（我・吾）　一人称の代名詞。口語で、わたくし、の意。

罪おほき男こらせと肌きよく黒髪ながくつくられし**我れ**　与謝野晶子

乳(ち)をしたひ泣くかをさな子小夜床に賺(すか)しあぐみて涙す**我れ**も　小田　観螢

うちつけに滲みてきたるなみだなりその正体は**われ**も知らなく　吉野　昌夫

雪拋ると上り来たりし**吾**にして弟とさびし屋根の上の会話　我妻(わがつま)　泰(たい)

いつまでも子供らしき**我**かと思ふ別れ来て今日を反芻しつつ　石川不二子

われ-ら（我等）　「ら」は接尾語。一人称の複数の代名詞。口語で、われわれ。私たち、の意。

訪ね来し**われら**が数に花かざり卓あり白き布をひろげて　中野　菊夫

久々に会い（ひ）しこの友も／痩せてお（を）り、／**吾ら**忍苦の日の長かりし。　渡辺　順三

あるときは泪(なみだ)のごとき想ひわく子のなき**われら**十五年の世界　川島喜代詩

接続詞

文節や、文を接続する。

ある-は（或は）　または。あるときは。あるものは。「あるいは」とも。

或は来ん次のたよりをおそれつゝ足音に耳立て安眠しなさぬ　木下利玄

五位鷺は群れをりしかど笹むらにさまざまにして**或は**飛びき　佐藤佐太郎

（五位鷺―中型のサギで、背は緑黒色、後頭に二〜三本の細長い白い羽がある。昔、醍醐天皇が五位の位を与えたという故事によりこの名がある。）

さ-て　上の文を受けて下の文につづけたり、話題を変えるときに用いる。口語で、そうして。ところで、の意。

縁ありてたづさはる間は吾がもてる誠をつくし**さて**忘れなん　宇都野研

生きてゐる意味もわからずながらへて**さて**この後は何をなすべき　筏井嘉一

さら-ば　前に述べた事柄を受けて、次に新しい判断をするときに用いる。口語で、それなら。それでは。そうすれば、の意。

行きて負ふかなしみぞここ鳥髪に雪降る**さらば**明日も降りなむ　山中智恵子

（鳥髪―地名。出雲国の簸川の川上にあり、素戔嗚尊が八岐大蛇を退治した神話伝説のあるところ。）

され-ど　そうではあるが。しかし。だが。

はかなくて別れん**されど**この恋はそこなはじこの夢は破らじ　三ヶ島葭子

千年のつきひはやがてすぎ行かむ**されど**も星は地にかへり来ぬ　前川佐美雄

され-ば　そうであるから。だから。それゆえ。

君が手もふるへぬ**されば**わが心ややはらぎて強くにぎりぬ　矢代東村

敗乱のことばに寄らむ**されば**今夜欅のうへに立てる稲

妻　河野　愛子

しか―も（然も）　①なおその上に。②それでいて。それにもかかわらず。

此のわれに持て来し女童(めろ)の京みやげ清水焼とよ**しかも**盃①　中村　正爾

幼い少女が、このわしに持って来てくれた京のみやげは、清水焼だとよ。しかも酒好きのわしにぴったりの盃だとは。

鶴のとぶを初めて見たり**然**(しか)**も**こは人黒くうごく衢(ちまた)の上に①　岡野直七郎

月照りて**しかも**雨ふる暁(あけ)を行くや道のかたへのせせらぎの音②　岡野直七郎

やさしみてわれは思へど否(いな)みつつ**しかも**容れつつ人のこころは②　岡井　隆

しから―ば（然らば）　そうであるなら。それなら。そうすれば。

思ふこと**然らば**聴かむ言へといへど敢てし言はぬさかしさに慣れつ　土岐　善麿

しかれ―ども（然れども）　そうではあるが。それでも。しかし。

鉢植(はちうゑ)の梅はいやしも**しかれども**病の床に見らく飽かなく　正岡　子規

街上を電車は走る**然れども**岩山をつたふ水は照り見ゆ　平福(ひらふく)　百穂(ひやくすい)

夏休み貰ふ日近し**しかれども**旅にも吾れは行きがたからむ　古泉　千樫

すなはち（即ち・乃ち）　①その時に。そこで。そして。②しかるに。

大きなる赤き円日(あんじつ)海にあり**すなはち**海へと下りけるかも①　北原　白秋

目を閉づれ**すなはち**見ゆる淡々し光に恋ふるもさみしかるかな②　斎藤　茂吉

また（又・亦）　その上。かつ。

谷深き川の底より湯の湧くか湯けむりのぼるそこに**また**ここに　岡野直七郎

をみなゆゑ負はねばならぬかなしみを或いは嘆きいふ**また**怒りいふ　安田　章生

女(をみな)とは幾重(いく)にも線条(すぢ)あつまりて**また**しろがねの繭と思はむ　岡井　隆

連体詞

体言を修飾する。

あたら　惜しむべき。もったいない。せっかくの。立派な。

みちのくの**あたら**わか木の花ざくら阿部野の風の何さそひけむ　落合　直文

みちのくの、せっかく美しく咲いていた桜の若木を、大阪の阿部野神社の風が、なぜそそのかしたのだろうか。あんなに立派に咲いていたのを移して、もったいないことだ。

ある（或）　はっきりと分からない時・物事・人などをさす。または特定の時・物事・人とはっきり限定しないでさす。

夏霧は真下(ました)の谷にうごき居り**或る**時は青々(あをあを)としたる底見ゆ　斎藤　茂吉

或る時は事に憤り人を攻むるたのしさあれば一記者として老いぬ　土岐　善麿

何かあったときは、その事件に腹を立て、真違いを犯した人間を批判するのが楽しかったので、新聞記者の一人と自負し、長く働いて老年を迎えてしまった。

たちまちに君の姿を霧とざし**或る**楽章をわれは思ひき　近藤　芳美

かかる（斯かる）　こんな。こういう。このような。

かかる目に／すでに幾度会へることぞ！／成るがままになれと今は思ふなり。　石川　啄木

わかき身の**かかる**嘆きに世を去ると思はで経(へ)にし日も遠きかな　山川登美子

若い身でありながら、このような深い嘆きを持ちながら死んでいくなぞと、少しも考えずに暮した日も、今は、はるかに遠いことである。

かかる時突きつけられし白き刃(は)の秀さきのごときひと言もがな　吉井　勇

こんな惑いの生活の時に、鋭い刃先をつきつけられたような、厳しい言葉がほしいものだなあ。

菜の花をコップに挿して相向ふ春ごとに**かかる**きみと

の記憶　坪野　哲久

芝原にあふむけにねて空を見たり**かかる**いとまのかつてなかりし　長谷川銀作

薄く切る皿のトマトよ血の匂う(ふ)日の輝きも**かかる**色なる　平井　弘

と－ある

或る。ちょっとした。

とある夜のしづけさ深くしみ入りて髄に埋れしかなしみを螫(さ)す　明石　海人

或る夜、病室のひっそりとした気配が心の底にしみじみと浸み透って、病気が骨髄まで冒されているのではないかという不安が、私の神経を覆っていた悲しみを突き立てる。

とある家の門にねて居てわれを見し犬の瞳をふと思ひいづ　岩谷　莫哀

とある日に／酒をのみたくてならぬごとく／今日(けふ)われ切(せち)に金(かね)を欲りせり　石川　啄木

感動詞

感動、呼びかけ、応答の意をあらわす。

ああ

驚き・感動・嘆きをあらわす。

嗚呼かしこ荒れたる丘の草の上にいめとも見えて人のすわれる　葛原　妙子

（かしこ―恐ろしい。おそれおおい。いめ―夢。）

ああ嘆くな石道をゆくわが影の檜の木のゆらぐ影と溶け合ふまで　岡井　隆

ああ街は十二月にして喧噪はきらめきながら夕暮となる　水野　昌雄

ああ、もう街は十二月だ。さわがしさはそれぞれに生活をもって、きらめきながら夕ぐれとなってきている。

あな

喜怒哀楽の感情の高まりをあらわす。口語で、ああ。あら、の意。多く下に形容詞の語幹がくる。

あした見て**あな**さやけみとゆふべ見て**あな**ゆたけみと
青田廻りす　吉植　庄亮

賜はりし牛尾菜(しほで)のいたくいためれば青きを拾ふ**あな**を
し**あな**をし　土屋　文明

（牛尾菜―ユリ科の蔓性多年草。夏、黄緑色の小花を多数球状に集めて開く。若葉は食用になる。をし―惜し。もったいない。）

ものふかくなげくにもなしはなびらの落つるとき**あな**
と云ひしばかりを　斎藤　史

煮あがりし飯(いひ)の面(おもて)の白ほむら**あな**飲食(おんじき)の者を遠ざく
安永　蕗子

あなしづか父と母とは一言(ひとこと)のかそけきことも昼は宣(の)ら
さね　北原　白秋

ああ、何と静かなことであろう。父と母とは、ぽっつりとかすかな言葉一ついわず昼をすごしている。

あな‐に‐やし

強い感動をあらわす。口語で、ほんとうに、まあ、の意。「あなにゑや」とも。

夕あかり合歓の匂ひの**あなにやし**われに立ち添ふ妹が
すがたを　古泉　千樫

あな‐や

ああ。ああまあ。あらら。

あなや今背戸はを暗く日も見えず山火の煙峰よりおろ
す　小田　観螢

月見さう蕾まもれる幼きら**あなや**と手たたくその開く
花に　窪田　空穂

あはれ

喜び、賞美、愛情・愛惜、悲しみなどの気持ちをあらわす。現在はしみじみとした情感、感慨・嘆息をあらわすことが多い。

子を叱る、**あはれ**この心よ。／熱高き日の癖とのみ／
妻よ、思ふな。　石川　啄木

戒律(かいりつ)を守りし尼の命終にあらはれたりしまぼろし**あは**
れ　斎藤　茂吉

仏道の掟をかたく守り通した尼僧の死ぬときに、思いもかけずあらわれたという、まぼろしにも似た人間の煩悩の姿。何ともあわれであることよ。

東天紅(とうてんこう)こころふるえ(へ)てきかんとす**あはれ**ほろびの
われのまぼろし　坪野　哲久

東天紅が暁を告げてなくのを、ふるえるような心できこうとしている。しみじみとして自分のほろびの姿がまぼろしとなって、たちあらわれてくることだ。
（東天紅―土佐原産の鶏の一種で、長い鳴き声と抑揚のあるのが特徴。）

む

あはれ広くなる交はりよ生酔(なまゑ)ひの幇間(ほうかん)一躯(いっく)われは唄はむ　山本　友一

何ともあわれなことである。交際が広くなってきて、接待役はいつも生酔い。俺は幇間と変りなし。ままよ、いっちょう、唄でもうたうか。
（幇間―客の宴席などに出て座興などする者。たいこもち。）

午(ひる)さがり舗道にとどまりし自動車よりかぎろひが立ち**あはれ**閑けし　佐藤佐太郎

山おりてちまたに入れば**あわ(は)れあわ(は)れ**耐え(へ)得ぬまでに人の香立ちぬ　高安　国世

いざ

人を誘うとき、自分が思い立ったときなど、行動を起すときに「さあ」とはずみをつける語。

寧楽(なら)へ**いざ**伎芸天女(ぎげいてんにょ)のおん目見(まみ)にながめあこがれ生き死なんかも　川田　順

さあ、奈良にいって、あの秋篠寺の伎芸天女の深い目の色を仰ぎ見つめ、あこがれながら、わが生も終りたいものよ。

こよひこそ**いざ**見にゆかん東山花の町かげのみやこ踊を　長谷川銀作

偏狂もおほかたにして**いざ**これより世のつねびとの仲間いりせむ　岩谷　莫哀

いで

①感動したとき「いやもう」「ほんとうに」と自分に言いきかせる語。②決意するときに「さあ」という語。

いでいかに思ひ定めむ流しやる木の葉も水も早く行くなり②　新井　洸

おーお

思い当たったとき、また、おどろいて感動するときにあらわす。

たかぶりて怒れるごとく相打てる**おお**青竹の青き閃き　佐佐木幸綱

これ（此）

文の語調をととのえ、また強める語。

これは**これ**わが本心か十年(ねん)の虐げられし恋のむくいか　九条　武子

これやこのわれとて水呑百姓の父の子なりきほこらざらめや　山崎　方代

接頭語　接尾語

接頭語

名詞、動詞、形容詞などの上について、それらの語の意味を強め、また、ある意味を添え、あるいは、語調をととのえる。

あひ―(相)　①動詞などの上について、組になり、また、向かい合う関係にあることをあらわす。口語で、いっしょに。たがいに、の意をそえる。②動詞の上について、語調を重々しくするのに用いる。

相触れて帰りきたりし日のまひる天の怒りの春雷ふるふ①　川田　順

谷ふかく川は激(たぎ)ちて**相**せまる山のしげみに光さしたり①　佐藤佐太郎

孤々ちりくる花びらながら水の上の落花は落花と**相**寄り漂ふ①　杉浦　翠(すい)子(こ)

わが思ふ像には似ざる日もありし子がおのづから**相**こふ今は①　五島美代子

ふぢはら　の　おほき　きさき　を　うつしみ　に　**あひ**みる　ごとく　あかき　くちびる②　会津　八一

藤原の宮の光明皇后を生きてこの世に見るように、何とあかい仏の唇であることか。

い―　動詞の上について、その動詞の意味を強める。

都べに**い**行かば帰ること難み夢にか見らむ山ぞ此の山　岡野直七郎

い群(む)れては浪の秀(ほ)の上(へ)に躍りあがる海豚(いるか)の腹の白く光(て)りつも　川田　順

(難み―むずかしいので。)

いち―(逸)　最もすぐれている、最もはげしい、の意をそえる。

日のくれの山かげふかき川瀬より**いち**はやき夏の河鹿鳴きたり　中村　憲吉

うすべにに葉は**いち**はやく萠えいでて咲かむとすなり山ざくら花(伊豆湯ヶ島温泉にて)　若山　牧水

いや―(弥)　①いよいよ、ますます、の意をそえる。②最も、いちばん、非常に、の意をそえる。(副詞と考える説もある)

なきかはす雲雀のこゑの**いや**高まり空いちめんの夕焼となる①　橋田　東声

暴風雨(あらし)**いや**募(つの)る夜ふけぬ畳の上(へ)に這ひ上(のぼ)り来て鳴かぬ蟀(こほろぎ)①　中村　憲吉

わが挙動知らるともよし夏の夜を**いや**堪へがたくこと告げむとす①　高田　浪吉

きりふりの滝の岩つぼ**いや**広み水ゆるやかに魚あそぶ見ゆ②　伊藤左千夫

天つ日はたふとくもあるか大空に**いや**高くして汎(あまね)くしあり②　島木　赤彦

鈴虫の今年の声は**いや**さやにみなぎり澄めり吾が枕辺に②　加藤知多雄

山へとゞく朝日のいろの黄いろきに虎杖(いたどり)の葉の**いや**緑なり②　木下　利玄

（虎杖―たで科の多年草。山野に多く、夏に白色の小さい花を開く。食用、薬用となる。）

いざさらば別離(わかれ)と父が綴りたる**いや**はての字を辿りつつ読む②　宮　柊二

うち―（打）　動詞の上について、その意味を強め、または、語調を整える。

接頭語　あ―う

げんげ田の敷くれなゐの**うち**続き**うち**重なりて雪の山に迫る　窪田　空穂

野火の火の遠見はさびし**うち**わたす枯田のなかの道をゆきつつ　若山　牧水

（うちわたす―ずっと見渡す。）

空ひくく光は生(あ)れて**うち**ふるふ黄金(くがね)となりぬ谷の垣山(かきやま)　山本　友一

空のひくみに生まれた光が、やがて、キラキラとかがやく黄金色に変っていった。垣のように谷をとりかこむ山やまの上に。

しみじみとまた君恋し洗ひ毛を背に散らしつゝ**打ち**黙(もだ)す昼　岡本かの子

遠き岬(さき)近き岬々(さきざき)と**うち**けぶり六月の海のみどりなる照り　窪田章一郎

うら―　心の状態をあらわす形容詞などの上について口語で、何とはなしに、の意をそえる。

のぼりつゝ　高湯の村に　**うら**美し―――、辛夷の梢輝くを見つ　釈　迢空

老い父や言(こと)にし触れぬ**心**(うら)安くかくぞ病みますことの尊さ　穂積　忠

星空の遠く妻子が一夜(ひとよさ)の眠りといへば**うら**がなしかり　植木　正三

わがめぐりもろ手うち振り小走りにはしる子見れば**うら**歎かるれ　石井直三郎

(もろ手―両手のこと。「もろ」は接頭語で①二つそろっている意をあらわす。②もろ共にする意をあらわす。「もろ寝」「もろ声」③多くある意をあらわす。「もろ人」④あちらこちらの意をあらわす。「もろ向き」など。うち振り―激しく振ること。「うち」は接頭語〈前述〉。小走り―小またで足早に走ること。「小」は接頭語で①小さい、こまかいの意をあらわす。②わずか、少しの意をあらわす。「小首」③なんとなくの意をあらわす。「こぎたなし」「小意気」④足りない、及ばないの意をあらわす。「こ一時間」⑤少し軽蔑していう意をあらわす。「こざかし」など。)

おし―(押)　動詞の上について、その動詞の意味を強める。

おし黙る一人の歩み昼たけて八瀬大橋を渡りけるかも　木下　利玄

宵月(よひづき)はサフラン色に**おし**光(て)れり夜々の祈りの浄(きよ)からなくに　木村　松枝

か―　形容詞・動詞などの上について語調を整える。また語勢を強める。

月い照るかかる**か**黝(くろ)く厳(いっか)しき地表の皴(しゅん)を我が思(も)はなくに　北原　白秋

(い照る―「い」は接頭語。皴―皴法。東洋画の画法。山岳や岩石の凹凸感、現実感をあらわすための墨のタッチ。)

月光に照らされて、黒くごつごつとした山のひだがこのように光って描いてある絵を、私はまだ一度も考えたことがないなあ。

長病(や)みに**か**よわくなりしをさな子をいたはりにつつ夏を迎ふる　松村　英一

日曜の昼の湯に居り**か**よわかるわが娘(こ)のからだしみじみ見るも　古泉　千樫

かき―(搔き)　語勢を強める。音便で「かい」「かっ」となる。

花明(あか)く土にかげさすふみつつもにはかにこころ**かき**くらみつれ　坪野　哲久

五十段**かき**数えきて湯の宿の古き木の階（はし）なほ登る友はむ　田谷　鋭

かいだけば子の胸かすかにふくらむをわがふくらみと触れてあはれや　新井　貞子

かきくらし雨まじり風吹くなべに雹（ひょう）は春野にたばしり降りぬ　山口　茂吉

空を暗くして雨まじりの風が吹くにつれて、春だというのに、ひょうが野原一面に勢いよく降ってきてしまった

け―（気）　動詞・形容詞・形容動詞の上について、軽くその意味を強め、また、なんとなく、という感じをそえる。

つぶやきて心**け**ざむくなりにけり満ち足（たら）ふこの山の閑（しつ）けさ　穂積　忠

けながくも病み臥すものか夢にさへ歩み遅れてわがひとりなる　岩谷　莫哀

さ―　名詞・動詞・形容詞などの上について語調を整える。

松風に時雨のあめのまじるらし騒がしくして**小**夜ふけにけり　島木　赤彦

朝起きてまだ飯前（めしまへ）のしばらくを**小**（さ）庭に出でて春の土踏む　伊藤左千夫

鶏頭が**さ**ゆらぐほどの風のなかこころ平明にわれは歩まむ　阿久津善治

ささ―（細・小）　小さいものを賞美して用いる。

物かげに怖（お）ぢし目高（めだか）のにげさまに**さゝ**濁りする春の水哉　木下　利玄

何かの姿でびっくりした目高が、逃げてゆくとおりに、川の水が少し濁っていることよ。

さし―（差）　動詞の上について、その意味を強め、また語調を整える。

暮れあをむ空に見えくる星一つ**さし**伸ぶる手に著きてまた一つ　明石　海人

蕾添ふ黒き牡丹は一鉢の花重きから縁に**さし**置く　北原　白秋

さしのぞく感じにとどく夕つ光夾竹桃のをはりの花に　阿久津善治

しき―（頻）　しきりに、の意をそえる。

霧らひつつ雨**しき**降れば向山（むかやま）の姿も見えず一日（ひとひ）暮れぬ

る　久保田不二子

しき波がとどろく磯のところまではやはだらにし雪ふるらむか　佐藤佐太郎

（しき波—次つぎと起こる波。）

たち—　動詞の上について、その意味をきわ立たせるために用いる。

みそ萩を野辺に折りつる友にあひ**立ち**別るるを寂しく思へり　平福　百穂

（みそ萩—湿地に生えて、夏秋に紅紫色の花が咲く。茎は四角。）

つとめ終へ**たち**いづるとき雪の上に日ぐれむとして泪ぐましも　佐藤佐太郎

竿つたひ韻く早瀬に腰ひたし村田秀晴君**立ち**凝(こご)りゐる　加藤知多雄

とこ—（常）　不変、永遠の意をそえる。

一日一日(ひとひひとひ)梢明かるむ桜花**常**臥(とこふ)す母の視野をうず（づ）むる　岡井　隆

夢にたつ**常**(とこ)をとめ子は瑞みづと花の十字架(くるす)を負ひつつ来たる　加藤知多雄

常(とこ)みづく黒き砂地に群りて或るところには杉菜秀(た)けたり　岡部　文夫

（杉菜—道ばたや荒地に生える草。針金状の緑色の茎の節ごとに、輪のように枝を出す。「つくし」は、杉菜の胞子茎。）

ひた—（直）　ひたすら、まったく、一面、直接、ただち、などの意をそえる。

わかれては昨日(きのふ)も明日(あす)もをとつひも見えわかずして**ひた**に恋しき　若山　牧水

君とわかれてから、昨日も明日も一昨日も顔を見ることもできずにいて、ただひたすらに恋しいことよ。

刻々にけしきを変ふる死魔の眼と咳き喘ぎつつ**ひた**向ひをり　明石　海人

庭の石によりゆく今日の**ひた**ごころ嘆きにも似てややにすがしき　長谷川銀作

庭石に今日は一途に心が向いてゆく。それは嘆きに似てもいるようであるが、いくらかすがすがしい思いである。

世の中の尊きものを　**ひた**忘れある安けさに——、睦月到りぬ　釈　迢空

切崖を下りゆきたる終バスの尾灯消ゆれば**ひた**闇の海

加藤知多雄

ほの―(仄)　ほのか、かすか、わずか、などの意をそえる。

福寿草のかたき莟に**ほの**見ゆる紫寒し日のあたりにつつ　島木　赤彦

燈(ひ)が消えて雪しきりなる**ほの**あかり窓へむけてゐる君と我との顔　加藤　克巳

ほの白く木苺(きいちご)の花今日も咲けば索然として人を恋う(ふ)る夕暮れ　碓田(うすだ)のぼる

橙黄色の花筒(くわとう)**仄**明かる君子蘭昏れながき微光を背後に持てり　葛原　妙子

(君子蘭―南アフリカ原産。鑑賞用に育てる。葉は厚く剣状で冬の頃その間から花茎を伸ばし赤橙色の筒状の花をたくさんつける。)

ま―(真)　①名詞の上について、すぐれた、美しいという気持ちをこめて用いる。②状態をあらわす語について、まさに…である、の意をそえる。

庭石を斜(はす)にすべれる**真**冬日の日かげは宿る藪柑子の実に①　若山　牧水

(藪柑子―常緑の低木で、高さ三〇cmぐらい。山地の日陰に自生する。葉は茶の葉に似てきざみがあり、夏、白い花をつけ、秋、紅色の実を結ぶ。)

真命(まいのち)の極みに堪へてししむらを敢てゆだねしわぎも子あはれ①　吉野　秀雄

(ししむら―肉体。わぎも子―吾妹子。妻。恋人。)

紅鱒の腹をしぼりて**真**珠(またま)なす卵を採るも春の慣ひとぞ①　田谷　鋭

北とほく**真**澄がありて冬のくもり遍(あま)ねからざる午後(ごご)になりたり①　斎藤　茂吉

枯草に照る日は見しが今朝の雨にびしょ濡れにぬるる山に**真**向ふ②　橋本　徳寿

まかがよふ光(ひ)の庭にゐて大胆に吾がてのひらに虻を殺したり②　岡部　文夫

真寂しく降りつぐ雨は寒(かん)しぐれ冬にせまりてことせはしかも②　中村　憲吉

まがなしくいのち二つとなりし身を泉のごとき夜の湯に浸す②　河野　裕子

雪山の尾根ゆく道の幾分れ**ま**さやかにして年あけにけり②　穂積　忠

み-（御）　①尊敬の意をそえる。②美しいという気持ちをこめて用いる。また、語調を整える。

ちちのみのちちの**み**陰によりましてただにいまししはが瞳に見ゆ①　穂積　忠

（ちちのみの――「ちち」にかかる枕詞。）

おのづから**み**冬にむかふ寒風は竹のはやしに音たつるなり②　土田　耕平

み空より降る光りに　目くるめき　いつまであらむ――。春到りけり②　釈　迢空

もの-（物）　形容詞の上について、なんとなく、の意をそえる。

厨辺に青き菜見れば**もの**恋ししばらくもはら春菜をくはむ　大熊長次郎

ものたゆき一日なりしが夕光に青き木の葉をひとは焼きをり　鐸木　孝

接尾語

他の語の下について、それらの語にある意味をそえる、または、名詞・動詞・形容詞・形容動詞・副詞を作り、あるいは語調をととのえる。

―**か**（処）　主に動詞連用形の下について、場所をあらわす名詞を作る。「が」ともいう。

底透ける流れの水も汚染され棲**処**（すみか）奪（と）られし鶺鴒（せきれい）どもか　　大岡　博

太束（ふとたば）に冬日さし入り竹群のおく**か**の竹に節々は見ゆ　　宮　柊二

たたなはる闇のおく**が**にふるへ咲く二月の夜のうすき花びら　　前川佐美雄

（たたなはる—寄り合い重なる。うねり重なる。）

―**がた**（方）　ころ、…しはじめるころ、の意をそえる。

桐の花も散り**がた**となれる裏畑に朝（あした）一とき下り立ちにけり　　島木　赤彦

ゆふぐれか朝**がた**かわからぬ青じろき光のなかに物おもひ痩（や）す　　前川佐美雄

いまし**がた**水撒（ま）かれたる巷（ちまた）には昼ちかづきし冬日（ふゆひ）照りをり　　佐藤佐太郎

―**がた・し**（難し）　動詞連用形の下について、…するのがむずかしい、…しにくいの意をそえるク活用の形容詞を作る。

高啼ける鶏（にはとり）のこゑ寝て聞けばいづくの鳥と聞きわけ**がたし**　　植松　寿樹

この命ここに絶えんは堪へ**がたし**いはれ知らねどただ堪へ**がたし**　　矢代　東村

天窓のあかりは高くひそまれる陳列室にひとりゐ**がたし**　　明石　海人

留学もよしと言葉に励まして互に酔ふも父老い**がたし**　　加藤知多雄

―**がち**（勝ち）　①名詞の下について、…が多いさま、とかく…が目立つさま、の意をそえる。②動詞連用形の下について、とかく…する傾きがあるさま、何度か…することを繰返すさま、の意をそえる。

おくれしと見てし新芽ののびはやく鉢の藤浪葉**がち**になりぬ①　植松　寿樹

くろぐろと実**がち**になれる向日葵(ひまはり)や雀むらがりて茎のよろめく①　宇都野　研

わが足にてたつる道埃たち深(ふ)けつつわが影いつかみだれ**がち**なる②　五島　茂

―がま・し　名詞、副詞、動詞連用形、形容動詞語幹について、…らしい、…すぎてうるさい感じだ、などの意をそえ、シク活用の形容詞を作る。

年賀状は押しつけ**がましく**かくものにあらざるごとしと茶のみつつ思ふ　宗(そう)　不旱(ふかん)

―がり(許)　その人の許に、その人のいる所に、の意をそえる。

医師(くすし)**がり**行くべきものか夕日さす障子を見つつ一人臥(こや)るも　古泉　千樫

医者の所へ行く方がよいものだろうか、夕日が薄暗くさしている障子を見ながら、病気で一人床に寝て考えていることよ。

このほそき丹(に)ぬりの笛は祖父(おほちち)が妹**許**(いもがり)ゆくと吹きならしけむ　穂積　忠

この細い朱塗りの笛は、祖父が亡妻の許へ行った気持ちがすると言って、いつも吹いていたものだそうだ。

―が・る　形容詞、形容動詞の語幹について、…のように感ずる、…のように思う、…のようにふるまう、の意をそえ、四段活用の動詞を作る。

喉に目を当てがい(ひ)て聞くかくきみを歯痒**がら**せてい(ゐ)るわれのこと　平井　弘

ここに来て心ひそかに騒立(さわだ)つを親し**がり**つつ立ち居るわれは　古泉　千樫

鷺草の夏ふかくして咲く花を三年(みとせ)まへほどはあはれ**がり**もせず　吉田　正俊

(鷺草(さぎさう)―蘭科の多年草、高さ三〇㎝で、夏サギの飛ぶ姿に似た白い花が咲く。観賞用。鷺草(さぎぐさ)―。さぎごけの別称。田の畦や路傍に這い高さ一〇㎝、春から夏に淡紫色の小唇形花を開く。)

―きり（切り）　限界の意をそえる。「ぎり」ともいう。「ひときり」の「きり」は、物を切った「一切れ」で意が異なる。

今宵**きり**にて当分やめむとうからに言訳しつつ麻雀にゆく　長谷川銀作

―く　活用語の下についてその語を名詞化し、①…すること、…いこと、…ということ、の意をそえる。②文末で詠嘆の意をそえる。

(a)四段・ラ変活用の動詞未然形につく。

秋雨に濡らさ**く**惜しみ柿の木に来居て鳴くかも小笠(をがさ)かし鳥①　長塚　節

冷たい秋雨で頭の小さい笠を濡らすことが惜しいので、カケスは柿の木に止まって鳴いていることよ。

(b)形容詞の未然形につく。

やまひ去り嬉しみ居ればほのぼのに心ぐけ**く**もなりて来るかも①　斎藤　茂吉

病気が直って嬉しい気持ちになったけれども、世話をしてくれた者のことが思われて、ほんのりと心苦しい感じにさえなってきたことよ。

(心ぐけく―形容詞ク活用「心苦し」の上代の未然形に「く」がついたもの。心苦しいこと、の意。)

(c)助動詞の「けり」「り」「む」「ず」などには未然形に、「き」には連体形につく。

子を持てば思ひたえまもあらな**く**に深くつかれて母逝きにけむ①　五島　茂

接尾語　かま―く

(あらなくに―「有り」の未然形に助動詞「ず」の未然形の古い形「な」と接尾語「く」が接続し、助詞「に」のついたもの。ないので、ないのに、の意。)

母が眼を見ま**く**ひた欲(ほ)り帰るなりわが罪障(ざいしやう)は人にもらさじ①　岡野直七郎

母の眼を見たい一心で、家に戻っている。母が心配するので、自分の悪い行いは、人には絶対に話さないつもりだ。

(見まく―「見る」の未然形に助動詞「む」の未然形「ま」、接尾語「く」のついたもの。見るだろうこと、見たいこと、の意。)

しづかにも老いたまひたる岡大人(をかうし)に祝酒(ほぎざけ)ささぐわれも飲まま**く**②　斎藤　茂吉

(岡大人―岡麓先生のこと。)

独りにし堪へがたきときひれ伏して悔(くやしみ)を遣らむわれならな**く**に②　佐藤佐太郎

―ぐ・む　名詞の下について、それを含みもつ、そのきざしが見える、の意をそえ、四段活用の動詞を作る。

芽**ぐま**むとするこの樹々のしづけさよときをり枝の揺

れたつごとし　　筏井　嘉一
麦の穂のほの青**ぐみ**てうける上(へ)に夜の雲うすくかかりけるかな　　尾山篤二郎
くれなゐに角(つの)**ぐむ**百合に触りがたき心ただよふ一夜(ひとよ)なりけり　　佐藤佐太郎

—ぐるみ　名詞の下について、…までひっくるめて、の意をそえる。

ふる雨は光と思ふをさな葉の桑は枝**ぐるみ**立ちくくらるる　　橋本　徳寿

—げ（気）　名詞・形容詞語幹・動詞連用形などの下について、いかにも…のようすである、…らしく見える、…らしい、などの意をそえ、形容動詞語幹・名詞を作る。

春の昼われかへり見て語ることあり**げ**に雨の草に降るかな　　与謝野晶子
妻よ何かやるものはないか寄りてこし子鹿は何かものほし**げ**なり　　安田　章生
さびし**げ**に箸とる我をはばかりて物も得言はでありける弟　　松村　英一
一日の業して帰る弟のあわたゞし**げ**に飯を呼ぶ声　　松村　英一

—ご・つ　名詞や動詞連用形の下について、①ものを言う。②事をする、の意をそえ、四段活用の動詞を作る。

これがこれ何の悪事ぞとみづからにひとり**ごち**つつ麻雀にゆく①　　長谷川銀作
山中(やまなか)の家居(いへゐ)に居りて新聞を待ちこがるるを独語(ひとりご)**ち**つつ①　　斎藤　茂吉
無力なる政事(マツリゴト)びとらも、我が如く　粉に噎(むせ)びつゝ　まつり**ごつ**らむか②　　釈　迢空

—ごと（毎）　名詞、それに準ずる語の下について、①どの…も、②…のたびに、いつも、の意をそえる。

浅藪の竹の垂枝(たりえ)の葉**ごと**葉**ごと**赤らみ見えて晴続くかも①　　若山　牧水
忘れたる昼餉にたちぬ部屋**ごと**に暗くさみしき畳のしめり①　　中村　憲吉
うつうつとものを思へばうつし身も日**ごと**夜**ごと**に鬢白みゆく②　　吉井　勇
いとけなき甥をし連れて山川のきよき境に日**ごと**あそ

びぬ②　岡野直七郎
帰りくる舗道のうへは宵**ごと**に一時間ほどの空みえぬ
霧②　佐藤佐太郎

―さ　①形容詞語幹などの下について、その状態・程度をあらわす名詞を作る。②「…の…さ」の形で全体を名詞化して感動をあらわす。③動詞の下について、…する時、…する折、の意をそえる名詞を作る。

秩序(ついで)なきことのしげ**さ**におちつかぬ心のつかれながくつづきぬ①　岡　麓

過ぎ行きし一年(ひととせ)汝は夜の空の仄け**さ**に似て常にありたり①　葛原　繁

雪ふかく積りし朝は山かひの川上の瀬に音のしづけ**さ**
②　中村　憲吉

雪が深く積もった朝は、山峡に流れる川の瀬音も静かなことよ。

行く**さ**来**さ**信号待ちの陽を避けし鈴懸あをくつゆいとど降る③　野北　和義

―さ・す　動詞の下について、中途で止める意をそえ、四段活用の動詞を作る。

忽(こつ)然と春光ありて惑(まど)はしむ本読み**さし**て坐睡(ゐねむ)りしなり

接尾語　くる―す

窪田　空穂

拭(ぬぐ)へども拭へども去らぬ眼(め)のくもり物言ひ**さし**て声を呑(の)みたり　明石　海人

―さ・ぶ　名詞の下について、そのものらしい態度・状態を示す上二段活用の動詞を作る。

裾拓けゆく生駒嶺も夕づけばいにしへ**さび**て雲燃ゆるなり　加藤知多雄

女**さび**行くを目守る如吾ありて鏝あてたりし夜をも記憶す　近藤　芳美

鏡たてて帯しめあぐとをとめ**さぶ**乳のふくらみ気にしけむかも　穂積　忠

梅の香のただよう(ふ)闇よお(を)とめ**さぶる**女体にきざす痛き歓喜よ　岡部桂一郎

―じもの　名詞の下につき、そのものでないのに、あたかもそのもののようなかっこうで、またそのもののような気持ちで、の意をそえる。

春日照る庭の芝生を鶏(とり)**じもの**我は掻きをり白(しら)けたる芝
北原　白秋

―すがら　①初めから終わりまでずっと、…ぢゅう、の意をそえる。②「道すがら」「旅すがら」

などと用いて、ついでに、…の途中で、の意をそえる。
③「身すがら」などと用いて、そのまま、の意をそえる。

夜**すがら**の看護を了へて降りたてば壁の葛(かづら)の露のしづけさ①　　明石　海人

－だ・つ　多く名詞の下について、…めく、…のように見える、の意をそえ、四段活用の動詞を作る。

風の先つぎつぎと飛ぶ雛見れば尾長や秋を気色(けしき)**だち**たる　　北原　白秋

たそがれの潤(うるほ)ふごとき影**だち**て土ひとところ萵苣(ちさ)生ふるのみ　　佐藤佐太郎

（萵苣—ちしゃのこと。キク科の一年または越年草。高さ約一m。初夏に長い花柄を出し小形の黄色頭状花を開く。葉はサラダなどにして食用。レタス。）

ぬばたまの夜(よる)あけしかば山膚(やまはだ)にけむるがごとく萌黄(もえぎ)**だてる**見ゆ　　斎藤　茂吉

（ぬばたま—「夜」「宵」「月」などにかかる枕詞。）

－と（所・処）　所・場所の意を示す複合語を作る。「ど」と濁音化して用いられる。

月見草開くを見ればあて**ど**なきうら空(むな)しさの急(せ)くと言ふかや　　穂積　忠

とくとくとめぐりゐる血の奥**処**にて日を待つ吾子かたどきなかりし　　竹安　隆代

（たどきなかりし—てがかりのなかったことよ。）

一枚の教員免許状が今は終生の寄り**ど**と思ひ涙こぼれつ　　大西　民子

－どち　それと仲間・同類である、の意をそえる。

おもふ**どち**今日はあふがむ歌聖(うたのひじり)書聖(てしのひじり)といませる君を　　斎藤　茂吉

我(ワレ)**どち**にかゝはりもなきたゝかひを悔いなげゝども、子はそこに死ぬ　　釈　迢空

－な・す　名詞の下について、そのような様子である、の意をそえ、次にある体言を修飾する語を作る。

おとろふる炎(ほのほ)の街の明けゆきて嗚呼(ああ)潮(うしほ)**なし**群れゆく人(ひと)等(ら)　　吉田　正俊

一晩中空襲で炎となっていた街も、火勢おとろえて夜明けとなってきた。その朝の光の中を、ああ、焼け出された人びとが潮のように群れていくではないか。

—ば・む　体言、動詞の連用形、形容詞の終止形などの下について、その様子を帯びる、の意をそえ、四段活用の動詞を作る。

草雲雀いづこか時に聞こえゐて汗**ばむ**までに部屋に日は差す　柴生田　稔

（草雲雀—こおろぎの一種。黄褐色で、触角がきわめて長い。鳴き声が美しい。）

木洩れ日の黄**ばみ**匂へる草むらに小鳥こもりて歩みゐにけり　古泉　千樫

—ひら（枚・片・葉）　薄くたいらなものの数をあらわす時にそえる。

東京へ通ふあさよひに読む書の七**ひら**八**ひら**はかなかりけり　長谷川銀作

山なかのいまだ小さき木のもとに広葉の落葉ありぬいく**ひら**　斎藤　茂吉

—べ（辺）　そのあたり、ほとり、へん、ころ、の意をそえる。「へ」ともいう。

ふるさとの秋ふかみかも柿赤き山**べ**川の**べ**わが眼には見ゆ　古泉　千樫

歎かへばもの言ふも憂し日向**べ**にうづくまる身のあたたまりつつ　筏井　嘉一

いたつきの床**べ**の瓶に梅いけて畳にちりし花も掃はず　正岡　子規

椎の樹の雪解のしづく地に垂りて下**べ**の雪を穿ちつつあり　岡山　巌

—まり（余）　①数詞の下について、その数よりいくぶん多いことを示す。②十以上の数を数えるとき、十位と一位との間に入れる。

百日餘**り**すでに肥立ちしみどり児に人の笑ひの貌ととのふ①　中村　憲吉

御仏にそなへし柿ののこれるをわれにぞたびし十まりいつゝ②　正岡　子規

—み　①形容詞語幹について下の用言を修飾する語を作る。②形容詞・助動詞「べし」「まし」「じ」の語幹について、…ゆえに、…なので、…によって、の意をそえる。多く「…を…み」の形を取る。③形容詞語幹について、そのような状態や場所を示す名詞を作る。④動詞・助動詞「ず」について、「…み…み」の形で、「…たり…たり」と動作が交互にくり返す意をそえる。

天地にたらへる我と言はむにも汝なきことをうらめし

み思ふ①　　土屋　文明

冬旅に心満つるや雪富士をまぶし**み**仰ぐ娘は寡黙にて①　　加藤知多雄

畳の上明る**み**わたる昼の日に読みてくるめく罪業(ざいごう)の意味①　　河野　愛子

畳の上に昼の日が明るくひろがっている。その中で本を読みながら罪業ということの意味を知り、目まいのするような思いである。

宵草を刈りおくべ**み**とおり立ちて鎌とぐからに心はすがしも②　　古泉　千樫

（刈りおくべみ—「べみ」は助動詞「べし」の語幹に「み」が連なったもの。刈っておきたいので、の意）

たはやすくあふるるおもひたへがた**み**ひとりこもれば夏ぞ来向ふ②　　五島　茂

この梅は花のともしも春風の吹くすくな**み**か花の乏しも②　　長塚　節

木深**み**に行きとまる吾をとぢこめてよどめるしゞまひた寄り来るも③　　木下　利玄

世の中をあら**み**こちた**み**嘆く人にふりかかるらむ菩提樹の花①　　長塚　節

（あらみこちたみ—けわしいと、わずらわしいと。菩提樹—シナノキ科の落葉高木。六、七月頃黄色の花がさく。またクワ科の常緑高木。インド原産。）

うしろから抱くときの乳梅雨はまだ降り**み**降らず**み**子規(ほととぎす)過ぎ④　　岡井　隆

—め・く　名詞や形容詞語幹・副詞について、…のようになる、…らしくなる、の意をそえ、四段活用の動詞を作る。

樫(かし)の芽も榛(はり)の若葉も花**めき**て日光(ひかげ)呆(ほほ)けし幽(かそ)けさのよさ　　穂積　忠

水ぐるま春**めく**聴けば一方(ひとかた)にのる瀬の音もかがやくごとし　　北原　白秋

梅雨**めけ**る今日はまがなし死にし子の形見の靴をはきて出でつつ　　半田　良平

（まがなし—まことにかなしい。「ま」は接頭語。）

—ら　①体言について、複数や親しみなどをあらわす。②形容詞語幹について、状態の意を示し、形容動詞の語幹を作る。③代名詞などについて、漠然とした場所・方向の意を示す。

耕して棚田に喘ぐ生活(なりはひ)を継ぎつつ人**ら**かく山に生く①

加藤知多雄

顔上げて居るがせつなき日もありてしたしかりける黴(かび)の類(たぐひ)ら①　　斎藤　史

つづまりはさかしらにして省(かへり)みぬ言葉ならむとひとり思ひつ②　　佐藤佐太郎

さびしらに芝のけぶりをあぐるべき冬の山河となりにけるかも②　　前　登志夫

遙かには国の中らを川ゆくか長々として赤きくえ岸③　　土屋　文明

（くえ岸—崩れた岸。）

そこらには黄(き)な蜘蛛が網を張るらしく独(ひとり)おもへば豊けき秋なり③　　前川佐美雄

—らく　動詞を体言化して「こと」の意をあらわす。上二段、下二段、カ変、ナ変、ラ変動詞およびそれに準ずる助動詞の終止形につく。さらに上一段動詞の未然形につく。

とざされてさびしかりし世恥づ**らく**は自己と歴史とただしくは視ず　　窪田章一郎

世に拗(すね)て生く**らく**われと思はねどいや年の毎(は)に拗ねしや吾は　　尾山篤二郎

こゝにして見**らく**気疎(けうと)しつゝや〳〵と匂ひこぼるるおんこの紅実(あけみ)　　宇都野　研

（おんこ—いちい〈常緑高木〉の別名。あららぎ。）

雪ごもる板戸にあたる雨の音(と)をかすかに聞きていぬ**らく**たのし　　小田　観螢

深い雪にかこまれている板戸に、今晩は雨足の当たる音がかすかに聞こえてくる。冬もやっと終わるのだなあ、とその音を聞きながら寝ていることは、気持ちよく明るい気分である。

—わ（回・曲）　山・川・海が湾曲している所、また、水の屈曲回旋する所などを示す。

清らなる山の姿や裾**わ**ゆく川瀬もここに見えよとし見つ　　窪田　空穂

清らかな山の景色であったことよ。弓なりにまがった、その山裾をめぐって流れてゆく川の瀬さえも、ここから見えるよ、と思って見たのだった。

枕詞

枕　詞

一定の語にかぶせてそれを修飾し、または句調を整えるのに用いる。主に五音が多い。起源は神名・人名・地名にかぶせて用いられ、呪術的なほめ詞であったろうといわれる。

あかね-さす（茜さす）「日」「昼」「紫」「照る」「月」「君」にかかる。茜は、草の名、また茜色（沈んだ赤色、暗赤色）の略。

あぢさゐの藍のつゆけき花ありぬぬばたまの夜**あかねさす**昼　佐藤佐太郎

あじさいの、藍色が湿り気をいっぱいに含んだ花は、暗い夜に、明かるい昼に、咲いていた。

えごの木の花咲く森を**あかねさす**昼通り来しわれは独りに　田井　安曇

あから-ひく（赤らひく）「日」「朝」「肌」また、年少の人の美しさをあらわす語句にかかる。

あからひく頬も歯なみもすこやかに明けて七つの子となりにけり　青柳（あおやぎ）　競（きそう）

あからひく日の真昼なれ雄山より大汝山へ岩尾根つたふ　川田　順

（大汝山（おおなじさん）―富山県の立山連峰の最高峰、高さ三〇三五m。雄山も立山連峰の一つ。）

あしびき-の（足引の・足曳の）「山」「峰（を）」などにかかる。「足をながくひいている」などの意がある。

あしびきの山の木原のそよぎつつ明あかとして冴えわたるなり　久方寿満子

あしびきの山の獣は冬眠に入りてすでに夢むすびい(ゐ)ん　山崎　方代（ほうだい）

あしびきの山峡（かひ）清く入りくれば瀬の音にまじる鶯の声　山下秀之助

あま-づたふ（天伝ふ）「日」「入日」にかかる。「大空を伝わる」の意の動詞「あまづたふ」から生じた。

天づたふ日の昏（く）れゆけば、わたの原　蒼茫として深き

風ふく　　　　釈　迢空

（わたの原―海原。広い海。）

天づたふ冬日小さくなぎわたる海のひかりのかなしきろかも　　結城哀草果

冬の陽がかすかに照って、一面にしずまっている海の光というのは、心を強くひかれることよ。

いそ‐の‐かみ（石の上）　「降る」「旧る」「古る」にかかる。奈良県天理市一帯の古い地名。その中に「布留」という地があり「石の上、布留」と言い続けたのが転じたもの。

いそのかみ古りし恋などおもひ出で昨日が浦に君をなげきぬ　　吉井　勇

うちひ‐さす（打ち日射す）　「宮」「都」にかかる。日光のよく差し込む宮殿の意。

うちひさす都の花をたらちねと二人し見ればたぬしきろかも　　正岡　子規

（たらちね―母。女親。）

うつせみ‐の（現身の・空蟬の）　「身」「命」「世」「人」などにかかる。「うつせみ」は「現身（うつしみ）」で、「この世の人」また「この世」の意。

うつせみのこの世にありて不思議なる光を放つ歌のかずかず　　斎藤　茂吉

うつせみの命すがしき一日にて若草の香を夜もともなふ　　佐藤佐太郎

うつせ身のいのち狂ふとおもふまであはれ今年のさくら散りゆく　　岡野　弘彦

うつせみの人のためにと菩提樹をここに植ゑけむ人のたふとさ　　長塚　節

おき‐つ‐も‐の（沖つ藻の）　「隠る」「靡く」にかかる。沖の藻は隠れ、また波になびくので生じた。

秋きよき光に見たる**おきつもの**名張の山に雪降るらむか　　堀内　通孝

秋の澄んだ光で見た名張の山には、今ごろは雪が降っているだろうか。

（名張の山―三重県伊賀の山。伊勢、大和に接し、赤目四十八滝など景勝の地。）

かぎろひ-の（陽炎の）　「春」「燃ゆ」「ほのか」「人目(ひとめ)」「夕さりくれば」「岩」などにかかる。「かぎろひ」は、春のころ地上から立つ水蒸気により、光がゆらゆらと燃えるように見えるのを言う。

かぎろひの灯を置き見れば紅(くれなゐ)の牡丹の花の露光(ひかり)あり　伊藤左千夫

（かぎろひの灯—「灯」はほのかに燃えるので「かぎろひの」をかぶせたものであろう。）

かぎろひの春の一日を遊び来しペルダの丘を夕ぐれに下る　小松　三郎

かし-の-み-の（かしの実の）　「一つ」「ひとり」にかかる。かしの実は一毬(きゅう)に一つだけなので生じた。

かしの実の一つの道にますらをの生(いき)の命をかけつつもとな　佐佐木信綱

歌の道一筋に、男の生命を何と言うこともなく、むしょうにかけていることよ。

くさ-まくら（草枕）　「旅」などにかかる。昔、旅寝の際には、草を引き結んで野宿したので生じた。

草枕この旅のやどにこもりゐて今年すぎむか雪もふりつつ　今井　邦子

この旅館に引きこもっていて、今年も終わってしまうのだろうか、雪さえ降っていることよ。

さすたけ-の（刺竹の）　「君」「宮」「大宮人」などにかかる。根ざした竹が栄えゆく意から、繁栄を祝って言う。

さすたけの君がお庭の沙羅の花夕かたまけて見ればかなしも　北原　白秋

（沙羅—沙羅(さら)双樹(そうじゅ)のこと。インド原産の常緑高木。葉は大きく長楕円形。花は小形の淡黄色で芳香あり。夕かたまけて—夕がたになって。）

さすたけの君がこのごろ歌の上のかはれる意見聴かむとわが来(こ)し　伊藤左千夫

あなたが最近、歌のことについて変わったという意見を聞きたいと思って私は来ましたよ。

さ-に-づらふ（さ丹づらふ）　「君」「妹(いも)」「紅葉(もみぢ)」「紐」「色」などにかかる。「さ」は接頭語。「にづらふ」は赤く美しい頰をしている意。

さにづらふ妹(いも)よさなさにづらひ妻としてとはに羞(やさ)しむといま惜しみせよ　五島　茂

愛するものよ、そのように頬を赤く染めないでくれ。妻としていつまでも上品にしとやかにいるつもりになり、いまの時を大切にしなさいよ。

この深き峡間の底に**さにづらふ**紅葉散りつつ時行きぬらむ　斎藤　茂吉

しき-たへ-の（敷き妙の・繁栲の）「枕」「床」「袖」「衣」「たもと」「家」「黒髪」などにかかる。

しきたへの枕べ訪ひくる人らみななつかしきかも一人病めれば　古泉　千樫

しきたへの枕によりて病み臥せる君が面かげ眼を去らず見ゆ　伊藤左千夫

しな-さかる　「越(こし)」にかかる。「さかる」は隔たり離れる意。

しなさかる越(こし)と信濃(しなの)の国ざかひ今しうつぎの花ざかりかも　相馬　御風

越（越後）の国と信濃の国との境は、ちょうど今、空木の白い花のまっ盛りで美しいことよ。

すが-の-ね-の（菅の根の）　菅の根は長く乱れているので「長き」「乱る」に、また「ね」の音を重ねて「ねもころ」にかかる。

せまり来て心はさびし**すがのねの**永き春日とひとはいへども　斎藤　茂吉

心に迫ってきてさびしいことである。長い春の日だと人は云うけれども。

たま-きはる（魂極る）「命」「世」「うち」「うつつ」などにかかる。一生をかける意から生じた。

遮蔽燈の暗き燈(ほ)かげに**たまきはる**命盡きむとする妻と在り　吉野　秀雄

光が外に洩れないようにした暗い電灯のもとで、いままさに命がつきようとしている妻と一緒にいるのである。

（遮蔽燈―戦争中、夜間に敵の空襲の目標にならないように、家庭内の電灯などに黒いカバーをして光線を外に洩れないようにした。）

わが膝に今はいだけど**たまきはる**分(わ)けし命はほろびけるかも　古泉　千樫

たまきはる命の底を翩翻と冬のポプラが風に哭いてる
山崎　方代

（翩翻―へんぽん。旗などのひるがえるさま。ひらひら。）

たまきはるうちに萌して愚か愚かまづしき者の回想ひとつ
佐藤佐太郎

あかあかと一本の道とほり居たりけり**たまきはる**我が命なりけり
斎藤　茂吉

明かるい様子で一筋の道が、私の前をつらぬいて通じていたことよ。この道こそ、私の命をつなぐ唯一のよりどころだったのだ。

たま-くしげ（玉櫛笥）　「はこ」「み」「ふた」「奥」「明く」「開く」「おおう」などにかかる。櫛を入れるいれものから生じた。

たまくしげ箱根の山に夜もすがら薄を照らす月のさやけさ
斎藤　茂吉

たま-も-よし（玉藻よし）　「讃岐」にかかる。玉藻は讃岐で多く取れたので生じた。

島山は夕日に映えて**玉藻よし**讃岐の海を榜ぎたむ小舟
橋田　東声

（こぎたむ―漕いでまわる。）

たら-ち-ね-の（垂乳根の）　「母」「親」にかかる。

一人のわが**たらちねの**母にさへおのがこゝろの解けずなりぬる
若山　牧水

をんなに我が逢ひし時かなし子の**たらちねの**母の乳は涸れにけり
古泉　千樫

のど赤き玄鳥ふたつ屋梁にゐて**足乳根の**母は死にたまふなり
斎藤　茂吉

ちち-の-み-の（ちちの実の）　「父」にかかる。「ちち」は銀杏とも仙果ともいう。同音から「父」にかかる。

ちちのみの父は独となりにけりこの真昼我と膳にむかへる
高田　浪吉

ちちのみの父がかきくれし絵手本は二筆ばかり太き早蕨
平福　百穂

山裾をとどろとい行く雪解水**ちちのみの**父と幾夜聞きにき
田井　安曇

ぬば‐たま‐の（射干玉の）「黒」「夜」「宵」「月」「夢」「髪」「夕べ」「一夜（ひとよ）」「昨夜（きぞ）」「今宵」などにかかる。「ぬばたま」は黒い珠、また「ひおうぎ」の黒い実ともいう。

ぬば玉の黒毛の駒の太腹に雪解の波のさかまき来る　正岡　子規

ぬば玉の夜は更けぬらし庭のへに月傾きて木影横たふ　土田　耕平

去年よりの蓮の実うたふ**ぬばたまの**夜の机上の鬱屈の影　小中　英之

あかねさす昼を**ぬばたまの**夜が蔽い（ひ）心ほとほと死にてあらずやも　田井　安曇

ひさかた‐の（久方の・久堅の）「天（あめ・あま）」「雨」「月」「雲」「空」「光」「夜」「都」などにかかる。

ひさかたの天（あめ）の八重雲かきわけて穂高が嶺は雲を光らす　太田　水穂

久方の限なき天の青空に顕（た）ちくる像（かげ）ありて眼を閉づ　太田　青丘

久方の日の光よりたふとしと片恋をだに思へるものを　与謝野晶子

ひさかたの雲にとどろきし雨はれて青くおきふす紀伊の国見ゆ（高野山）　斎藤　茂吉

（おきふす—起きたり寝たりする。いつもある。）

まよ‐びき‐の（眉引の）「横山」にかかる。遠くから見ると山の姿が眉のような形に見えるのから生じた。

眉びきの多磨（たま）の横山昧爽（あけくれ）とそのしまらくの水浅黄空（あさぎぞら）（平山鳥山）　中村　正爾（しょうじ）

多摩丘陵の横山は、朝夕と、そのしばらくの間は、空は水浅黄色であるよ。

みすず‐かる（水薦刈る・三薦刈る）「しなの（信濃・科野）」にかかる。「みすず」は「しのたけ（篠竹）」のこと。

みすずかる信濃の国は空近みこころ澄み湛（たた）ふ諏訪のみづうみ　平福　百穂

みすずかる信濃の国を人間はばわれにかなしき敷島のくに　島田　修二

（敷島—日本国の別称。）

むらぎも―の（村肝の・群肝の）「心」にかかる。「むらぎも」は群がっている臓器のこと。

むらぎものこころは海にむかへども遠ゐる人の姿わすれず　小泉　苳三

私の心はいま、海にむかってはいるけれども、離れて遠くなってしまった人の姿が、しばしも忘られずいる。

轟々と槻(つき)の並木をふく風は吾が**むらぎもの**心やしなふ　佐藤佐太郎（二月）

副詞

副詞

動詞、形容詞、形容動詞を修飾する。

あさな‐あさな（朝な朝な）　毎朝毎朝。「あさなさな」とも言う。

この三朝(みあさ)**あさなあさな**をよそほひし睡蓮(すいれん)の花今朝(けさ)はひらかず　土屋　文明

この三日の朝、毎朝のように朝をかざって咲いた睡蓮の花も、今朝はもうひらかなくなってしまった。

朝な朝なつゆじも深しくさむらになほ鳴きのこる蟋蟀(こほろぎ)のこゑ　久保田不二子

朝なさな露の寒きにわが園の秋草なべてさびにけるかも　伊藤左千夫

（なべてさびにけるかも──すべて弱ってしまったことよ。）

あさな‐ゆふな（朝な夕な）　朝に夕に。毎朝毎夕。あけくれ。

帰り来て**朝な夕な**にわが歩く地に咲き満てる山白菊の花　古泉　千樫

山峡に**朝なゆふな**に人居りてものを言ふこそあはれなりけれ　斎藤　茂吉

あさに‐けに（朝に日に）　朝ごとに。朝も昼も。いつも。日に日に。

「あさなけに」「あさにひに」とも。

朝にけに心たのしく乗る汽車の窓の日向の冬めきしかな　長谷川銀作

男體の山の清水を家に引き**朝にけに**飲む人の羨(とも)しも　半田　良平

秋風のはつかに吹けばいちはやく梅の落葉は**あさにけに**散る　長塚　節

（はつか──ほのか。わずか。）

あたか‐も（恰も）　①まるで。ちょうど。さながら。②ちょうどその時。

富士が根の上(うへ)にしありて時**あたかも**浅間の噴火するを見にけり②　山口　茂吉

峠越し**あたかも**対ふ夕つ日は光線(ひすぢ)をさめむとして橡(とち)の明り葉②　島内　八郎

（橡—とち。深山にはえ高さ三〇mにもなる。種からはでんぷんをとり、材は器具用に適する。）

あに（豈）　①下を打消語で結んで、口語で、なにも。なんら。決して、の意。②下に反語を伴って、口語で、どうして。なんで、の意。

かくしつつ我は痩せむと茶を掛けて硬き飯はむ**豈**うまからず①　長塚　節

うなゐ児のまろき柔手の指ゑくぼ触れじとするも**豈**堪へめやも②　木下　利玄

（うなゐ児—幼いこども。）

この子らをはぐくむ我れと思へば**あに**生業のなき父たりなむや②　中村　憲吉

あまた（数多）　①数多く。たくさん。②打消を伴って、口語で、たいして。それ程には、の意。

蜂**あまた**こもる音して珊瑚樹の下べはしろし散りしきる花①　中河　幹子

蜂がたくさん珊瑚樹の中にこもって音をたてている。木の下には、しきりに白い花が散りしきっている。

（珊瑚樹—さんごじゅ。すいかずら科の常緑小高木。葉は長円形。夏、白色の花がさく。）

寝につきて聞きつゝ乏し降雪の**あまた**もつもるけしきなりけり①　古泉　千樫

命もて守らんものは**あまた**あらじ胸の炎よあかく燃え立て②　窪田　空穂

しとしとと雨の降る夜のこほろぎは**あまた**は鳴かず竈のべに鳴く②　結城哀草果

（竈—くど。かまど。へっつい。）

あまた‐たび（幾多度）　何度も。たびたび。何べんも。

向やまのおぼろとなりて吹く霧に**あまたたび**夕鳥の声は裂けたる　河野　愛子

あまたたび冬には逢へど枯れざりし庭の耬斗菜かれなくてあれな　長塚　節

（耬斗菜—高さ二〇cmの多年生草木。四、五月頃枝頭に碧紫色または白色の五弁花が咲く。）

あまり（余り）　度が過ぎて。はなはだ。あんまり。あまりに。

残されしただ一人のわが母の**あまり**悲しく**あまり**やさしく　矢代　東村

あや-に（奇に）　①ふしぎに。驚くほど。②むしょうに。わけもなく。

聲にいでてしばし読むほど**あやにあやに**気息(きそく)ととのふ
竹乃里歌①　　吉野　秀雄

正岡子規の歌集『竹乃里歌』を、一つひとつ声に出して読んでいくほどに、まことにふしぎなほど、わが息づかいがととのってくるのである。
（あやにあやに――「あやに」を強調した語。）

ふたり居てことばすくなし兄弟(はらから)の**あやに**さびしきおもひをぞする②　　岡　麓

あり-あり　はっきり。あきらかに。目に見えるように。まざまざ。

月一つ空のかゞみにおも影も**ありあり**みえて遠くゆく魂　　太田　水穂

苦しみの跡**ありあり**とかい巻のよごれし襟を見ればかなしも　　石榑(いしくれ)　千亦(ちまた)

傷つかぬもの一人だになし**ありあり**と哀しみを秘むる濃く清き君　　大野　誠夫

いか-で（如何で）　「いかにして」の転。①疑問、反語をあらわす。口語で、どのようにして。どういうわけで、の意。②願望をあらわす。口語で、なんとかして。どうにかして、の意。

常にゐし家のものさへ知らざりし父の臨終(いまは)に**いかで**あふべき①　　藤沢　古実(ふるみ)

おもやつれしたる女のうちしほれ行くを妹と**いかで**おもはむ①　　前田　夕暮

われいまだ人を娶りしことあらず君の心を**いかで**知らまし②　　与謝野晶子

いか-に（如何に）　①疑問をあらわす。口語で、どんなふうに。どのように、の意。②推測をあらわす。口語で、どんなにか。さぞ、の意。③程度をあらわす。口語で、どれほど、の意。

いかにせむ道はまどひぬ日はくれぬ雨もふりきぬ風も吹ききぬ①　　落合　直文

いかにかもせむ此の佗しさや花終りしどろとなりし鴨跖草(つゆくさ)の前①　　清水　房雄

ほそぼそと向うの山に見ゆる道みち行く人**いかに**さびしかるらむ②　　四賀　光子

海風は君がからだに吹き入りぬこの夜抱かば**いかに**涼しき②　　吉井　勇

やるせなく悲しき時に君が言ふその一言（ひとこと）の**いかに**うれしき③　久保田不二子

いく—そ—たび（幾十度）　副詞「いくそ」（数量を問う意）に名詞「たび」（回数をあらわす語）を連ねた語。口語で、いくたび。なんども。数十回、の意。

いくそたびこの苦しみをかさねなばとはの眠に入りえらるべき　尾上　柴舟

あはや爆（は）ぜむ大き怒りを**いくそたび**堪（こら）へしことぞ汝（なれ）も然（しか）らむ　関根　松平

いささか（些か）　量や程度の少なさを強調する語。①ほんの少し。ごくわずか。②下に打消の語を伴って、口語で、まったく。少しも、の意。

吸物に**いささか**泛（う）けし柚子の皮の黄に染みたるも久しかりけり①　長塚　節

波の秀（ほ）は既に**いささか**覆（くつがへ）りたれどうねり盛り返へし猶し寄り来も①　木下　利玄

いささかの料（しろ）を枕辺に置き来しがいかなる甲斐ぞこの切なさは①　加藤知多雄

（料—金銭など。）

いささかの愁もあらでたゞ動くわが海こそは安けかりけり②　尾上　柴舟

いそ—いそ　うれしいことがあるために、動作が調子づいている様子。

いそいそと廣告燈も廻るなり春のみやこのあひびきの時　北原　白秋

君がふと見せし情に甲斐なくもまた一時は**いそいそ**としぬ　岡本かの子

妻子等も**いそいそ**として歩みをり往来しげき長崎の街を　大橋　松平（しょうへい）

いたく（甚く）　形容詞「いたし」の連用形からの転。はなはだしく。非常に。ひどく。たいそう。「いたも」とも。

夕冷えのはやき木の間にサフランの二うね**いたく**匂ひたちたり　清水　房雄

（サフラン—細長い葉の間から十月頃、紫色の六弁花を開く、花柱を薬用。また芳香料とする。）

君も吾も苦しみたりき八年を経て見る君は**いたく**素直なり　小暮　政次

夕まぐれわが顔のへに芒の穂**いたも**白(しら)める空気のひびき　島木　赤彦

硝子戸(がらすど)に風の音する折ふしを**いたく**やさしと思ふことあり　佐藤佐太郎

いつ-か（何時か）　①いつだとは決まらないが、望む気持ちをこめて用いる。口語で、そのうちに。いずれ、の意。②不審(ふしん)がる気持ちをこめて用いる。口語で、いつのまにか。知らぬうちに、の意。③反語をあらわして、口語で、いつの時に。一体いつ…か、の意。

又**いつか**青山の町に住みたしと言ひいづることもあはれ吾が妻①　小暮　政次

また詣(まゐ)る日をいつとしも頼むべき拾ひし橡(とち)も**いつか**落せる②　四賀　光子

よもぎ畑**いつか**のびたり吹く風にやをらゆれつつ夏さりにけり②　長沢　美津

（やをら―静かに。おもむろに。）

遠方(をちかた)にけふ見えそめぬふじの山ふもとのあたり**いつか**過ぐらむ③　落合　直文

いつ-も（何時も）　いつでも。常に。

萩桔梗芙蓉西洋の草花の山羊に食はれて**いつも**をさなし　吉植　庄亮

いと　①下に形容詞、あるいは状態をあらわす動詞を伴って、口語で、きわめて。非常に。たいそう、の意。②下に名詞、形容動詞、副詞を伴って、口語で、まったく。実に、の意。

いと暗き／穴に心を吸はれゆくごとく思ひて／つかれて眠る①　石川　啄木

死をばわれ胸にとらへて見かへれば**いと**さやかにも来し方ぞ見ゆ②　窪田　空穂

その如く**いと**やすくと与へたるものとや思ふ女のいのち②　白　蓮

いとせめて只一時(ただひととき)をなぐさめのなげの詞(ことば)も聞かまほしけれ②　佐佐木信綱

（いとせめて―全く痛切に。聞かまほしけれ―聞きたいことよ。）

いと-ど　「いといと」の転。①いよいよ。ますます。②ただでさえ。もとより。

風**いとど**埃を吹くやおろかしく眼(まなこ)つぶるなるからすがあはれ①　鐸木　孝

風は大そう埃を吹きあげているのであろうか。人間の真似をしておろかそうに目をつぶっている鳥を見ると、何となくあわれである。

御相(みそう)**いとど**したしみやすきなつかしき若葉木立の中の盧遮那佛(るしゃなぶつ)①　与謝野晶子

（盧遮那仏—毘盧遮那仏で大日如来のこと。この歌、鎌倉の大仏をうたったものであるが、鎌倉大仏は阿弥陀如来。）

いは-れ-な-に（謂無に）　わけもなく。理由なく。

いはれ無(な)**に**涙がちなるこのごろを事更(ことさら)ぶともひと云ふらむか　斎藤　茂吉

（殊更ぶ—わざとらしく見える。わざとらしくする。）

いま-さら（今更）　今あらためて。今になって。

いまさらに身は悔いねども雨降れば縁(えん)の下にて鳴く蟋(い)蟀(とど)かや　吉野　秀雄

（蟋蟀—こおろぎのこと。）

いまさらにひとり生きるを悔ゆるほどさばかり弱きわれと思ふや　吉井　勇

（さばかり—それほど。それくらい。）

わがこころ吾のみ知るてふことはりを**今さら**知りて旅にい往くも　吉井　勇

自分だけがみずからの心を理解できるのだ、という当たり前のことを、今になって知ったので、心を癒しに旅立つことよ。

いま-さら-さら-に（今更更に）　副詞「いまさら」と「さらに」が連なった語。「いまさら」を強調する。口語で、今改めてますます、の意。

楤(たら)の芽のほどろに春のたけ行けば**いまさらさらに**都し思ほゆ　長塚　節

（ほどろ—ほうけるさま。たけ行く—盛りを幾らか過ぎて行く。）

鬼怒川を西にわたりて土踏めば**今さらさらに**君ししのばゆ　古泉　千樫

いま-し（今し）　「し」は強めの助詞。たったいま。今こそ。ちょうど今。

沢蟹のかたき甲らを**今し**いま手にはがすだになつかしきかも　古泉　千樫

（今しいま―たった今すぐに。）

今しいま年の来るとひむがしの八百うづ潮に茜かがよふ　斎藤　茂吉

いましも陽は空の真中にめぐりゐて地に人間の生れいでしかな　尾山篤二郎

あたりみな鏡のごとき明るさに青葉は**いまし**揺れそめにけり　若山　牧水

いまだ（未だ）「今だに」の略。①多く打消を伴って、口語で、まだ。今でも、の意。②依然として。なお。

さだまらぬ雲は浮きゐる亀原の丘の木立は**いまだ**青まず①　久保田不二子

ほぐれゆく蕾のさまは**いまだ**見ずこの野ぼたんの深き紫①　大悟法利雄

しだいしだいに、ほころびてゆく蕾の様子は、まだ一度も見ていないが、この野ぼたんの、濃い紫の美しい色合であることよ。

つばくらめ**いまだ**最上川にひるがへり遊ぶを見れば物な思ひそ②　斎藤　茂吉

（物な思ひそ―物思いをするな。）

わが庭に**いまだ**のこれる木の葉ありこよひは雨のふりかかる音②　四賀　光子

いま-に（今に）今でもやはり。今だに。今もって。現在に及んで。

ま処女のさやけき声や母あらぬ家を守りて**今に**嫁がず　田谷　鋭

撫子は**いまに**果敢なき花なれど捨つと言に言へばいたましきかも　長塚　節

いや-ひ-け-に（弥日異に）いよいよ日増しに。日ごとに。毎日。

裏山の樹にたつ霞**いや日けに**眼ぢかくおほくなりにけるかも　中村　憲吉

日月はもここだも経れど**いや日けに**憂はまして忘らえぬかも　長塚　節

（ここだ―たいそう。こんなに多く。忘らえぬかも―忘れることができないことよ。）

いや-ま-し-に（弥増しに）いよいよますます。いよいよ多く。

去年(こぞ)妻をなくしし我を**いやましに**いとしみまして母は逝きにき　　吉野　秀雄

　前よりもなお一層。ますます。
　「いよよ」とも。

いよ‐いよ（愈愈）

ねむらなと布団かぶれど詠みかけの歌が気になり**いよいよ**眠れず　　長谷川銀作

雨にぬれ**いよいよ**青き稲草のその葉うごけば涙ながるる　　安田　青風(せいふう)

冬の空澄みて深きに槻の枝**いよいよ**繁く**いよいよ**細し　　窪田　空穂

黒潮の落速(らくそく)**いよよ**荒ら渦のみなぎるひびき空にいざよふ　　小田　観螢

三十路(みそぢ)より四十路(よそぢ)のほどの短きをかこちにけるが**いよよ**短かし　　宇都野　研

うたた（転）

①物事が一段と進むさま。口語で、いよいよ。ますます、の意。②心が一層動くさま。口語で、とめようもなく。いよいよ、の意。「うたて」とも。

わがひとり異国に住まむさびしみの**うたた**湧きけり日のかげあかく①　　石原　純

猿沢の池のさゞ波さゞれ波**うたて**もいとゞ花やかにして①　　尾上　柴舟

かにかくに君は遠しと思へばか**うたた**寂しき旅もするかな②　　吉井　勇

離れ島磯にゆふ星ひかりそめ命をもちて**転(うた)た**さびしき②　　中村　憲吉

うつ‐うつ

①半分眠っているさま。居眠りをしているさま。口語で、うとうと、の意。②心がはればれしないようす。うっとうしいさま。

なまけ居れば**うつうつ**眠しはかなごと今思ひ出でてすぐに忘るも①　　植松　寿樹
（はかなごと―果無事。とりとめのないこと。）

松ばやしなかに庵し**うつうつ**と半跏を組めば思ふことなし①　　吉井　勇
（庵し―粗末な住居に住む。半跏―あぐら。）

うつうつと空は曇れり風ひけるをさなご守りて外(と)に行かしめず②　　斎藤　茂吉

わが体(たい)に**うつうつ**と汗にじみゐて今みな月の嵐ふきたれ②　　斎藤　茂吉

うべ（宜）　肯定の意をあらわす語。口語で、いかにも。なるほど。もっともなことに、の意。推量をあらわすことばで受けることが多い。「うべし」「むべ」とも。

まだ寒き空の下びを**うべ**今日は現に白き蝶飛びなむか　吉野　鉦二

火宅と誰がいひそめし人の世は**うべ**かなしみの絶えざりにけり　吉野　秀雄

看護人らのまなこ盗みて這ひあがり飯びつをさぐる飢は**宜べ**なり　中村　憲吉

（詞書に、「腸チブスの病退けば食慾とみに進む。されどこの病のならひとて、食事を極めて制限されるが故に、僅かばかりの流動食は、殆んど限りなき餓を救ふに足らず」とある。）

この水にいづこの鶏と夜を見やれば我家の方に**うべ**やおきし鶏　伊藤左千夫

この洪水の夜に、小舎を出歩いてうずくまっている鶏は、どこの家の鶏だろうとながめていたら、私の家の方へ向かっていかにも実際に起き上っていったことよ。

（うべや―間投助詞「や」は「うべ」を強める語。）

外に立てば衣うるほふ**うべし**こそ夜空は水の滴るが如　長塚　節

戸外に出たら着物が湿っている。まことにその通りであることよ、夜空は水がしたたるように、しっとりとうるおっている。

（うべしこそ―「こそ」は「うべ」を強める語。）

え（得）　①「え」の下に動詞を伴って、動詞未然形、更に打消の助語で、…できない。じゅうぶんに…しない、の意。

世を棄てむ生きむ死なむと夜もなほ**え**も安寝せで思ひ煩ふ　吉井　勇

（えも安寝せで―じゅうぶんに安眠できないで。）

さまざまの蔑みの容相を見しと思ふ心忘るべくありて**え**忘れぬ　館山　一子

打負きしのぶに強きわが心君に**え**たへず破れぬべく思ふ　新井　洸

②反語の言い方を伴って、口語で、どうして…できようか、とても…できない、の意。

ややありてああ**え**や忘るその夜をとわがわかうどはうるみ声しぬ　吉井　勇

（えや忘る—どうして忘れることができようか、とても忘れることはできない。）

おし‐なべ‐て（押並べて）　すべて一様(いちよう)に。どこもかしこも。あまねく。概して。「なべて」とも。

おしなべて境も見えず雪つもる墓地の一隅をわが通り居り　斎藤　茂吉

おしなべて焼けし名古屋に立ちあがる新しき力ただ歌による　土屋　文明

畝なみに作れる菊は**おしなべて**下葉枯れれどいまさかりなり　長塚　節

（畝(うね)なみ—畝に並ぶこと。）

おそら‐く（恐らく）　推量の意をあらわす。口語で、多分。大方、の意。

かたむきてくること**おそらく**なきものかひたに対(むか)へどあどけなく見ゆ　高田　浪吉

彼女の心が私に傾いてくることは多分ないことよ、いちずに顔を私に向かわせているけれど、あどけない表情が見える。

おづ‐おづ（怖づ怖づ）　おそるおそる。こわごわ。びくびく。

おづおづと訪ひくる彼もつらあてをいふ吾もいまだ古き日本人　長谷川銀作

遠慮をしながら、恐る恐るたずねてくる彼も、はっきりものがいえず、あてこすりをいう私も、同じように、やっぱりまだ古い日本人なのだなあ。

資金局に**おづおづ**とゐし心疲れ午後の睡のなかに忘れむ　山本　友一

螢飛び蟾蜍(ひき)も啼くなり**おづおづ**と忍び逢ふ夜の薄霧の中　北原　白秋

（蟾蜍—ひきがえるのこと。）

おの‐が‐じし（己がじし）　めいめい。それぞれに。思い思いに。

雲一つうごくともなき大空に樹は**おのがじし**立ちてかなしも　尾山篤二郎

おのがじし弱きけふ日の涙をばはふり落して鳴ける小鳥ら　北原　白秋

おの‐づ‐から（自づから）　①自然に。ひとりでに。おのずと。②偶然。

たまたま。

山の蟬は鳴きしづみたり月の夜の**おのづから**なる風のおとおこる① 石井直三郎

おのづから梢はなるゝ桐の葉のけさ目に見えて秋は来にけり① 落合 直文

寝入りたる姿を見れば**おのづから**病み細りけむその項あはれ① 土田 耕平

大仏の肩のうしろに**おのづから**浅き夕山沈みたる見ゆ② 中村 憲吉

（大仏—鎌倉の大仏のこと。）

おの-づ-と（自づと）

ひとりでに。自然に。おのずから。

あきらかに心知りたしいまもかも**おのづと**うなじ垂れつつ歩む 高田 浪吉

眼見むかひ**おのづと**心沁みてゆくしたしさにゐて時惜しみをり 小泉 苳三

（まみ—目見。まなざし。目もと。）

おのも-おのも（各面各面）

「おのおの」に同じ。口語で、めいめい。それぞれ、の意。

空いちめん撒ける星くづの**おのもおのも**さやけく照りて更くる山の上 阿部 静枝

田の中に残る礎**おのもおのも**へだたりもてり大き寺の址 半田 良平

夕園の空気のよどみに牡丹の花しづもりたもてり**おのもく**に 木下 利玄

おの-れ（己れ）

自然に。おのずから。ひとりでに。

おのれ短き運を悟りて散る花のあはれはおもへ春の日の暮れ 安田 章生

鶏舎にさす月のひかりに一つある卵は**おのれ**輝きにけり 田井 安曇

ほのぼのと**おのれ**光りてながれたる螢を殺すわが道くらし 斎藤 茂吉

ほのかに、おのずから光りながら、流れるようにとんでいる螢を殺した。このような自分の心がたどる道は、光明のない暗やみで、迷いが多いにちがいない。

おもむろ-に（徐に）

そろそろ。ゆるやかに。ゆっくり物静かに。

べつたりと匐ひつくばひし海亀の**おもむろに**ひらく黒

きつぶら眼　川田　順

海辺の砂に、べったりとはいつくばっていた海亀が、やがて静かに、黒いつぶらな眼をひらいた。

韮の葉の霜枯るるさまも**おもむろに**て冬至に近き日の沈みゆく　土屋　文明

にらの葉が霜で枯れていく様子も静かな推移であって、いま、冬至に近くなった日が沈んでいくところである。

おもむろに磯におちたる浪の音ゆふ凪ぎ海の汐のふくらみ　中村　憲吉

かく（斯く）　直前に述べたこと、直後に述べること、また目前の状態を指していう。口語で、このように。このとおり。こう、の意。

還り来ばかにせむ**かく**と思へるをおろかしとせずただに悲しむ　窪田　空穂

（かにせむかくと―あのようにこのようにしようと。）

その親にも、／親の親にも似るなかれ―　／**かく**汝が父は思へるぞ、子よ。　石川　啄木

いのち**かく**ながらへて朝の雲あかき九十九里浜遠見はろかす　前川佐美雄

（九十九里浜―千葉県北東部の太平洋に面した大きな弧状の海岸名。）

オリオンの**かく**美しき夜を帰る胸あたたかきわが組織より　碓田のぼる

オリオンのこのように美しい夜を帰っていくことだ。同志愛にもえた、胸あたたまるような私の組織から。

（オリオン―星座の名前。俗に三ツ星と呼ぶものを含む。二月上旬の夕方ごろ南中する。）

かくながら息も絶えなばいかにぞと妻の寝顔をうち守る夜半　尾上　柴舟

（かくながら―このままで。）

他国に生くなることの**かく**ばかりかたきものとは知らでをありし　宇都野　研

（かくばかり―これほど。こんなに。）

かく－て（斯くて）　このようにして。こうして。

瓦斯の火の青き焔（ほ）に倚り合ヱ（へ）ば明日また**斯くて**あらなんねがい（ひ）　前田　透

ガスの青い焔の光のもとに、愛する者たちが集まり合えば、明日もまた、このようにありたいものだと願うのである。

うからみな安んじあれどわが病(やまひ)あるひは**かくて**癒(い)えざらむかも　吉野　秀雄

（うから―親族。）

み冬つき春の来むかふ日の光**かくて**日に日に吾れは歩まむ　古泉　千樫

かたみ-に（互に）　たがいに。かわるがわる。交互に。

冷えし恋**かたみに**知らずなほ行かば死ぬべかりけり氷のなかに　与謝野晶子

さ夜ふけを湯に浸りつつ忙しかりし家移りの事**かたみに**語る　結城哀草果

苦しみを**互に**(かたみに)もちて赤芽柏茂れる岡に逢ふ老い吾等　伊藤　保

（赤芽柏―あかめがしわのこと。落葉高木。若葉は美しいべに色。）

かつ（且）　①すでに。もう。するそばから。すぐに。②同時に。一方では。…したり…したり。

林間(りんかん)に沼あかりしてころころころろ蛙**かつ**啼く一人い行くに①　古泉　千樫

競ひ立ち走りかたまり**かつ**散りて敵にいどまむこなしのよさや①　安田　青風

（こなし―動き、動作。）

憎み**且つ**怖れ**且つ**頼り**且つ**はまた愛したまひき心のどこかにて②　香川　進

（且つは―もう一方では。）

かつ-がつ（且つ且つ）　①さしあたり。現在のところ。②早くも。

かつがつに蕃ゆたかなる秋なりき更にや麦の年を頼まん①　土屋　文明

（更にや―重ねて。副詞「更に」に強意の助詞「や」の連なったもの。）

やはらかに土の匂ひて丘の畑**かつがつ**あをむ草見ゆるがに②　大井　広

柿の葉の落葉たまりし畠のくろに**かつがつ**萌えし蕗(ふき)の薹(たう)はも②　久保田不二子

（くろ―畔。田の中のさかい。あぜ。）

かに-かく-に　①とにかくも。なんとしても。「かにかく」とも。②あれこれと。いろいろと。

この宿にわが子をおきて**かにかくに**今宵のうちにわれ

ひとり行かむ①　古泉　千樫

思ひ出でよ夏上弦の月の光病みあとの汝を**かにかく**つれて②　土屋　文明

（汝―作者八十五歳にて失った長子の夏美を指す。）

かにかくに誰(た)がよびそめしわぎ妹(も)ぞや秋にまぎれてききにゆかんぞ②　尾山篤二郎

恋すてふ浅き浮名も**かにかくに**立てばなつかし白芥子の花②　北原　白秋

（恋すてふ―恋という。）

かへすがへす（返す返す）　①くり返しくり返し。しばしば。②かさねがさね。重々。

わがつくる諸善諸悪のみなもとを**かへすがへす**もすこやかにせん②　与謝野晶子

からうじて（辛うじて）　「辛くして」の音便。やっとのことで。ようやく。

今日の日も怒りを**からうじて**堪へ来り涼しき夜半に嘆かふものか　吉田　正俊

からうじて身のせつなさを堪(こら)へつつ夜(よは)の松風(まつかぜ)に聴入(ききい)らむとす　吉野　秀雄

からうじて一つづつ書くわが歌よ此の原稿の汚なかりけり　三ヶ島葭子

辛うじてつかまり立ちをしたる子の打はやされてだうと仆れぬ　石榑　千亦

くっきり　特にあざやかに日立つさま。きわめてはっきりとしているようす。

寒椿を活けし床の間**くっきり**と花の影うつりて塵(ちり)ひとつなし　筏井　嘉一

日もさむく一もと松のみどりなり**くっきり**と空の青に染みつつ　安田　青風

けしう　上代語の形容詞「けし(異し・怪し)」の連用形が変化したもの。口語で、変に。妙に。非常に。たいそう、の意。

人の文**けしう**よごれて十日あり無慙(むざん)のこころ筆を執(と)らざる　新井　洸

けだし（蓋し）　①疑いながら推量の意をあらわす。口語で、たぶん。もしかしたら。あるいは、の意。「けだしく」とも。②万一を仮定する語。口語で、万一。もし、の意。

おほやけに言にいはねど蓋しくもなげける言のむなしかるべき①　中村　憲吉

（けだしくも—ひょっとしたら。疑いながら推量する意をあらわす副詞。）

靄ごもる布留の川添とめゆかば昔乙女に蓋し逢はんかも②　佐佐木信綱

げ-に（実に）　①ほんとうに。まったく。現実に。まことに。②なるほど。いかにも。

女なればあはれなればと甲斐もなくくやしくもげに許し来つるかな①　若山　牧水

稀しくげに稀しくあるきて三月の富士を見たり日本橋の上に①　土岐　善麿

土耳古青となりたる山の四時過ぎにげにすなほなる食欲ありぬ①　斎藤　史

山がトルコ石の青緑のような美しい色になった四時すぎに、実に自然な食欲が起きてしまった。

げに人はひとりとおもふたまゆらを一樹ありひしとわれを抱擁す②　稲葉　京子

ここだ-く（幾許く）　こんなにはなはだしく。たいそう。こんなに数多く。たくさん。「ここだ」「ここばく」「ここら」とも。

憤りここだくあれどひややかに黙してあらむ蟾蜍のごと　吉井　勇

（蟾蜍—谷蟇。ひきがえる。）

寂寺の若葉ぐもりに青梅のここだく落ちて人ふまずけり　岡　麓

まがなしき現身持ちて山の道ここだもわれは歩みたるらし　古泉　千樫

こと-ごと（事事）　事あるたび。あれこれにつけて。

ことごとにをののきやすきわが妻の今日のおどろき思ふにたへむや　長谷川銀作

ことぐに水とも火ともいと猛にきはめをつけて恨まるゝよし　原　阿佐緒

ことあるごとに水だとか火だとか、大変勇ましい鑑定をされて、憎まれることよ。えい、放っておこう。

います日のことごと胸に浮かび来てきのふの如く涙流るる　久保田不二子

こと-ごと（悉・尽）　残らず。すっかり。詳しく。完全に。

山の霧**ことごと**川に下りけむ光身に沁みて晴るる青空
島木　赤彦

冬草の青を**ことごと**摘みすてむ岬に来たりうら悲しきに
前田　夕暮

すっかり。全部。残らず。

こと‐ごと‐く（悉く・尽く）

紫陽花の花にさみだれふりそそぎ枝**ことごとく**前のめりせり
岡　麓

人間のかなしき秘密**ことごとく**われに知らしめし君と別るる
矢代　東村

松かげは篠も芒も異草も皆**ことごとく**まんじゆさげ赤し
長塚　節

松の下では、篠も芒もその他の草も、皆すべて赤くそまってしまうほど、まんじゅさげは鮮烈に赤く咲いていることよ。

こと‐さら（殊更）

①とりわけ。ことに。いっそう。
②わざと。故意に。

けさの寒さ**ことさら**きびしひきしまる心のうちによろこびのあり①
岡　麓

植林の杉に恥ぢてか夢のごと合歓は**ことさら**やさしく咲けり①
前川佐美雄

ほとほとと心うれしくなりにけり**ことさら**まちし春と思はね①
長沢　美津

ことしの春は殊に待ち望んだというわけではないが、非常にうれしく感じたものだ。

相反く（あひそむ）心と心**ことさら**に結ぶが如く笑（ゑ）みて語らふ②
佐佐木信綱

殊更に燈火つけず大胆に夜の面とわが対し居り②
尾上　柴舟

こも‐ごも（交交）

かわるがわる。たがいに。つぎつぎ。

水の辺は夜明くる早し軒並に**こもごも**起る鶏の声
半田　良平

菜種づゆけぶる辛夷におづるなき山鳥の声**こもごも**ひびく
加藤知多雄

（おづるなき山鳥―おそれることのない山鳥。）

こもごもに曳く生活を蕭条（しょうじょう）の水脈（みを）とし漁場のなかの船団
安永（やすなが）　蕗子（ふきこ）

さ（然）

上の叙述を指示して用いる。口語で、そう。そのように、の意。

別れてき**さ**なりき何等ことなげに別れきその後幾夜経ぬるや　若山　牧水
（さなり―①そうである。そのとおりだ。②そうあるべきだ。当然だ。）

一椀の粥をすするもなほ生きむ**さ**はあれ難し生くちふことは　吉井　勇
（さは―そうは。そのようには。）

うたたねをしてありと思ひうかがへば君**さ**にあらず物思ふらし　前田　夕暮

死(し)なんとは、おもはずなりぬ。／生(い)きんとも、／**さ**まで思(おも)はずなりにけるかな　土岐　哀果
（さまで―打消の語を伴って、それほどまで、の意。）

渚よりなぞへに深き海なれば小石(さざれ)うつ波**さ**のみはよらず　木下　利玄
（さのみ―打消の語を伴って、それほど、たいして、の意。なぞへ―ななめ。）

ひとり生きひとり往かむと思ふかな**さ**ばかり猛きわれならなくに　吉井　勇
（さばかり―それほど。）

さ-しも

①あれほど。そのように。それほどまでに。②下に打消・反語を伴って、そのようにも。そうも。さほど。それほど、の意。

何負ひて**さしも**息づく貪慾の心が生める不具の子どもを①　窪田　空穂

誰が上を思ひて**さしも**愁ふやとものも言はぬ我につぶやくものか②　窪田　空穂

誰のことを心配してそんなに心を痛めるのだろうか、そんなことはない、と自問自答していることよ。

さすが-に

①そうはいうものの、しかし。②何といおうと、やはり。

寒ぼけの久しき蕾さく見れば**さすがに**紅(あけ)のあたゝかげなり②　宇都野　研

唐寺の雨に暮れゆくあはれさも**さすがに**ここは肥前長崎②　橋田　東声

さ-ながら

①そのまま変わらず。②のこらず。③まるで。ちょうど。あたかも。そっくり。

星白く夜は**さながら**に明けにけり菊を流るる秋河の村①　太田　水穂

寝足らざる否夢にしも疲れたる頭(かしら)**さながら**業務(つとめ)にと行

く①　尾上　柴舟

外秩父、角ある鹿を**さながら**に肉切りて売る祭の夜寒②　佐佐木信綱

さながらに青皿なべし蕗の葉に李は散りぬ夜の雨ふり③　長塚　節

（青皿なべし―青い皿を並べた。）

飛びたたむ蝶**さながら**に金雀児の花びらふるふすぎゆく風に③　阿久津善治

（金雀児―えにしだ。枝は緑色で細かく分かれ、五月ごろ葉のつけ根に黄色い蝶形の花を開く。）

曇日にくれなゐの花ひしめきて椿の一本**さながら**重し③　長沢　一作

さね（実）　①本当に。かならず。②下に打消の語を伴って、けっして。ちっとも、の意。

刈株の株の焼生に焼けのこる葦の古穂に**さね**似たる鬚①　長塚　節

これの世はさびしきかもよ奥山もひとり人住む家は**さね**なし②　釈　迢空

さ-も　副詞「さ」に係助詞「も」が連なったもの。口語で、①そのように。②いかにも。ほんとにまあ。まったく、の意。

親鳥の**さも**鳴くものを雛鳥よ応へよとおもへ声の聞えぬ①　窪田　空穂

抱きすくめ頬ずりすれば児心に**さもさも**やすらに笑みにけるものを②　木下　利玄

（さもさも―「さも」を強めたもの。）

さや　①はっきりしたさま。あざやかなさま。②清らかなさま。さっぱりしているさま。

ぬば玉の夜にしあれば伊丹庭の湖**さや**に見えねどはろばろに見ゆ①　長塚　節

（伊丹庭の湖―千葉県印旛沼のほとりにある湖。ぬば玉の―「夜」にかかる枕詞。）

かにかくに為事はよろし行きぬべき一本道の**さや**に眼に見ゆ①　窪田　空穂

さながらにあらしの後の島原を月影**さや**に照しつるかも②　土田　耕平

さや-さや　物が軽くすれ合って鳴る音のさま。さわさわ。ざわざわ。

さやさやと月に陰なす庭隈のすすきに虫のこゑすでになし　谷　鼎

さやさやとゆれて、月の光に影をつくっていた庭すみのすすきに、もうとうに、虫の声もしなくなってしまった。

軒端なる欅の並木**さやさや**に細葉そよぎて月更(ふ)けにけり　　若山　牧水

さら－さら（更更）　①今さら。あらためて。さらにさらに。ますます。②下に打消の語を伴って、全く。少しも。決して、の意。

湯どころに二夜(ふたよ)ねぶりて蓴菜(じゅんさい)を食へば**さらさら**に悲しみにけり①　　斎藤　茂吉

筑波嶺の茅生(ちふ)の萱原**さらさら**にここには散らずふれる雪かも②　　長塚　節

さらぬ－だに（然らぬだに）　そうでなくてさえ。なんでもなくてさえ。

さらぬだに寝られぬものを白波のよするおきつに何やどりけむ　　落合　直文

そうでなくてさえ眠られないのに、白波が寄せている沖に、何が泊まったのだろうか。

しか－す－がに（然すがに）　しかしながら。そうはいうものの。さすがに。

しかすがに彼岸ともなれば活けてある室咲きの花も咲きいそぐらむ　　相馬　御風

日のてる外を歩みきたりつ**しかすがに**臥所(ふしど)に入りて息しづめ居り　　古泉　千樫

しく－しく（頻頻）　つづいて。たえず。しきりに。「しくしくに」とも。

秋雨の**しくしく**そそぐ竹垣にほうけて白き楤(たら)の木の花　　長塚　節

（楤—うこぎ科の落葉小高木。葉や茎にとげがある。夏のころ白い小花が咲く。若芽は美味。）

寄る波の八重**しくしくに**うち白む沖つ島根の曇りさびしも　　土田　耕平

しじ－に（繁に）　しげく。数多く。ぎっしり。いっぱいに。

蜘蛛の巣の**しじに**からみて朝な朝な露ばかりなるわがダリヤ畑　　若山　牧水

泪こそ**しじに**湧きいづ独居のすさびに手をば眺めたりけり　　栗原　潔子

（すさび—気まぐれ。もてあそび。）

いち早き秋の落葉かわくら葉か桜は**しじに**葉を散らすなり　若山喜志子

（わくら葉―病葉。病気になった木の葉。）

しと―ど

ひどく濡れるさま。口語で、びっしょり。じとじと、の意。

しとど降る雨に打たれて若葉みな裏がへりたる低き樹を見る　窪田　空穂

きてみれば道べの畔の枯蓬すゝきも濡れつ雨に**しとゞ**に　太田　水穂

足袋**しとど**濡らして雨の交叉点渡りつつ今しんそこさびし　蒔田さくら子

箱根路を汗も**しとど**に越えくれば肌冷かに雲とびわたる　長塚　節

山ざとに秋を早目に刈る稲はいまだもあをし露**しとど**なる　中村　憲吉

しばし（暫し）

少しの間。ちょっとの間。しばらく。「しまし」とも。

今**しばし**麦うごかしてゐる風を追憶を吹く風とおもひし　佐藤佐太郎

今、ちょっとの間、麦畠の麦を吹きうごかしている風を、遠い追憶へといざない吹く、風のようだと思っていることである。

ピアノの音本を読む声子がものと**暫時**聞きゐつ今は独りなり　宇都野　研

定年ののちのいのちに**しばし**だに夕茜あれ冬木のこずゑ　加藤知多雄

（しばしだに―少しの間だけでも。）

母が目を**しまし**離れ来て目守りたりあな悲しもよ蚕のねむり　斎藤　茂吉

暗がりにすれ違ひたる老人を母と気付きし**しばし**の歩み　阿久津善治

しばらく（暫く）

少しの間。しばし。「しまらく」とも。

やや**しばらく**竹の下道のぼりゆけばものぞ静けき汗たりながら　土屋　文明

入日おちて**しばらく**たちたり海の上にまだ消えのこる夕やけのいろ　小泉　苳三

辿りつきたるみなもとに靴をぬぎ**しばらく**あれば足のさびしさ　片山　貞美

源流地点にようやく辿りついた。靴をぬいで休んでいた

に思われた。

が、しばらくたって、自分の足が何となくさびしいもの

しみ‐じみ　①深く心にしみるさま。口語で、つくづく、の意。②物静かで落ちついているさま。口語で、しんみり、の意。

ときにふとさびしきままにあらぬこと君に問ひつつ**しみじみ**悔ゆる①　長谷川銀作

浜名湖に生活支(くらし)へて老いし顔**しみじみ**よろし船あやりて①　加藤知多雄

幼稚園よかへり来ぬ子をおもひをり**しみじみ**としも雨ふるものか②　安田　青風

しゅ‐ゆ（須臾）　しばらく。しばし。少しの間。わずかの間。

湯を渡す鉄管長き川のうへ降り出でし雪も**須臾**(しゅゆ)にしてやむ　小笠原文夫

湯を通している長い鉄管がわたっている川の上に、降り出して来た雪も、しばらくしてやんでしまった。

鳥の群ふたつ出遇い(ひ)て入れちがう(ふ)**須臾**にきらに夕日こぼして　馬場あき子

しら‐しら（白白）　①いかにも白い感じであるさま。②夜が次第に明けていくさま。③明かるいさま。④ひっそりと淡い感じであるさま。「しらじら」とも。

しらしらと刈萱(かるかや)の穂の出でしより風を野分(のわき)と思ひ知りにし①　青柳(あおやぎ)　競(きそう)

（刈萱―秋の七草の一つ。秋に花穂がでる。野分―野の草を吹き分ける風の意で、秋、二百十日・二百二十日頃に吹くはげしい風。）

しらじらと硝子(ガラス)戸とほる光あり夜をとほし坐りゐる妻がみゆ②　五味　保義

しらしらと氷かがやき／千鳥なく／釧路の海の冬の月かな③　石川　啄木

しらじらとして、明るく氷がかがやいており、千鳥もないていた。忘れがたい釧路の海の冬の月よ。

くもり夜の月あるごとく思ほゆれ**しらじら**として川遠くゆく③　土屋　文明

たどり来し道**しらじら**とみゆるときいまは迷はずゆくべきのみか③　土岐　善麿

若い時代から歩き求めてきた道が、ようよう、明かるく

見えてきた。今はもう迷わず、まっすぐに行くだけであろうよ。

まはだかの心にふれて**しらじら**と夜を雪のふる、眠れる市街（しがい）④　　前田　夕暮

すが-すが（清清）　さわやかで気持ちがよいさま。

この夜更けわが寝間にまで**すがすが**と今日乾上りし秣（まぐさ）が匂ふ　　藤森　青二

この夜更けに、私の寝ている所まで、今日乾上ったばかりの秣の匂いが、さわやかに、におってくることである。

清々と白くぬりたる帆船（はんせん）にかがやきて沖の夕日は消ゆる　　土屋　文明

綱ひけば音**すがすが**と鈴ぞ鳴る三百年の松風の宮　　太田　水穂

吾が放恣の記憶の中の君の声**すがすが**として今宵堪へがたし　　小暮　政次

すで-に（既に・已に）　①残らず。すっかり。全く。②もはや。もう。とっくに。③先に。以前から。

木下道**すでに**かげりて蜩の声あわただし独り歩むに①

親ごころ愚かになりぬ抱（だ）ける児の**すでに**寝息の静けき見れば②　　土田　耕平

鰯揚げていきほひ売れる臭気さへ**既に**したしき此の市なり②　　小暮　政次

白埴の瓶に桔梗を活けしかば冴えたる秋は**既に**ふふめり③　　長塚　節

（ふふめり―ひそんでいた。）

せ-に（塞に・狭に）　形容詞「狭（せ）し」の語幹に助詞「に」が連なったもの。狭いほどに。いっぱいになるくらいに。ふさがる程に。

庭も**せに**くれなゐふかき松葉菊飛び超えゆくへ知らずも　　北原　白秋

庭も**せに**胡桃の落葉ちりしきて夜ごとに月の光（かげ）さやかなり　　久保田不二子

道も**せに**しげりたわめる青桑の下枝はいたくほこりにまみれつ　　長谷川銀作

ゆふぐれて山をくだれば虫のこゑ道も**せに**して頻りに鳴くも　　中村　憲吉

たか‐だか（高高）　①目立って高い位置にあるさま。②音や声が高いさま。

ここにして飛騨のむら山**たかだか**にしろがねの雪かがやけり見ゆ①　古泉　千樫

さく花の雲垣のうへに**たかだか**といまは跡なし城櫓(しろやぐら)なり①　太田　水穂

たかだかと繭の荷車を押す人の足の光りも氷らんとする②　島木　赤彦

ただ（唯・只）　①他に何もなく。これぱかり。単に。②ひたすら。③ほんの。たった。

神よ**たゞ**これのみ願ふことさらに死ぬとしもなく死なしめたまへ①　尾上　柴舟

うなぎめし寄りて祝へどわが飯(めし)と**ただ**に粥食ふ小さき主人(あるじ)②　宇都野　研

立山(たてやま)の頂の上に湧く雲のゆゆしき動き**ただ**に見てをり②　久保田不二子

（ゆゆしき動き―はなはだしい動き。すばらしい動き。）

夕飯(ゆふげ)すみてまた外(と)に出づるわが子ども**ただ**にかけゆき遊び狂へる②　古泉　千樫

只しばしかりのやどりと思ひしに七とせ経たりこの古家に③　四賀　光子

ただ一首の歌にその名をとどめたるわが下野(しもつけ)の今奉部(いまつりべ)与曽布(よそふ)③　半田　良平

萬葉集中、たった一首の歌にではあるが、その名前をとどめているのは、私の生まれた下野の国の防人(さきもり)、今奉部与曽布なのである。

ただひと目君を見しゆゑ三味線の絃(いと)よりほそく顫ひそめにし③　北原　白秋

たま‐たま（偶）　①偶然に。ちょうどその時、思いがけずに。②まれに。たまに。時おり。

遠き樹のうへなる雲とわが胸と**たまたま**あひぬ静かなる日や①　尾上　柴舟

遠い樹の上に浮んでいる雲と、私の胸の中の思いとが、偶然にぴったり会ったような、静かな日であることよ。

たまたまに障子をあけて吹き通す畳のかぜの夏めきにけり②　中村　憲吉

たまたまに手など触れつつ添ひ歩む枳殻(からたち)垣にほこりたまれり②　斎藤　茂吉

尾根吹きて煙のごとく雪の舞ふ**たまたま**は日に煌(きら)きた

ちて②　　　　　　　　　　　　　　山下秀之助

たま-ゆら（玉響）　①しばし。しばらくの間。瞬間。②かすかに。ちらりと。

写真撮る**たまゆら**の間もゆきすぐるいのちの岸の波のとどろき①　　　太田　水穂

雫する**たまゆら**なれや垂氷秀に入りゆく陽かげゆれてきらめく①　　　生方たつゑ

（垂氷秀―長く鋭いつらら。）

山にきて**たまゆら**父のはればれしをさな児のごとき眼をしたまへり②　　　五島　茂

たまゆらに眠りしかなや走りたる汽車ぬちにして眠りしかなや②　　　斎藤　茂吉

（汽車ぬちにして―汽車の中の椅子に坐って。）

ぢき（直）　ただちに。すぐさま。

このごろ省線に乗れば新聞も読めず**ぢき**にとろとろとねむくなる癖　　　長谷川銀作

つくづく（熟）　①じっと思いをこらすさま。口語で、よくよく。じっくりと、の意。②深く感ずるさま。口語で、身にしみて。しみじみ、の意。③物さびしく、なすこともなくぼんやりとしているさま。口語で、つくねんと、の意。

宵の雪かつとけてゐる樋の音**つく〴〵**きけば弾みて鳴れり①　　　木下　利玄

黄なる葉のあかるき土に点ずるを**つくづく**と見る土曜日の午後①　　　尾上　柴舟

つくづくと昨日の園のゆふぐれの風情をおもふ君と別れて②　　　吉井　勇

つくづくと炉ばたに坐る朝ひとり膝のよごれに心とまりぬ③　　　土田　耕平

つひ-に（終に・遂に）　①長いいきさつや時のあとに。とうとう。②打消を下に伴って、口語で、最後まで。まだ一度も、の意。

つひにして身にかへり来る憤り秋深き今日を奮ひ起たんとす①　　　館山　一子

冬枯れの庭にけながくたもちゐし撫子の花も**つひに**しぼみぬ①　　　小泉　苳三

（けながくたもちゐし―何日も長く持ちこたえていた。）

風凪ぎぬ**遂に**いふべきことといはで別れし如き心地する

かな②　　前田　夕暮

我さへや**遂に**来ざらむ年月のいやさかりゆく奥津城どころ②　　島木　赤彦

お墓へいつか行こうと思いながら、私のようなものまでまだ一度も行かれないでいるのに、年月はますます立っていってしまう。

つぶさ-に（具に・備に）　①もれなく。ことごとく。②こまかにくわしく。つまびらかに。

峡ふかく乏しき光保ちつゝ植物の葉の**つぶさに**青し①　　木下　利玄

夕影に**つぶさに**見れば花ながら実りかなしき紫蘇の立ちかも②　　久保田不二子

山木木の芽ぶきの遅速**つぶさに**も知りてか老いむこの一つ家に②　　加藤知多雄

とき-に（時に）　①今。そのとき。②このごろ。おりおり。ときどき。

根付きたる葉蘭きほふと声張りて**時に**頓狂に呼びたつる妻①　　加藤知多雄

とつ-おいつ　「取りつ置きつ（取ったり置いたり）」の転。あれこれと迷って決心のつかないさま。

とつおいつ心いためてかへりくる道のほとりのコスモスの花　　長谷川銀作

とみ-に（頓に）　急に。にわかに。

つぎつぎに吾子の去りにし家の内**とみに**さびしくひそまりにけり　　久保田不二子

音たててキャベツをきざむ吾が母よ**とみに**めしひし人と思はれず　　鹿児島寿蔵

と-も-あれ　何はさておき。とにかく。どうであろうと。

よしあしは**ともあれ**一応まとめてよと命惜しましむ机辺の言葉　　窪田章一郎

な　①動詞の連用形（カ変・サ変は未然形）の上について、その動詞の示す動作を禁止する意味をあらわす。②また、その下に助詞「そ」を伴い「な…そ」の形で「どうか…してくれるな」の意をあらわす。

な乱れひとへ山吹葉がちなる花の乱れはさみしきもの

を①

花過ぎて萱にかくるる鬼薊吾がをさなきが足**な**刺しそね②　窪田　空穂

（**な**刺しそね―刺さないで下さいね。）

つかねたる手のぬくとみにも**な**さはりそ淋しかるとも一人居のとき②　宇都野　研

（つかねる―こまぬくこと。ぬくとみ―ぬくみ、あたたかみのこと。）　長沢　美津

な-ぞ（何ぞ）　「なにぞ」の略。口語で、何であるか。どうして。なぜ、の意。

このつらき思ひも**何ぞ**と力みしがおもはず涙ふりこぼしけり　岩谷　莫哀

死や生や常おもはぬにあらなくに今直面し狼狽す**何ぞ**　窪田　空穂

など　何故に。どうして。なぜ。「などて」とも。

斯くねたみ斯くうたがふがわが恋のすべてなりせば**など**死なざらむ　若山　牧水

わが立てる石をめぐりて夏の水**など**さは急ぐ永きこの日を　尾上　柴舟

賢人よ汝がいふ言葉すべてよし、只己をも**などて**責めざる　佐佐木信綱

など-か　①なぜか。②下に打消を伴って、反語を導く。口語で、どうして…のことがあろうか、の意をあらわす。文末の活用語は連体形で結ばれる。

御心に突き入りし日のおもひ出の**などか**今日さへ潑溂とせる①　与謝野晶子

識りわくる心のあかし正しくば**などか**逢はざらん瞋りなき吾に②　太田　水穂

もの事を分別する心のよりどころが正しければ、どうして逢わないことがあろうか。怒り、憎むことなどない私に対して。

なに-か（何か）　①疑問、理由を問う語。口語で、なぜ…か。どうして…か、の意。②反語を導く。口語で、どうして…のことがあろうか。なんで、の意。③なんだか。④あれこれ。

とりとめて**なにか**かなしき知らねどもとすればなみだ頰をながるゝ①　若山　牧水

なにか泣くみづからもわれを欺きし恋ならぬかは清く別れよ②　若山　牧水

わが心**何か**しきりに哀しくて昼床のへに目をつぶり居り③　　土田　耕平

太葱(ふとねぎ)の一茎ごとに蜻蛉(とんぼ)ゐて**なにか**恐るるあかき夕暮③　　北原　白秋

夜となれば**何か**と胸にしのび来てかなしきことを多く思ふかな④　　松村　英一

なべ‐て（並べて）　①一帯に。②概して。すべて一様に。一般に。

乗鞍(のりくら)はさやけく白しにごりたる**なべて**が空に只一つのみ①　　長塚　節

秋分のおはぎを食へば悲しかりけり吾が佛**なべて**満洲の土②　　山本　友一

秋の彼岸の中日、仏の供養につくったおはぎを食べていると、何とも悲しくなることだ。自分の知っている仏たちは、おしなべてみんな、満洲で死んだ人たちなのだ。
（満洲―中国東北部一帯の俗称。）

黄の蝶を児はしひたぐる身のめぐり**なべて**崩え易くおもふ夕べに②　　真鍋恵美子

さかしらにあげつらふことの**なべて**みな命に触るるなきぞかなしき②　　安田　青風

もの**なべて**身に染(し)むゆふべわが船の笛のひびきも耳に残りぬ②　　若山　牧水

なべ‐に　副詞「なへ」（「なべ」ともいう）に、格助詞「に」が連なったもの。口語で、…とともに。…につれて。…と同時に、の意。「なべ」とも。

ここにして松のひびきの澄む**なべに**ちちははの家思ほゆらくに　　古泉　千樫
（思ほゆらくに―思われることよ。）

きのふけふ南風(みんなみ)曇り吹く**なべに**枇杷の古葉のほこり眼につく　　太田　水穂

昏れ来つつ時雨のあめの降る**なべに**海のおもてのたゆたひやまず　　成瀬　有

見まほしき書(ふみ)のあまたを思ふ**なべ**命のほどの思ほゆらくも　　窪田　空穂

なほ（猶・尚）　①やはり。もとのように。依然として。まだ。②ますます。さらに。③それでもやはり。なんといっても。④下に「如し」を伴って、口語で、あたかも。ちょうど、の意。

はたらけど／はたらけど**猶**わが生活(くらし)楽にならざり／ぢっと手を見る①　　石川　啄木

はたらいても、はたらいても、いっこうに私の生活は楽になってはこない、そう思いながら、じっとわが手を見つめているのだ。

鳥のむれの去りし裸木（らぼく）の細き枝**なほし**揺れをり風なき空に①　宇都野　研

桂の葉黄にみだるれば光さす奥処（おくが）に恋ひて**尚し**行くかも②　小暮　政次

（奥処―「が」は接尾語。奥深いところ。はて。）

そのかなしみいまは微（かす）かになりぬれど消ゆるばかりになりぬれど**猶**（なほ）③　吉井　勇

冷やかに枯木の如き偽りを人の道としいふべしや**なほ**④　白　蓮

なんすれ-ぞ（何すれぞ）

「なにすれぞ」の音便。どうして。なぜ。

何すれぞこの国さみしと歌うたふ山野（さんや）は四季の花咲くものを　北見志保子

はた（将）

①上の意をうけて、係助詞「も」と同じはたらきをする。口語で、…もまた。その上また、の意。②上の意をうけて、これをひるがえすはたらきをする。口語で、しかしながら、の意。③対等にある文節をつないで、二つ以上の仮想から一つをえらぶ。口語で、それとも。あるいは、の意。

まなかひに俤（おもかげ）消たずたふときもの山に乗鞍（のりくら）人に**はた**ありや①　長塚　節

人並の旅の心になりもえず野過ぎ町過ぎ**はた**寺を過ぐ①　尾上　柴舟

いまは**はた**　老いかがまりて、誰よりもかれよりも低き　しはぶきをする①　釈　迢空

今やその上にまた、老いて背をかがめ、集まる人の誰よりも低いしわぶきをしている。

道のべに立てる萱の穂ひとしきり動くと見えぬ**はた**静まりぬ②　土田　耕平

朝夕（あさゆふべ）かたはらに笑む桜草**はた**かたはらに泣く桜草②　与謝野晶子

たはむれか**はた**や一時の出来心われにすべてを投げすてし人③　白　蓮

（はたや―あるいは…か。）

はつ-はつ

いささか。わずかに。かすかに。

はつはつ触れしものから汝がいのちかくま寂しく吾れ

にこもりけむ　　五島　茂

はつはつに芽吹くもありてしろがねに光る枝枝暁の空を指す　　三国　玲子

はつはつにうす紫に咲きいづる紫苑見る日のまたも来りぬ　　窪田　空穂

白梅の**はつはつ**冴ゆる山の空戦後の惨もすでに遙けし　　加藤知多雄

はや（早）

①早く。さっさと。②早くもすでに。もう。もはや。

早はやも癒りて来よと祈むわれになにゆゑに逝きし一言もなく①　　斎藤　茂吉

（早はや―早く早く。）

夏蜜柑まだ三つ五つ枝に照り今年の花が**はや**うひうひし②　　植松　寿樹

蔓引けば零余子はららぎ落ちやまず病み経し秋も**早**ゆかんとす②　　加藤知多雄

（零余子―ヤマノイモの葉の付根に球状のかたまりをなし、土に落ちると根を生じる。）

よき友にたより吾がせむこの庭の野菊の花は**はや**咲きにけり②　　古泉　千樫

夢にさへ距てられたる子となりて**はや**も測られぬ背丈を思ふ②　　雨宮　雅子

はら―はら

①木の葉、雨、涙などが、つぎつぎと乱れおちるようす。②髪などがまばらにたれるようす。③物のすれあう音のようす。

はらはらと黄の冬ばらの崩れ去るかりそめならぬことの如くに①　　窪田　空穂

黄色い見事な冬バラが、咲き切って、はらはらと崩れ去るように花ビラを散らせる。それは花とはいえ、かりそめでない生命の燃焼のようである。

よく聞けば八手の青に降る時雨**はらはら**に来て夜のしづけさ①　　岡部　文夫

心なく引きし糸より**はらはら**と編物とけて失せける形②　　白　蓮

はらはらと一山若葉風吹けば梢はだらに日のゆらぐかも③　　四賀　光子

はらはらと音をさせて、山一帯の若葉に風が吹くと、木々の梢の若葉がまばらに日の光の中にゆらいでいることよ。

ひがな‐いちにち（日がな一日）　朝から晩まで。一日中。終日。「日がな」とも。

潮風に**日がな一日**吹かれてるここの岬の枯草のいろ　矢代　東村

ともすればかろきねたみのきざし来る**日がな**かなしくものなど縫はむ　岡本かの子

ひ‐すがら（終日）　朝から晩まで。一日中。「ひもすがら」「ひねもす」とも。

枝先に光る蜜柑は陽を吸い（ひ）て**日すがら**見えざる営為のひとつ　林　善衛

（営為―いとなみ。いとなむこと。）

日もすがら鳩啼くみちのくの山のべを吾恋ひしかど時代きびしき　斎藤　茂吉

大海にたちまよふ浪のとどろきのこの寒き日を**ひねもす**聞ゆ　若山　牧水

ひそ‐ひそ　他人に知られないようにするさま。人目をさけるさま。口語で、ひそかに。こっそり、の意。

窓さきの屋根の小草の白き実の**ひそひそ**飛びて昼の静けさ　古泉　千樫

ひそひそと土手ひびかせてゆく馬のまぐさ食しつつひかれてゆけり　生方たつゑ

燭光のただ明るきに**ひそひそ**と日本人は金払ひ去る　小暮　政次

ひた‐すら　①一つ事に集中するさま。口語で、もっぱら。ただもう。ひたむき。いちず、の意。②程度の完全なさま。口語で、まったく。すっかり、の意。

こほろぎは**ひたすら**物に怖れどもおのれ健かに草に居て鳴く①　長塚　節

ひたすらに　道とほりたり。白々とほこりをあげて空しかりけり。①　釈　沼空

ただひとすじに道がとおっていることだ。白じろとほこりをあげて、空しいさびしさであることよ。

朗し嶺は**ひたすら**陰を移しつつわが世のはてに雪を被て立つ②　尾山篤二郎

汗たるる梨食ひ終へぬ**ひたすら**に寂しきものか妻と在ることの②　小暮　政次

もがきつつ浮かびゆけども水面はいまだに遠し**ひたす**

ら暗し②　阿久津善治

ひた‐ひた

①急いで。すみやかに。とどこおりなく。

②水が、物を浸すようにして打ち当たる音。

ひた〱と我が後より車して来たる人あり雨の夜の街①　松村　英一

ひたひたと夕あしせまる厨辺にほうれん草の茎そろへけり①　長沢　美津

ひたひたと夜のうしほの満ち潮(しほ)のひたすに濡れぬ君がひとみに②　新井　洸

君と居し渚の石に青海の波**ひた〱**と寄する夕暮②　尾上　柴舟

ひに‐けに（日に日に）

日ごとに。日に日に。日を追って。

日にけに野分つのりて空明し三原の煙立たずなりしか　土田　耕平

氷見の海の鰤のさかりとなりにけり**日**(ひ)**に日**(け)**に**空は暗く暴(あ)れつつ　岡部　文夫

ふ‐と

①たやすく。簡単に。すぐに。②さっと。ひょいっと。すばやく。③思いがけず。はからずも。何の気なしに。ふっと。

生きて見じと云ひし怨みも**ふと**忘れ人なつかしき艶(えん)なる宵や①　窪田　空穂

生きている間はもう会うまい。と云った恨みごとも簡単に忘れてしまって、その人がなつかしくなる、つややかな宵であることよ。

闇の夜を**ふと**しも吾児(あこ)の身うごきのせずやと妻をよびさましけり②　前田　夕暮

（ふとしも—「しも」は下の打消に呼応する助詞。ちょっとだけ。）

亡き人のショールをかけて街行くにかなしみは**ふと**背にやはらかし③　大西　民子

ふと見れば／とある林の停車場(ていしゃば)の時計(とけい)とまれり／雨の夜の汽車③　石川　啄木

ほと‐ほと（幾と・殆と）

①もう少しの所で。すんでに。②ほとんど。③すっかり。本当に。

雲の海沈もりて遠き山浮べり**殆と**(ほとほ)にして思ひ至らむ①　島木　赤彦

灯(ほ)あかりの**ほとほと**とゞかぬくらがりに大木(たいぼく)の幹の太々とあり②　木下　利玄

ほとほとに身の貧しさにありわびてわがふる里を思ふこと多し③　　古泉　千樫

ほの-ぼの（仄仄）

ほのかなさま。ほんのり。かすかに。いささか。

暮れぬれば芒の中に胡頽子の葉の**ほのぼの**白し星の明りに　　島木　赤彦

ほのぼのと目を細くして抱かれし子は去りしより幾夜か経たる　　斎藤　茂吉

ほのぼのと愛もつ時に驚きて別れきつ何も絆となるな　　富小路禎子

ほのぼのと山桜戸のありあけに雉子なく声す尾より峰より　　金子　薫園

（山桜戸―山桜の咲いている所。桜の多くある山家。ありあけ―あかつき。）

まこと（真・実・誠）

ほんとうに。まさに。非常に。

まことわれ永くぞ生きむあめつちのかかるながめをながく見むため　　若山　牧水

さやさやと**まこと**ゆりの木のさやさやと秋陽の中にさざめき揺るる　　栗原　潔子

まこと今日みうちのみゐて飯を食むこの我家に父のあらなくに　　古泉　千樫

まことにも孤独といへるかなしみにひたりて汝れの死にて行きけむ　　前田　夕暮

（まことに―まったく。実に。）

まざ-まざ

はっきりと生生しく思い浮かべたり見えたりするさま。口語で、ありあり。

まざ〳〵と人の腹の底見え透きて物言ふ聞くに虫酸の走る　　宇都野　研

（虫酸の走る―不快でたまらない気持ちになる。）

まざまざと虚空をさぐる思ひあり内に足病む子の眠りゐて　　島田　修二

また（亦・復・又）

①ふたたび。もう一度。さらに。②同じく。やはり。

いのちの火守れる如くチューリップの花ひらきつつ**また**夕べ閉づ①　　福田　栄一

自らの生命の火を守るように、そんな感じでチューリップの花がひらいてきて、ふたたび夕方には閉じてゆく。

眼閉づれど、／心にうかぶ何もなし。／さびしくも、**また**、眼をあけるかな。①　　石川　啄木

口苦き煙草を折りてすてにける木の下の土に**又**も来めやも①　島木　赤彦
（又も来めやも—もう一度、来ることがあろうか。）

わが父の言ひけることを子の我も時の来ぬれば**また**然思ふ②　窪田　空穂

居並びて尋常の顔さらしゐる朝の通勤者のひとり**又**ひとり②　中村　純一

まだき（未だき）　①まだその時期の来ないうちに。早い時。②早くも。もう。早早と。

あたたかさ定りぬれば春**まだき**寒けかりしもいまぞ惜まる①　吉野　秀雄

朝**まだき**車ながらにぬれて行く菜は皆白き茎さむく見ゆ②　長塚　節

朝早く、車といっしょにぬれて行く、冬の野菜はみな、白い茎がいかにも寒げに見えることだ。

朝**まだき**いで湯に並ぶ老たちの一人となりてわれも眼を閉づ②　大悟法利雄

まに-まに（随に）　…の思うとおりに。…にまかせて。「まにま」とも。

今日もかも雨はやまざりすすき穂のゆれはかそけきぬれの**まにまに**　長沢　美津

こひのめば天の**まにま**と言に云へど生くれば脚はたてよとを願ふ　宗　不旱
（こひのむ—乞ひ祈む。神などに乞い、頭を下げて祈ること。）

日和風吹きの**まにまに**照り光る椿の木立うつくしきかも　土田　耕平

栂の木の蔭の斑雪をかなしかる吾のいのちの**まにまに**もみむ　岡部　文夫
（栂—つが。高さ三〇m以上になる常緑高木。葉は線形、夏に単花を開く。材は器具、製紙用になる。「とが」とも言う。斑雪—まばらに降った雪。はだら雪。）

みな-がら（皆がら）　残らず。全部。すべて。みんな。

一村の家は**みながら**川に沿ひて沿へる垣根は山吹の花　服部　躬治

皆がらに風に揺られてあはれなり小松が原の桔梗の花　島木　赤彦

しめやかに雨過ぎしかば市の灯は**みながら**涼し枇杷う

づたかし（博多所見）　長塚　節

何のわけもなく。なんとなく。やたらに。みだりに。

もとな

現身（うつしみ）は**もとな**わびしくも春寒く蟻の石匐（は）ふを子に見しめをり（冬去春回）　吉野　秀雄

早春、まだ肌寒く、この身はわけもなくわびしい思いで、蟻が石の上をはうのを、子に見させていることだ。

さす竹の君が賜ひし栗の実をむきつつ**もとな**国おもひ湧く　土田　耕平

（さす竹の――「君」にかかる枕詞。）

応天門をくぐり出で来てあな**もとな**つと立ちどまり銭を数ふる　安田　青風

（応天門――平安京の大内裏にある門のこと。現在、京都市平安神宮の前にその遺跡がある。）

も－はや（最早）

もう。もうすでに。今となっては。

四方にゆきひとり遊べるわが心**もはや**空しき遊びにはあらず　尾山篤二郎

各所に、ひとり遊び歩いてきた自分の心も、今はもう、単にむなしい遊びではないのである。

家ゆりてとどろと雪はなだれたり今夜（こよひ）は**最早**（もはや）幾時（いくとき）ならむ　斎藤　茂吉

やう－やう（漸う）

「やうやく」の音便。①だんだん。しだいに。②かろうじて。やっと。

桜草たたまりし葉の**やうやう**にほぐれて蕾あらはれにけり①　植松　寿樹

天地（あめつち）に享（う）けしわが性**やうやう**に露（あら）はになり来（く）海に来（き）ぬれば①　若山　牧水

やうやうにわれの心がさだまれば亡き父母（ちちはは）のおもはれて来ぬ②　岩谷　莫哀

やうやうにわがものとなる夕ぐれの身のあはれさのあはれなりけり②　四賀　光子

や－や（稍・漸）

①物事が少しずつ進むことをあらわす。口語で、だんだん。しだいに、の意。②物事の程度をあらわす。口語で、少しばかり。いくらか、の意。

とりどりに栄えし庭の草花も**やや**にうつろふ昨日（きのふ）けふかも①　久保田不二子

夕やみの**やゝ**に明るみ大ぞらに月のかかれば**やゝ**思（おも）ひ

凪ぐ①　　　若山　牧水

やや重き空気とおもふ径（みち）に出てわが庭に立つ椿を見れば②　　　宮　柊二

やや暗き電灯のもと腕くみてしみぐ＼とみる人の寝姿②　　　尾上　柴舟

ややややに（稍稍に）　ようやく。だんだんと。少しずつ。

雪の日の林はひろく寂（しづ）まりて**ややややに**わが心たかぶる　　　大橋　松平

底ふかく立ちゐし角砂糖**ややややに**崩れてゆけりこの孤りごころ　　　滝口　英子

ゆくゆく　①すらすら。どんどん。②おいおいに。しだいに。

疲れやすき身となりにけり**ゆくゆく**に心をどらず今朝（けさ）も目覚めし②　　　高田　浪吉

ゆくゆく（行く行く）　①歩きながら。②行く末。やがて。

この町をつらぬく堀江長くして**ゆくゆく**も見る白き藻の花①　　　窪田　空穂

ゆたゆた（揺揺）　物が揺れ動くさま。口語で、ゆらゆら。ゆさゆさ、の意。

ゆたゆたとうごく水面に浮くほこりこまかにしろし陽の直ぐ射せば　　　阿部　静枝

山畑の傾く波も色づきて遠つ沢田の**ゆたゆた**と展（の）ぶ　　　桜井　順子

ゆめ（努）　下に禁止の語を伴って、強く禁止する気持ちをあらわす。口語で、決して。かならず、の意。

たのしみて出（い）でて来しかど楽しみてけふ居るものと**ゆめ**なおもひそ　　　若山　牧水

かの宵の露台（ろだい）のことは**ゆめ**人に言ひたまふなと言へる君かな　　　吉井　勇

よし（縦し）　①不満のままであきらめることをあらわす。口語で、仕方がない。かまいはしない。ままよ、の意。②口語で、かりに。たとい。万一。百歩を譲って、の意。「よしや」「よしゑ」とも。

まちやせて死なむも**よしや**もゆるなくこのまゝ凍るも**よしや**①　　　原　阿佐緒

人の世にはかなき意気をわれ立てる**よしや**野の花風に

散るとも②　中原　綾子

むつまじくあれな我が子等年たけて**よし**おのがじし離れ住むとも②　小田　観螢

人は**縦**(よ)**し**いかにいふとも世間(よのなか)は吾には空(むな)し子らに後(おく)れて②　半田　良平

よにも（世にも）　とりわけて。またとないほど。本当に。特に。「よに」とも。

よにも弱き吾なれば忍ばざるべからず雨ふるよ若葉かへるで　斎藤　茂吉

世の中の、これも義理ぞと母上は、**世にも**悲しきこと言い(ひ)たもう(ふ)　渡辺　順三

よも　下に打消の語を伴って、口語で、まさか。よもや。決して、の意。

不可思議の**よも**あらじとて入りも来し女の心の臓ならめ君　与謝野晶子

よもすがら（夜もすがら）　日暮から夜明まで。夜どおし。ひと晩中。「よすがら（終夜）」とも。

カーテンに影さす月ようらさびし**夜もすがら**鳴く梟ならん　小田　観螢

夜もすがらばうばうとして鳴りやまぬ冬潮騒の音もこそきけ　岡部　文夫

熱落ちてわれは日ねもす**夜もすがら**稚な児のごと物を思へり　斎藤　茂吉

（日ねもす―一日じゅう。朝から晩まで。）

ろくろく（碌碌）　十分に。満足に。よく。ろくに。

電気料のかさむをおそれストーブを**ろくろく**つけず寒き冬なりし　長谷川銀作

わきて（別きて）　とくに。とりわけ。別して。ことさらに。「わけて」とも。

わきて身に老い衰へを思はせて咲くとにあらね花はさびしき　太田　水穂

天の原みそぎの雲やたちまよふ時雨は**わきて**にほふなりけり　尾山篤二郎

星ひとつ**わけて**涼しき宿駅路(うまやぢ)の向うに山の影大きなる　中村　憲吉

（宿駅路―宿場のある街道。駅路。）

わらわらと　散り乱れるさま。口語で、ばらばら、の意。

完（まった）きは一つとてなき阿羅漢（あらかん）の**わらわらと**起ちあがる夜
無きや　　大西　民子

この世には、完全なものは何一つない。阿羅漢でさえ、超越したはずの煩悩のために、とりみだして、わらわらと起ちあがってくる夜がないであろうか。

朽葉（くちば）色の蝶は幹（みき）より群（むら）立ちて**わらわらと**灌木（かんぼく）の蔭にひ
そまる　　吉田　漱

動詞

動　詞

ものごとの動作や存在をあらわす。意味上の変化をするため、また、他の語に接続するために、語形が変化する。変化する部分を語尾（ごび）、変化しない部分を語幹（ごかん）と呼ぶ。この語形変化の形を活用形といい、五十音図によって整理する。歴史的かなづかいの動詞の活用形は、未然（みぜん）形、連用形、終止形（基本形）、連体形、已然（いぜん）形、命令形の六つである。

活用形の用法は動詞ばかりでなく、形容詞、形容動詞にも共通するので、簡略にまとめて説明しておく。

未然形　助詞「ば」、助動詞「む」に連なって、まだ実際には起きていない事実を述べるのに用いられることが多いので、未然形と呼ばれる。文中では常に助詞、助動詞に連なって、未然の条件の他に、否定、未来、使役、受身などの意をあらわす。

連用形　主に用言に連なる用法で、次の用法がある。
(1)文をいったん切ってあとへ続ける中止法。(2)「読み始む」「寒くなる」のように下の用言を修飾する副詞法。(3)「早き流れ」のように名詞化する。(4)「見送る」のように複合語を作る。(5)助詞、助動詞に連なる。

終止形　基本形ともいい、文を言い切る時に用いる。また、助詞、助動詞に連なる。

連体形　主に体言を修飾する用法で、次の用法がある。(1)「読む人」のように下の体言を修飾する連体法。(2)「読むは楽し」のように下にくる「こと」「もの」「ひと」などが省略されて名詞のように用いる名詞法。(3)係り結びの結びとなる。(4)助詞、助動詞に連なる。

已然形　助詞「ど」「ども」「ば」などに連なって、已（すで）に然（そ）うなっている確定条件をあらわす。また、係り結びの結びとなる。

命令形　言い切りの形や助詞「よ」などに連なって、聞き手への命令、希望などをあらわす。

次ぎに活用の仕方から、四段活用―本文中（四）と略記する、以下同―。上二段活用（上二）、下二段活用（下二）、上一段活用（上一）、下一段活用（下一）、カ行変格活用（カ変）、サ行変格活用（サ変）、ナ行変格活用

（ナ変）、ラ行変格活用（ラ変）の九つの種類がある。
おわりに、動詞のはたらきから、自動詞―本文中（自動）と略記する、以下同―。他動詞（他動）、補助動詞（補動）などに分けられる。自動詞は「水が行く」のように、動作（「行く」）を主語（「水が」）だけのはたらきとしてあらわす動詞をいう。他動詞は「水を流す」のように動作（「流す」）を他（「水を」）に対するはたらきかけとして、また「歌を作る」のように他を作り出すはたらきかけとしてあらわす動詞をいう。補助動詞は、他の語について、これに付属的な意味を添える動詞をいう。

あ―が・く（足掻く）（自動・四）①じたばたする。もがく。②気をもむ。

無尽数(むじんず)のなやみのなかに**あがく**さへけふのつたなきわれが生きざま②　木俣　修

あざ―や・ぐ（鮮やぐ）（自動・四）下に「て」「たり」を伴って、口語で、①きわだっている。あざやかだ。②てきぱきしている。はっきりしている。きっぱりとしている、の意。

をりをりは心の底も**あざやぎ**て高山(たかやま)のすがたうつすことあり②　前川佐美雄

あ・ふ（敢ふ）（補動・下二）動詞の連用形の下について、多くは打消の語を伴い、口語で、…しきれる。終りまで…しおおせる、の意。

行春(ゆくはる)をかなしみ**あへ**ず若きらは黒き帽子を空に投げあぐ　木俣　修

春の去っていく、そのかなしさに打ち負かされて、若い学生たちが、黒い帽子を空に投げあげているよ。

ほとばしる血は術(すべ)しらずはき吐くに吐き**敢へ**ぬ血ぞ鼻ぞしたたる　吉野　秀雄

家妻の肩にかかれる埃をば払ひ**あへ**ねど見よとも云はず　斎藤　史

高山の暴風雨(あらし)しぬぎて持**敢へ**し此の一もとよはうちはかへで　植松　寿樹

（はうちはかへで―葉の形が鳥の羽根でできたうちわに似ている楓の木。）

あふ・つ（煽つ）（他動・四）あおる。風などがものを吹き動かすことをいう。

豆がらを空に**あふち**て倦まざれば午後の光の淡くなりつも　小暮　政次

あやま・つ（過つ・誤つ）（他動・四）①物事をしそこなう。失敗する。まちがう。②過失を犯す。そこなう。害する。

①
朝（あした）より気圧かはるを感じつつ吾は仕事にいくつか**錯（あやま）つ**
小暮　政次

あ・ゆ（落ゆ）（自動・下二）①ものがこぼれ落ちる。②汗などがしたたり流れる。にじみ出る。

夜をふかしよむわが子らの机よりさし来（きた）る灯に寝つつ汗**あゆ**②
五味　保義

この峡（かひ）も日でりつづけば汗**あえ**ておりて来にけり泉を飲みに②
斎藤　茂吉

苔踏みて汗**あえ**のぼる木洩れ日に風たちて遠しひとつ啼く蟬②
大岡　博

あら-だ・つ（粗立つ）（自動・四）①粒、ざるの目、縞模様など、合わせて一つになるものの一つ一つの形・かさが大きく目立つようになる。②手ざわりなどがざらつく。③細かい点までは気を配らず、ていねいでないことをいう。

向日葵の芯のくろきが**粗（あら）だて**る午後なりし長く記憶にのこる①
遠山　光栄

あら・ぐ（荒らぐ）（他動・下二）荒くする。乱暴にふるまう。

一日を炬燵に伏して居し父のいたはる母に声を**あららぐ**
近藤　芳美

あり-な・る（有り馴る）（自動・下二）慣れてきている。習慣となっている。親しんでいる。

忙しきわが明けくれは**ありなれ**ぬ心あくがれむ山桜ばな
土屋　文明

あ・る（生る）（自動・下二）生まれる。出現する。

茫然とよぎりゆくときひびきして熔接バーナーにいま焔**生る**
田谷　鋭

千曲野（ちくま）の五月のみどり浅ければ土に鳴く虫はまだ**生れ**ずかも
斎藤　史

いただきの闇に**生れ**出づる浄きものうつし身ならぬものを頼めり
岡野　弘彦

山蚕（やまこ）**生るる**櫟（くぬぎ）の原の色づくを夕べの雨の降りそそぎをり
高田　浪吉

山蚕が生まれる頃の、萌黄に色づいてきた櫟の原に、夕べの雨が降りそそいでいる。

（山蚕―茶色で大型のやままゆ蛾の幼虫。日本各地の山地に分布、黄緑色の山繭をつくる。）

鉄屑をつらぬき芽ぐむポプラの木歌よ女工のなかにも**生れよ**　寺山　修司

あを-ぎ・る（青ぎる）（自動・四）「切る」は一線を画して区切りをつける意のため、口語で、色が全く真青だ、の意。

この鮎はわれに食はれぬ小國川の**蒼(あを)ぎる**水に大きくなりて　斎藤　茂吉

いき-づ・く（息づく）（自動・四）①苦しい息をつく。あえぐ。②ためいきをつく。なげく。嘆息する。

鯉に似てあぎとふさまも唐黍のするどき秋のかげに**息づく**①　坪野　哲久

（あぎとふ―魚が水面で口をぱくぱく開閉する。）

いき-どほ・る（憤る）（自動・四）ひどく腹を立てる。

貧しくて自殺せし大学教授ありきみ嘆きわれ**憤る**　安田　章生

いきどほり泣く子をすかす妻のこゑゆふべのかどに寂しくし聞ゆ　石井直三郎

いきどほることし絶えねば酒みづきわれ酔死に死なましものを　吉井　勇

世の中に腹を立てる事がつぎつぎと起って絶えることがないから、酒をあびるほど飲んで、おれは酔いどれて死んでしまいたいものよ。

いざな・ふ（誘ふ）（他動・四）さそう。すすめる。導く。さそい出す。

刈田原遠くしづかに暮るるまの水のひかりは心**いざなふ**　清水　房雄

咲きさかる花爛漫に**いざなは**れはなやぐものかわが心さへ　葛原　繁

なほ昏き北に**誘なふ**暁け方を遙けき羯鼓(かこ)のごとき雷(いかづち)　安永　蕗子

（羯鼓―かっこ。雅楽や能・狂言で用いる鼓。）

絵のごとき恐(こは)き命にあらずしてサタンは甘く吾を**誘へ**り　杉本　秀

（サタン―悪魔。魔王。）

いざよ・ふ（自動・四）進みかねる。ためらう。たゆとう。「いさよふ」とも。

黒潮の落速いよよ荒ら渦のみなぎるひびき空に**いざよふ**　小田　観螢

髪あらへば髪に花さき山みづにさくら**いざよふ**清滝の里　茅野　雅子

清滝の川で髪をあらうと、水にうつった髪に花が咲いたよう。山の水に、さくらの花ビラがゆったりとただよっている清滝の里である。

（清滝の里―京都高雄山麓の清滝川に沿った村。）

遠白うちひさき雲の**いざよへ**り松の山なる桜のうへを　若山　牧水

い・づ（出づ）（自動・下二）①出る。あらわれる。②外に出て行く。③湧く。④生れる。⑤出発する。⑥口に出して言う。

我が為に花嫁の化粧する汝を襖の奥に置きて涙**出づ**①　葛原　繁

いと小さき穴にてありき相つぎて蜥蜴は入りて再び**いでず**①　長沢　美津

君恋し葵の花の香に**いで**てほのかに匂ふ夕月のころ①

昼も夜も受験勉強に倦まぬ子をのがるる如し家**出ず**　若山　牧水

（**づ**）**る**とき②

うみつかれ停車場を**出づれ**ば夕霧の深くたちこむる町の目に見ゆ②　高安　国世　岡山　巌

いつ・く（斎く）（自動・四）①心身を清めて神につかえる。②あがめたてまつる。敬って大切にする。

天にさくら地にかたくりの闌けゆきつ心に**斎く**わが師わが父②　三国　玲子

いとし・む（他動・四）①いとおしむ。かわいがる。②かわいそうだ。

空すめば心むなしく野に出でて過ぎこしかたのわれを**いとしむ**①　長沢　美津

うつしみの腎を**いとしみ**薬草の連銭草を煎じては飲む①　吉井　勇

ガーゼにて少し疲れし眼を洗ふ**愛しむ**しぐさ何時よりか馴れて①　大野とくよ

その命**愛しめ**ばためらふ間引なりわが家の野菜今年も小さし①　池田　和夫

い・ぬ（寝ぬ）（自動・下二）ねる。横になって眠る。

おのづから酒のめぐりののちに来し和解といへば寂しみて**寝ぬ**　上田三四二

いねざればこの身疲るといらだてど**寝ね**得ざるなりをさな児の咳　吉野　秀雄

山のわらびこの夜も食みて修験者のごときおもひに**いねん**とぞする　木俣　修

いつよりか移りて居たる月光に顔の隅濃く**寝ぬる**吾が妻よ　近藤　芳美

たい（ひ）らかに月は射し来ぬやすらかに**いねよ**と言い（ひ）て看護婦は去る　前田　透

い・ぬ（去ぬ・往ぬ）（自動・ナ変）①行ってしまう。去る。死ぬ。②過ぎ去る。時が移る。

父君に召されて**去な**む永久の夢あたたかき蓬萊の島①　山川登美子

私の慕う、亡くなった父上によばれてこの世を去っていくのです。父上の待っていてくれる、不老不死の夢あたたかい蓬萊島をさして。

（蓬萊―蓬萊山のこと。中国の仮想上の神仙の山。仙人の住む不老不死の霊山。登美子、死の二日前の作。）

愁ひつつ**去に**し子ゆゑに藤のはな揺る光さへ悲しきものを①　斎藤　茂吉

いぶかし・む（訝しむ）（他動・四）疑わしく思う。あやしむ。

父のみ墓に母と詣りて額ふすやかくし音なきを**いぶかしみ**せり　前川佐美雄

い―ぶ・く（息吹く）（自動・四）①息を吹く。呼吸する。②風が吹く。「いふく」とも。

一冬を雪におされしははそ葉の落葉の下に**いぶき**ゐるなり①　斎藤　茂吉

（ははそ―①ならの木。また、なら、くぬぎを指していう。②母の意を掛けていう。）

い・ゆ（癒ゆ）（自動・下二）病気や傷などがなおる。全快する。精神的な痛みが去る。

白血病**癒ゆ**との便りをかきいだくあがない（ひ）がたきわれ個人のため　山田　あき

よみがへる悔(くや)しきことも一日(いちにち)の疲れ**いえ**なと燈(あかり)を消しぬ　佐藤佐太郎

わが病**癒え**しるしに高原(たかはら)の夏草わけてひと日行くべし　木俣　修

癒ゆる日のなしといはざり然れどもおもふに堪(た)へねその遙けさは　吉野　秀雄

いら・つ（苛つ）（自動・四）心が落ちつかない。いらだつ。じりじりする。

何時までも合はぬ算盤に**いらち**ゆく西陽をまともに受くる座席に　大西　民子

う（得）（他動・下二）①手に入れる。自分のものにする。②得意とする。③理解する。④他の動詞の連用形について、口語で、…できる、の意。

生き**得**べき所を**得**ずば生きがたき老の命といたはらんかな④①　窪田　空穂

志を**得**ば世はよけむかたはらに幼きものが夢にてわらふ①　上田三四二

花**得**たる泰山木か青年の幹ほそけれど梢(うれ)ぬき出づる①　石本　隆一

一噸のハマチを**得る**に十噸の鰯を屠る漁法といへり①　太田　青丘

まどゐ**得よ**と母が持たせくれし長火鉢独りとなりし部屋に位置占む①　大西　民子

うごめ・く（蠢く）（自動・四）絶えずわずかに動く。もぐもぐ動く。

命(いのち)なき汝(な)が　唇(くちびる)　の**うごめく**と母はつぶやきわれを然(しか)見つ　吉野　秀雄

うす-づく（臼搗く・舂く）（自動・四）①うすに物を入れてきねでつく。②夕日が地平線や西の山に入ろうとする。

ウヰスキーを墓にも注ぎ吾も飲み舂日**うすづく**頃となりぬ②　宮　柊二

舂ける彼岸(ひがん)秋陽に狐(きつね)ばな赤々そまれりここはどこのみち②　木下　利玄

秋の陽が西に傾いて山の端にかかろうとしている。その夕陽に一むらの曼珠沙華があかあかとそまって燃えたっていることよ。花に心を奪われていたが、さて、ここはどこの道であったか。

うつろ・ふ（移ろふ）（自動・四）①移動する。②変わる。あせる。③時が過ぎてゆく。④花や葉が散る。⑤人の心が他に動く。
洋凧(だこ)の青きを掲げて海のへに時は**うつろふ**満ちて**うつろふ**③　岡井　隆

移ろはぬ血のなきものをひとに触れしたなごころもみてもみて洗ふも②　松川　洋子

朝な朝な霧立ちこむる山蔭に芒(すすき)の花も**うつろひ**にけり
②　久保田不二子

青々と光の差せる高野原(たかぬはら)**うつろふ**小鳥も高く飛ばなく
①　斎藤　茂吉

うと・む（疎む）（他動・四）いやがってそっけなくする。いやに思う。

世をあげてわれをあざける時来(く)とも吾子(あこ)よ汝のみは父を**うとむ**な　吉井　勇

この暑きひと日の暮れは目にたちてざらつく頰の鬚(ひげ)を**うとみ**つ　岡山　巌

感鈍くありたる日々を**うとむ**とも世はきびし吾を捨てて移らむ　生井　武司

うな‐かぶ・す（項傾す）（自動・四）うなだれる。首をかしげる。

大豆の葉の黄に変りつつ降る時雨(しぐれ)朝なれや庭草の穂は**項伏(うなかぶ)す**　土屋　文明

縮まりて母**うなかぶし**坐(いま)すごと吾が膝丈に雪かづく墓　加藤知多雄

うべな・ふ（諾ふ）（他動・四）承諾する。認める。

父われに近き性質(さが)もつ男(を)の子なり似るなと思ひ似るを**肯ふ**　来嶋　靖生

鰯雲杳くあつまるかの涯にきかば一人の死も**肯は**む　安永　蕗子

（鰯雲―絹積雲の一つ。まだらやさざなみの形をして空に広がる。うろこ雲のこと。）

市中(いちなか)に老いて孤独に病みゆくをまざまざと見る**うべなう**（**ふ**）なかれ　山田　あき

美しといふは**うべなへ**その山に見ほるる吾をすてて畑うつ　斎藤　瀏

う・む（倦む）（自動・四）いやになる。あきる。

檻のなか絶えず動ける猿のさま**倦む**を知らずともまた**倦め**りとも　横尾登米雄

咳くごとに背(せな)をさすりて**倦ま**ざりし妻の心は永く秘む

べし　　吉野　秀雄

倦みやすきこころ悔しくくもる日の窓をおほひてくらき葉桜　　木俣　修

山畑を彩る花を独り剪りひとり束ねて**倦む**こともなし　　安立スハル

うら-が・る（末枯る）（自動・下二）草木のこずえや葉先が枯れる。

ひろびろと土管置場の雑草はひしがれしまま**うら枯れ**にけり　　吉田　正俊

ひろびろとした土管置場の雑草は、土管の下敷きになっておしつぶされたまま、葉先が枯れてしまったことだ。

おのづから**うら枯るる**らむ秋草に悲しかるかも実籠りにけり　　斎藤　茂吉

うら-ぶ・る（自動・下二）わびしく思う。悲しみに沈む。

此処に来て**心侘れ**をれば城山の桜の花に誘はれにけり　　岡　麓

うるほ・す（潤す）（他動・四）①水気を含ませる。ぬらす。②潤沢にする。豊かにする。

しづやかにその水そそげ母が手にかへれる稚児の頬**湿さむ**　　尾上　柴舟

（「母なくなりて後程なくうせし子の墓にて」の詞書のある一首。）

おとし・む（貶む）（他動・下二）見くだす。軽べつする。さげすむ。

相閲ぎ互に**貶しめ**小さなる此のくにつちを如何にせよとか　　土屋　文明

（相閲ぐ—たがいに反目して争う。）

おひ-し・く（追ひ及く）（自動・四）追いつく。

古き墳あばく如くに競ひ言ふ**追ひ及き**がたく時代移りぬ　　近藤　芳美

（あばく—土を掘り返して埋れていた物を取り出す。）

おもね・る（阿る）（自動・四）きげんをとってその人の気に入るようにする。へつらう。追従する。おべっかを使う。

暁の光に柿の若葉見ゆ怒らず**阿ら**ずなりし思ひに　　小暮　政次

論旨変へしきりに**おもねり**くる声にむしろこちらが傷

つきてをり　阿久津善治

おもねるを処生のすべとなす人らの中に働く苦しみも告ぐ　大西　民子

おもほ・ゆ（思ほゆ）

（自動・下二）自然に、思われる。ひとりでに、思われてくる。

旅ゆかむ空の青きをあふぐとき吾をまつ人の遠に**思ほゆ**　長沢　美津

思ほえばこの一年(ひととせ)も心(うら)なごむ日も少くて歳(とし)うつりゆく　久保田不二子

椎の葉にもりにし昔**おもほえ**てかしはのもちひ見ればなつかし　正岡　子規

柏餅を見ると、椎の葉に飯を盛った有馬皇子などの、万葉時代が偲ばれて、なつかしく思う。

生きゆくは死よりも淡く**思ほゆる**水の朝(あした)の晴れ又曇　岡井　隆

遠くへだつひとりがしきりに**思ほゆれ**ひと夜夢みしゆゑのみならじ　上田三四二

かかづら・ふ（拘ふ）

（自動・四）①かかわりあう。②こだわる。

何一つ出来ぬ子供をいとしみて**かかづらひ**をれば教室わき立つ①　近藤　正美

何一つとしてうまく出来ない子供をいとしんで、あれこれかかわりあっていると、他の子供たちが勝手気ままにさわいで教室が騒然としてくる。

夜のほどろ覚めて昨日(きのふ)に**かかづらふ**心重たき己(し)を歎くなり②　生方たつゑ

夜も殆んど眠らずに、昨日の小さな事にこだわり、少しも心が晴れ晴れすることのない自分を歎いている。

かがま・る（屈まる）

（自動・四）かがむ。こごむ。腰がまがる。

夕庭の月見草のもとにぽつつりと**かがまり**をらむ君のおもほゆ　長谷川銀作

計らい（ひ）も絶えし叫びの如きもの恋い（ひ）て**かがまる**風あるひなた　高安　国世

トラックの尾燈に寄りて**踞まる**男二人拡げし紙に何読むならむ　大西　民子

吾の背に仏の如く**かがまれ**り物言ふこゑは其(その)常の声　五味　保義

母は私の背中に仏のようにぴったりとかがまっていた。

しかし、物を言う声はいつもの母のものであった。

かがよ・ふ（耀ふ）（自動・四）きらきらと光ってゆれる。ちらつく。

やはら葉の小楢のしげみふる雨をほの明るみと**かがよ**はしむる　稲森宗太郎

雪山も**耀ひ**ぬればやさしきをかつ移ろひてゆく夕茜　斎藤　史

ま**かがよふ**昼のなぎさに燃ゆる火の澄み透るまのいろの寂しさ　斎藤　茂吉

きらきらと光ってゆれる真昼のなぎさで、燃えている火のように、光の色が澄み透っていく瞬間を見ていると、命のさびしさを感ずることだ。

朝つゆの一つ一つが**かがよへ**る野辺にひそかにあゆみ来りぬ　長沢　美津

かぎろ・ふ（自動・四）①光がかくれてかげになる。かげる。②光がほのめく。③ひらめく。ちらつく。ちらちらする。「かげろふ」「かげらふ」とも。

縁がはの草ばなの鉢に日が照り来（き）また**かきろひ**て風すぎにけり①　前川佐美雄

かなしみは明るさゆゑにきたりけり一本の樹の**翳らひ**にけり①　前　登志夫

追憶のままに**かぎろう**（ふ）沖にして声を聞けばまぼろしの吾らの舟艇③　近藤　芳美

かぎろへば花も茫たり生（いき）の間に遂げむと希（こ）ひしことのかずかず①　斎藤　史

かくさ・ふ（隠さふ）（他動・四）かくし続ける。くり返しかくす。

この道の夏草あをき高しげり家出（いへい）づるわれをはや**隠（かく）さ**ふも　前川佐美雄

かこ・つ（託つ）（他動・四）①他のせいにする。かこつける。②ぐちをこぼす。恨みごとをいう。

秋の夜も厨のあたり騒がしくもやし黄に萌えてさまざま**託つ**②　前川佐美雄

夏の帯（おび）いさごのうへにながながと解きて**かこち**ぬ身さへ細ると②　吉井　勇

砂の上に夏帯をながながと解きながら、恋のために身さえ痩せると嘆き云った。
（いさご―砂。）

見たきもの読みたきものもなき夜の長夜（ながよ）を**かこつ**幾夜（いくよ）

ならむ②　　木俣　修

命なき命をつなぐはかなさを**嘆て**(かこ)る妻か鬢に散る白②　　来嶋　靖生

かたぶ・く（傾く・斜く）（自動・四）「かたむく」の古語。①ななめになる。②かたよる。③日や月が地平に沈もうとする。④不安定になる。⑤終わりに近くなる。おとろえる。⑥首をかしげる。思案する。

浅虫の海に蜻蛉(あきつ)のながるれば八月二日のひかり**かたむく**③　　五味　保義

（浅虫―青森県の浅虫温泉の海岸。）

なほ迷ひてこの夜をしばし目覚めゐる窓にさす月の**傾かむ**ころ③　　大河原惇行

かたぶきて聴けども今は寒蟬の道徹(とほ)らむころゐにあらぬを⑥　　吉野　秀雄

冬山の青岸渡寺(せいがんとじ)の庭にいでて風に**かたむく**那智の滝みゆ④　　佐藤佐太郎

西国札所第一番の、紀州・和歌山県の青岸渡寺の庭に出ると、冬がれた那智の滝水が、風にかたむいているように見えるのだ。

いつしかも雲晴れしかば**傾ける**日ざ**し**しばらくわが額(ぬか)に差す③　　柴生田　稔

かづ・く（被く）（自動・四）かぶる。頭にいただく。

向股(むかもも)に海を踏みくる**かづき**たる投網(とあみ)の陰の濃き首長(ちち)の顔　　安永　蕗子

（向股―足のもも。しっかりした股。）

くみあげて生身に**かづく**水の音うら竹やぶにとほる朝けを　　安田　青風

似かよへる顔を探して何にならむ石仏はみな雪を**かづける**　　大西　民子

かづ・く（潜く）（自動・四）水中にもぐる。水中にもぐって貝や海藻などを採る。

山川の火(ほ)なかに**潜き**(かつ)鮎をとる鵜をみに来つつひとりみてをり　　岡部　文夫

中空に月照りながら雨ふればにほはしきりに水を**かづく**も　　石井直三郎

（にほ―鳰のこと。）

ま白のあひる**潜け**りハンドルの手の凍みに耐へて沿ひゆく野川　　田谷　鋭

かへり-**・みる**（顧みる・省みる）（他動・上一）①後をふり返ってみる。過去のことをふり返ってみる。他人のことを気に掛けて心にかける。②反省する。

ひたすらに平和を恋ひしポツダム宣言受諾の頃を**省りみる**べし②　市来　勉

未精白米の一粒のごと生きてこし我をたまたま**顧みむ**とす①　鹿児島寿蔵

（らつりやう―精白しない米のこと。）

顧みて遅鈍の歩み長きかな日に日にぶく成りまさりつつ①　土屋　文明

かへりみるわれのほとりの過去おぼろ昨日は遠く疎くなりをり①　佐藤佐太郎

きざ・す（兆す）（自動・四）物事が起ころうとする動きが感じられる。また、心が動く。

汗脂滲みくる夏の膚よりわれを呼ぶごと傷みは**兆す**　島田　修二

濃緑の卓布の総を取り撫でて**兆さ**むとする怒りを支ふ　相良　宏

明けやすき切子の壺か**きざし**くる妬心に今朝は胸かすか鳴る　木俣　修

攫はれてゆきたき脆さ**きざす**なり老けこみてひかる氷湖のかたへ　生方たつゑ

（切子―カットグラス。）

雨あびて帰りくるときいちはやく木々に**兆せ**るやさしき夜明け　小野　茂樹

きし・む（軋む）（自動・四）キシキシと音を出す。

二階の部屋暗くなりつつ階段の**きしむ**は母ののぼり来る音　吉野　昌夫

鉄棒にからだ**きしま**せて寝にかえ（へ）る若きいのちの屈折も知る　山田　あき

山峡の梅雨のあけくれ惓みやすし雨戸は重く**きしみ**そめつも　生方たつゑ

春風に**きしむ**硝子戸の音きけばおろそかにせしいのちくやしも　吉野　秀雄

きはま・る（極まる・窮まる）（自動・四）①限度に達する。②終わりとなる。無くなる。尽きる。

極わ（は）まると見えて岬の果てしなく遠き樹林は島の如く見ゆ②　　高安　国世
身のめぐりにいつしかとりでなす書冊書痴のあはれも極まらんとす①　　木俣　修
朝空にのぼり極まる紙鳶（たこ）のかげ涯しもなしやこの寂しさは①　　土岐　善麿
冬のすみ切った朝空に、どこまでも高くのぼり切っていった凧が、一点のかげとなって動かない。それを見ていると、果しない大空のひろがりに、このさびしさもまた限りもないのだ。

きら・ふ（霧らふ）（自動・四）霞や霧が一面にかかる。うちぐもる。
傾く日にきらふは釧路の国の山か夕ぐれてなほ到りつかざらむ　　土屋　文明
蝶の数いくつと知れずひらめきゆく谷のまほらは朝日きらひぬ　　鹿児島寿蔵
（まほら―最もすぐれたところ。一説に、丘や山に囲まれた中央の土地。まほらば、まほろば、とも。）
朝霧（きら）ふ日のながれたる高原（たかはら）を小樽にむかふわれら賞（め）でつつ　　服部　直人
朝霧が一面にかかって光りがながれている高原を、小樽に向う汽車の窓から、私たちはほめつづけたことだ。
咳きいりて喀（は）きちらす痰（たん）は霧へれど面ちか寄せて心音きけり　　岡山　巌

く（来）（自動・カ変）①来る。②行く。こちらへ向かって近づく。帰る。戻る。
山茶花の花の下かげゆきかへる妻が顕（た）ち来と人に知らゆな①　　植木　正三
山茶花の花の咲いているほのぐらい下を、ゆきつもどりつしている妻の幻が、たちあらわれてくるということを人には知られまい。
（知らゆな―「ゆ」は受身の助動詞。「な」は禁止の意をあらわす助詞。口語で、知られるな。）
美しく来む世は生まれ君が妻（め）とならめ復（また）もと云ひし人はも①　　窪田　空穂
未来の世には美しく生まれて、ふたたび、あなたの妻にならなければ、と言った人よ。
ふるさとの石の唐櫃（からと）に白骨（しらほね）の父を納めて青き梅雨来ぬ①　　宮　柊二
（唐櫃―からびつ。あしのついた長方形のひつで、衣裳などを入れる。また、棺のこと。）

日ぐれちかき空にゆく雲のかがやきに窓に寄り**くる**人を吾は恋ほしむ②　大河原惇行

いでぎはに幼子が土産に赤い花を買ひ**来よ**と言ふくり返しつつ①　中野　菊夫

くぐも・る　（自動・四）内にこもってはっきりしない。

風おちてまろく枯れ伏す野のさまにいず（づ）こぞ鳥の声の**くぐもる**　北岡　晃

くぐもりて色彩のなき構内に体ごと人は貨車を押しをり　長沢　一作

金色の蜂とまりゐて物の音も花に**くぐもる**昼山ざくら　五島美代子

小山田の畔塗りしかば畔のべの水のにごりて春**くぐもれ**り　古泉　千樫

くぐ・る（潜る）　（自動・四）①物のすきまをすりぬける。体をかがめて物の下を通り過ぎる。②水にひたる。もぐる。③すきに乗じて事をする。

春さむき梅の疎林をゆく鶴のたかくあゆみて枝を**くぐら**ず①　中村　憲吉

まだ寒い早春のころ、梅のほころびはじめた疎林の中をゆく鶴は、昂然と首をたてて歩いていて、枝をくぐろうとはしない。

うつしみの危機**くぐり**来て生れたる暗鬼を抱きて年越さんかな①　木俣　修

水**くぐる**水沼にとほくよみがへりあかときひとの茜さす指②　山中智恵子

野辺地すぎ見ゆる下北の国の岬はるばるとして海に**泳れ**り②　五味　保義

く・ゆ（崩ゆ）　（自動・下二）くずれる。朽ちる。くさる。

過ぎゆきをかへりみよとぞ昨夜捨てし吸殻が道のかたはらに**崩ゆ**　上田三四二

ひとつ思ひ**崩え**なむとゐる逝く夏のこのししむらにくれなゐかへれ　成瀬　有

ここにして仰ぐ夏空雲しろくふくれきはまれば**崩ゆる**しづかに　安田　青風

け－のこ・る（消残る）　（自動・四）消えずに残る。

山かげに**消のこる**雪のかなしさに笹かき分けて急ぐなりけり　　斎藤　茂吉

けぶら・ふ（煙らふ・烟らふ）（自動・四）①煙でけむっている。②かすんでいるのが見える。ぼんやりとしているのが見える。③ほんのりと匂っているのが見える。「けむらふ」とも。

不二がねの雪**けぶらふ**と見るまでに淡くひかりて雲はかかれり②　　石榑　千亦

その唐寺のいらかも今は残らねど雨は**けぶらふ**海と山とに（長崎）②　　柴生田　稔

ちちおやの顔のいやとほく**けぶらひ**つつあるは悲哀に入りぬるらんか②　　森岡　貞香

うす墨の眉ずみほそく**けぶらへ**ば老いづくわれの顔やさしかり③　　四賀　光子

うす墨色の眉ずみをほそくひくと、ほんのりと匂いやかに感じるので、私の老いはじめた顔もやさしくなることです。

おぼろなる春の夕べにねがふらくわれの五感もしばし**けむらへ**②　　斎藤　史

こぎ-た・む（漕ぎ回む）（他動・上二）こぎめぐる。こぎまわる。

秋凪ぎの英虞の海庭**漕ぎ廻み**ていにしへいまの時もわかなく　　吉野　秀雄

秋のおだやかな、あご湾を船でこぎめぐっていると、古代か現代かの区別さえつかないことよ。

こ・ぐ（焦ぐ）（自動・下二）火にあぶられ、焼けて黒茶色になる。

磯のやま春早くして焼きたらむ石も茨も黝く**焦げ**たる　　岡部　文夫

夕焼空**焦げ**きはまれる下にして氷らんとする湖の静けさ　　島木　赤彦

まっかに染まった西空が最後に黒茶色になったとき、その下では、まさに氷結寸前の湖が動こうともしない水を湛えて、まことに静かであることよ。

こご・る（凝る）（自動・四）①固まって堅くなる。②凍って固くなる。

やうやくに彩の乏しくなりし庭花ほととぎすの紫**こごる**①　　君島　夜詩

（ほととぎす―杜鵑草。高さ八〇cm位で、秋に白色に紫の斑点のある花を咲かせる。）

凝りたる雪に雨降る湖の岸木々のしづくの音かぎりなし②　由谷　一郎

かまきりの卵嚢に**こごる**霜の華ひとときのちにしづくとなりぬ②　遠山　繁夫

こぞ・る（挙る）（自動・四）残らずそろう。ことごとく集まる。皆連れ立つ。

こぞりたる蕾のなかにすでにして咲きたるもあり山あぢさゐは　岡部　文夫

こひ－し・ぬ（恋ひ死ぬ）（自動・ナ変）恋いこがれて死ぬ。

汝が母のふるさと熊野**恋ひ死に**しこの土墳に雪払ひ泣け　加藤知多雄

こぼ・る（溢る・零る）（自動・下二）①流れ出る。こぼれる。あふれる。②散る。落ちる。

かへり来てとり出だす夜具冷えびえし足袋ぬげばまた鋸屑**こぼる**②　萩原　千也

夏落葉**こぼれ**やまねばあかときの光荒斑となりて届くも②　安永　蕗子

提げてゆくバケツの水の揺れゆれてひかりもろともときに**こぼるる**①　今井　嘉明

こも・る（籠る・隠る）（自動・四）①いっぱいに含まれている。②満ちて外に出ない。③ひきこもる。中にいて外へ出ない。

多摩の奥夏さり群るるつぶら実の青梅の町は彼処に**こもる**①　片山　貞美

掌にのせてあが見る草の実に**こもら**ふほどの命をもちて①　久保田不二子

ちかぢかと夜空の雲に**こもり**たる巷のひびき春ならむとす③　窪田章一郎

低く垂れた夜空の雲でとじこもっていた街の響は、いま春になろうとしている気配だ。

秋すぎて来向ふ冬は宵々にわれに寒しも部屋**ごもる**とき③　佐藤佐太郎

めづらしく風邪に**こもれ**ば　卓上の鉢の紅桜のすがれゆくも見つ③　土岐　善麿

こや・す（臥やす）（自動・四）横になられる。おやすみになる。「臥ゆ」の尊敬語。

世の声のさもあらばあれ永久に**臥やす**ゆたかさ亡骸の

写真　　　　　　　　　土屋　文明

世間の評判がどうあろうと、永久にお休みになられている御遺体の写真は、まことにやすらかであることよ。

ころ-ぶ・す（転伏す）（自動・四）たおれふす。ころびふす。

骨壺（こつつぼ）の前に**ころぶす**うつし身を吹く秋風はすでに寒けれ　　吉野　秀雄

さか・る（離る）（自動・四）離れる。遠ざかる。へだたる。

生きの身のしづまりながら死ぬ兄に別れ来りて枯野を**離る**　　植木　正三

白藤の花にむらがる蜂の音あゆみ**さかり**てその音はなし　　佐藤佐太郎

白い藤の花にむらがっている蜂の羽音は、いく歩かあゆみはなれると、もうその音は聞こえない。

摩れ違ひ少女ら山をおりてゆけり歩度快適に**離る**歌ごゑ　　麻生　松江

共に死なむとせしことのあり**離れ**よと言はれしことあり二十年過ぎぬ　　青木ゆかり

ささめ・く（自動・四）ささやく。声をひそめて話す。ひそめく。

失しなえ（へ）るもの想お（ほ）えば秋天を飢餓のごとくに星の**ささめく**　　曽根　耕一

夜の帳（ちやう）に**ささめき**尽きし星の今を下界の人の鬢のほつれよ　　与謝野晶子

天上の夜のとばりの中での甘いささやきにひきかえて、今は地上の人の子として、苦しんでいることよ。

幕間（まくあひ）の明りにうきて**ささめける**累々とくらきにんげんの首　　杜沢光一郎

（累々と―たくさん積み重なっている様子。）

さざめ・く（自動・四）①ざわざわと声や音をたてる。ガヤガヤと騒ぐ。②ざあざあと音をたてる。③陽気にはなやぐ。

目を見張る許りに日々を育ちゆく児等が**さざめく**紅葉降るなか①　　遠山さだ子

磯に出（い）でてけふも貝掘る蜑（あま）の娘ら笊（ざる）を小脇に**さざめき**あへり③　　筏井（いかだい）　嘉一（かいち）

我が涙そそぎし家に知らぬ人住（す）みて**さざめく**春の夜来（く）れば③　　窪田　空穂

さ・す（鎖す）（他動・四）とじる。かぎをかける。門や戸をとざす。

持ち越せる身のさみしさに戸を**閉す**と夜眠にふと見れば菊花そよぎをり　　館山　一子

さ夜ふけて雨戸も**ささ**ずさ庭べの牡丹の花に灯をともし見つ　　伊藤左千夫

夕さればおのもおのもに戸を**閉し**てしばしはひそむ屋内の物音　　長沢　美津

隔絶の域ならなくに獣園の門扉**さす**とき振鈴ひびく　　安永　蕗子

さだま・る（定まる）（自動・四）①落ちつく。②きまる。③静まる。④とどまる。⑤明らかになる。

空壕が立ちおよぐ海の昏れがたにわれの心の**さだまり**がたき③　　志垣　澄幸

年齢のことを互に言ひ出でて**さだまる**ものを知りはじめたり②　　細川　謙三

計らるる身のほどゆらぐ天秤の**定まる**ときをかなしみにけり④　　左本　道子

冬づきてさむきこのごろや海のいろやうやくにして**さだまる**らしも①　　岡部　文夫

おのづから耳順の坂路**さだまる**や直く術後の身を養へば④　　加藤知多雄

（耳順—六〇歳のこと。）

才能を疑ひし計算にも馴れ行きて**定まる**ならぬ吾の一生も②　　近藤　芳美

さだ・む（定む）（他動・下二）①きめる。決定する。②変わらないようにする。③しずめる。治める。

コンクリートに榎より落つる山蟻が瞬間にして向を**さだむる**①　　岡部　文夫

さ・ぶ（寂ぶ）（自動・上二）①心にさびしく思う。わびしがる。②古びて味わいが出る。もの静かで趣が出る。③古くなる。

秋の空ふかみゆくらし瓶にさす草稗の穂の**さび**たる見れば②　　古泉　千樫

秋の空はしだいに深まってゆくようだ。病床の枕べの瓶にさした草稗の穂の、さかりをすぎたのを見ていると。

三重の塔の一層見透しに彩色**さぶる**みほとけ一軀②　　井ノ本勇象

さ・ぶ（錆ぶ）（自動・上二）①さびがつく。さびる。②老熟する。

海彦の釣針いづこやま彦の釣針はわれのポケットに**錆ぶ**①　小池　光

赤芽柏の花咲き今日も雨ふれり吾がつかふ釘うすく**錆びつつ**①　萩原　千也

さもら・ふ（候ふ・侍ふ）（自動・四）①様子をうかがいながら待機する。風向きや潮時を待つ。②人に仕える。③「あり」の尊敬語。「さぶらふ」とも。

あからひく冬陽の裏側見るごとく水より低き墓地に**さもらふ**①　小鯛　博

病む母の枕べ近く**さもらひ**て今宵(こよひ)も聞きつあかつきの鐘(かね)②　落合　直文

みほとけをまもる大屋根ととのへて**さもらふ**人ら鴟尾(しび)のへに見ゆ③　鹿児島寿蔵

さや・ぐ（自動・四）ざわざわと音がする。ざわめく。

東方より近づく雷を待ちてゐる小鳥は**さやぎ**樹々は**さやがず**　北沢　郁子

歳月の涯(はたて)**さやぎ**て来しものを雪と呼びつついのち浄むる　辺見じゅん

鈴懸の**さやぐ**若葉の影踏みて為さばなしえむことひとつ思ふ　窪田章一郎

あをあをと楠の葉高く**さやげ**ども冬木の朴に日は静かなり　古泉　千樫

さやさやと擦れあふ薔薇の花束の大きを呉れぬわが生(よ)**さやげ**と　森山　晴美

さや・る（触る・障る）（自他動・四）①ふれる。さわる。ひっかかる。②故障ができる。さしつかえる。

鉛筆のしんを削りそろへて一つ一つ頰(ほ)に**さやり**みて子は鞄にしまひぬ①　松田　常憲

身に**さやる**夜風も冷えぬはやはやも兄の中有の過ぎんとぞして①　木俣　修

（中有(ちゅうう)―七七忌、四十九日。）

落つる葉の　**さやれ**る音に　おもへれば、星ある下の屋根はさびしき①　中井　昌一

さらぼ・ふ（自動・四）①やせおとろえる。②死骸などが風雨にさらされて骨だけになる。

「さらばふ」とも。

をりをりは老猫のごとく**さらばふ**と人に見らゆな見たまふなかれ①　斎藤　史

老い**さらばひ**さまよふと言ふな生きてあれば生きて通へるたましひの為①　土屋　文明

草の葉の露をすすりてのがれきつ地に**さらばへ**る土蜘蛛の裔(すゑ)②　岡野　弘彦

さ・る（去る）　（自動・四）①そこから離れて行く。②へだたっている。③近づく。④移る。⑤変化する。あせる。さめる。消える。うすらぐ。

橋に佇ちし焦土の夕焼も忘れねば歩み**去る**べしまぼろしの街①　近藤　芳美

佐渡に立つ朝の白雲いつまでも低く輝くを見て**去ら**むとす①　五味　保義

篠懸樹(ぷらたぬす)かげ行く女(こ)らが眼蓋(まなぶた)に血しほいろさし夏**さり**にけり③　中村　憲吉

新緑のプラタナスの下を行く女性たちの、まぶたのあたりには、血潮がさしたようにあかく染まっている。それを見ると、もう夏がきたのだ、と思われることだ。

身の病みこころの病みおしなべて薄るといへど**去る**時のなか④　滝沢　亘

夕**され**ば枯葉はさやぐ一時(ひととき)の心ゆらぎを寂しみにける③　久保田不二子

頂きの岩よりきこゆ反響(こだま)あり戦はぬもの暁に**去れ**⑤　前　登志夫

しき・る（頻る）　（自動・四）たび重なる。間を置かずにずっと続く。しきりに…する。

意地つよき子にいふ言葉探しつつ子に向ふ夜を虫が音(ね)**しきる**　木俣　修

星空のはてより木の葉降り**しきり**夢にも人の立ちつくすかな　山中智恵子

船の上に飼へる一つの鈴虫の鳴き**しきる**かな月青き海　若山　牧水

しぞ・く（退く）　（自動・四）しりぞく。

あかあかと雲は遠べに**退(しぞ)き**ゐぬ夢覚めて万朶の露をすがしむ　前川佐美雄

（万朶―多くの枝。すがしむ―さわやかで気持ちがよいと思う。）

近き雲静かに**退く**(しぞく)雲海に遠き茜の機につれ動く　千代　國一

しだ・く　（他動・四）荒らす。踏みつぶす。にじる。くだく。おしつぶす。

葛の花　踏み**しだか**れて、色あたらし。この山道を行きし人あり　釈　迢空

葛の花が踏みにじられているのに、まだ花の色はあたらしい。おそらく、この山道を少し前に通っていった人があるのだ。

汗あえつつ木の根岩根を踏み**しだき**またたくまなく谷おしくだる　前川佐美雄

身の奥の熱(ほめ)きてもとな指さきを吻ひ**しだく**ものは牛の仔なれど　石川不二子

しづ・く　（他動・四）①水底に沈んで落ち着いている。②水面に映って見える。

紅葉せる温泉(いでゆ)の谷にさわ立てる水の中には**しづく**しろ石①　土屋　文明

しづ・る　（自動・下二）木の枝などから積った雪がずり落ちる。

しんしんと雪降りながらたまさかに**しづれ**せしなり馬(あ)酔木(しび)の揺れて　遠山　光栄

日の照れば鎖の樋に脈搏ちて雪**しず（づ）れ**つつ丹後春なり　石本　隆一

硝子戸の桟より雪の**しづるる**に束のま夜半の念ひかがやく　加藤知多雄

しの・ぐ　（凌ぐ）（他動・四）①おさえつける。②耐えしのぶ。③ふみわけて進む。④相手を越える。障害・困難を乗りこえる。

生き**凌ぎ**て卑吝(ひりん)におちずある父をなげくがごとくわれつぶやけり②　坪野　哲久

みせかけの平和かならばみせかけの円満もある生き**しのぐ**ため②　大島　史洋

いまの時代を生き**凌ぐ**この労働者らの、眼の光りするどく、歌声おもく②　渡辺　順三

いまの困難な時代を生き耐えていくこの労働者たちは、眼の光きびしく、歌う声の重おもとしていることよ。

雨つゆを**凌げ**ば足るといきほひしかの日を思へまた言はじかも②　前川佐美雄

しの・ぶ　（偲ぶ）（他動・四）思い慕う。恋う。なつかしむ。「しぬぶ」とも。

祖先（みおや）らを遠く**しぬぶ**は四方山（よもやま）もかすみて見えぬ大和と思ひ　前川佐美雄

暑かりし夏**しぬば**むと坐りをる秋の彼岸の一日（ひとひ）くもれり　斎藤　茂吉

葛の葉に埋（う）もるる旧（もと）の峠路を見するゐぬ元禄のころを**しのび**て　木俣　修

くちなしは皎（こ（か）う）さえざえと花開き老舎**しのぶ**にこころ霜なす　山田　あき

二十年経て人を**偲べ**ばおのづから今夜（こよひ）つどふに若き者なし　柴生田　稔

紅梅の匂ひやさしき園に来つ匂ひは過ぎしひと**しのべ**とぞ　上田三四二

し-ぶ・く（繁吹く）　（自動・四）風まじりに激しく小雨が降りそそぐ。はげしく吹きつける。しぶきがあがる。

いちはやく芽出ちのしげき連翹を蒼き一夜の雨降り**しぶく**　近藤　芳美

日日（にちにち）を怠けくらしてたのしまず梅雨（つゆ）の**しぶか**ひも昨日（きそ）のごとしも　生方たつゑ

（しぶかひ―「しぶかふ」の連用形の名詞化したもの。「しぶかふ」は「しぶく」の未然形「しぶか」に反復・継続の意の助動詞「ふ」を連ねたもの。）

朝の雨砂利（ざり）に**しぶき**て降れるとき街ゆくわれの心はむなし　佐藤佐太郎

宵闇の空より**しぶく**秋雨はわが目の前にただ暗く降る　堀内　通孝

（宵闇―月が出ない宵の間の暗いこと。）

滝つ瀬のいただき見ればひるがへり落ち来る水の空に**しぶけり**　三井　甲之

しみ-ふ・る（繁降る）　（自動・四）しきりに降る。ひまなく降る。

鷺たちし松の梢は暗ぐらと時雨**しみ降る**ゆふべとなりぬ　加藤知多雄

し・む（沁む）　（自動・四）しみる。深く感じる。心に深くとまる。

わが家にかへり来りて聞くものの法師蟬のこゑ命にぞ**沁む**　木俣　修

末の娘（こ）と障子の穴をつくろへり汝（なれ）の位牌に風は**沁ませ**じ　吉野　秀雄

男手に酒あたたむるとぼしさも雪夜はまして身に**沁み**

にけり　筏井　嘉一

鴨翔ちて無数のつばさ打ち振れるそのひたすらも心**沁むもの**　安立スハル

しめ・る（湿る）（自動・四）①うるおう。湿気を帯びる。②心が沈む。しんみりとする。

雨やみぬ**しめら**ひふかきあぢさゐの花を両手におほひて見るも①　長沢　美津

（しめらひ—「しめる」の未然形に継続・反復の助動詞「ふ」が付いた「しめらふ」の連用形の名詞化したもの。）

手をとりて**湿る**夜道に立ちたりき旅ゆく吾と病持つ君と①　小川左千代

しら・む（白む）（自動・四）①白くなる。明るくなる。②おとろえる。弱まる。

もろもろの虫なくことも終りたる草むらの根にあかつき**白む**①　岡部桂一郎

夭死せし母のほほえ（ゑ）み空にみちわれに尾花の髪**白み**そむ①　馬場あき子

木がくれは月代ならむ**しらむ**いろ動かぬ葉末はただほの明り①　北見志保子

（月代—月のこと。）

皆既食の夜やおぼろなるさ庭辺にさかる梅花の一樹**白めり**①　鈴木　豊子

す・う（据う）（他動・下二）①物をしっかりと置く。また、置き並べる。②落ち着ける。③ある地位につかせる。④すわらせる。⑤鳥などをとまらせる。

七夕の笹をきりきて**据ゑ**たればいよいよに濃し子とわれの闇①　玉井　清弘

みどり児を間に**据うる**平衡のなかにし生きて貧しきわれら①　木俣　修

す—が・る（末枯る）（自動・下二）盛りが過ぎておとろえる。

かへり咲くつつじ二花（ふたばな）の紅（くれなゐ）や**すがれ**むとする草にこもりて　五味　保義

すがれはてて見るかげもなき朝顔のけさまたひとつ花つけにけり　大井　広

羊歯の葉は茂りしかども雨ふらぬ夏ふけてはやも**素枯るる**らむか　斎藤　茂吉

すさ・ぶ（荒ぶ・進ぶ・遊ぶ）（自動・四）①気持ちが荒れる。粗雑になる。②勢いが激しくなる。いよいよ進む。③興じる。「すさむ」とも。

野の露に螢は飛ばず病む犬のくすり匂い（ひ）て八月　山田　あき

すさむ①

城やぐら白くたかきに木枯の吹き**すさび**つつ夕づきにけり（大阪城）②　尾山篤二郎

荒ぶまで明けの木群に鳴きたつる尾長の群れを聞きて寝むとす①　成瀬　有

膝折るを慣ひとなしてほそき蛇**遊べ**る地に命恋ひをり③　百々登美子

ず・す（誦す）（他動・サ変）声を出して読む。口ずさむ。

屍にもいまは別れむ泣きぬれて歎異の鈔を**誦し**まつりつつ　吉野　秀雄

アルバイトより帰れる妹フランス語の動詞変化を**誦し**ゐるけはひ　大西　民子

すた・る（廃る）（自動・下二）①用いられなくなる。無用となる。②衰える。③はやらなくなる。

廃れたる灯台をつつむ無機質に血を欲れば遠き孤城シリング①　春日井　建

廃棄されて、冷たく殺風景な灯台の向うに、シリングの孤城が浮かびあがってくる。

せ・く（急く）（自動・四）①早く物事をしたいと思って心がいらだつ。②息などが激しくなる。

夜となりていのち**急く**かな瀬を奔る暗き水の上樹に鳴りとよむ②　前　登志夫

せ・く（咳く）（自動・四）せきをする。

雨すくなかりし寒もすぎむとこの夜に**咳き**つつ風邪をひきふしてをり　岡部　文夫

せ・む（迫む・逼む）（自動・下二）押し詰まる。せまる。おしかける。近づく。

つらなめて赤くなりたるこの山に**迫むる**がごとく雪は降りこむ　斎藤　茂吉

（つらなむ—連並む。つらね並べる。）

そぐ・ふ（自動・四）つりあう。適当である。よく似合う。

そぐはざる服着くるごとさびしみて直訳の文字をけふたどるかも　木俣　修

そそ・ぐ（注ぐ・灌ぐ）（自動・四）①雨・雪などが降りかかる。②涙がしきりに落ちる。③風が吹きかかる。④流れこむ。

老われの命をはる日遠からじ雪清浄に身にふり**そそぐ**①　松村　英一

年老いた私の命が終わる日は遠くないことである。降りやまない雪が、その私を清めるように、しきりに降りかかってくる。

涙こそ清らに**そそが**れ死にゆける若き生命(いのち)にしばしかたむく②　前川佐美雄

盛り過ぎし紫陽花に雨**そそぎ**ゐる夕べの庭を濡れつつ帰る①　細川　謙三

物かげのここの群竹(むらだけ)ひめもすに雨**そそげ**ども冴えむ葉もなし①　吉野　秀雄

（ひめもす—「ひねもす」に同じ。一日中。終日。）

（他動・四）①流し込む。②かける。③集中する。

むんむんと夏の陽ほてる石なれば手桶の水をみな**そそ**ぐべく②　水野　昌雄

洋酒**注ぐ**グラスの氷りりと鳴り琥珀の色に秋をゆかしむ①　鬼頭　智哉

墓石に水を**注げ**ば痩せし蜘蛛這ひ上り来て凝つと見つむる（悼弟）②　加藤　嘉保

そそ・る（自動・四）そびえる。高くそびえ立つ。

金婚は死後めぐり来む朴(ほお(ほ))の花絶唱のごと蕊(しべ)**そそり**たち　塚本　邦雄

金婚式は結婚五十年後、死んでからめぐって来よう。いま、朴の花はまっさかりで、雄蕊も雌蕊も天にむかって性を謳歌してそそり立ってはいるが。

天**そそる**赤松の秀(ほ)にまひくだる野生の鶴の大きはばたき　長谷川銀作

天高くそびえている、大きな赤松の頂きから舞いおりてくる、野生の鶴の、そのはばたく音の何と大きいことよ。

（他動・四）①ゆり動かす。②人の気持をかき立てる。

抱きても抱きてもなほ足らざるよ子らが体熱さびしさ**そそる**②　河野　裕子

家出でて我の吹かるる夕風は一夏の悔を**そそる**がごとし②　　野北　和義

日は寂し万樹(ばんじゅ)の落葉はらはらに空の沈黙(しじま)をうち**そそれ**ども①　　若山　牧水

そばだ・つ（峙つ）（自動・四）険しく高くそびえる。きわだって高く立つ。

あやしく海に**峙つ**恐山胡桃(くるみ)らさわぐ野をこえて見ゆ　　五味　保義

（恐山—おそれやま。青森県下北半島にある死火山。高さ九四三m。霊場として知られている。）

沈丁花の**そばだつ**匂ひ曇日の街ゆけば今日いくたびも逢ふ　　長沢　一作

曇天の街を歩いたら、沈丁花の甘くきわだった匂いに、今日はいくども出合った。

水際に深く下(お)り来て**そばだて**る巌間の空をまぶしみ仰ぐ　　窪田章一郎

そばだ・つ（欹つ）（他動・下二）①物の一方の端を持ち上げる。②注意力を集中する。

くづれたる塔身のなかに巣くへるか小鳥の鳴けば耳を**そばだつ**②　　滝口　英子

そぼ-ふ・る（そぼ降る）（自動・四）小雨が静かに降る。

春のゆふべ**そぼふる**雨の大原や花に狐の睡(ぬ)る寂光院(じゃくくわうゐん)　　与謝野晶子

春の夕、雨のしっとりと降る京都大原の、平家物語の悲恋にまつわるあの寂光院では、狐もさぞかし花の中にねむっていることでございましょう。

そ・む（初む）（補動・下二）動詞の連用形について、…しはじめる。はじめて…する、の意をあらわす。

母といふかなしき音(おん)にみづからを呼びてわが子にもの教へ**初む**　　河野　裕子

乾ききらぬしじみの殻を捨てにゆく夜の土明(あか)く凍(し)み**そめ**んとす　　富小路禎子

いやはてに鬱金(うこん)ざくらの花咲きてちり**そめ**ぬれば五月はきたる　　北原　白秋

（鬱金ざくら—うこん色の桜。「あさぎざくら」をさすともいう。里桜の一種で花は一重で白いが、萼が青いので浅い青色に見える。）

山襞のうねれる見ればこの朝明ほのけきがごと青み**そむる**なり　　斎藤　茂吉

鐘の音の聞え**そむれ**ば素直なる除夜の流れの時と思へり　　初井しづ枝

ぞめ・く（自動・四）群がりさわぐ。浮かれさわぐ。ざわめく。

冬風吹く磯の斜面に一斉にをののき**ぞめく**水仙のかほ　　加藤知多雄

そよ・ぐ（戦ぐ）（自動・四）そよそよと音をたてる。わずかに揺れ動く。

風が吹く木立が**そよぐ**一人の命終りて夜の明け近し　　松村　英一

礁白くいそぎんちやくも**そよが**ねばすさまじきものは澄む海の底　　植松　寿樹

水中の岩が白く見え、そこに付着しているいそぎんちゃくも、息をころしたように少しも動く気配がないので、澄み透った海の底は恐ろしい様子だ。

屋敷森を吹く風過ぎて庭の樹々の**そよぎ**かすけき夕べとなりつ　　成瀬　有

（そよぎ―「そよぐ」の連用形が名詞化したもの。）

瓜の蔓日ごとのびつつさやさやしこの夕雨にゆれて**そよげ**り　　穂積　忠

たかぶ・る（高ぶる・昂る）（自動・四）①高くなる。高ぶり進む。②おごり誇る。高慢な態度をとる。

はるかなる源をもつ最上川波**たかぶり**ていま海に入る①　　斎藤　茂吉

ヒロシマの或る日語りて自づから声**高ぶら**す吾に気づけり①　　笠原さい子

夕べ土間に雨滴光れり働きて**昂り**かへる妻うつくしく①　　坪野　哲久

老に入る友らつどひて卓にあり**たかぶる**こともなく酔へりけり①　　大橋　松平

老境に入った友人たちと一つのテーブルをかこみながらかつてのように、高揚した思いになることもなく、静かに酔っていたのである。

昂れる心持が夢にひきつづきいつまでたつてもねむりきらぬなり①　　前川佐美雄

たぎ・つ（激つ）（自動・四）①水がわき上り、逆巻き流れる。②心が激しくわきかえる。

その先をふと口ごもる君に向き愛しさは髪の尖(さき)にまで**たぎつ**②　松平　盟子

はらわたは**激ち**よじ(ぢ)れて自らを統べ得ぬものが体内に鳴る②　武川　忠一

瀬に**たぎつ**雪代川を溯る稚鮎の群のまぼろしなすも①　岡部　文夫

激つなき齢に沁みて樒の木の白黄(はくわう)の花を切崖に見つ②　加藤知多雄

(切崖(きりぎし)—切りたったがけ。)

たぎ・る(滾る)　(自動・四)①水などがわき上がる。急流となってさかまく。②心が激しくたかぶる。

今宵飲むビールは鉄の味のして凛(さむ)きまで肉のおもひは**滾る**②　小野興二郎

方(はう)を画(かく)す黄なる甍(いらか)の幾百ぞ一団の釉(うはぐすり)溶(と)けて**沸(た)ぎら**むとす①　土屋　文明

方形に区画した北京城の黄色い瓦の幾百よ。いま、それらの一団の釉がとけて、まさに、にえたぎろうとしているところだ。

愛情は苦しかれども**滾り**落つ滝の真下の秋の夕暮①　福島　泰樹

薬草のふつふつ**たぎる**を嗅ぐひとり茫々として死も生もなし①　山田　あき

た・く(長く・闌く)　(自動・下二)①充分にのびる。盛りになる。ある方面に長じている。円熟する。②時がたつ。季節が深まる。高齢になる。

過ぎてゆく丘の起き伏し雲にさす午後の日かげも秋**たけ**むとす②　柴生田　稔

冬日かげややあたたかに射しし今日つらら細りて日は**闌け**にけり①　長沢　美津

強(し)ひられて嫁ぎ来たりし日の歎き母に聞きつつ吾は**長け**来し②　富小路禎子

たぐ・る(手繰る)　(他動・四)手もとに引き寄せる。

すべもなく佇ちゐるかたへ萩咲けば萩に**たぐら**れゆく思ひあり　阿久津善治

たたず・む(佇む)　(自動・四)立ち止まる。その場にじっと立ちつくす。

闇のなか無茶苦茶に歩むときみはいふ光えねばわれは**佇む**　安田　章生

旅に倦む心すべなし**たたずみ**てぜんまいの葉のほぐるを見つ　岡野　弘彦

音たてて春の疾風の過ぐるなか花もてる樹と**たたずむ**われと　清原　令子

かすみ去る光をうけて**たたずめ**ば一期一会のわが影法師　長沢　美津

（一期一会―一生に一度しか会う機会がないような、不思議な縁。）

たたなは・る（畳なはる）（自動・四）うねり重なる。寄り合い重なる。

眼下に**畳はり**たる青山にひと日は晴れて襞あざやけし　佐藤佐太郎

たたなはる秩父むら山ふもとべの曠野にいでて人畑を打つ　前田　夕暮

たた・ふ（湛ふ）（他動・下二）①満たす。いっぱいにする。②溢れるほど内に含む。

暗緑の大壺に挿す黒薔薇の花重厚に気品を**湛ふ**②　大岡　博

ぬるむ水**湛へ**てやさし曇り日を水位あがれる運河の表情①　葛原　繁

たたま・る（畳まる）（自動・四）かさなる。たまる。積もる。

那須の野に雲**たたまり**て雲の上の空みづみづと朝明けにけり　松村　英一

那須高原の暁。野の果に雲がたたまるように重なったままま、その雲の上の空が、みずみずしいばかりに明かるくなったことだ。

靄だちて**たたまる**山は薄墨に縹渺として幾重ことなる　千代　国一

（縹渺―かすかに果しなくひろがりつづくさま。）

渚べに崩え**たたまれ**る岩のむれしぶきをあげて波よせにけり　高田　浪吉

たた・む（畳む）（他動・四）①折り返して重ねる。②まとめてかたずける。開いていたものを閉じる。おさめる。

淡からぬ眠りのあとの蚊帳**たたむ**青くふくだむものをふりつつ①　安永　蕗子

（ふくだむ―ぶよぶよにふくらむ。）

海渡りくる時張りし翅なれつまくれなゐの**たたみ**たる羽①　四賀　光子

海を渡ってくる時、張った羽だが、今は、紅色で縁を染めた扇のように、折り重ねた羽であることよ。

渓あひの光を**畳む**もちの木のそよぎす青き風くぐるとき②　生方たつゑ

屈折せし意識に澱む夜の心長くかかりてスカートの襞を**たため**り①　大西　民子

ゆづる葉の下に**畳める**石井すら清しく飲む日ありきや否や②　土屋　文明

（ゆづる葉―ゆずり葉の木のこと。新しい葉が成長すると古い葉がたれ下がって場所をゆずるのでこの名がある。葉は正月の飾物とする。）

ただよ・ふ（漂ふ）（自動・四）①浮いて揺れ動く。②さまよふ。③たちこめる。

みづからに招く苦界に**漂ふ**も業とし思はばなにか嘆かん②　木俣　修

山のうしろにおちゆきし日が**漂は**すうすき明りはわが傷みを深くす③　斎藤　史

ただよひて待つことばかり月明の水の上なる鳥のねむりは①　高松　秀明

大きなる撫子の束ね解かれたる花屋の土間に**漂ふ**温気③　長沢　美津

卯の花のひとむら闇に**ただよへ**るひそかに汝れも夜を醒めゐむか①　成瀬　有

たち-かへ・る（立ち返る）（自動・四）①元の所に返る。引き返す。②くり返す。③年があらたまる。

涌水の浅井くみあげ**たちかへる**年のはじめをわれ若やぎぬ③　岡　麓

（若やぐ―若わかしくなる。若者らしくする。）

た・つ（立つ）（自動・四）①ある場所からまっすぐ起きる、のぼる。②季節などが新たに来る、始まる。③ある場所にまっすぐになって、ある。④物事やその作用がはっきり、激しくあらわれる。⑤物事が立派に成立する。

秋**立つ**と未だいはなくに我宿の合歓木はしどろに老いにけるかも②　伊藤左千夫

逆光の扉にうかび少女**立た**ばひとつの黄昏が満たされゆかん③　浜田　到

秋海棠にしたたる朝の露きよしはや眼に**立ち**て紅のはな④　松村　英一

まなかひに波の起伏(おきふし)とほくして沖の曇(くもり)に白く**たつ**波①　佐藤佐太郎

さぎり**立つ**岡田の里は朝鳴きに松雀(まつめ)しば鳴く家の忌森(いもり)に①　伊藤左千夫

（岡田の里—長塚節の居住した茨城県岡田郡国生村、現在の結城郡石下町。忌森—竹林。）

（補動・四）他の動詞の連用形について、その動作・状態が激しく、強いことをあらわす。

暗き街を通るトラックの列ありて波のごとくにちりが舞い（ひ）**立つ**　吉田　漱

瞳をあげて陽はまぶしけれ　プロミネンス燃え**たた**しめて息づく　いつまで　相沢東洋子

（プロミネンス—太陽の紅炎。）

山茱萸の黄を含み**だつ**けはひして心ときめく春にまた逢ふ　春日井　瀇(こう)

（山茱萸(さんしゅゆ)—みずき科の落葉高木。早春、黄色のこまかい花が咲く。「さんし(い)」ともいう。）

たな‐し・る（たな知る）（自動・四）「たな」は、確かに、しっかり、の意の接頭語。よく知る。まったく知る。確かにわきまえる。

うつしみの身も**たな知ら**に嘆かへば一塊(ひとくれ)づつや肉削(そ)げぬべし　吉野　秀雄

（たな知らに—確かにわきまえないで。）

たの・む（頼む・恃む）（他動・四）①力としてたよる。あてにする。期待する。②依頼する。他人に願う。

若き代を**恃む**と幾たびか吾は言ひき思ひて忌々し今君らが前に①　清水　房雄

敗戦に窮乏つづく十年を堪へ来て何を**恃ま**んとする①　大岡　博

われをよく知り給へるを**恃み**ゐて怠りし日々沁みて思ほゆ①　大河内由芙(ゆう)

磨(す)る墨の昏きを**恃む**一世(ひとよ)にて余のおほよそは眩しく過ぎむ①　安永　蕗子

する墨のもつくらさのような、書のなりわいを一途にたよりとしてきた生涯であってみれば、その余のおおかたは、ただまぶしく刹那にすぎて行くことであろうよ。

方竹の一むら立ちを**たのめ**ども夕日はさすよ思ひがけず面に①　　土屋　文明

（方竹(ほうちく)—幹が四角の竹。）

（他動・下二）頼みに思わせる。あてにさせる。期待させる。信頼するようにしむける。

自(みづ)からを**恃め**ぬいまの眼(め)の前を漂(ただよ)ふごとく過(す)ぐる絮(わた)あり　　上林　角郎

（絮—たんぽぽなどの花のほうけたもの。種についた白毛が風に吹かれて空中を漂ひ、着地繁殖する。）

たのめなくなりし思に出できたり人ごみに名刺を破りすてゐる　　清水　房雄

たはむ・る（戯る）　（自動・下二）ふざける。たわむれる。「たはぶる」とも。

東海の小島の磯の白砂に／われ泣きぬれて／蟹と**たはむる**　　石川　啄木

ひひな草たげ**たはむれ**し汝(なれ)が髪いまくろかみと房にたるべし　　土屋　文明

小さな草を食べてふざけて遊んだお前の髪は、今は黒髪になって房のように垂れているにちがいない。

狭き器に生きてゐて光る金魚二つときに**戯るる**如く追ひあふ　　長沢　一作

たゆた・ふ（揺蕩ふ）　（自動・四）①物がゆらゆらと動く。ただよって定まらない。②不安で動揺する。ためらう。

露地出でて水に抛(なげう)つ人見れば茶(あくた)のうかぶ潮(しほ)は**たゆたふ**①　　松村　英一

露地を出てきた人が、大川に茶を投げ捨てている。捨てられた茶は、満潮にのって、ゆったりとただよっている。

秋はかく茅の穂に来て風となり光となりて**たゆたひ**止まず①　　掛川美枝子

何(な)為せど**たゆたふ**いのち夜(よ)の電車にまどろむセンソーヲシラヌチチわれ②　　成瀬　有

たゆたへるわれを鞭打つ夜の雨か地にも屋根にも音立てて降る②　　来嶋　靖生

た・る（垂る）　（自動・下二）ぶらさがる。だらりと下にのびる。

羊歯類にまじりて生ひし岩煙草静かなる葉は岩の上に**垂る**　　青田　伸夫

（岩煙草—イワタバコ科の多年草。山地の湿った岩などに着生。葉は小判形でタバコの葉に似る。）

公達がうたげの庭の藤波を折りてかざさば地に**垂れ**んかも　正岡　子規

夕されば雪解(ゆきげ)の雫いつしかにつららと凝りて軒に**垂れ**たる　平福　百穂

白髪の濡れし洗髪妻の背に長く**垂るる**をすさまじと見つ　鈴木　幸輔

（自動・四）さがる。ぶらさがる。

ひろ葉みな落ち尽したる太木(ふとき)よりくれなゐの実の房**垂り**に**垂る**　斎藤　茂吉

雉はすみれいろなる首伸びて走れる汽車の窓に**垂り**ゐし　葛原　妙子

（他動・下二）①たらす。さげる。②したたらす。流し落とす。③あらわし示す。

夏のゆくときのしづかさ粟畑も陸稲(をかぼ)の畑も青き穂を**垂る**①　佐藤佐太郎

雪崩するわが三十歳(さんじふ)の受苦なれば両の手を**垂れ**む卑しき群に①　前　登志夫

山の斜面を急激にくずれ落ちる雪崩のように、私の三十歳は苦しみに身をさらしているので、人間からいやしいと思われている動物の群の中に、四つん這いになって入って行きたい。

咲きあふれ花びら熱く頭(づ)を**垂れ**て八月忌に朱(しゆ)のカンナ順(したが)ふ①　小中　英之

伊藤左千夫の墓辺に佇てば莢**垂るる**木角豆(きささげ)やまだ青きいろして①　遠山　光栄

（きささげ―のうぜんかずら科の落葉高木。中国原産。実は細長く二〇cm位でササゲに似て利尿薬となる。）

つ・ぐ（次ぐ）

（自動・四）①引きつづく。②うしろにつく。その下に位する。

峡ふかく空にかかりて落つる滝行くに曲るに**つぎ**てあらはる①　大岡　博

傍を過ぎゆくときに倒れざる喬木の相**次ぎ**て倒るる響①　前　登志夫

（相次ぐ―あとからあとからつづく。）

寒(かん)しぐれ土にも浸(し)まずひそけさはとぎれとぎれにふり**つぐ**らしも①　吉野　秀雄

病み**つげ**ば体の諸機能おとろへぬたとへば痰を吐く力など①　宮　柊二

湧き**つげ**る湯のにほひしみ来る幾ほどろしるき匂ひの高まりにけり①　長沢　美津

つ・ぐ（継ぐ）（他動・四）①あとを受けて続ける。②つなぎ合わせて一続きにする。③絶えないように足し加える。

我が**継が**ずなりにし家ぞ仰ぎゐてひたぶるにさびし屋根の雑草（あらくさ）①　岡野　弘彦

苦しみに踏鞴（たたら）をふみし鋳物師（いもじ）唄伝へ伝へて今に**継ぎ**たり①　岡部　文夫

（踏鞴―足で踏んで空気を吹き込む大型のふいごのこと。）

つぐ・む（噤む）（他動・四）口をとじて物を言わない。だまる。

壁のなかに声**つぐ**虫を感じをり西日してしばし明るむ部屋に①　柴谷武之祐

無為のごと**黙（つぐ）み**てのみにけふありて明日さへひらくおもひともなし　木俣　修

つづま・る（約まる）（自動・四）①小さくまとまる。縮まる。②短くなる。詰まる。

つづまりしわが生のうちの小安に癒えゆく夫と仰ぐ梅雨雲②　三国　玲子

つら・ぬ（連ぬ・列ぬ）（他動・下二）列になるように位置させる。一列に並べる。一列につなぐ。

縁（えにし）ありて歌集「日月」に**つらね**たる七人（ななたり）のうちの一人ぞ君は　岡部　文夫

て・る（照る）（自動・四）①光をはなつ。光る。②美しく輝く。つやがある。

強烈な乾燥がただにある原野或岩はふかき朱の色に**燿る**②　真鍋美恵子

菜の花の黄の翳**てら**ふ昼もなほ閉ざして白し学究の窓②　四賀　光子

雨の音聴きつつ夜半を目覚めゐて濡れて**光り**ゐむ木膚を思ふ②　大西　民子

光沢（つや）めきて片**照る**山の鞍部より呼びいだすべしわれの山彦②　春日井　建

（片照る―「片」は接頭語。半分照る。）

棕櫚の葉に冬雲**照れ**り開け放ち病むわがめぐり浄められゐて①　初井しづ枝

と・づ（閉づ）（自動・上二）①しまる。ふさがる。おおわれる。結ばれる。②とじこもる。こもる。

問のまま閉じ（ぢ）ざる若き友の死か室あたたかに我ら居るとき②　高安　国世

問題をかかえた状態で閉じこもることはしなかった友が若くして亡くなってしまった。私たちが部屋の中でぬくぬくとしていたときに。

（他動・上二）しめる。ふさぐ。

暑き日のつづく庭のうへおのづから松葉牡丹は午後花を**閉づ**　佐藤佐太郎

眼（め）を**とぢ**ていつも思ひぬ悲しみに終るがごとき二人の恋を　前田　夕暮

しろたへの障子を打つやががんぼのこゑに弱法師の巻**閉づる**べし　飯田　高子

（ががんぼ―蚊に似た大きな足の長い昆虫。血は吸わない。足はもげやすい。「かとんぼ」ともいう。）

目**とづれ**ば眼前に痴呆の童子居て吾を嘲り時に吾なり　佐佐木治綱

かなしみの透りゆくまで扉（と）を**閉ぢよ**胸を**閉ぢよ**と夜は来たれり　小中　英之

とどこほ・る（滞る）（自動・四）つかえて進まない。とどまる。たまる。

野ざらしの桜の古木わがうちにいかなるものの燃え**とどこお（ほ）る**　山田　あき

雨（あま）みづに流らふ萩の花殻の**滞り**なきそのしろたへを　岡部　文夫

くろぐろと水**とどこほる**街川（まちかは）は今朝（けさ）しづかなる冬日さしをり　佐藤佐太郎

とどろ・く（轟く）（自動・四）①ひびきわたる。②鼓動が激しくなる。

目の前に現はれし浜よりやや左　闇のなかにて海は**とどろく**①　吉野　昌夫

金網を**とどろかし**餌にはしり寄るいま人の如くありたる猿ら①　田谷　鋭

風の向（むき）をりをりにして定まらずいま吹く風は**轟き**て過ぐ①　佐藤佐太郎

君やいますとおもふに胸の**とどろけ**ば障子の外にまづは坐（すは）りつ②　水町　京子

との‐ぐも・る（との曇る）（自動・四）空一面に雲がたなびく。すっかりくもる。「たなぐもる」とも。

とのぐもり夕空おほにうつろひぬいづべの方に富士をもとめむ　前田　夕暮

水かみの幾重の山は**とのぐもり**赤牛岳は雲に触れゐる　加藤知多雄

沈丁のかほりのかもす曇り日か**との曇る**天のかもすその香か　杜沢光一郎

（かもす―作り出す。）

とも・す（点す・灯す）（他動・四）あかりをつける。点火する。とぼす。

埋立の地に透明のビル建ちて白色の燈をま昼に**ともし**つ　真鍋美恵子

とよ・む（響む）（自動・四）①音や声が鳴り響く。響きわたる。「どよむ」とも。②人々が騒ぎたてる。騒動する。

いづくにても叢林にふかく風**響む**逝く春の日を惜しみなほ行く①　成瀬　有

伊香保なる深山の渓になく蟬は日の暮れがたに更に**とよめり**①　吉野　秀雄

どよ・む（自動・四）①「とよむ」の①と同じ意。②うずく。ずきずき痛む。

あゝ胸は君に**どよみ**ぬ紀の海を淡路のかたへ潮わしる時②　与謝野晶子

ああ、私の胸は、あなたへの想いでうずいてしまう。紀州の側から淡路島のほうに潮が走っていくときに。

人**どよむ**春の街ゆきふとおもふふるさとの海の鷗啼く声①　若山　牧水

とよも・す（響す）（他動・四）鳴り響かせる。とよむようにする。

みんなみの海のはてよりふき寄する春のあらしの音ぞ**とよもす**　太田　水穂

天づたひ**とよもし**来るは九十九里の夜を荒れいづる波のたけりか　岡山　巌

やまばと　の　**とよもす**　やど　の　しづもり　に　なれ　は　も　ゆく　か　ねむる　ごとく　に　会津　八一

山鳩の鳴き声がしきりにひびいている宿がふと静寂になり、お前は死んでいくのか、ねむるようにおだやかに。

とよもせる夜の風聞けば支へなき心のまにま冬も逝く

らし　太秦登美子

ながら・ふ（永らふ・存ふ）（自動・下二）生きながらえる。なが生きする。

生きそこね死にそこねつつ**存う**（**ふ**）と人はうたえ（へ）り日向の国に　道浦母都子

ながらへむ命のすゑを思はめや見るにをさなく子のあはれなり　宇都野　研

朝顔の花にも似ずて**ながらへ**ておとろへぬるもいのちなるかな　中原　綾子

朝顔の花のはかなさにも似ずに、こうして生きながらえながら、衰えてしまったのも、わが命運であることよ。

恥を積み**永らふる**とも傍の鉢に寒つばき既に四五点の紅　小暮　政次

な・ぐ（和ぐ）（自動・四、上二）やわらぐ。しずまる。

美しく衣脱ぐごとく朴の木の葉おとす下にわが思ひ**和ぐ**　岡野　弘彦

蟻巻の甘きやしなふ小蟻（こあり）らをいかにすれば吾のこころ**和が**むか　岡部　文夫

やがて沈まむしばしの明りたゆたへば一塊（くれ）の土も黄に**和ぎ**わたる　斎藤　史

路上にともる電燈の下を宵々によぎりきて心**和ぐ**にもあらず　長沢　一作

山砂のかぐろき中にさやかなる草こそ**和ぐれ**あした夕べに　土屋　文明

なご・む（和む）（自動・四）なごやかになる。おだやかになる。

ゆふ日のときにあゆみ来（こ）し磯の碕青き石蕗はこころ**和**（なご）**ま**しむ　岡部　文夫

（石蕗（つは）—つわぶき。葉はふきに似て柄が長いが、色は濃緑で厚い。秋から初冬にかけて花茎を出し、黄色の頭状花を房状につける。）

な・す（為す）（他動・四）①行なう。する。②用いる。する。③変える。④作る。

知る思い（ひ）再びさびしかかるとき何**為す**と言い（ひ）し何を**なし**得る①　近藤　芳美

海はそのしろがねの夏たぎりつつわたれる汝れを魚（いを）と**なさ**しめ③　三枝　昂之

潔くすがしく子を**なさ**ざれば抜きくれる白髪ひとすぢ

鋼(はがね)のごとし④　　西村　尚

この心孤独に**なす**か耳底に四時(しじ)鳴り止まぬ千の虫が音①　　葛原　繁

（補動・四）他の動詞の連用形について、①そのように…する。②ことさら…する、の意をあらわす。

きりきりと歯噛み**なし**つつ対え(へ)ども知らるるなけむわが眼笑え(へ)ば①　　阿久津善治

なび・く（靡く）（自動・四）①風や水などの動きにつれて横に伏す、横に流れる。②心を寄せる。同意する。服従する。

おきな草まだ白髪の**なびか**ねばくれなゐ過ぎる色をうたがふ①　　斎藤　史

（おきな草―山野に生え、全体が白い毛で覆われる。）

芽ぶかんと夜すがら**靡き**ゐる柳めぐりてさらに濃密の闇①　　前　登志夫

片**なびく**遠き竹群ひかりつつ戦ふもののごとくに寂し①　　長沢　一作

死より怖るる生なりしかばせめて暗く花首は夜気に濡れつつ**なびけ**②　　春日井　建

なまめ・く（生めく・艶く）（自動・四）①みずみずしい様子をしている。②色めく。あだめく。③あでやかに見える。

くちびるの紅に木の葉の雫うけややに**生めく**女仏(にょぼとけ)君は②　　加藤知多雄

幾人を弔ふのみの旅にゐてつねならずからだ**なまめく**おぼゆ②　　石川不二子

な-よ・る（馴寄る）（自動・四）なれ親しんで近ずく。なついでもたれかかる。

花房に**馴寄り**縺れて風うごき白じろと湧くゆふべ藤波　　加藤知多雄

（湧く―盛り上がる。藤波(ふぢなみ)―藤の花のなびき動くさまを波に見たてていう語。また、その藤の花。）

にぎ・ぶ（和ぶ・柔ぶ）（自動・上二）柔らぐ。なごむ。柔和なさまである。

いさなとり石見の海を荒しとも**柔(に)ぎぶ**とも見て我は考ふ　　土屋　文明

（いさなとり―勇魚取り。鯨をとる意から「海」「浜」「灘(なだ)」にかかる枕詞。石見(いはみ)―今の島根県西部。）

ぬく・む（温む）（他動・下二）ぬくめる。あたためる。

こときれし母がみ手とり懐（ふところ）に**温**（ぬく）**め**まゐらす子なればわれは　吉野　秀雄

君は墓われはうつしみ春さむき峡の日向に今日**温め**あふ　加藤知多雄

ねぎら・ふ（労ふ）（他動・四）骨折をいたわる。働きをねぎらう。

汗たらし駈けめぐる時耳元にわれを**ねぎらふ**妹（いも）が声すも　吉野　秀雄

ののし・る（罵る）（自動・四）声高く言いたてる。あしざまにいう。声高く鳴く。

水錆び田のゐもりにも似て雄心の失せにしわれを鳥は**ののしる**　岡野　弘彦

いかにとも人は**ののしれ罵ら**れて今日をありとも明日を恐れず　前川佐美雄

悪（あし）ざまに家族**ののしり**そしれども時来れば一つ卓に飯食ふ　矢代　東村

の・る（宣る・告る）（他動・四）言う。述べる。告げる。伝達する。

夫逝けど汝には歌あり息絶ゆるまで歌詠めとわが師**宣ら**すも　柳田喜代子

（宣らす—「宣る」に尊敬の助動詞「す」のついた語。おおせになる。）

村肝（むらぎも）の心かたむけ**宣り**給ふ御言（みこと）しあだにおもほゆべしや　生方たつゑ

（村肝の—「心」にかかる枕詞。）

はかな・む（果無む）（自他動・四）はかないと思う。たよりなく思う。

子は鎹（かすがひ）など言ひ合ひて子無きわれの別れ住めるを人の**はかなむ**　大西　民子

為（す）る業（げふ）の**はかなま**れつゝ怠れり怠りをればいよ〱はかなし　宇都野　研

命のまたけきことを**はかなみ**て飴ふくみつつ臥せるおほはは　清水　房雄

におい（ほひ）立つ少女となりしを**はかなむ**に長く橋梁を過ぐる夜行車　吉田　漱

はた・め・く（自動・四）鳴りひびく。はたはたと音をたてる。

とどのひし島の若葉か鯉のぼり旧の節句の空に**はため**

く　木俣　修

息絶えし汝(なれ)の面の蚊を追ふと破れ団扇(うちは)をわが**はためか**す　吉野　秀雄

鯉幟(こひのぼり)**はためく**村よ死なしめてかごめかごめをするにあらずや　前　登志夫

稲妻のあはあはとして**はためける**地平に低くなる機翼の灯　近藤　芳美

蝙蝠傘なま乾きつつ**はためけ**ば驚きやすし飯くう(ふ)我の　高安　国世

はぢら・ふ（恥ぢらふ）

（自動・四）恥ずかしがる。はにかむ。

早春の若草原を踏みながら今を**はぢらひ**いのち**はぢらふ**　新井　貞子

きさらぎの雪のきららを髪にのせ花冠のごとく**羞ぢらひ**ゆけり　斎藤　史

癌宿るふと告げて窓のへに笑う(ふ)かつて見ぬ**恥じろう**(**ぢらふ**)如き微笑み　高安　国世

は・つ（果つ）

（自動・下二）①終わりになる。なくなる。②死ぬ。

夕靄の空にチャイムの鳴りわたり留学生を送る会**果つ**①　木俣　修

長かりし夏休みいよよ**果て**んとす物書き続く夜々を重ねて①　神作　光一

幾山河越えさり行かば寂しさの**終**(は)**て**なむ国ぞ今日(けふ)も旅ゆく①　若山　牧水

庭石につまづきのめり空(くう)つかむ長きくるしみの日の**はつる**時（企業苦）①　加藤　克巳

カーニバル花の狼火にかの夏の閃光**果てよ**ひろしまの空①　山賀　春江

は・ふ（延ふ）

（他動・下二）張りわたす。のばし伝わらす。引きのばす。

けさほどのしぐれを吸ひし毛氈苔(かもごけ)に濃染(こぞ)めの楓枝(かへで)を**延**(は)**へ**たり　吉野　秀雄

（毛氈苔―日当たりのよい湿地に自生。夏、白い五弁花を開く。葉は長い柄をもち根もとから四方にひろがり、葉面には毛が密生し、粘液を出して虫を捕食する。）

ひし-め・く（犇く）

（自動・四）人などが多く集まり、押し合ってうごめきどよめく。もと、格子などのぎしぎしと音がする意。

おほごゑを立ててわめくな**ひしめく**な印度のはての夕焼の空　　前川佐美雄

ひしめきて船ゐる港真下よりこの岩山に音をとよもす　　加藤知多雄

雪雲の**犇めく**沖の昏みより眼のなき蟹を獲りて食わ(は)しむ　　石本隆一

ひそま・る（潜まる）

（自動・四）①静かになる。ひっそりする。黙るようになる。おちつく。②かくれる。

雪を待つ信濃路の村荒壁に干し菜吊るして家並(やなみ)**ひそまる**①　　木俣　修

ひそまりてものおともせぬ子を見れば空気枕をふきてうつつなし①　　石井直三郎

（うつつなし―現無し。無心だ。正気でない。）

勤退(ひ)き持てる怒の**潜まる**か共々笑ふやがて寂しき①　　千代　国一

さわがしく鵯鳴きたてて**ひそまれ**る気配に聞けばみな飛び去りぬ①　　片山　貞美

（鵯(ひよ)―ひよどり。全身まだらのある灰色をした中形の鳥。山林にすみ、鳴き声がやかましい。）

ひそ・む（潜む）

（自動・四）隠れて、ひっそりしている。内にあって現れ出ない。

夜のうち土盛りあげて土竜どもこゑたてず棲みいづこに**ひそむ**　　椎名　恒治

青年サドの巨軀も**ひそま**む黒緑の垂れ葉鬱々としめれる森は　　春日井　建

炕(かん)の中に**ひそみ**て最後まで抵抗せしは色白き青年とその親なりき　　渡辺　直己(なおき)

床下の暖房用の横穴である炕の中にかくれていて、最後まで日本軍に抵抗したのは、やさしそうな色白の青年とその親であったよ。

ひそむごと茂吉翁(おきな)の起き伏しし畳を歩むみちびかれきて　　木俣　修

ひびか・ふ（響かふ）

（自動・四）①ひびき渡る。音がとどろき渡る。②世に広く聞こえわたる。

時は遙けし陸あり海あり相搏(あひう)ちてここにとどろき天に**ひびかふ**①　　安田　章生

呼ぶ声の水に**ひびかひ**草むらにもう一人ゐて少年のこゑ①　　大西　民子

牡丹花に車**ひびかふ**春ま昼風塵の中にわれも思はむ①
北原　白秋

牡丹の花のそばを、ひびきながら車がさかんに行き交っている春のま昼どき、そこに風がまきおこすほこりの中で、私も、思いにふけるとしよう。

ひ・ゆ（冷ゆ）（自動・下二）①つめたくなる。低い温度になる。②淡々としたおもむきで冴える。

汗とみに**冷ゆ**とをみればおのづから風生るるらし凍る石門に①　岡山　巌

師が一生あまりさびしきを思ひつつ**冷え**しむ砂を踏みしめてをり①　岡野　弘彦

夕**ひゆる**道となりけり苅草のにほひの中に我家こひしも②　木下　利玄

さむざむと現身**冷ゆれ**朝まだき湯ぶねにたぎつ湯をあみにけり①　長沢　美津

ひら・ぶ（平ぶ）（他動・下二）平たくする。平らにする。「ひらむ」とも。

冬眠より醒めし蛙が残雪のうへにのぼりて体を**平ぶ**
斎藤　茂吉

ひら-め・く（閃く）（自動・四）①光が一瞬輝く。きらめく。②旗などが風にひるがえる。ひらひらする。③ぱっと思い浮かぶ。

透羽もて木の間木の間に**ひらめく**は秋蟬かはた　母か遠のく②　岡井　隆

かぐはしき思ひのなにも無きながら強ひて象る花は**ひらめか**ず①　前川佐美雄

幼なさのなほありてわれを庇ひくれし子の言葉夜半に**ひらめき**て来る③　相沢東洋子

おのづから叡智**ひらめく**こともなし六十歳にならむとしつつ③　阿久津善治

はたた神また**ひらめけ**ば吉野山さくらは夜も花咲かせをり①　前　登志夫

（はたた神―はたたく雷。はげしい雷。）

ふ・く（更く・深く）（自動・下二）①時や季節が深くなる。時がたつ。②年をとる。

猿沢の池なまぐさし高からぬ噴水あがり夏の夜は**更く**
①　前川佐美雄

まじまじと夜は**ふけ**むとすをさな児よお伽噺を吾が語

りなむ①　古泉　千樫

黄に苔む鉢の福寿草机に置きて命の**更くる**寂しさにあり②　赤松　君枝

水あびて文字にじみたる草稿を炭火にあぶる夜の**ふくる**まで①　木俣　修

かの女夕さり来り時過し**更くれ**ば夫におくらしめにし①　中河　幹子

ふくだ・む（自動・四）けばだつ。ぼさぼさになる。ふくらむ。「ふく」は「ふくよか」などと同じ意。主に、髪の毛・和紙などのふっくらと柔らかな感じをいう。

ふくだみてただ小屋にい(ゐ)る鶏なのに褐色の風景のこのやさしさは　吉田　漱

ふり―さ・く（振り放く）（他動・下二）振り仰いで遠くを見る。

はるかなる南の方へ晴れとほる空**ふりさけ**て名残を惜しむ　斎藤　茂吉

ほ・く（惚く・呆く・暈く）（自動・下二）①知覚が鈍くなる。ぼんやりする。ぼける。②色がはっきりしなくなる。

くれなゐに芽ぐむ一樹に照りあまる日ざしをしばしわれも吸ひ**呆く**①　木俣　修

われつひに老に**呆け**むとするときにここの夜寒は厳しくもあるか①　斎藤　茂吉

いくたびも熱いでし冬は過ぎむとしただ黙黙に**呆け**てわがをり①　吉野　秀雄

喀血ののちの虚脱に見**呆け**ゐる夜の壁冥しわが影吸ひて①　加藤知多雄

ほろほろに粉ふき**呆くる**串柿に黄かび吹きたりこの二三日を②　生方たつゑ

ほそ・む（細む）（他動・下二）細くする。

乱視やや進める眼**ほそめ**たり匂ふがごときをとめ近づく　阿久津善治

まと・ふ（纏ふ）（他動・四）巻きつける。からませる。身につける。

秋草にうもれて返り咲くつつじ浅間はあはき噴煙を**まとふ**　大西　民子

黄なる日にさらされながらこの国の緑**まとは**ぬ山高く立つ　熊谷太三郎

百の燭をかかげよ雪の香を**まとひ**夜空かへり来んひとりのために　木俣　修

画布の青**まとふ**ごとくに出でくれば夕のしぐれは街にふりしく　後藤　直二

雪像の溶けゆく際のかなしみをうしろ背織く**纏へ**り母は　春日井　建

まろ・ぶ（転ぶ）（自動・四）①ころがる。②ころぶ。たおれる。

亡き吾子とあそぶおもひに怠りて忌の日の暑き畳に**まろぶ**①　木俣　修

暖炉近くわが毛糸玉**まろばせ**て夢のごとき想一夜ぬくめる①　富小路禎子

中空に風はさわだち卓の上に穂先するどき錐**まろび**をり①　久方寿満子

嵐すぎし庭草むらのみだれにはいくつか**まろぶ**ポポーの青実①　五味　保義

（ポポー―「ポーポー」のこと。落葉小喬木。北アメリカ原産で高さ一〇m。春、葉の出る前に紫褐色の六片花を開き、秋に楕円形の果実を結ぶ。外形がアケビに似ているところからアケビガキともいう。）

くろぐろと仏**まろべ**り薄き日のただよふ床のむしろの上に①　川田　順

修理のために解体された仏像が、薄ら日のただよっている床のむしろの上に、くろぐろと横たわっている。

み-さ・く（見放く）（他動・下二）遠く見やる。遠くのぞむ。

秀(ほ)つ峯を西に**見さけ**てみすず刈る科野(しなの)のみちに吾ひとり立つ　太田　水穂

高くそびえる峯みねを西空遠く見やりながら、いま、私を生んだ美しい信濃の道に、一人たしかに立っている。

はなやげる紫のいろ雷雨去りて遠く**見さくる**街と建物　小暮　政次

頂の岩秀(いはほ)にすがり**見さくれ**ば目眩(めくら)むまでにかしこく思ほゆ　久保田不二子

み-じろ・ぐ（身動ぐ）（自動・四）身を動かす。

黍の秀(ほ)にかまきりひとつゐるみつつしまらく吾は**みじろぎ**がたし　岡部　文夫

み-そなは・す（見そなはす）（他動・四）ごらんになる。「見る」の尊敬語。

みそなはすすべなきものを喪の花の蘭は白磁のさまにしづもる　大西　民子

み-づ・く（水漬く）（自動・四）水にひたる。水につかる。

壕にして**水漬き**し歌集歌書の類かわきゆくなべいとしきものぞ　植松　寿樹

戦後を知らぬ「大和」は海底にゆらめけりなお(ほ)**水漬**くもの限りあらなく　池田　純義

鉄舟を漕ぎゆく男みづみづと幾千のノアの**水漬け**る街　春日井　建

みなぎ・る（漲る）（自動・四）①水があふれるように盛りあがって流れる。②あふれるばかり満ちひろがる。

修道院のミサ告ぐる鐘鳴りいでて九月の朝の光**みなぎる**②　吉野　鉦二

みなぎれる無傷の水へ逆しまに衣類をひたす厳冬の主婦①　高安　国世

み-はるか・す（見霽かす）（他動・四）はるかに見わたす。見はらす。遠く見る。

牧の馬草はみながら**見はるかす**オコツク海は油凪ぎせり　石榑　千亦

牧場の馬が草を食べながら遙かに見わたしていたオホーツク海は、油を流したようにおだやかに凪いでいた。

洋(わた)なかに**見はるかす**ものみな蒼くはろばろとして空につらなる　岡野　弘彦

み-まか・る（身罷る）（自動・四）この世から去って行く。死ぬ。なくなる。

こよひあやしくも自ら(みづか)の掌(たなぞこ)を見る**みまかり**ゆきし父に似たりや　斎藤　茂吉

幼きを置きて**みまかる**誰の場合も悲しかれども君は水爆死第一号（第五福竜丸船員久保山愛吉氏死去）　柴谷武之祐

むさぼ・る（貪る）（他動・四）あくまで欲しがる。しきりに執着する。よくばる。

物食はむ力もつきし汝(な)が膳(ぜん)をいきどほりもちて我は**むさぼる**　吉野　秀雄

むす・ぶ（結ぶ）（自他動・四）①つなぎ合わす。固く閉じる。②まとまった状態にする。生じる。作る。終える。露などができる。

島かげのきよき細石(さざれ)にかつ**むすぶ**潮泡(しほあわ)白し暮れかかりきつ②　　吉野　秀雄

ほの白く月光冷ゆる庭の石に翳かと動き霜**結ぶ**なり②　　初井しづ枝

いつよりか露を**結べ**る床の上クリスマスの樹ホールに灯る②　　近藤　芳美

むせ・ぶ（咽ぶ・噎ぶ）　（自動・四）①のどにつかえて苦しむ。②のどにつかえた声で泣く。むせび泣く。③心がつかえとどこおる。

思ひ出は黄昏(くわうこん)の木にまつはれり声**むせび**鳴く鳥もあらぬか②　　小暮　政次

咳き**むせぶ**妻の背筋も撫でやれず暁(あけ)どき闇に目を閉じ(ぢ)てい(ゐ)る①　　引野　收

むら‐だ・つ（群立つ）　（自動・四）群がって立つ。群がってあらわれる。

むら立てる朴の若葉は苞(はかま)脱ぎみどりうひうひしさ霧が中に　　五味　保義

め‐くるめ・く（目眩く）　（自動・四）目が回る。目がくらむ。

めくるめく速さに回る風車四つの角(つの)のたちまち見えず　　大西　民子

め‐ば・ゆ（芽生ゆ）　（自動・下二）①芽がもえはじめる。②物事があらたに生まれ始める。

芡(みつぶき)は二年(ふたとせ)たちて**芽ばゆる**ものせき給ふなよ日本人君よ①　　土屋　文明

（芡—水蕗(みずふぶき)。鬼蓮の異名。全体に刺をもち、葉は円い楯状で皺があり、裏面は赤または紫色。夏、花梗を出して紫色の花を開き、漿果を結ぶ。せく—急く。あせる。）

こぼれ実の**芽生ゆる**頃(ころ)となりにけりうすきみどりにつゆじもはふり①　　福田　栄一

も・ふ（思ふ）　（他動・四）「思ふ」の略。

生れ来てあまりきびしき世と**思ふ**な母が手に持つ花花を見よ　　斎藤　史

がらくたの街にすまへばみづからを玉と**思は**ねば息づきもえぬ　　前川佐美雄

二上の山の砂(いさご)と吾が**思(も)は**むこまごまとしろきこの冬の

砂　　岡部　文夫

病める子を心**思**(ひた)**ひ**つつもこの夏の初ひぐらしのこゑは聞きたり　　宇都野　研

髪ながき少女とうまれしろ百合に額(ぬか)は伏せつつ君をこそ**思へ**　　山川登美子

も・ゆ（萌ゆ）（自動・下二）芽が出る。芽ぐむ。きざす。

ひと冬におとろへゆきし虎杖のかたへをみれば虎杖**萌えぬ**　　岡部　文夫

（虎杖―いたどり。日本各地の山野に自生。高さ一・五m位になる。夏、小さい白色または帯紅色の花を穂状につけ、羽のある実を結ぶ。根は薬用。）

も・ゆ（燃ゆ）（自動・下二）①火が燃える。②火が燃えるように光を放つ。③情熱がはげしく起こる。心の中でもだえ苦しむ。

目ほそめて畳の地平線上の夕日見てい(ゐ)る、**炎えず炎ゆ炎えよ**②　　佐佐木幸綱

げんげんの花田の中に手をふりて母は杳かに**燃え**てゆくなり②　　碓田のぼる

池に**燃ゆる**炎の朝の明るさもみな過去となる「時」と呼ぶものも②　　近藤　芳美

も・る（守る）（他動・四）①見まもる。番をする。②守護する。③見定める。

家**守る**は哀しきものか傷を負ひサイレン鳴らし運ばるる主婦①　　小笠原マサヱ

走りつつ仔牛(こうし)あそべり母ひとりこの家**もり**て働きています①　　古泉　千樫

真夜中に児を**守る**妻のこゑすなれわれもひそかに泣きてゐるなれ①　　吉野　秀雄

憂ひより青く澄みくる眼を**瞻**(も)**れ**ばあきらめがたしわが若さ過ぐ③　　岡野　弘彦

やさし・む（他動・下二）細やかで柔らかな感じにする。心をおだやかにする。

幼な子がいとほしむゆゑ水仙の黄の花にわが心**やさしむ**　　福田　栄一

朱に咲く柘榴の花は**やさしめ**ど母病むを知りしかの日につながる　　阿久津善治

やすら・ぐ（安らぐ）（自動・四）おだやかになる。心配がなくなる。

バス終へてスチームのあたたまり来るときに一人室に

われは**安らぐ**　柴生田　稔

夜はいかにわれ**安らが**む野をせばめ山低く北に片寄せて寝る　前川佐美雄

土の上を落葉吹かれゆく音の冴ゆ心**安らぎ**てつまと行く園　五味　保義

帰り来し厨に心**安らげ**り食器それぞれ灯を宿しい(ゐ)て　堀　千寿子

や・る（遣る）（他動・四）①行かせる。進ませる。②つかわす。③晴らす。④与える。⑤動詞の連用形について、その動作の完了をあらわす。

潮岬（しほのみさき）その端（はし）に立ちて海にむかふわが感傷をここに**遣る**べし③　安田　章生

嫁ぐ子に歌を**遣ら**むとしろたへの紙展べてをり雨響く夜に④　宮　柊二

茫茫とありていく日か草蔭の石の面にこころ**遣る**のみ③　山本　友一

みどり子はものを言はねば抱き上げて日に向け**やれ**ば目を細くせり⑤　中野　菊夫

ゆら・ぐ（揺らぐ）（自動・四）①ゆれる。ぐらつく。②揺れあって鳴る。

掌にのれる生命の重みほどに牡丹は開き風に**揺らぐ**ぞ①　西村　尚

庭の上に雪のはだれは氷れるを夜半（よは）に思へど心**ゆらが**ず①　柴生田　稔

屋上より発車の電車風の日の夕日のなかに**ゆらぎ**つつ出づ①　中野　菊夫

ゆるが・す（揺るがす）（他動・四）揺り動かす。

にごり酒のみし者らのうたふ声われの枕を**ゆるがしき**こゆ　斎藤　茂吉

よこ－ほ・る（横ほる）（自動・四）横たわる。横になる。

相病（あひやま）ふ隣も知らず風の中に**横ぼり**ふせば安らなるもの　土屋　文明

よみがへ・る（蘇る）（自動・四）命をとりもどす。一度失せたものが、ふたたびもどる。

黄桃を裂きたるのみに曇りゆく刃ものに杳き傷み**蘇る**や　安永　蕗子

ひとりなる時の平安は忘るべき過去のいくつを**よみが**

へらしむ　　松田さえこ

石臼のずれてかさなりゐし不安**よみがへり**つつ遠きふるさと　　大西　民子

よみがへる筈なき記憶うつくしく**よみがへら**せて夜の菊匂ふ　　村野　次郎

よろ・ふ（具ふ）　（自動・四）そなわる。そろう。

朝あけて船より鳴れる太笛のこだまはながし並み**よろふ**山　　斎藤　茂吉

朝になると、港の船から鳴り響いてくる、ふとい汽笛の音は、並び立っている山やまにつぎからつぎへと長くこだまして、その音は長くつづくことよ。

翳雲さむざむとして並み**よろふ**砺波の山の上にあるかも　　岡部　文夫

よろ・ふ（鎧ふ）　（他動・四）身をそなえる。鎧を着る。

石の上にゐるものは石のいろをしておのれよはよはしき生を**甲ふ**　　岡部　文夫

笑ふ時に時折り光る人とゐてこころ次第に**鎧は**むとする　　阿久津善治

おのづからこころ**甲ひ**てわが対ふドアのチャイムにも電話のベルにも　　青木ゆかり

よろう（ふ）なき吾のこころに灯るごとしろき光を放つ楢の芽　　宮岡　昇

すきまなく鋭き棘に**よろへ**どもシャボテン傷つきやすき茎もつ　　村野　次郎

わ・く（分く・別く）　（他動・四）①分ける。区別する。②判断する。

日の在り処**わか**ねど野中に紛れなき光りとなりて水流れたり②　　太田　青丘

生死**分か**ぬ五十九人をそのままに坑底ふかく水そそぐとぞ（57年夕張炭坑の事故）②　　田谷　鋭

わだかま・る（蟠る）　（自動・四）①輪のような形に巻いている。とぐろをまく。②屈曲する。複雑に入りくんでいる。③心が晴れない。

絶え間なき霧の流飛にあらはるるどの熔岩も**わだかまる**黒①　　加藤知多雄

ゐら・ぐ　（自動・四）楽しそうに笑う。たのしんで笑う。

いつぽんの赤き蠟燭を点けたればめぐりて春の魅**ゐら**

ぎたり　　斎藤　史

（魅—物の精が形をあらわしたもの。）

秋の野は**え（ゑ）らぐ**がごとく架(わた)発ちて独りの歩みいざない（ひ）に充つ　　山田　あき

をさな子は鼻梁平(たひら)に**ゑらげる**を一つ拠処(よりど)とこの春かなし　　坪野　哲久

神々も**ゑらげ**たはれのごとくして朝戸出に吸ふ花のくちびる　　林　安一

をし・む（惜しむ・愛しむ）

（他動・四）①思い切れない。物惜しみする。捨てにくく思う。失うことを恐れる。大切にする。②かわいいと思う。愛する。

秋草を負へる少女のあとにつき夕あかね**惜しむ**半時間ほど①　　前川佐美雄

おほつぶの葡萄**惜しみ**てありしかどけふの夕(ゆふべ)はすでに**惜しま**ず①　　斎藤　茂吉

美しからぬ一人を写し古びたる姫鏡台を**愛しみ**清むる②　　富小路禎子

をみな子の吾に些か残りゐる若き日さへ**惜しみ**なくわが児が奪ふ①　　栗原　潔子

終(つひ)の胸に耳よせて鼓動聴き**惜しめ**り妻のわが日をかくて終るか①　　阿部　静枝

をち-かへ・る（復ち返る）

（自動・四）①もとへかえる。もとへもどる。くり返す。②若がえる。

老いらくの頽唐のうた即興に**変若(を)ち返る**べし年の夜にして②　　木俣　修

（頽唐(たいたう)のうた—健全な気風がくずれた歌。）

をのの・く（戦慄く）

（自動・四）わなわなとふるえる。

若き者すでに戦争をおそれずと知りたる時にわれは**をののく**　　柴生田　稔

限りなきところをわたりとどきたる宇宙の声を**をののき**て聞く　　佐藤佐太郎

無限のかなたを越えてはるばるとどいた宇宙の声を、深い驚きと感動でおそれるようにして聞いている。

を-や・む

（自動・四）①雨などが少しの間やむ。②話しなどが時々とぎれる。中絶する。

をやみなくきのふもけふも雪つもる国(くに)の平(たひら)に鴉は啼きつ①　　斎藤　茂吉

形容詞

形容詞

ものごとの性質や状態をあらわす。活用はク活用とシク活用の二種類があり、終止形は「…し」でいいきる。形容詞だけで述語になることができる。本文中、ク活用は（ク活）シク活用は（シク活）と略記する。

あかる・し（明るし）（ク活）①光や燈火であかるいので物がよく見える。②物事にあかるい。③気持ち、表情、表現内容が晴ればれしている。ほがらかだ。公明だ。色がくすんでいない。

草枯れの林**あかるし**はらはらと松葉こぼれて樹にかかる音①　大井　広

遅桜（おそざくら）三本四本（みもとよもと）は咲きいでてこの山里を**明るから**しむ③　岡野直七郎

あぢさゐの珠なす芯にぬれとほりひすがらのあめ藍は**あかるく**③　上田三四二

赤く錆びし小ひさき鍵を袂にし妻と**あかるき**夜の町に行く①　前田　夕暮

あざ－あざ・し（鮮鮮し）（シク活）あざやかだ。はっきりしている。

卒然とおもかげの顔**あざあざし**すべては終りましけるものを　片山　貞美

生前のお元気な顔が突然目に浮かんで、あざやかにお姿が偲ばれてくる。お亡くなりになられてしまわれたのになあ。

あたたか・し（暖かし・温かし）（ク活）①気温が暑くもなく寒くもなく快い。②愛情がこまやかである。③物や色彩があったかい。

三たび咲きしハイビスカスを部屋に入れぬなほ**あたたかし**秋の終りは①　中野　菊夫

剪る枝のすでにやはらかし果樹園に陽は**温く**して雪のなき冬③　小林　寛

菊咲きて日ざし**暖かき**庭べには命衰へて這へる蟷螂（かまきり）③　久保田不二子

溝蕎麦に秋日さしつつ孤（ひとり）なり土橋をわたる**あたたかければ**③　前川佐美雄

（溝蕎麦―みぞそば。タデ科の一年生草本。湿地に生え、葉は三角形でソバに似て、秋に白色で上部紅色の小花をつける。）

あはあは・し（淡淡し）（シク活）①色や味がひじょうにあっさりしている。うすい。②感情や望み、光などが、ほんのりと淡くて消えやすい。ほのかだ。はかない。

蓼科はむらさきの季と思ひつつ手にする桔梗影**あはあはし**①　穎田島一二郎

悔いごころ**あはあはし**昼つかた外面みなぎり雨のふるおと②　斎藤　茂吉

後悔のおもいが、何となくあわあわと湧いてきた昼のころ、家の外はみなぎるような雨のふる音である。

一生のこと締切待ちてもらへぬを思ひて見るも今**淡々し**②　柴生田　稔

鳳仙花にまじりて咲ける犬たでの**淡々しき**そのあけを目守りぬ①　清水　房雄

あは・し（淡し）（ク活）①色・味などが薄い。②感情や交際などが薄い。かすか。

教会に通ひしころの感じかた思出さむになべて**淡し**も②　清水　房雄

荒れし唇に刷く口紅の**淡く**して秋の日暮れのひとはるかなり①　下村　道子

栴檀の濃き葉のなかに実のありてさらにその上に若葉は**淡く**①　国見　純生

（栴檀―せんだん。暖地の海辺に自生、高さ約八m。春、葉のもとに淡紫色の五弁花をつけ、楕円形の実を結ぶ。楝（あふち）とも言う。）

灯を消ししのちの常にてかたちなく己れにかへる**淡き**悔あり②　滝沢　亘

一日の終わりの灯を消すと、そのあとにきまって、はっきりした形のない、かすかな悔が自分にかえってくる。

つばらかに見れば**淡けれ**猫楊のわた毛の中の黄色の蕋は①　生方たつゑ

（つばらか―くわしく。つまびらか。猫楊―ねこやなぎ。ヤナギ科の落葉低木。水辺に生え、早春、灰白色の絹毛のはえた穂状の花がさく。）

あはつけ・し（淡つけし）（ク活）軽率だ。注意が足りず、ぼんやりしている。うかつだ。

淡**つけく**心やる身となりにけり萩はすゞしき草とぞを見る　宗　不早

（心やる—心をくばること。）

あまね・し（遍し・普し）（ク活）すべてに行きわたっている。

近々と岩香蘭の葉を摘めば地靄の冷えの肌に**あまねし**　土岐　善麿

（岩香蘭—ガンコウラン科の常緑小灌木。高山または寒地に自生する。葉はこまかく固い。六月頃紅紫色の小花を開く。）

高屋根に一本の草根づきたりうるほひ**あまねく**太陽照す　坪野　哲久

湾ひとつ過ぎゆくほどに秋の没り陽**あまねき**朱は黄にかはりゆく　川合千鶴子

あやふ・し（危ふし）（ク活）①物事の存立がおびやかされ、崩れそうで心配である。気がかりだ。不安である。②悪い結果になりそうで、あぶない。危険だ。

媾合（まぐはひ）をもたざるわれら簡浄に経つつ**あやふし**この稀薄感①　滝沢　亘

（媾合—男女の交接。）

あらあらと乱れがちなる野茨の赤き結実（みのり）も**あやふから**むか②　磯部　国子

霧ふかき夜の細枝に鳥類のねむり**あやふく**ひたすらならむ②　小中　英之

戦争の**危かり**し日に来し思へば年経て今の時に恐るる②　柴生田　稔

蒼みどろなして浮かぶは**危ふき**に人はさまざまの企らみをなす②　大屋　正吉

いた－いた・し（痛々し）（シク活）ひどくかわいそうである。とてもつらい。見ても心が痛むほどあわれだ。

貧しさに耐へつつ生きて或る時はこころ**いたいたし**夜の白雲（しらくも）　佐藤佐太郎

貧しさに耐えながら生きてはきているが、或る時は、夜空の白雲さえ心に痛々しく思えてならない。

人間の雅児の泣く声**いたいたし**夕さりお山の冷えきびしきに　木下　利玄

人間の赤子の泣く声は、何ともいたましい。夕方になって、お山の冷えがきびしくなると。

ゴムの木も凍りしまでの夜半のことに**いたいたしかりし**死の夜のこと　柴生田　稔

ほくろとりし妹の顔燈の下に**いたいたしき**まで亡母に似る　清水　房雄

いたは・し（労し）（シク活）①大事にしたい。大切に思う。②気の毒である。かわいそうだ。

いたはしくてならぬと母言ふ「生活の探求」また「赤蛙」を書きたる人を②　安立スハル

夕明いまだ残りてなにがなし妻も子もともに**いたはし**きかも①　佐藤佐太郎

おのが身の**いたはしけれ**ば青き木に宿れる虫は青き衣着る①　佐佐木信綱

弱よわしい自分の身を大事にしたいと考えるから、青い木に宿っている虫は、外敵を防ぐためにその木と同じ青い色の衣（保護色）を着ているのである。

いち‐じろ・し（著し）（ク活）「いちじるし」の転。明白である。目立ってはっきりしている。それとわかるほど程度がはなはだしい。

潮の流れ今朝**いちじろし**波の間に大き護謨鞠揺れて通りぬ　中村　正爾

破れたる障子のひまゆふく風の冷え**いちじろく**なりにけるかも　久保田不二子

秋になりて**いちじろき**疲れは胃腸より来るならむ去年もかくの如きなりき　土屋　文明

いち‐はや・し（逸早し）（ク活）非常に早い。すばやい。せわしい。

うすべにに葉は**いちはやく**萌えいでて咲かむとすなり山桜花　若山　牧水

うすべに色に、まず若葉がまっさきに萌えでてきて、いま山桜の花は咲こうとしていることよ。

郭公の**いち早く**鳴く山荘のしらしら明けを一人覚めをり　加藤　義平

いち早き雪消えに陽の燿よへばかすかに愉し昼を出で来て　田谷　鋭

いとけ・し（幼けし・稚けし）（ク活）おさない。あどけない。「いとけなし」とも。

きはまれる生きの力をうつたへて**いとけき**断嚙みにけ

るかも　古泉　千樫

（齗―歯ぐきのこと。）

いとけ-な・し（幼けなし）　（ク活）幼い。あどけない。がんぜない。

虫の声まだ**いとけなし**梅雨晴れの今宵月かげ草を照らせり　土田　耕平

分度器を掌にのせて睡る**いとけなく**きさらぎの月森に明るし　前　登志夫

いとけなき舞子入り来て唱ふ声とぎれては寒き今宵の酒場　松倉　米吉

いとけなきものの磁石を持つときに北にこころをしづかならしむ　河野　愛子

まだ幼い子なのに、磁石を手に持っている時には、針が北に向いて静まるように、幼ない気持ちを落ちつけさせている。

いと・し（愛し）　（シク活）①かわいい。いとおしい。②ふびんだ。かわいそうだ。

庭石に／はたと時計をなげうてる／昔のわれの怒り**いとし**も①　石川　啄木

草わかば色鉛筆の赤き粉のちるが**いとしく**寝て削るなり①　北原　白秋

草わかばの緑のなかに、赤い色鉛筆の粉のちるのが何ともいえずいとおしく、草の中に寝ころんで削っている。

野猿峠まうえ（へ）の雲に耳ぞ立つ**いとしき**なれは遠天に居る（わが犬ダビを葬る）①　山田　あき

いとど・し　（シク活）ますますはげしい。いっそうはなはだしい。

いとどしく雷鳴りしころ降る雪は尺あまり積み夜半にやみにき　半田　良平

さらにはげしく雷鳴がしたころ、降っていた雪は一尺余積って、夜中には止んでしまった。

雨あとの秋づきしるし**いとどしく**心よるもよ土に草木に　木下　利玄

いとは・し（厭はし）　（シク活）いやだ。すかない。わずらわしい。

湯気い吹く飯の匂ひも**いとはしく**いのちに倦みぬ夏かたまけて　古泉　千樫

（夏かたまけて―夏が近づいたので。）

いはけ-な・し　（ク活）子どもらしい。幼い。あどけない。「いわけなし」とも。

久にしてあへれば母の**いわけなく**物怖ぢたまひあはれになりけり　内藤　鋠作(しんさく)

いみ・じ　（シク活）①程度がふつうでない場合に用いる。はなはだしい。②ほめる場合に用いる。よい。すばらしい。③望ましくない場合に用いる。大変だ。重大だ。恐ろしい。

帽子ぬぎて髪に光をあつるさへ**いみじ**と思ふ冬さりにけり③　土田　耕平

湛へたる水汲みつくす底に湧く泉といふや**いみじく**も歌②　大岡　博

風ありて光り**いみじき**朝の海を枇杷つむ船のいま出でむとす①　古泉　千樫

殿づくり**いみじき**林泉(しま)にかなふべく古(いにしへ)びとはよく省きたり②　中村　憲吉

京都修学院の宮殿づくりは、すばらしい庭園にふさわしいように、昔の人は、省くべきところをよく省いて、美しくつくったものである。

うつ・し　（現し・顕し）　（シク活）現実にある。生きている。あきらかだ。

向日葵の蘂に潜(かつ)ける蜂ひとつ花粉にそみて**現しけ**なくに　岡山　巌

（現しけなくに――はっきり見えないことよ。「現しけ」は上代の未然形。）

わがからだあふれながるる滝の湯のひびき**現しく**夜はふけぬらし　古泉　千樫

うつしみの**顕しき**いきのかかるまで百済仏(くだらぼとけ)に近よりにけり　鹿児島寿蔵

（百済仏――法隆寺金堂にある飛鳥時代の、長身の木彫彩色観世音菩薩立像。）

うつつ-な・し　（現無し）　（ク活）本心を失なっている。無心である。頭がぼけている。

夜もすがら思ふは昨日**うつつなく**われにもたれし人の身のうへ　吉井　勇

うつつなく眠るおもわも見むものを相嘆きつつ一夜明けにけり　古泉　千樫

子らのために手離しし山いくたびか**現なき**父の目に顕

つらしも　小野興二郎

うと・し（疎し）（ク活）①親しくない。疎遠である。②よく知らない。事情に暗い。

思ひ出のなかに清まる君と思ひ去る者日日に**疎し**とも思ふ①　草柳　繁一

安居会に変りし君を見つるより**うとく**過ぎゐしことも術なし（宮本利男君追悼）①　柴生田　稔

（安居会―「安居」は僧が一室にこもって修行すること。「安居会」は、それにちなんだアララギ派の勉強歌会。術なし―やりようがない。形容詞ク活。）

うとま・し（疎まし）（シク活）いとわしい。いやらしい。わずらわしい。

疎ましと思ふしばしば吾がゆきし臘梅はいまもありやなしや　土屋　文明

いくたびか鼻血出づるも**うとましく**かかることにも心せまくなる　阿久津善治

派をなして戦ぐひととき**疎ましき**庭蔓草の伸びの盛りは　石本　隆一

一むらずつかたまり合って、風にそよいでいる庭の蔓草の伸びざかりは、何とも気色の悪いことだ。

うま・し（シク活）満ち足りて快い。楽しい。申し分がない。

常世さぶ天の群山あさよひに見つつ生ひ立つ**うまし**信濃は　伊藤左千夫

常世の国にふさわしい空高くつらなる山なみを、朝夕見つつ生い育っていく、好ましく満ち足りた信濃であることよ。

海にゐて額に指するやさしさをせちに感ずる**うましき**疲れを　古泉　千樫

（せちに―しきりに。きわめて。）

うら―がな・し（うら悲し）（シク活）なんとなく悲しい。

展墓とげ今宵の宿に安らげる妻の湯の香の**うらがなし**もよ　加藤知多雄

（展墓―墓まいり。）

胸の奥に鉛をさげて**うらがなし**鈍く暮れゆく秋の意識は　碓田のぼる

胸の奥そこに鉛をさげているように心がなしいことである。重く、さえざえとしないで暮れてゆく秋の思いというものは。

うら-わか・し（うら若し）（ク活）①草や木の枝先が若くてみずみずしい。②年がわかわかしい。ごく年がわかい。

睡蓮のまだ**うらわかき**赭き芽がいづみのそこにみえて陽がさす①　上田三四二

魂よいづこへ行くや見のこしし**うら若き**日の夢に別れて②　前田　夕暮

人はつい(ひ)におのれひとりをかばう(ふ)こと**うら若けれ**ば見えざりしかも②　山田　あき

おぎろ-な・し（ク活）非常に広大だ。はなはだ広い。奥深い。「おきろなし」とも。

風の夜は暗く**おぎろなし**降るごとき赤き棗を幻覚すわれは　北原　白秋

風の吹く夜は暗く底深い。そんな夜、風のため降るように落ちてくる赤いナツメを幻のように見たことであるよ。

おぎろなき虚空に何かの黙すなればわが惑星はつねにお(を)ののく　山田　あき

おきろなき息をもらせり内の海八十島かげに水のひかれば　中村　憲吉

おだ・し（穏し）（シク活）おだやかである。やすらかに落ち着いている。

夕星のひかり**穏しく**またたけば母が揺り寝の唄おもひ出づ　筏井　嘉一

冬の陽は**穏しかり**けり手習の硯の墨の乾ればまた磨る　吉野　秀雄

かたどられたるいけにへの貌にして**穏しき**ものは笑ひをふふむ（木や石にかたどられた人）　武田　弘之

おびただ・し（夥し）（シク活）数や程度が普通でない。非常に多い。はなはだしい。

暗き海は暴風もよひか閉めきりしガラス戸につき当る蛾の**おびただし**　土屋　文明

物あまた転げ散らばる家の中**おびただしく**も香水にほふ　植松　寿樹

竹落葉**おびただしき**庭うるほひて光のさすは朝しばしのみ　清水　房雄

おびただしき消耗強ふる沈黙もありと知りたり黙しつつ居て　阿久津善治

おぼほ・し（シク活）「おぼおぼし」の略。①おぼろげである。ぼんやりしている。②心がはれない。「おぼぼし」とも。

おぼほしく若葉黝ずむこの眺め梅雨のま待たず我が眼盲ひむか①　北原　白秋

靄立ちて朝から暑し**おぼほしき**青田のうへの母のまぼろし①　前川佐美雄

靄がたって、朝から暑いことである。おぼろげな青田のうえに、母の姿がまぼろしのように浮かんだ。

あらし過ぎて闇**おぼほしき**春の夜の渚の水にわが手をひたす①　古泉　千樫

おもた・し（重たし）（ク活）①目方が多い。おもたい。②気が晴れない。

犬の貌一途にて何かを恐るると見しより身ぬちに疲労心にのしかかる感じだ。

重たし②　浜田蝶二郎

胸乳など**重たき**もののたゆたい(ひ)に翔たざれば領す空のまぼろし①　馬場あき子

乳房などの重たいものがゆらゆら揺れるゆえ、飛ぶこともできないので、せめて空を飛んでいる幻影を自分のものとしている。

すでに長く生きこしわれや残る生は量りえねどもあはれ**重たき**②　安田　章生

かぎり-な・し（限り無し）（ク活）果てしがない。

ちる花のかず**限りなし**ことごとく光をひきて谷にゆくかも　上田三四二

夕映のやうやく遠き煙霧の下灯火**かぎりなく**息づきはじむ　長沢　一作

寝台車にわれの臥すとき**限りなき**逃亡の旅つづくがごとし　鈴木　幸輔

寝台車にのって眠ろうとするとき、何となく、果てしがない逃亡の旅を続けているような感じになる。

かぐは・し（芳し・馨はし）（シク活）①かおりがよい。②美しい。

茶もみして黒く染みたる掌を詫ぶる患家の主婦の汲む茶**かぐわ(は)し**①　五十川健吾

茶もみ仕事をして、黒ずんだ掌を詫びながら、往診にいった家の主婦が入れてくれた茶が、何ともいえずよいかおりだった。

わが妻を祝ふ友どち振袖の**かぐはしく**して花の如しも
②　窪田章一郎

札幌に**かぐはしき**とき過ぎゆかむポプラしきりにわた
毛飛ばして②　中山　周三

かぐはしき稚柔乳(わかやはち)のとがるなす富士の峰見ゆ雲海のう
へ②　野村　清

かそけ・し（幽けし）（ク活）光・色・音などが消えていく感じ。かすかである。

降り止みて雫したたる庭苔にあはれ**かそけし**雪の下の
花　森山　汀川(ていせん)

冬がれし木立の中はものの居ず**幽けく**もあるか落葉う
ごく音　斎藤　茂吉

手に留めてまこと**かそけき**生きものの綿虫なれやふと
空へ発(た)つ　田谷　鋭

物狂したる女ののちのごと澄みて**幽けき**あぢさゐの青
加藤知多雄

かな・し（悲し・哀し・愛し）（シク活）①心が痛んで泣けてくるようだ。いたましい。②せつないほどいとしい。かわいい。

形容詞　おほーか

手庇に空あふぐとき蒼茫の光はいのち**愛しから**しむ②
加藤知多雄

曇り日の青草を藉(し)けば冷たかり自愛のこころ**かなしく**
もわく②　前田　夕暮

曇った日の、野の青草の上に腰をおろすと、ひんやりとした感じがした。その冷たい感覚のなかで、自分をいとおしむ心がせつなくわいてきたことだ。

そことなき春の蚊にすら聴くものは**愛しかり**けり若葉
たをやぐ②　北原　白秋

若葉がしなやかに揺らぐ春を迎えて、どこにいるともわからない蚊に対してさえ、その声をきくといとしく感じるものだなあ。

ものの葉のあまき匂も**悲しき**ろ汝(なれ)をかへさむ夏の夜の
みち①　木俣　修

いねながらわが**悲しけれ**わがからだかかる形のほかに
眠らじ①　前川佐美雄

かひがひ・し（甲斐甲斐し）（シク活）骨身をおしまず、きびきびしている。まめまめしい。けなげだ。

我が病むを**かひがひしく**もみとりしは麗(くは)し雄々しき少

女にありき　　　　　　　　　　　平福　百穂
かよわなるみめよき娘らの**甲斐甲斐しき**遍路姿をみれ
ばいとしも　　　　　　　　　　長谷川銀作

く・し（奇し）

（シク活）不思議だ。神秘的だ。霊
妙だ。

わが来つる富士見高原秋ふかみ千草**奇しく**も寂びにけ
るかも　　　　　　　　　　　古泉　千樫
（富士見高原―長野県諏訪郡にある高原地帯。）
天雲（あまぐも）の緑かざしてきほひ立つ**奇しき**老松かずを知らず
も　　　　　　　　　　　　　　伊藤左千夫
天雲のように緑をかざして勢いよく立っている、めずら
しい形の老松が数知れずあることだ。

くや・し（悔し・口惜し）

（シク活）心残りであ
る。あとになって不満
足な気持ちがして、惜しいと思う。情けない。くやしい。
うつしよにおほに従ひへだたりて今し**悔し**もとはのへ
だたり　　　　　　　　　　　古泉　千樫
この世では、大体あとからついて行けて、いくらかの隔
たりであったけれども、今は永遠の隔たりとなってしま
い、心残りであることよ。

祖国にはあらぬに捧げて返り来ぬ若き日**口惜し**　軍歌
を聞けば　　　　　　　　　　リカ・キヨシ
自分の祖国でもないのに、戦争のためすべてを犠牲にし
て、二度と戻らない若い日がくちおしいことである。い
まふたたび軍歌を聞くと。

くら・し（暗し）

（ク活）①光が不足して物がよく、
または全く見えない。②気持ちや
表情・表現内容がさわやかでない。陰気だ。希望が持て
ない。色がくすんでいる。③物事を知らない。不案内で
ある。

あけぼのに春の雪ふる血は**くらし**花は**くらし**とぞ山鳩
は啼く②　　　　　　　　　　　前　登志夫
風白む冬のおどろに一匹の虫だになけよあめつち**冥**（くら）**し**
②　　　　　　　　　　　　　　坪野　哲久
風がよわまって吹く冬の草木の乱れ茂る中に、せめて一
匹の虫だけでも鳴いてくれよ。天と地は明かるくないゆ
えに。（冥し―光りがない。）
咲きて散る椿ひしひしと夜（よる）の庭世の一切事なべて**冥**（くら）**か**
り②　　　　　　　　　　　　　山田　あき
六月の天**暗く**して暮るるころあかるさを溜め紫陽花は

あり②　上田三四二

青葉雨降ればおもほゆ**父母**(ぶも)**未生**(みしやう)以前の**杳**(くら)**き冥**(くら)**き**わが**生**(せい)①　安田　章生

（杳き冥き—ぼんやりとして、光のないさま。）

くる・し（苦し）（シク活）苦痛である。こらえにくい。がまんできない。つらい。困った。

堪へかねて吐くは血なるや歌なるやかにかく**苦し**わが胸の中　中原　綾子

吾子よ〳〵**くるしから**めど力出(ちからいだ)しこのいたつきをしのぎてくれよ　木下　利玄

ただ君の一人がわれにかかはりの無きかとまでに**苦しく**なりぬ　三ヶ島葭子

生ける日は**苦しかりけれ**ば古びとは祈りをもちて魂(たま)を鎮めつ　岡野　弘彦

暑さ**くるしき**一日のゆふべ木曽山の太き牛尾菜(しほで)を飽くまで食ひぬ　土屋　文明

（牛尾菜—ユリ科の蔓性多年草。葉は卵形。夏、黄緑色の小花を多数球状に開く。若葉は食用にし美味。）

こころ-ぐ・し（心ぐし）（ク活）心が晴れない。なんとなく不安だ。

さ夜ふけてなくやこほろぎ**心ぐし**人もひそかにひとり居(を)るらし　古泉　千樫

こころぐき鉄砲百合か我が語るかたへに深く耳開き居り　長塚　節

気がかりな鉄砲百合であることか。私が語っているそばで、慎重に耳傾けてでもいるように花を開いている。

こほ・し（恋ほし）（シク活）「こひし」の古形。したわしい。なつかしい。

臆しつつ世に順(したが)ひし技術者を父に見き今はそれさへ**恋ほし**　岡井　隆

恋ほしくも桔梗の花が白く咲きて吾を居らしむま昼の山原　小谷心太郎

ガラス越しに寿司にぎる手の動き見ゆ生(せい)そのもののごとく**恋ほしく**　国見　純生

山茶花(さざんくわ)は光ともしきに花さきぬ人の**こほしき**紅(あけ)にあらなく　佐藤佐太郎

椚茸(くぬぎたけ)ねずみ茸(たけ)などのうす暗きひかり**恋ほしけれ**生き堪へし日を　前川佐美雄

くぬぎ茸やねずみ茸などのもっているうす暗い光がなつかしいことである。森に住み、ようよう生きたえていた日を思い出すので。

こよな・し （ク活）この上無い。格別だ。ことのほかだ。

若き日は奇を衒(てら)ひにき平凡を**こよなし**とする齢(とし)のおちつき　筏井　嘉一

如何にせん二人はただに向ひゐて心**こよなく**足らひけるをば　矢代　東村

どうすればよいのか。二人はただただ向いあっていて、心はこの上なく満ちたりているのを。

さがさが・し （険険し・嶮嶮し） （シク活）ひじょうにけわしい。ひじょうにあぶない。「さがし(険し)」を重ねた語。

さがさがし向つ長嶺(ながね)のいただきの草おしなびき疾風(とかぜ)吹く見ゆ　平福　百穂

向いの、ひじょうにけわしく連なった、山のいただきの草を、低くなびかせて、疾風が吹いているのが見える。

ささ－やけ・し （細やけし） （ク活）小さい。こまかい。こじんまりしている。

わが庭のひと木の嫩芽(わかめ)紅(あけ)に萌え**ささやけき**紅(あけ)の楓葉となる　宇都野　研

わが家の庭の、一本の木のわか芽があかく萌え、小さいあかい楓の葉となった。

（嫩芽—若芽。生え出て間もない草木の芽。）

さび・し （寂し・淋し） （シク活）①何もすることがなくて、心が楽しくない。②心細く感じられるほどの状態である。寒々と荒れた感じだ。③心が満たされず物悲しい。物足りない。

のびのままの芝にかげする合歓(ねむ)の木に近よれば**さびし**花過ぎにたる②　鹿児島寿蔵

手入れもせずのびたままの芝の上に、かげをつくっている合歓の木に近よれば、さびしいことよ、もう花は過ぎてしまっている。

あきらかにわがあやまちのあらはるる日無くばいかに**寂しから**まし③　三ヶ島葭子

うら**さびしく**暮れなむとして大東京廃墟の道に落つる日を見す③　岡山　巌

何となく心さびしく暮れようとしている、大都市東京は、空襲で廃墟となった焼野原の中の道に、いま日のおちていくのを見せている。

ぜひもなく**さびしく**時の過ぐることを告ぐる心の極まらむかも①　　高田　浪吉

（ぜひもなく—是非も無く。仕方がなく。）

酒ものめ歌もうたへと思ひしが教員なれば**さびしかり**けり③　　矢代　東村

身体弱き妻をまもりて苦労するわれの**さびしき**冬日うすき日③　　前川佐美雄

うたたねの父をまもりて**さびしけれ**老いしづみたるほそ息もるる③　　坪野　哲久

さーまね・し

（ク活）多い。しきりである。たびかさなる。「さ」は接頭語。

悵々(てふてふ)のおもひ**さまねし**幼くて奪はれし子のいまも夢にくる　　木俣　修

（悵々—うらみなげくこと。）

うらさぶる心**さまねし**といにしへの人のなげきしこの寒(さむ)しぐれ　　柴生田　稔

「うらさぶる心さまねしひさかたのあまのしぐれのながらふ見れば」と万葉びとのなげき歌ったのも、このような寒いしぐれの時のことであろう。

さやけ・し

（ク活）①音が冴えて、はっきりしている。②水などが清い。澄んでいる。③くっきりと際立っている。

ゆふあかり街空(まちぞら)の上に渡るころ物干(ものほし)にある菊等**さやけし**③　　佐藤佐太郎

むらぎもの心**清けく**なるころの老(おい)に入りつつもの食はむとす②　　斎藤　茂吉

雲ひとひら月の光りをさへぎるはしら鷺よりも**さやけかり**ける③　　太田　水穂

結(ゆ)ふ髪の**さやけき**母を童(わらべ)が見つつひそかにたのしかりしも③　　明石　海人

髪をゆっている母のくっきりとした姿を、幼ないころの私は見ながら、心ひそかに楽しい思いがしたことであるよ。

玻璃(はり)の壺に満ちし光を押しこぼし緑**さやけき**木の実を蔵(しま)ふ③　　富小路禎子

ガラス壺にいっぱいになっていた光をすっかり外に出して、緑さわやかな果実を中に入れる。

さりげ-な・し（然りげなし）（ク活）なにげない。そんなようすが見えない。何もなかったようすである。

さりげなく過せるを子のしかすがに笑顔あかるく声をはづます　　大岡　博

（しかすがに—さすがに。を子—「を」は小さい意を添える接頭語。）

外套を着たるままにて**さりげなく**吾に告げたまふ病おもしと　　久保田不二子

戦車の名もすでに復活してゐたり**さりげなき**ものの移りのごとく　　柴生田　稔

戦車という名も、もう復活している。それは戦争のためのものでありながら、そうした様子もないごく当り前の移りゆきのようにして。

長く長く生きし思がやまざりと或夜**さりげなき**妻の言葉か　　清水　房雄

しげ・し（繁し・茂し）（ク活）①草木などがしげっている。②露などが一面に多い。音などが絶え間ない。たび重なる。③余り多くて、わずらわしい。

夕日落つる一時の間と思ほゆれ海に陸ににはかに動（とよ）みは**しげし**②　　土屋　文明

落日のときのわずかな時と思われたが、海にも陸にも、急にどよめきが多くなった。

朝の森の樹々の雫の**しげく**して夢のつづきの額うがたるる②　　片山　恒美

草**しげき**夏野つらぬく道白し人の行かねばどこまで真昼①　　加藤知多雄

しどけ-な・し（ク活）①しまりがない。だらしない。ととのわない。②少しも取りつくろわない。無造作である。

しどけなきあかるさのなか雨降れば散りし牡丹は悔しみに似て①　　安田　章生

はっきりとしない、あいまいな明るさの中に雨が降っている。その雨で牡丹が散っていくのを見ていると、何かくやしいような思いに似たものがある。

しどけなきあやめ浴衣（ゆかた）の着流しに秋あさき夜の川風の吹く①　　中原　綾子

しょ-ざい-な・し（所在なし）（ク活）することがなくたいくつ

だ。手持ち無沙汰だ。

つくづくと籠の山雀(やまがら)を目守り立つ君のうしろにわが所在なし　清水　房雄

しよざいなくて蚊など殺してありにけり野づらを走る夜汽車の中に　長谷川銀作

しる・し（著し）（ク活）①きわだっている。いちじるしい。②上に「も」がついて、…どおりだ。…のままだ。

旅の髪を洗ひてたたずむ水辺に振舞ひ**著し**あきつらの群①　安立スハル

（あきつ―蜻蛉。とんぼの古名。）

夜嵐の名残も**しるく**うつむけに倒れて咲けるおしろいの花②　正岡　子規

潮のけのいや**しるき**かもほのぼのと夕つく原に虫ききをれば①　小泉　苳三

夕潮の匂いが、一段と強まってきたようである。ほのかに夕ぐれの近づく原っぱで虫の音を聞いていると。

冷え**しるき**朝の厨に澄み透る卵の色をしばし見てゐし①　渡辺　直己

すが・し（清し）（シク活）さわやかできもちがよい。すっきりしている。

偉くならぬことは**すがし**もわが五十路(いそぢ)尽きんとしつつ花いばら満つ　浜田蝶二郎

若きらに席をゆず(づ)りて死にゆくは**すがしから**んに彼らはいわ(は)ず　山田　あき

日本語は今も**清しく**あるらむと海渡り吾が帰り来にけり　小暮　政次

戦いは敗れたが、日本語だけは今も汚されず、すがすがしくあるだろうと信じ、海を渡って帰って来たのである。

青々と葱をうゑたる家も見ゆ葱うゑし家は**すがしかり**けり　土屋　文明

眼を開き歩む林の小綬鶏は霜踏み越えて**清しかる**べし　北原　白秋

（小綬鶏(こじゅけい)―チャボに似た大きさで形はウズラに近い。背は褐色、腹は黄褐色、胸は灰色。各地に野生化。かん高い声で鳴く。）

のぼり来し肘折(ひぢをり)の湯は**すがしけれ**眼(まなこ)つぶりながら浴(あ)ぶるなり　斎藤　茂吉

せ・し（狭し）（ク活）せまい。きゅうくつだ。「ところせし」の形で用いられることが多い。

ところ**せく**萌えし二葉は去年の秋種子のこぼれし宝仙花かも　植松　寿樹

（宝仙花―鳳仙花のこと。）

所**狭き**庭の夕べに物の影さらに捺されてこの冬長し　久仁　栄

せつーな・し（切なし）（ク活）胸が締めつけられるような気持ちだ。苦しい。つらい。たまらない。

紅の花アマリリス咲き残る地も**せつなし**たたかひやみぬ　木俣　修

戦火に焼かれた土に、真赤なアマリリスの花が咲き残っているのも、つらくせつないことであるよ。戦争は終わったのである。

ふぶき来て凍土つめたき雪原の風はこほりて苦く**せつなし**　宮原阿つ子

愛さるることにも疑念を持ち初む夕べ**切なく**君を待ちつつ　大山　太良

ぬばたまのさつきのやみにつつまれし鼻といえ（へ）ども**せつなかり**ける　山崎　方代

鼻をつままれてもわからない、というたとえもあるが、五月の闇につつまれては、鼻であったとしても、つらいことであろうよ。

わが修羅は街をけたててゆく馬のたてがみ炎ゆるほど**せつなけれ**　小野興二郎

（修羅―しゅら。阿修羅のこと。ここでは、はげしい争闘心。戦闘のあしゅら、妄執のあしゅら、などがある。）

せは・し（忙し）（シク活）①いそがしい。②はげしい。急だ。

豆の水煮干る頃ぞと思ひつつ心**忙しく**水濯ぎする①　生方たつゑ

秋なかば父と妻とは病みつきて心痛くも**忙しき**我は①　結城哀草果

秋半ばになって、父と妻とが病気になってしまって、心痛む思いであっても、農事にいそがしく追われている私である。

たづたづ・し（シク活）①おぼつかない。危なっかしい。②おどおどした様子である。

恥じ恐れた様子である。「たどたどし」とも。

春の夜の月の光の**たづたづし**自転車一つ行き又一つ行く①　　小暮　政次

春の夜の、月の光がぼんやりとしている中を、自転車が一つ行き、また一つ行った。

原爆忌**たどたどしく**も仲間らの『薔薇と車輪』をささげんとする②　　山田　あき

原爆で亡くなった人たちの忌日に、おどおどと、恥じらいながらも、仲間たちが書いた『薔薇と車輪』という本を、今、祭壇に捧げようとしていることよ。

たどき-な・し（方便無し）　（ク活）①頼みとするものがない。頼る所がない。②てがかりがない。生活の手段がない。「たづきなし」とも。

ここにして君は育ちき**たどきなく**雪ふる時のこの暗き海①　　佐藤佐太郎

われをだに頼み訪ひくれしかの時の**たどきなかり**し君ら思ほゆ①　　柴生田　稔

自分のような者をさえ頼りにしてたずねて来てくれた、あの時の、頼みとするもののなかった君たちのことが思われることである。

もろもろの生命（いのち）秘めたる球体の蒼く**たどきなき**ものを見つむる①　　大屋　正吉

たは-やす・し（容易し）　（ク活）①たやすい。やさしい。わけなく楽にできる。②軽はずみである。軽軽しい。

たはやすく理解をしめす人とゐて木の椅子にわが背次第に痛し②　　阿久津善治

たはやすく雲のあつまる秋ぞらをみなみに渡る群鳥のこゑ①　　半田　良平

やすやすと雲が集まり去っている秋ぞらの中を、群をなし、南をさして飛んでゆく渡り鳥のこゑが聞えてくる。

熱高く死を思ひたる彼（か）の時のわがあきらめは**たはやすかり**き②　　柴生田　稔

このままに握り殺すも**たわ（は）やすき**わが掌のなかに小鳥は眠る①　　秋月しづか

変節は**たはやすかれ**ど身にこもる神のなげきの一つこゑ聞く①　　前川佐美雄

たふと・し（尊し・貴し）　（ク活）①価値が高い。立派だ。②重んずる価値がある。大切だ。

かくれ得て生きし一日をわが生にかかわ(は)りなき桃が**貴し**①　伊藤　一彦

人の子は人の子なれば**たふとし**とむべいつくしみ澄みたるまなこ①　長沢　美津

人の子は、人間の子どもなので、立派なお子さんという。なるほど立派なので、愛らしい澄んだ眼をしている。

世に生きてわれを**尊く**おもふときあらゆるもののいのち全し②　土岐　善麿

世の中に生きていて、誰もが自分のことを大切に思うようになるとき、あらゆる生あるものは、その本来の命を全うすることだ。

たゆ・し（弛し・懈し）

（ク活）①つかれて気力がない。だるい。②気がすまない。気がきかない。

埃しらむひろき巷にゆふべひと水まきゐるも。風**たゆく**吹き①　石原　純

磯行けば火にあたり居る蜑乙女(あまをとめ)**たゆき**眼をして吾(わ)を見たりけり①　半田　良平

羽化も脱皮もかなはず生きて中年の**たゆき**脂肪にまみれゆくのみ①　杜沢光一郎

たわい-な・し

（ク活）①思慮がない。②とりとめもない。③張合いがない。てごたえがない。

たわいなき生きざまといへ自己主張おろそかにせぬ木草は親し②　大岡　博

とりとめもない生きざまというけれど、自分を主張し自らの存在をおろそかにしていない木草は、いかにも、私の感情にぴったりして親しみを感ずる。

つたな・し（拙し）

（ク活）①まずい。へたである。②にぶい。のろい。おろかである。③運が悪い。④いくじがない。ひきょうである。

つたなくし吾が旦暮(あけくれ)は過ぎゆきてそのおほよその蘇(よみがへ)るとき①　佐藤佐太郎

生き方の**つたなかり**せば真夜一人はればれとして読み書き独語す①　新井　貞子

言ふことは**つたなけれ**ども老いびとの歎くまなこの澄みてはげしき①　岡野　弘彦

つつま・し（慎まし）

（シク活）①慎重である。遠慮深い。しとやか。ひかえめ

である。②恥ずかしい。気がひける。

ひと口の水のみこむと**つつまし**や眼つむりてこの鶏はゐる①　宇都野 研

つつましく酒はくむべし蕗味噌のにがきも春のにほひなるもの①　大井 広

つつましくよりゆく心丘に来て秋草の実をひそかにこぼす①　碓田のぼる

それぞれの濃きにほひもつ果実らを選りつつ心**つつましき**かも①　清水 房雄

つゆ-け・し（露けし）（ク活）①露を含んでいる。しめっぽい。②涙にぬれている。涙がちである。

霧ふかく湛え（へ）たる湖ここに栖む盲の魚を見れば**つゆけし**①　山田 あき

つゆけきもの見当らぬ道てんてんと金水引がかなしみを呼ぶ①　磯部 国子

闇のうちに木移る蟬の翅の音すいまは木立も**露けかる**べし①　吉野 秀雄

闇の中を、木から木へ移っていく蟬の羽の音がしている。おそらく今は、木立も露を含んでいるころにちがいない。

つれ-な・し（ク活）冷淡である。薄情である。すげない。そしらぬ顔でいる。

春曇りつとめふつふついとはしく街さまよへば街も**つれなし**　筏井 嘉一

どんよりとした春の曇り日、つとめに行くのがつくづくと嫌になり、街をさまよっていくと、街もすげない感じがする。

ものいはぬ**つれなき**かたのおん耳を啄木鳥食めとのろふ秋の日　与謝野晶子

私の言うことが聞えているのに、ものも言わない薄情な、あなたの耳などは、啄木鳥に食われてしまえ、などと思ったりする、秋の一日なのです。

と・し（疾し）（ク活）速い。すばやい。

いにしへの火口の池は晴るる日も気流**疾ければ**雲栖まず去る　加藤知多雄

（雲栖―集っている雲。）

とほ・し（遠し）（ク活）①距離・時間の隔たりが、非常に離れている。②関係がうすい。疎遠だ。③性質・内容が似つかわしくない。④ぼんやりしている。⑤奥深い。

この土地に住みし八斗(やとせ)をしのばむにあはあはとしてなべては**遠し**①　堀内　通孝

このところに住んでいたやとせをしのぼうと思っても、すべてはあわあわとして遠い昔のことである。

とつぎ来し家を守りて**遠から**ぬ実家(さと)の往来(ゆきき)も稀にのみせし①　植松　寿樹

冷えびえとさ霧しみふる停車場にわが下り立ちぬ暁(あけ)は**遠かり**①　古泉　千樫

子をにがきまぼろしとしてそよぎにし蜜月のくさむらも**とほき**かな①　上田三四二

とほ‐じろ・し（遠白し）

（ク活）①雄大である。大きい。②気品があって立派である。清浄である。

諏訪のうみに**遠白く**立つ流波(ながれなみ)つばらつばらに見んと思(おも)へや①　斎藤　茂吉

白芥子の**遠じろき**摂津の国を来て雑草(あらくさ)だてる落柿舎のあと②　土屋　文明

白いケシの花が清らかに咲く摂津の国を通って来て、雑草の茂っている落柿舎の住居跡にたたずんでいることよ。

（摂津の国―大阪府西部と兵庫県南部にわたる旧国名。落柿舎(らくししゃ)―京都嵯峨小倉山の麓にある向井去来の住居。「嵯峨日記」を完成したところ。）

とも・し（乏し）

（シク活）①不足がちである。少ない。②貧しい。「とぼし」とも。

薄明の貌より醒めしわれに来る学生の日またひかりに**乏し**①　小野　茂樹

いつの間に花をはりたるえごの木か林**とぼしく**なれば過ぎつる①　上田三四二

（えごの木―高さ約五mの落葉小喬木。初夏、白色の五弁花を多数つける。果実は小さな卵形。種から油をとる。）

乏しかりしひぐらしのこゑ秋づきてこの二三日ひびくあはれさ①　柴生田　稔

山かひの秋のふかきに驚きぬ田をすでに刈りて**乏(とも)しき**川音①　中村　憲吉

盃を一つは母にまゐらせて**とぼしき**酒の夜をしみつつ①　大井　広

乏しかる冬谿の水を頼り来て何のけものか口を湿ほす

①　　　　斎藤　史

なに－げ－な・し（何気無し）（ク活）何の考えもない。さりげない。

なにげなきものの静けさ秋草の萩をつかみて翔ばぬ螳螂　　安永　蕗子

秋の草の萩をつかんで、とばないかまきりは、なんということもないが静かなことよ。

なほ・し（直し）（ク活）①まっすぐだ。②平らかだ。整っていて乱れがない。③ふつうだ。④正しい。すなおである。

おもおもと裾に撓みしあぢさゐの戻るや**直く**花鎮まりぬ①　　加藤知多雄

なみだ－ぐま・し（涙ぐまし）（シク活）①感情が溢れて涙が出るほどだ。涙ぐみやすい。②哀れである。悲しい。

梅の花ぎつしり咲きし園ゆくと泪**ぐましも**日本人われ①　　宮　柊二

代々木野を朝ふむ騎兵の列みれば戦争といふは**涙ぐましき**①　　土屋　文明

代々木の原の朝を、馬にのって進む騎兵の列をみていると、命をかけてたたかう戦争というものが思われて、涙が出るほどである。

にが・し（苦し）（ク活）①苦味がある。②苦々しい。快くない。おもしろくない。③身にしみてつらい。

少年のわが日は**苦し**触るもの黄薔薇も愛も死なしめてゆく②　　田井　安曇

少年の日のことはいとわしいばかりだ。手にふれるもの、たとえば黄色のバラも愛も、みな死なせてしまった。

遂げがたき望みならじとまたはげむ**苦く**うれしきわが独ごと③　　前川佐美雄

薔薇の青き蕾鬱々と群れ立ちて**にがき**歓びといえ（へ）ど遠しも②　　高安　国世

さ**苦かる**梅の実ひとつ啣へはみあやしきことに思ひは及ぶ①　　長沢　美津

にほは・し（匂はし）（シク活）つやつやとして美しい。色濃い感じである。

きさらぎの空の日かげの**匂はしく**柳の枝もあをくなりけり　　大井　広

二月きさらぎの空の日の光は、つやめいて美しく、柳の枝も青くなってきたことだ。

のどけ・し（長閑けし）（ク活）気持ちや天気が、うららかだ。おだやかだ。ゆったりとしている。

春の海路**のどけし**船ながらつめたき水に顔あらふかも　古泉　千樫

はか－な・し（果無し・果敢無し・儚し）（ク活）①確かでない。頼りない。むなしい。あっけない。②とるにたりない。ちょっとしたことだ。

ひとときを逢ひて別るるさ庭べに草蜻蛉（くさかげろふ）の飛ぶも**はかなし**①　久保田不二子

（草蜻蛉―とんぼに似た三cm位のこん虫。弱々しく緑色。翅は透明で多くの翅脈があり美しい。）

ゆく秋のわが身せつなく**儚く**て樹に登りゆさゆさ紅葉散らす①　前川佐美雄

口吸へば口はわづかにあたたかし**はかなかり**けり海に来りて①　矢代　東村

新しき切符のインクつきし指**はかなき**ことにしばしこだはる②　鵜飼（うかい）　康東（やすはる）

浮世絵の影響などと胸張りて言ひて見るとも**はかなかる**もの①　柴生田　稔

康熙字典持ちし喜びに一と夜あり文字のこと歌のこと**はかなけれ**ども①　田井　安曇

（康熙字典―漢字の字書。四二巻。中国、清の聖祖〈康熙帝〉朝の時代に集大成されたもの。所収漢字数四万二千余。）

はがゆ・し（歯痒し）（ク活）じれったい。もどかしい。いらだたしい。

いかにしても吾が身ひとりの人ならず心**はがゆし**春のくもりに　高田　浪吉

どうしても、自分一人だけの人ではない、そう考えると心はもどかしいばかりなのである。春のくもり日に。

運命に従順に見えて**はがゆし**と言はれしを幾日噛みしめて過ぐ　大西　民子

はなばな・し（花花し・華華し）（シク活）はなやかである。はでである。みごとである。

華々しく悪をば積みてたじ(ぢ)ろがぬ勇者の類が荒く世に立つ　館山　一子

はでに不正・悪などをくり返し行ないながら、動揺もしない「勇者」のたぐいが、荒あらしく世渡りをして目立っている。

はや・し（早し・速し）（ク活）①速度が急だ。②風や脈などが激しい。③理解などが鋭い。④時期・時刻が以前だ。初めである。⑤期間が短い。⑥その時刻に至らない。

病みて休む一人に同情は集れど新しき組織の動きは**速し**①　大橋　栄一

かくひとり老いかがまりて、ひとのみな憎む日**はやく**到りけるかも①　釈　迢空

季に**早き**苺真紅に盛られゐて春一番を寒く聞きをり④　佐藤　済

はる-け・し（遙けし）（ク活）①距離・時間がはるかだ。遠い。②心理的に遠く感じられる。

かなしみの墓標重しと負ひにつつ来にしこしかた或は**はるけし**①　宮原阿つ子

少年の日の**はるけかり**わが植ゑし杉山見ればじつに美し②　前川佐美雄

はるけくも峡(はざま)のやまに燃ゆる火のくれなゐと我(あ)が母と悲しき①　斎藤　茂吉

送られ来し兵は　しづけき面(おも)あげて、挙手をぞしたる。**はるけき**　その目②　釈　迢空

雲は垂り行**遙けかる**道のする渾沌(こんとん)として物ひびくなし①　北原　白秋

雲が低く垂れて、これから行く遙かなる道の果ては、渾沌として物音ひとつしないのである。

ひさ・し（久し）（シク活）①時間が長い。長久である。②ある事をするのに、多くの時間を要する。長くかかる。③久しぶりである。

落石(おっいし)の入江をすぎてやや**久し**海に向ひて国つきむとす②　土屋　文明

川上に橋かかりをり**久しく**もひと通らねばその橋さびし①　前川佐美雄

思はれてある身にあらむままならぬ心おぼえつつ**久しかり**けり①　館山　一子

寒ぼけの**久しき**蕾さく見ればさすがに紅(あけ)のあたゝかげなり②　宇都野　研

ひそけ・し（ク活）ひそかである。目立たぬように、静かで、ものさびしい様子。

われ医となりて親しみたりし蘆原も身まかりぬればあはれ**ひそけし**　斎藤　茂吉

ゆきゆけど人ひとり見ず柿あまた植ゑて**ひそけく**住みふりし村　大岡　博

かうかうと獣と人の歩みたる**ひそけき**辻に石は彫られぬ　前　登志夫

ひも・じ（シク活）腹がすいている。空腹である。ひだるい。

つつましく吾が世生きなむ妻子らを**ひもじから**せじ吾が妻子らを　古泉　千樫

切実に死後のことなど思ひしが**ひもじかり**せば鍋に物煮る　左本　道子

灯の下にひたすらに原紙を切りてゆく**ひもじき**心埋めむとして　久保田　登

ひろ・し（広し）（ク活）①広い。広大である。広広している。②広く行き渡っている。③おおようだ。寛容だ。

日の出でし方はしきりに霧流れ陰立ちて**広し**キャベツの畑①　徳田　清子

この家の庭**広く**して霜柱立ちたるままに夕日沁(し)むなり①　小泉　苳三

収めたる冬野をみつつ行くゆふべ**ひろき**曇に天眼(てんがん)移る②　佐藤佐太郎

冬枯の野原を眺めながら歩いている夕暮れどき、遠大な曇り空に切れ間ができて、青空がのぞくようになる。

ふか・し（深し）（ク活）①空間的に距離が長く、遠い。②理解力・態度が浅はかでない。軽々しくない。③交情・関係が厚い。④時・年月がたっている。たけなわである。⑤程度がはなはだしい。⑥色や香りが濃い。⑦草などが密生している。

旅心地いよよ**ふかし**も夕山にとほき遍路の鈴の音きけば⑤　長谷川銀作

皺**ふかく**おとろへしるきに驚けりけながきいたみに堪(こら)へたりけむ⑤　平福　百穂

（けながきいたみ―日長き痛み。長い年月の苦しみ悲しみ。）

やま峡(かひ)に日はとつぷりと暮れたれば今は湯の香の**深か**

りしかも⑥　斎藤　茂吉

つやつやとしげり**深かる**山椿ひろき庭持たば植ゑてめでむに⑥　植松　寿樹

（めでむに―大切にしたいなあ。）

垂れ下る空に圧されて一日づつわが沈みゆく地下よ**深かれ**①　斎藤　史

また―け・し（全けし）　（ク活）完全である。欠けるところがない。整っている。

全けきすこやかさは持たずむしろ弱きに命つたへていとほしまむと　長沢　美津

まだ・し（未だし）　（シク活）①まだその時期に至っていない。②不十分である。未熟である。

春光に芽ぶき**まだしき**無患子(むくろじ)をみてゐる吾は思ひつめゐし①　遠山　光栄

（無患子―山林に生える落葉高木。初夏、淡緑色の小花が集まって咲く。球形の実の中のかたい種子は追羽根の玉にする。）

また―な・し（又無し）　（ク活）二度とない。二つとない。たぐいない。

鮮紅に椿散りゐる径過ぎて**またなき**冬の念(おもひ)しづまる　加藤知多雄

まづ・し（貧し）　（シク活）①貧乏である。生活の物資が乏しい。②少ない。乏しくて劣っている。貧弱である。

机上暗くゆふべ至れどわが心わが歌**まづし**足萎えて起つ②　加藤知多雄

貧しくて飢え(ゑ)つつ学びし若き日の親など遠きものと思う(ふ)か①　水野　昌雄

桜材燭台の対納めたまえ(へ)**貧しき**われら子の父のため①　田井　安曇

貧しかるわれのおごりと手をかざす白陶の鉢の中の赤き火①　柴生田　稔

いはれなき父の嘖びもしかすがに**貧しけれ**ばぞ母を泣かすな①　北原　白秋

理由のない父の叱責さえも、さすがに生活が貧しいからなんだ。母を泣かせてはいけない。

まね・し　（ク活）度数が多い。たび重なる。

日のうちに**度々**(まね)**く**来(きた)り見(み)**まねく**去る父のうれひの大きなるを知れり　中村　憲吉

一日のうちに私の病床へ、何回も何回も来て見ては去って行く、そんな父の態度から、私に対する心痛の大きいことを知った。

まばゆ・し（目映し・眩し）　（ク活）①光が強くて、まぶしい。②輝くほど美しい。③恥ずかしい。

雪の朝の日ざし**まばゆし**鳥のかげ畳の上をとほりてゆくも①　宇都野　研

朝つ陽に咲きさかりたる木蓮の揺れて**まばゆく**光らむとする②　石井直三郎

さはいへどそのひと時よ**まばゆかり**き夏の野しめし白百合の花②　与謝野晶子

朝の海陽にてるなべにそのおもて**まばゆき**までにかがやきにけり①　長沢　美津

まろ・し（円し）　（ク活）①まるい。②かどがない。「まるし」とも。

暑き日に午睡(ごすゐ)し居れば野の池の水に浮く**円き**葉のうへのゆめ①　前川佐美雄

まるけれどいまだは咲かぬ紫陽花の花をうごかし雨ふりいでぬ①　長沢　美津

むさ・し（穢し）　（ク活）きたない。不潔である。むさくるしい。

坂塀の**陋**(むさ)**き**こはれを蔽へりし葛の葉さへも落ちはてにけり　植松　寿樹

むな・し（空し・虚し）　（シク活）①からである。内容が充実していない。②無益である。むだである。③はかない。無常である。

歌ありて自己確認の術(すべ)としき**むなし**とはせずわが生きし跡①　窪田章一郎

若き者を組織すべしと言ふ意見仕事に就けば**空しから**むに②　河村　盛明

この夏も**むなしく**ゆかむ棕梠(しゅろ)の葉はゆふべの窓にあらき音立つ①　大河内(おおこうち)由芙(ゆう)

この夏もなすところなく去ってゆこうとしている。棕梠の葉はそれをせめでもするように、夕の窓に、荒らあらしい音をたてている。

何ごとも**むなしかり**しと思ふとき隣室に豆を煎るにほひすも③　清水　房雄

秋日射す垣に稚き蜂群るる小児病舎の**虚しき**明るさ③　島田　修二

秋の日が射している垣根に、小さな蜂が群れている。それは、殺風景な小児病院の建物にとって、かりそめの明かるさのようだ。

むなしかる日々とは思はねこれの世の命にひびくものぞ恋(こほ)しき③　久保田不二子

もろ・し（脆し）（ク活）①質が、弱々しい。こわれやすい。砕けやすい。②心が傷つきやすい。くじけやすい。

勤評闘争の渦中に自殺せし弱く**もろし**と忘られえんや②　窪田章一郎

勤評闘争のまっただ中で、一人の教師が自殺をしたが、そのことを弱く、もろかったといって忘れられてよいであろうか。

（勤評闘争―一九五〇年代の終わりに、文部省が教師の勤務評定を制度化しようとしたことに対し、反対してたたかわれた闘争。）

素枯れたる鶏頭の勁き一本の茎**脆から**ず日暮れの風に①　阿久津善治

花びらは**もろく**くづれて白芥子(けし)の光あはれなりくれがたの空①　大井　広

やさ・し（優し・羞し）（シク活）①こちらが恥ずかしいほどに、優美である。みやびやかである。②暖かく思いやり深い。③素直である。柔和である。温順である。つつましい。④はずかしい。ひけめを感じる。

酸漿(ほお(ほ)づき)の鳴る音は**やさし**ミシンやめ妻が夜更けを鳴らすほお(ほ)づき③　武川　忠一

のろはしと世をいきどほる悲しさはことさら母に**やさしく**ぞなる③　前川佐美雄

船に酔(ゑ)ひて**やさしく**なれる／いもうとの眼(め)見ゆ／津軽の海を思へば③　石川　啄木

夕茜(ゆふあかね)みつつ来りて土手のうへの枳殻(からたち)の枝**やさしかり**けり③　佐藤佐太郎

もとめ来し葵の花をかかへしままに妻に**やさしき**笑(ゑ)まひ見せけり②　古泉　千樫

髪**羞し**汝が挿しくれしひるがほもひかりあえかにゆふ

べは萎えぬ④　　河野　裕子

やす-け・し（安けし）（ク活）①安心していられる。おだやかだ。②安価である。③軽軽しい。

夏のころほしいままにしはびこりし草枯れゆくはこころ**安けし**①　　堀内　通孝

夏のころに、思いのままにのびてはびこっていた草が、秋深くなって枯れてゆくのを見ると、心は安らかである。

深谷を一日さかのぼり朝あけて瀬音の中に**安けかり**けり①　　土屋　文明

安けきにつきて住まむとこの町を立ち去りてより十四年すぎぬ①　　土屋　文明

やすら-け・し（安らけし）（ク活）平安である。おだやかである。

蚊張(かや)つりて入りてしまへば**やすらけし**プリオリテートぼかした文章のことも　　柴生田　稔

安らけく入りゆく老いかまれに見し夢さへ淡く今朝は忘れぬ　　村野　次郎

平安に老境へと入っていくのであろうか。まれに見た珍らしい夢さえも今朝は淡あわとして忘れてしまった。

安らけきけふの一日(ひとひ)やわが家に三たびの食(しょく)を児らと共にする　　古泉　千樫

やはら-か・し（柔らかし・軟らかし）（ク活）①堅くない。こわれたりつぶれたりしやすい。②しなやかでこわばらない。ふっくらしている。③おだやかである。④堅苦しくない。

街をゆく少女らは体**やはらかし**ニセアカシヤの花ゆらぐ午後②　　板宮　清治

金雀児の花びらの黄に賛嘆の声**やはらかし**我の背後に②　　阿久津善治

柔らかく大き掌(て)をとり灯の明き新宿あゆむ詩を書くきみが掌②　　稲田　定雄

（詩を書くきみ―アルメニアの女流詩人シールヴァ・ベー・カプチキャーン。一九一九年生。）

おとろへに入るけぢめとぞ湯気にたつ**やはらかき**飯を歯はよろこびぬ②　　上田三四二

ゆくり-な・し（ク活）思いがけない。不意である。突然である。だしぬけである。

ときのまの心**ゆくりなし**窓下(まどした)に融(と)けかかりたる雪を踏

むおと　佐藤佐太郎

春いまだふかからぬ地を**ゆくりなく**去ればさびしや日も白むかな　尾山篤二郎

ゆくりなく千曲の河の岸に出でぬ野ばらにあはき更科（さらしな）月夜　太田　水穂

思いがけず千曲川の岸辺に出てしまった。野ばらに、更科の月があわあわと照っている夜である。

（更科—長野県更科郡のこと。ここには月の名所の姥捨山がある。）

旅人は湖の辺り**ゆくりなき**よろこびとしてめぐりあふべき　安田　章生

ゆたけ・し（豊けし）（ク活）①ゆたかである。満ち足りている。②ゆるやかである。広々としている。余裕がある。

飢ふかき鴉が寄りし庭の椎大樹となりて月夜**豊けし**①　富小路禎子

はろばろとおし下りゆく鬼怒川の流れ**ゆたけく**夕焼くるいろ②　成瀬　有

長いはるかな距離を下ってゆく鬼怒川の流れは、ゆったりとして、いま、夕焼の色に映えている。

形容詞　やす—よ

ししおきの**ゆたけき**をわがよろこべば羅刹（らさつ）となりぬ夢なる女①　国見　純生

（ししおき—肉置。肉づき。羅刹—黒身、朱髪で足が速く大力をもち、人を食うという悪鬼。）

ゆゆ・し（由由し）（シク活）①おそれ多くてはばかれる。②程度がはなはだしい。特別である。③特別にすぐれている。すばらしい。④不吉で重大である。いまわしい。

のびあがり倒れんとする潮波蒼々（あをあを）たてる立ちの**ゆゝし**も③　木下　利玄

海の波が、いま高くあがって、倒れようとしている。その瞬間の、あおあおと真すぐに立っている立ち姿が、なんとも言えなく、すばらしい。

ゆゆしくも見ゆる霧かも倒（さかさま）に相馬が嶽（たけ）ゆ揺りおろし来ぬ④　長塚　節

よし-な・し（由無し）（ク活）①これといった理由のないこと。②方法がない。しかたがない。③つまらない。無意義である。

慰めに池に放てる琵琶湖鮒**よしなかりし**かいのち縮めて③　加藤知多雄

らう－がは・し（乱がはし）（シク活）乱雑だ。さわがしい。

北風南風かたみに吹きて**乱がはし**春定まらぬ身の置きどころ　斎藤　史

野焼して低くし居れば**乱がはしき**人の世あらかた見えわたるかな　長峰美和子

わり－な・し（ク活）①道理がない。むりだ。②訳がわからない。③耐えがたく苦しい。④いじらしい。耐えがたいほどはなはだしい。

枇杷の花白くこまかく咲きにけり**わりなし**よ年の暮れもちかづきぬ④　中村　正爾

わりなくも心みだるるおきふしに父いましなばやさしかりけむ③　井戸川美和子

ゑまは・し（笑まはし）（シク活）ほほえましい。「ゑまし」とも。

秋の野に朝草刈り来ひもじさのこころよくして**笑まはしき**かも　古泉　千樫

をさな・し（幼し）（ク活）①年がゆかない。幼少である。②未熟である。幼稚である。③小さい。小柄である。

粈多き朝朝の飯を悲しみき**幼く**て継の母に育ちき①　岡部　文夫

幼かりし吾によく似て泣き虫の吾が児の泣くは見るにいまいまし①　土屋　文明

いくばくか籠にあつめたる野の芹は**稚き**ながらかぐろかりけり③　長沢　美津

（いくばくか―幾許か。いくらか。）

とこしへに**稚かる**べき君をしも思ふに老いつ春また暮るる①　窪田　通治

を・し（惜し）（シク活）①捨てがたい。②残念である。もったいない。

この庭の土にあはねば絶えぬらし秋海棠は**惜し**と思ふに②　植松　寿樹

この庭の土に秋海棠はあわないので、枯れて絶えてしまったようだ。何とも惜しいことだと思うけれども。

藤の花こぼるるしきり狼藉と言はまく**惜しく**匂ふむらさき②　田中　秀一

藤の花がしきりに散っていることよ。散らかっていると表現することがもったいないように、つややかな紫の花である。

形容動詞

形容動詞

ものごとの性質や状態をあらわす。活用はナリ活用とタリ活用の二種類があり、終止形は「…なり」「…たり」でいいきる。形容動詞だけで述語になることができる。語幹のみの形でも用いる。本文中、ナリ活用は（ナリ活）タリ活用は（タリ活）と略記する。

あえか　（ナリ活）かよわく、なよなよとしたさま。繊細なさま。はかなげなさま。たよりないさま。

夜の桜ふぶく夕べの土に寝て身は**あえかなり**水となりゆく　岡野　弘彦

離り住む夫への近況書き送ることば**あえかに**相聞となる　鹿山江津子

顔よせて雌蕊雄蕊の**あえかなる**白梅の香にすべもなきかな　阿久津善治

（すべもなきかな—どうしようもないことよ。）

あから-さま　（ナリ活）①あらわ。あきらか。はっきり。むきだしだ。②急に。

あからさまに軍国主義をうながして遠くまた近くさびしき国よ①　水野　昌雄

母逝けば用なき人と義理の子が**あからさまに**ぞ吾を逐ひ立つる①　橋本　和明

真むかひの山家（やまが）のなかは西日射し**あからさまなる**仏壇の見ゆ①　中村　憲吉

ゆふぐれは走る自動車（くるま）のボンネット**あからさまなる**雪となりたり②　葛原　妙子

あざ-やか　（鮮やか）（ナリ活）①色・輪郭などが、はっきりして美しいさま。②人の姿・態度・行為などが、くっきりと目立つさま。きわだって美事なさま。手ぎわのよいさま。

曼珠沙華色**あざやかに**濡れて咲くさ霧にしづめる今朝の我が谷①　鈴木　順

新しき眼鏡をかけて**鮮やかに**見つけしひとつ手の甲のしみ②　松川　幸子

唐突にいきどお(ほ)りたるまなじりの恥**鮮やかに**夜のわが貌②　武川　忠一

あはれ

（ナリ活）①かわいらしい。心がひかれる。②いじらしい。かわいそうだ。③わびしい。冷酷なものだ。④美しい。深い味わいがある。

鳳仙花日のなかにしてこぼるゝは人の吐息に似て**あはれなり**②　　太田　水穂

かいかいと五月青野(さつきあをの)に鳴きいづる昼蛙こそ**あはれなり**しか②　　斎藤　茂吉

旅ゆきし吾娘(あこ)を思へば月光(つきかげ)になく虫の音も**哀れに**きこゆ②　　久保田不二子

世の夢のうつゝに寂し春はまた帰りて花の**あはれなる**かな②　　大井　広

薄野(すすきの)に白くかぼそく立つ煙**あはれなれ**ども消すよしもなし②　　北原　白秋

うち–つけ

（ナリ活）①露骨。むきだし。②即座。たちまち。だしぬけ。

ひぐらしの鳴くこゑ一つ**打ちつけに**ここの窓にもひびきぬるかな②　　宇都野　研

うちつけに背を叩きくる雨足の勁さよみなぎらう(ふ)天のちからよ②　　滝　耕作

おだ–やか（穏やか）

（ナリ活）①静かで落ちついているさま。②のどかなさま。

おだやかに妻にものいふやすらけきこころをわれの持たぬものかも①　　若山　牧水

心静かに妻にものを云うような、そうした安らかな心を自分はどうしてもたないのであろうか。

おだやかなる聖法然を思ふなりこの国のそらのあげ雲雀のこゑ①　　米田　雄郎(ゆうろう)

（聖法然―浄土宗の開祖。円光大師。）

曇り風**穏(おだや)かなれ**やみづうみの青波のうへに舞ふ白き鳥②　　久保田不二子

おほ–どか

（ナリ活）ゆったりとして細かいことにわずらわされないさま。おっとり。おおよう。おおらか。

おほどかに辛夷の花は咲き満てりこころときめく花とし言はむ　　阿久津善治

むすばれし心もとけつ**おほどかに**泰山木(たいざんぼく)のにほふ夕ぐれ　　佐佐木信綱

はればれとしなかった心もほぐれてきた、おおらかに泰山木の花が咲く夕ぐれである。

（泰山木―モクレン科の常緑喬木。初夏、白色で芳香のある六〜十二弁の大輪の花を開く。）

おほらか　（ナリ活）ゆったりとこせこせしないさま。おおよう。たっぷりしている。

おほらかに照る陽をあびぬ身いっぱい朝日の光あまねかりけり　長沢　美津

わが子らはただ**おほらかに**育てしに我儘者（わがまま もの）となりはてにけり　岡　麓

おぼろ（朧）　（ナリ活）ぼんやりかすんでいるさま。ほんのり。

歩み得ぬおのれ**朧に**ただずめる将来（さき）の果無き老いざまも見ゆ　宮　柊二

おぼろかに月さす空に鳴りわたる春のいかづち雹飛ばし来る　宇都野　研

（おぼろか―「おぼろ」と同じ。）

四月降る雪のはかなさ身を狭め生きし過ぎゆきみな**おぼろなる**　阿久津善治

おろか（疎か）　（ナリ活）なおざり。いい加減だ。おろそか。

おろかならぬ熱とは思へ日を経（ふ）ればこのごろなれてひとりわびしき　吉野　秀雄

夏は素志勁くはあらず**おろかに**もかつ息ぐるし蚊母樹（いすのき）の蔭　小中　英之

（素志―平素からのこころざし。蚊母樹―マンサク科の常緑喬木。西日本の山中に自生、高さ一五ｍ。四、五月頃、深紅色の細い花を穂状に咲かせる。）

おろそか（疎か）　（ナリ活）①いいかげんなこと。なおざり。②よくない。③「ならず」などの否定形で、いい加減でない。大変だ。

わが病みしゆゑに励みて編集に夜更かす人ら**おろそかならず**③　加藤知多雄

かすか（幽か・微か）　（ナリ活）①わずかに感じられる程度のさま。②ひっそりとしてものさびしいさま。「かそか」とも。

なに削る冬の夜寒ぞ鉋（かんな）の音隣合せにまだ**かすかなり**①　北原　白秋

勤め終へ帰る電車に得たる席**かすかに**人の体温残る①　武田　弘之

あはただしきなりはひのひまに歌つくり**幽かに**生きて悔（くい）なからまし②　安田　青風

微かなる水のにほひに近づけば木賊にほそく月至りゐる①　加藤知多雄

（木賊―とくさ。高さ四、五〇cmで、節の多い管状の堅くざらざらした茎が直立して群生する植物。庭に植えて鑑賞用。木製品を磨くのに用いる。）

木洩れ日は**かすかなれ**ども杉苔の性はあはれに葉をとどめたり①　吉野　秀雄

写経師の一生のあはれを読み終へしうつそみのわが吐く息**かそか**①　阿久津善治

かつ‐ぜん（戛然）　（タリ活）堅い物が触れあう音をあらわす。

神のこと知らず手中に**戛然と**割りし胡桃の褐色の冬　加藤知多雄

きは‐やか（際やか）　（ナリ活）くっきりときわだってめだつさま。

水際にはやひらきたるかきつばたかげ**きはやかに**匂ひかがよふ　矢代　東村

池の水際に、もうかきつばたが咲きはじめていて、その姿がくっきりときわだって、美しくかがやいている。

きはやかに欅のうへに澄む空のつめたきまでにすみてきにけり　大井　広

葉牡丹に灯光およべば**きはやかに**煌めき出づる夜の細雪　加藤知多雄

きよ‐らか（清らか）　（ナリ活）清く美しいさま。

清らかに冷たきみどり子を抱きつつ疲れ眠りぬあはれ吾が妻　清水　房雄

山つつじ**きよらかに**して芽をつづる女体の路は園の如しも　吉野　秀雄

くき‐やか　（ナリ活）くっきりしているさま。輪郭がはっきりしているさま。

壺にさす白薔薇紅ばら花相寄りいや**くきやかに**映ゆる白と紅　木下　利玄

くれなゐに余照の残る西の空富士**くきやかに**街の果見ゆ　岡野直七郎

こころ‐だらひ　（ナリ活）心が満足するさま。飽き足りるさま。思う存分。

孫の手をとりて門べをあゆませつ**心だらひに**けふは遊ばむ　岡　麓

牛の肉よき肉買ひて甘らに煮子らとたうべむ**心だらひ**

に（甘ら—味のよいさま。美味。たうべむ—食べよう。）
古泉　千樫

こま‐やか（細やか・濃やか）（ナリ活）①きめのこまかいさま。②こまかく神経をつかっているさま。情が濃いさま。③くわしいさま。④色が濃いさま。

こまやかに散りゆく庭の萩もみぢ目にたたなくにあはれちりしく①　今井　邦子

耳とめてきけば若葉にふりそそぐ雨は**こまやかに**しづかなるかも①　平福　百穂

さだか（定か）（ナリ活）はっきりしているさま。たしか。明らか。

さだかならぬ希望(のぞみ)に似たるおもひにて音の聞こゆるあけがたの雨　斎藤　茂吉

何処とは**さだかに**わかねわがこころさびしき時に渓川の見ゆ　若山　牧水

それはどことはっきりしないが、自分の心のさびしいときには、渓川が目に浮かんでくるのである。

さや‐か（ナリ活）①はっきりしているさま。②くっきりと澄んで見えるさま。③音声が澄んでよく聞こえるさま。

槻(つき)の木の若葉の谷は深くして流るる水の音**さやかなり**③　久保田不二子

うら恋し**さやかに**恋とならぬまに別れて遠きさまざまの人①　若山　牧水

何となく恋しいことである、はっきりとした恋愛関係にならぬ間に、身をそらすようにして別れた遠い昔のいろいろな人が。

爽やかなる夏のはじめにさきいづるうす紫の馬鈴薯の花②　大井　広

昨日の夜の睡りは足りて**さやかなる**暁の海に窓開け放つ②　渡辺　直己

さん‐さん（タリ活）①涙をさめざめと流す様子。②雨の降る様子。

さいはひに君きたる夜を**さんさん**と早春の雨ふりて灯(ひ)あかし②　矢代　東村

（さいはひに—ちょうど。折よく。）

さん‐さん（燦燦）（タリ活）光などがあざやかにきらめく様子。

さんさんと光降りい(ゐ)て静かなり緩徐曲(アンダンテ)のごとき雲

のうつろい(ゐ)　碓田のぼる

したたか（ナリ活）①非常に強いさま。②しっかりしたさま。③程度のはなはだしいさま。④多いさま。たくさん。じゅうぶん。たっぷり。

深梅雨は夜を**したたかに**ふるさとの従兄弟の家を包みつつ降る④　宮　柊二

ただ一度われを撲ちたり杳き日の**したたかに**熱き父のてのひら③　武田　弘之

したたかに軒に掛け干す蒟蒻だま日かげはすでにあたらずなりし④　古泉　千樫

元日の暁に帰りて瓦斯匂ふ厨の水を**したたかに**飲む④　島田　修二

しづか（静か・閑か）（ナリ活）①落ち着いているさま。ひっそりとしたさま。②平穏なさま。おだやかなさま。③おとなしいさま。

梅雨雲の深く垂りゐし青山の山脈はれて湖**しづかなり**②　久保田不二子

心**静かに**鍼をうつとき二階より病む子が教科書読む声聞ゆ②　大河原惇行

街上の焚火にあした人あらず**しづかなる**かなや火を濡らす雨①　高野　公彦

竹群の揺れひそかなり独りなるわが終焉もかく**静かなれ**①　畑　菊夫

しづ―やか（静やか）（ナリ活）①ひっそりと静かなさま。②穏やかでゆったりしたさま。

しづやかに光の雨のふりそゝぐ昼の心に蒼ざめてあり②　北原　白秋

光が雨のように静かにふりそそいでいるま昼間、そのおもいで心は疲れて蒼ざめたようになっている。

ふる雨の**しづやかなれ**ば今日もかもこもりてあらめ身をいとほしみ①　長沢　美津

しどろ（ナリ活）秩序なく乱れて、整わないさま。

春惜しむ丘のなぞへのつくつくし**しどろに**老いてそよぎゐるかも　筏井　嘉一

逝く春を惜しんでいる丘の斜面に、つくしは盛りをすぎて、乱れたちながら風にゆれていることだ。

薬壜さがしもてれば行く春の**しどろに**草の花活けにけり　長塚　節

紫木蓮しどろに闌けぬかかるひと我にありしや諸共に老ゆ　加藤知多雄

しめやか

（ナリ活）①大きな音を立てず、もの静かなさま。②静かで悲しげなさま。しみじみ。しんみり。

しめやかに雨過ぎしかば市の灯はみなながら涼し枇杷うづたかし①　長塚　節

しめやかに思ひあまれる息をして柳のおくに上りくる月②　与謝野晶子

しみじみとしたもの思いから吐息をつくような、そんな風情で柳のおくから上ってくる月である。

しん-しん

（タリ活）①静かに夜のふけるさま。ひっそりと。②身に深くしみるさま。しみじみと。③寒さが**身にしむ**さま。

死に近き母に添寝の**しんしんと**遠田のかはづ天に聞ゆる①　斎藤　茂吉

死の迫ってきた母のそばに寝ていると、夜ふけてしんと身にせまる気配のなかで、遠くの田で鳴いているかわずの声が、その静寂のなかを伝わって聞えてくるのだ。

しんしんと雪の降る夜に団蔵の仁木を照らす面あかりかな①　吉井　勇

静かな、雪の降る夜の場景で、団蔵の演ずる「先代萩」の仁木に当てた照明は、その形相をなんともすさまじく照らすことよ。（面あかり―歌舞伎の照明道具）

倒れふすわれの身体に**しんしんと**冴ゆる命はいまぞ覚ゆる②　吉野　秀雄

すこ-やか（健やか）

（ナリ活）病気をせず、丈夫で健康なさま。「すくやか」「すくよか」とも。

このふゆをつつがなくしてすぎたらばまこと**すこやかに**なりなむものを　古泉　千樫

このひと冬を、もし何事もなく無事ですごすことができたならば、ほんとうに丈夫になれるのだがなあ。

すこやかに今日を在りつついたわ(は)りて生くべし常凡の母たらむため　森山しのぶ

すずろ（漫ろ）

（ナリ活）①何となく心がそちらに動いていくさま。漫然。はっきりした理由・目的もないさま。②結果を考えずに事をするさま。やたらに。思うような結果にならないさま。何ともつらいさま。「そぞろ」とも。

去らむ日の韻（ひびき）**すずろ**ぞ引継を終へし机におく鍵のおと　加藤知多雄

②

退職していこうとした、その日のひびきは何ともつらく聞こえたことよ。仕事の引継ぎを終えた机の上に、最後に置いた鍵の音は。

春潮のうねるとのみにわが心何か**そぞろなり**夜の浪おと①　若山喜志子

春の潮がうねっているだけなのに、私の心はどうして何となくおちつかないのだろうか。夜の浪の音をききながら。

琵琶の海山ごえ行かむいざと云ひし秋よ三人（みたり）よ人**そぞろなり**し②　与謝野晶子

さあ、山越えして琵琶湖へ行こう、と話していた秋の頃から、三人は、人間関係が何ともつらくなったことよ。

（三人―与謝野鉄幹、鳳晶子、山川登美子のこと。）

おともなく暮（く）れゆく山にむかふ時**そぞろに**我の尊くおぼゆる①　佐佐木信綱

たま‐さか（偶）　（ナリ活）①思いがけないさま。偶然。②まれであること。たまたま。ときどき。③万一のこと。

形容動詞　しめ―た

吹きわたる松の嵐は**たまさかに**古葉を散らす青淀の上に②　松田常憲

松の上を吹きわたっていく強い風が、ときおり、古い松葉を青く淀んだ淵の上に散らしている。

風もなき堤の薄**たまさかに**動くと見れば人の刈り居り②　尾上柴舟

たゆら　（ナリ活）ゆらゆらと定まらないさま。

水の量ふえふかみたるらし里川に**たゆらに**ゆらぐ藻草のなびき　長沢美津

たわ‐わ（撓）　（ナリ活）たわみ、しなうほどであるさま。「たわ」「たわたわ」とも。

山萩の花**たわわに**て触れつつは寂しきほどに細き径なり　山田ゆり子

たわたわに蕾ばかりが垂れゐつつこの山百合の長し真青し　若山牧水

去年七つ今年は**たわわなる**柿や見あぐるわれに三年子なき　今野寿美

だん‐だん（団団）　（タリ活）①月などの丸いさま。②露などが多く集っているさま。

団団と花ながれたりみづうみへ吹きおろしゆく風筋みせて①　加藤知多雄

つばら（委曲・詳ら）

（ナリ活）ことこまかなこと。くわしいこと。入念。

「つばらか」とも。

梅林月のひかりのさし入れば花は霰に似て**つばらなり**　太田　水穂

つばらに妻よ見ておけ農に生れ農に終りし父母の家　石榑　千亦

七里浜（しちりがはま）の朝のなぎさを踏む人の玻璃戸（はりど）に遠しさやに**つばらに**　吉野　秀雄

七里浜の朝のなぎさを歩んでいる人の姿が、硝子戸ごしに遠くあざやかにくまなく見える。

つばらかに冬木に動く小禽が日差たまれる枯芝に降る　中村　純一

つぶら（円）

（ナリ活）小さくて、丸くふっくらとしていること。「つぶらか」「つぶら」とも。

あさ露の藪のしげりをくゞり出て**つぶらに**涼し犬のまなこは　太田　水穂

庭くまに雪と見るまで降りたまり雹はのこれり**つぶら**に　宇都野　研

性あらき友にしあれど生死（いきしに）の彼岸を言へば**つぶらなる**瞳は　島田　修二

性格が大まかで、こまごましたことにこだわらない友ではあったが、人間の生死をこえた世界のことにふれて言えば、驚いたように丸く瞳を見はったことよ。

とどろ（轟）

（ナリ活）音がどうどうと鳴りひびくさま。

地獄谿寄りゆく吾れを押しつつみ煙うづまく音も**とどろに**　宇都野　研

地獄谿に近づいていくと、ごうごうと鳴りひびく音とともに、煙がうずまいて自分をおしつつんでくる。

のどか（長閑）

（ナリ活）①天気がよくおだやかなさま。②落ち着いて静かなさま。

「のどやか」とも。

春風はすでに**のどかに**ながるれどいまだすべなきわが病（やまひ）かも①　吉野　秀雄

春の風は、もうおだやかにながれているけれども、依然として、まだどうすることもできない自分の病気であることよ。

ばう―ばう（茫茫）（タリ活）①ひろく、はるかなさま。②とりとめなく、はっきりしないさま。

茫々とあるを一世の色として賜ひし草木のこりなく植う②　安永　蕗子

火中にはあらざるわれも命濃し**茫茫と**して寒鮒食ひつつ②　伊藤　一彦

火の中のような危険に身はおいていないにしても、自分の命へのいとしみは深いことだ、そうとりとめなく思いつつ、寒の鮒の美味なるを食している。

茫々たる戦争の前妻子さへ無き少年の日の永かりき①　宮　柊二

ひとり来てひとり行くべき我なるか**茫たる**野をし果しなく行く①　松村　英一

はだら（斑）（ナリ活）まばら、まだらな様子。

日のひかり**斑らに**漏りてうら悲し山蚕は未だ小さかりけり　斎藤　茂吉

日の光が木々の若葉の間からまばらにもれていて何となく悲しいことである。山蚕は生まれたばかりで青くまだ小さかったのだなあ。（山蚕―やままゆ蛾の幼虫。この一首、「死にたまふ母」の連作中のもの。）

くれなゐの苺食はむと乳そそげば**はだらに**白し種子の凹みに　玉城　徹

雪山の下にこほりし湖も**はだらに**とけてさざなみたつも　久保田不二子

はつか（僅か）（ナリ活）①かすかにあらわれるさま。わずか。ららりと。②少しの間。

あはれかの眉の秀でし少年よ／弟と呼べば／**はつかに**笑みし①　石川　啄木

ああ可憐な、あの眉目秀麗な少年よ、わが弟と呼べば、かすかに笑ったことだ。

職退きてけぢめなき身は歩みをり柳の並木**はつかに**青む①　三国　玲子

桜さへ蕾むゆふべの山あかり**はつかなる**日を惜しむこころに①　安田　青風

はらら　（ナリ活）散りぢり、ばらばらになっているさま。

庭土に桜の蕊（しべ）の**はららなり**。日なかさびしきあらしのとよみ　釈　迢空

庭土の上に、桜の蕊が散り散りになっている。日中、あらしの音がさわがしく心さびしいことである。

波立たず隠れやすべき岩島の**はららに**見えて朝しづかなり　半田　良平

はるか（遙か）　（ナリ活）距離・年月・程度がきわめてへだたっているさま。「はろか」とも。

この雪にわが行かむ道**はるかなり**停車場の前の大き雪達磨　古泉　千樫

声たえてねむれる妻をみつつをり睡りは人を**はるかならしむ**　川島喜代詩

我を挙げて人をあはれと思ふ日のいつかは来（く）らむ**遙かなり**けり　北原　白秋

はるかに別れてをりてものぞ思ふ眠れば夢のまた寂しかり　大井　広

遠くはるかに、愛するものと別れ住んでいて、しきりにもの思いをすることだ。それを忘れようとして眠れば夢にみて、また寂しくなることよ。

はろかなる山のあひまにけぶらへば夕日のごとし抱きて歎かむ　前川佐美雄

はるかなる雪嶺**はるか**のぼりきてわれは立つ羚羊のごとくやさしく　下村　光男

ひそか（密か）　（ナリ活）目立たぬように静かなさま。人目をさけること。こっそり。「ひそやか」とも。

われの組む春の筏の白ければ山の猿（ましら）も**ひそやかならむ**　前　登志夫

ひそかにもこの山の湖（うみ）に舟出して仰げば空の日のさびしかも　小田　観螢

おぼろ夜の夜目にもしるく咲きいでし桜の下は**ひそやかに**ゆく　長谷川銀作

温室に熟るる苺の**ひそかなる**平安に似て生きむ日とほし　加藤知多雄

ひた－ぶる（頓・一向）　（ナリ活）いちずに心を向け、または行動すること。ひたすら。

夢一つ抱きて朝の河原ゆく**ひたぶるなり**し余燼傾け　草場　安夫

ひたぶるに歩み来にける道ひとつ山原に出でて下りとなるも　田井　安曇

ひや-やか（冷やか）（ナリ活）①つめたいさま。②落ちついて動じないさま。冷静。③人情・同情がないさま。冷淡。

冷やかにまづ君いひぬ**冷やかに**その声にわれのまづなごみけれ②　矢代　東村

まかがよふ光りのなかに紫陽花の玉のむらさき**ひややかに**澄む②　太田　水穂

こころみにわかき唇ふれて見ば**冷かなる**よしら蓮の露①　与謝野晶子

ふく-よか（脹よか）（ナリ活）柔らかにふくれているさま。「ふくやか」「ふくらか」とも。

古雪の堅雪しぬぎ萌えいでし玉簪花の白芽**ふくよかに**して　植松　寿樹

ふくよかにまるき子の手や父われに侑(す)むる桃を皿につかめり　宇都野　研

べう（眇）（タリ活）微少、微細なさまをあらわす。ちっぽけなさま。

比叡より湖東の方へわたる鳥**眇たる**影をわが目に残す　加藤知多雄

ほがらか（朗らか）（ナリ活）①広々と開けてあきらかなさま。②気持ちや性格が明るく楽しげなこと。「ほがら」とも。

ひたはしる汽車に乗りゐて**ほがらかなり**地靄晴れゆき遠き村見ゆ①　安田　青風

朗にかがやくさくら山の上に今日来て見るは久しかりけり①　土屋　文明

ほどろ（斑）（ナリ活）まだら。まばら。雪がまだらに積もるさま。「はだら」とも。

春雪の**ほどろに**凍(こご)る道の朝流離のうれひしづかにぞ湧く　木俣　修

淡雪は**ほどろほどろに**ふりながらただに消えつつ畔(あぜ)の土くろし（長塚節忌歌会歌）　古泉　千樫

（ほどろほどろに―「ほどろ」の意を強めた語。）

ほの-か（仄か）（ナリ活）①はっきりと見わけ、聞きわけなどのつかないさま。かすか。②色が薄いこと。ほんのり。③わずかにあらわれるさま。

過ぎゆきのひかりの中や**ほのかなり**やつでの花の球体ひとつ②　坂田二三夫

春さりてかすめる空にひもすがらただよふ雲は**ほのかなり**けり①　小泉　苳三

たとふれば明くる皐月の遠空に**ほのかに**見えむ白鴿か君①　窪田　空穂

ほのかなる山ざくら花日かげればあを白き花と淋しくあらはる②　宇都野　研

春心**ほのかなれ**ども何がなし新しきことの待たるるはよし①　安田　青風

ま-さやか

（ナリ活）「ま」は接頭語。はっきりと見えるさま。明瞭。さだか。

皎々と月冴え光り**まさやかに**見ゆる裏の山を風渡る音　木下　利玄

山裾原芒の穂なみ白々し風**まさやかに**吹きあぐるなり　平福　百穂

遠くよりきみが呼ぶ声**まさやかに**日はかたむきぬ西天の雲　山下秀之助

まどか（円か）

（ナリ活）①形がまるいさま。②おだやかなこと。円満。

薫風の野道にいまだとばずして穂架**まどかに**春の野芥子は①　村上　泰子

（野芥子—のげし。キク科の越年草。路傍や田畑の雑草。春夏に黄色い頭花を開く。）

まどかなる草山まきて行く川を遠くよりして吾は寂しむ②　佐藤佐太郎

やすらか（安らか）

（ナリ活）ここちよいさま。心配のないさま。

やすらかに足うち伸ばしわが聞くや蚊帳に来て鳴く馬追虫を　若山　牧水

雨雲はひくく下りたり**やすらかに**槙の葉にまにひそめる雀　安田　青風

ゆた（寛）

（ナリ活）のどかなさま。のんびり。豊か。ゆるやか。静か。

動坂をひろらに**ゆたに**くだり来て田端の丘を立ち割る道路　四賀　光子

駒込の動坂を、ひろびろとゆったり次第に下る道路は、やがて田端の丘を二つに割って通っていく。

助動詞

助動詞

助動詞だけでは文節を作らず、名詞、動詞、形容詞、形容動詞、さらに他の助動詞について活用し、それらにいろいろの意味を加えて叙述を助ける。
意味によりつぎのように分類する。

使役（他を動かして動作をさせること）**す・さす・しむ**
受身（他からある動作を受けること）**る・らる・ゆ**
可能（「…することができる」をあらわす）**る・らる・ゆ**
自発（ある動作が自然にそうなること）**る・らる・ゆ**
尊敬（他人の動作を表わす語についてその人を敬う）
る・らる・す・さす・しむ
打消（動作・存在・状態をうちけす。否定するとも言う）
ず・ざり・じ・まじ・まい
推量（推測すること）
む・けむ・らむ・らし・べし・まじ・じ・まし・めり
過去（すぎ去った動作・状態を表わす。回想を表わす）
き・けり
完了（動作が完結していること、あるいは、その結果が現在まで存在していること）**つ・ぬ・たり**
希望（自分、または他がこうありたいと希望すること）
たし・まほし
断定（事物・動作・状態などをさし定めること。指定）
なり・たり
比況（事物または動作を他と比較し、また他に例える）
ごとし
伝聞（伝え聞いて推定すること）**なり**
活用によりつぎのように分類する。
動詞型活用
下二段型　**す・さす・しむ・る・らる・つ・ゆ**
ナ変型　**ぬ**
ラ変型　**たり**（完了）・**り・けり・めり・なり**（伝聞）
四段型　**む・けむ・らむ・す・ふ**
形容詞型活用
ク活型　**たし・べし・ごとし**
シク活型　**まほし・まじ**
形容動詞型活用　**なり・たり**（断定）
特殊型活用　**ず・まし・き・まい**

無変化型活用　らし・じ
活用形の詳細は、巻末の「文語助動詞活用表」を参照ください。

う

推量の助動詞「む」の転。①話し手の意志をあらわす。口語で、…よう、の意。②話し手による推量をあらわす。口語で、…だろう、の意。
四段・ナ変・ラ変動詞の未然形につく。

きれぎれの記憶をつなぎ回復する馬に忘れず翼を附さ**う**①　　中城ふみ子
幾つにも細かく切れている記憶を結び合わせて、もとどおりに直すことができた馬には、忘れないで空を飛翔する翼をつけよう。

思ひたちてかける電話は留守ばかり帰り仕度にとりかから**う**か①　　吉野　昌夫

風を聴くやや古風なる感懐はつまりひねれた松の木などから来るのであら**う**②　　斎藤　史

き

①過去に直接経験した事実をあらわす。口語で、…た、の意。②動作・状態が完了して、その結果が存在していることをあらわす。口語で、…ている。…である、の意。③連体形「し」で終止して、詠嘆、余情をあらわす。口語で、…だったことよ、の意。
用言および助動詞の連用形につく。カ変とサ変には特殊な接続をする。つまり終止形「き」はカ変には全く接続せず、連体形「し」と已然形「しか」が、カ変の未然形「こ」と連用形「き」について、「こし」「こしか」「きし」「きしか」となる。さらに、連体形「し」と已然形「しか」はサ変の連用形には全く接続せず、その未然形にだけ接続して「せし」「せしか」となり、終止形「き」はサ変の連用形にだけ接続して「しき」となる。
活用は特殊型で、終止形（き）、連体形（し）、已然形（しか）の三つのみ。

独り立つその日思へとわれにあて**し**笞痛かり**き**愛され**し**日も①　　四賀　光子
人に頼らず生きるその日を願えと、私にぶつけた厳しい叱責は、笞のように痛かった。愛された日でさえ。

単純なる受用に足りて終へむ生(よ)を思ひて悶え**き**幾年(いくねん)か前は①　　小暮　政次
単純な仕事の用に足りて終る一生を思って、そのやりきれなさに悶えたことであった。幾年か前には。

いつまでも待つと言ひ**しか**ば鎮まりて帰りゆき**しか**それより逢はず①　　大西　民子

古家(ふるいへ)にたちかへりき**し**つばくらの声ひそけしや土間ひえびえと②　　生方たつゑ

この小さき島に幾世を継ぎ来**しか**五月の幟さわさわと立つ②　　吉田　正俊

むくはれぬゆゑ清きもの燃やせ**しか**川越えてゆく青き螢火②　　竹安　隆代

寝て思へば夢(いめ)の如(ごと)かり山焼けて南の空はほの赤かり**し**③　　斎藤　茂吉

けむ　①過去のことを回想的に推量する。口語で、…ただろう。…だっただろう、の意。②過去の明らかな事実について、その原因・理由などを推量する。口語で、…たのであろう、の意。③過去のことに関する伝聞を述べるのに用いる。口語で、…たとかいう。…だったそうだ、の意。

活用語の連用形につく。助動詞の「けり」「めり」「ごとし」などにはつかない。

君なくば早稲田学園なかり**けむ**学園なくば我よここに居じ①　　窪田　空穂

世のちりに汚れやせむと雲の中に秘め**けむ**君がうたをきかばや③　　金子　薫園

俗世間のちり芥で汚されるにちがいないと思って、誰の手も届かない雲の中にかくしておいたとかいう、君の歌を聞きたいものだ。

この都にほへる花とさかえ**けん**代(よ)に逢へるごとき葵(あふひ)祭(まつり)かも③　　木下　利玄

いつしかも斯くはなり**けめ**こころ刺す苦しきこともひとに告げなくに②　　若山　牧水

死にぬべき身なればつねに子等が上竝ならず妻の気づかひに**けめ**①　　小田　観螢

（死にぬべき身—「ぬべき」は連語「ぬべし」の連体形。確信の意をあらわす。きっと死ぬにちがいない身体、の意。）

けり　①意識しなかった事実に初めて気付き感動する。口語で、…たのだなあ、の意。②過去の事実についての伝聞を述べるのに用いる。口語で、…したそうだ、の意。③過去にあった事柄や、以前から現在まで続いている事柄を印象を新たに回想していう。口語で…た。…だ。…たのであった、の意。④詠嘆をあらわす。

口語で、…たことよ、の意。
活用語の連用形につく。

よき子らぞ、遊びとよもす。家ぬちのこゑのとよみは、うらゝなり**けり**①　折口　春洋

遊びに熱中している、よい子どもたちよ。家中にその遊び声をなりひびかせているのを聞くと、何とも明るくうららかだったのだなあ。

悪縁とわがなげかへばほほゑみて君唇をよせに**けら**ずや①　矢代　東村

私が悪縁と嘆いていると、あなたは微笑んで私に唇をよせたではないか

かくひとり老いかゞまりて、ひとのみな憎む日はやく到り**ける**かも④　釈　迢空

荘司馬場あはれ田の名となりに**ける**その荘司馬場に稲刈りに行く④　窪田　空穂

沈丁の薄らあかりにたよりなく歯の痛むこそかなしかり**けれ**④　北原　白秋

ごとし（如し）　①あることが他に似ていることをあらわす。口語で、…と同様だ。様子だ。ぐあいだ、の意。②例示するとき用いる。口語で、たとえば…の類だ、の意。③不確かな断定、ほのめかした断定をあらわす。口語で、…らしい。…のような気がする、の意。「ごと」とも。
動詞、助動詞の連体形と、これに助詞「が」「の」のついたもの、また体言に助詞「の」のついたものにつく。

くるしむ白蛾ひんぱんにそりかへり貝殻投げし**ごとし**畳に①　森岡　貞香

生きすぎしさびしさふいに湧く**ごとし**反照の苔の上はやき雨①　馬場あき子

命ひとつ露にまみれて野をぞゆく涯(はて)なきものを追ふ**ごとく**にも①　太田　水穂

ただひとり、命をかけて、露に濡れながら広い野を歩いていく。それはちょうど、限りもないものを追い求めていくようであるなあ。

両(もろ)の手にうくるが**如く**し子がいひぬ青き南瓜が風にゆるるを①　福田　栄一

生れ来む子を待ちて今日も帰り来る恐るる**如く**楽しむ**如く**①　高安　国世

父の死も辛夷の花の咲く峡(かひ)も黙示の**ごとき**かがやきを持つ①　小野興二郎

父の死も、また、こぶしの白い花が咲いているふるさとの谷も、暗黙のうちに導いてくれる神の啓示と同じ光りを、私に向けて保っている。

なめらかにエレベーターの降りて行く時の感じの死の**如き**もの③　　鈴木　幸輔

するするとよどみなくエレベーターが降りてゆく、それに乗っている時の気持ちは、生命が絶えてゆく死に直面しているような感覚である。

快き夏来にけりといふが**ごと**まともに向ける矢車の花①　　長塚　節

爽やかな初夏が来たことだと言っているようだ。かぼそい花首を真正面に向けて咲いている矢車草は。

物思(も)はずこの妻の**如**(ごと)子等の**ごと**寝(ね)れば眠りてすこやかならむ①　　小田　観螢

やはらかき腕を見れば胸躍るわがふるさとに帰れるが**ごと**①　　吉井　勇

さす

他のものにある行為をさせる使役の意をあらわす。口語で、…させる、の意。

上一・下一・上二・下二・カ変・サ変の動詞の未然形につく。

限りなき思ひせ**さす**な泰山木の花清麗と匂ひみつ部屋　　馬場あき子

果てしがない思いを、いつまでもあなたにさせてはいけない、部屋に活けてある泰山木の白い花も、清麗とした芳香をいっぱいに漂わせている。

ひとみ伏せてうなじか細き少女をもひとやの服に着換え(へ)**させ**たり　　住田　桂子

この惜しき朝のこゝろを急がせて巷のちりにまみれ**させる**も　　四賀　光子

じ

①打消の推量をあらわす。口語で、…ないだろう、の意。②主語が一人称のときに、打消の意志をあらわす。口語で、…まい。…しないつもりだ、の意。

活用語の未然形につく。

活用は無変化型で、終止形、連体形の二つのみ。ともに(じ)である。

(註「じ」は、「ず」よりも多少疑い迷うような意が含まれ、「まじ」よりも打消の意が強く推量の意が軽い。)

湖の氷る初めを見し春も我れ忘れねば君も忘れ**じ**①　　与謝野晶子

ひとすぢにひとを見**じ**とて思ひ立つ旅にしあれば消息

もすな②　　若山　牧水

ぬかるみの山路に足をすべらさ**じ**父の柩に落つる雫は
②　　藤沢　古実

ぬかっている山路に、うっかりして足をすべらせてはならない。墓所へと向かう父の柩に降る雨は、雫となっていることよ。

彼がするよからぬ事はとげしめ**じ**と思ふ利心(とごころ)挫けずもあれよ②　　宇都野　研

彼が考えているよくない事は、成功させてはなるまいと思う、その私のするどい批判の心はいつまでも挫けずにあってくれよ。

もののふのそそぐ涙にくらべなばしげくはあら**じ**草の上の露①　　落合　直文

我が行くは憶良の家にあら**じ**かとふと思ひけり春日(かすが)の月夜①　　佐佐木信綱

奈良の春日山の西麓を歩いていると、月夜がとても美しかった。ふと私は、奈良時代に人生の矛盾を批判し、また深い人間愛を歌った、山上憶良の家へ向かっているのではないだろうかと思ったのだった。

しむ

①使役をあらわす。口語で、…させる、の意。

②尊敬をあらわす。口語で、…なさる、の意。連用形「しめ」が「給ふ」を下に伴って高度の尊敬をあらわす。③謙遜の語について高度の謙遜をあらわす。

用言の未然形につく。

嵐すぎて朝(あした)は霽(は)れてすがすがし窓あけはなち風を入れ**しむ**①　　平福　百穂

草づたふ朝の螢よみじかかるわれのいのちを死な**しむ**なゆめ①　　斎藤　茂吉

水辺の叢を伝わっている螢よ、私の生命は短いのだから、決して死なせるようなことはしないでくれ。

この日頃／ひそかに胸にやどりたる悔(くい)あり／われを笑は**しめ**ざり①　　石川　啄木

泥濘(ぬかるみ)をこえ**しめ**むとわれは子を支(ささ)ふ文化園の門入りしところに①　　服部　直人

をさな子が母を夢みし語り言(ごと)くりかへしわれは語ら**しめ**つつ①　　吉野　秀雄

耐へて来し過ぎし七年いつの口にも少女の如く装は**しめ**き①　　近藤　芳美

日中戦争がはじまった時に君と思いがけなくめぐりあい

戦争の苦しみに耐えて過ごして来た敗戦までの七年間、どんな時でも君を純粋な気持ちをもった少女のように振舞わせて来た。

とこしへに還らぬ父を送らむに止ま**しめ**たまへ今日の雨降を②　藤沢　古実

永遠にこの世に戻らない父のなきがらを葬ろうとしているので、今日降りつづいている雨よ、どうかお止みになってください。

われをして斯く歌は**しめ**祈ら**しめ**今日あら**しむる**くしき導①　柳原　白蓮

歌よみて遊ぶ心を持た**しむる**人と思ふにうれしといはん②　宇都野　研

快く働か**しめよ**、／健かに眠ら**しめよ**、と、／けふも、いのれり。①　土岐　哀果

静やかに君をおもは**しめよ**拭へどもぬぐへども出づるわが涙かな①　武山　英子

す

尊敬をあらわす。口語で、お…になる。お…なさる、の意。

四段・サ変動詞の未然形につく。

活用は、未然形(さ)、連用形(し)、終止形(す)、連体形(す)、已然形(せ)、命令形(せ)となる。

髭しろき逍遙先生泥みちの遠みち行か**す**今日の御供と　窪田　空穂

白ふぢの鉢のまへにて言は**し**ける別れ来し日の父が眼ざし　明石　海人

つぎつぎにかたらふ人の死にゆきてまどしき吾をもたのま**す**父かも　五島　茂

(まどしき吾―貧しい私。)

はこだての湾の波風おだやかにことなく越さ**せ**君がつま子を　小田　観螢

父も母も兄のみ魂も来て食さ**せ**我がたてまつるくさぐさの菓子　太田　水穂

す

①使役をあらわす。口語で、…させる、の意。②多く「給ふ」「らる」などの語を下に伴って高度の尊敬をあらわす。口語で、お…なさる、の意。③「申す」「参る」などの語とともに用いて、謙遜をあらわす。

四段・ラ変・ナ変活用動詞の未然形につく。(上の動詞以外の動詞活用には「さす」がつく。)

活用は未然形、連用形ともに(せ)、終止形(す)、連体形(する)、已然形(すれ)、命令形(せよ)となる。

幼子が母に甘ゆる笑み面の吾をも笑まして言忘ら**す**も①　島木　赤彦

みちのくに病む母上にいささかの胡瓜を送る障りあら**す**な②　斎藤　茂吉

畠中の日向に瓶を傾げ据ゑ金魚籠ら**せ**むと水を入れつも①　平福　百穂

気短きわれをたしなめしかられし尊き人は死な**せ**給ひぬ②　土屋　文明

玉の緒の命生きたくおもへかもおとなしくして針はさ**せ**つ①　石井直三郎

わずかの命を生きたく思うことよ。おとなしく針をさささせながら。

（玉の緒—生命。いのち。）

やうやくによはひ老けつつなほ惑ふわが生きざまをあはれま**せ**たまへ②　木俣　修

このしばしこころ休ま**する**てだてとて草に水やることおぼえたり①　若山　牧水

そよ風の春のあかつきとらへ来て我に這は**せよ**水色の雲①　与謝野晶子

木琴をたたきてあそぶ孤つかげ秋しばしだにやすらぎあら**せよ**②　坪野　哲久

ず

打消をあらわす。口語で、…ない、の意。

用言および助動詞の未然形につく。

活用は特殊型で、「ず」の系列と、「ぬ」の系列があり、更に他の助動詞と接続する場合に使う「ざり」の系列がある。「ず」の系列は、連用形（ず）、終止形（ず）の二つのみ。（ぬ）の系列は、未然形（な）、連用形（に）、連体形（ぬ）、已然形（ね）となる。

時鳥まだきか**ず**やとゝはれても嘘はいはれ**ず**ききたかりけり　岡　麓

日日のこと果しえ**ず**してあはあと齢五十の年暮れんとす　鹿児島寿蔵

秋のいろ限も知ら**に**なりにけり遠山のうへに雲たたまりて　斎藤　茂吉

思ひがけ**ぬ**やさしきことを吾に言ひし彼の人は死ぬ遠から**ず**死ぬ　安立スハル

一途におもひみだれて昼もをりゆるされうべき身にしあら**ぬ**に　五島　茂

この夕べ氷雨は窓に音しつゝなさ**ね**ばなら**ぬ**用はなきなり　橋本　徳寿

神経の痛みに負けて泣か**ね**ども幾夜寝ね**ね**ば心弱るなり　島木　赤彦

鳴く声のここにきこえ**ね**羽ばたきて枝うつる鳥の鳴きてやあらむ　宇都野　研

こころゆきて勤務むるなら**ね**駅までの往くさ来さ覗く竹群の内　宮　柊二

ざり

打消の助動詞「ず」の連用形「ず」に、ラ変動詞「あり」がついた「ずあり」の転。口語で、…なく。…ないで、の意。

活用語の未然形につく。

よしゑやし捺落迦の火中さぐるとも再び汝に逢は**ざら**めやは　吉野　秀雄

かりに地獄の火の中だとしても、その火をかきわけて、もう一度お前に会わずにはおかぬものを。

ひさびさに手紙とどけり信濃なる山の楤の芽まだ出で**ざら**む　藤沢　古実

仕事の上に容れられずしていきほひし頃は吾が体力を疑は**ざり**き　小暮　政次

生きものを愛さ**ざり**し幼女期をもてば孤独なり春のくろ土　中城ふみ子

今朝はいまだ人の出で**ざる**戸の口に屋根の雪垂れて深くかぶさる　植松　寿樹

おそろしき時としわれになりにけり今夜も夢は来ら**ざる**べし　尾上　柴舟

吾が庭の暗きに棲めるみみずらはおよそまなこをもた**ざる**ならむ　岡部　文夫

老をいたく意識する日とせ**ざる**日と今日はせ**ざれ**ば物多く言ふ　清水　房雄

この街のにぶき光りの動か**ざれ**ば心は負けてひた走りたり　古泉　千樫

能登の海に骨を散らせと不図もいい(ひ)しかなしきこえ(ゑ)よ蘇ら**ざれ**　山田　あき

とこしへに君よ清かれ汚れ**ざれ**昔かたみに掛けたる誓ひ　中原　綾子

たし

①話し手の希望をあらわす。口語で、…たい、の意。②他の動作・状態について、話し手の希望をあらわす。口語で、…てほしい、の意。

動詞および動詞型助動詞の連用形につく。

やはらかに積れる雪に／熱てる頬を埋むるごとき／恋してみ**たし**①　石川　啄木

幸福のわれが見**たく**て真夜なかの室(へや)にらふそくの火をつけしなり① 前川佐美雄

生きてゆく幅を少しでもひろげ**たく**昇任試験受けて見むとす① 大西 民子

隣室に書(ふみ)よむ子らの声きけば心に沁みて生き**たかり**ける① 島木 赤彦

氷紋の美しき日は過去として失ひ**たかり**し記憶も惜しく① 中城ふみ子

一人だに優しく生きて終り**たき**心は今は嘆かひに似る① 河野 愛子

せめて一人であっても優しく生きて終りたいと、そう願ってきた心ではあるが、今はそれも嘆きのようなものとなっている。

東京に帰り**たき**かな雪の街赤旗を捲きて帰る幾群① 近藤 芳美

逢ひ**たかる**故旧なかんづく沼に棲む嘴赤き鷭(ばん)のともがら① 大野 誠夫

逢いたいと思っているのは、昔からの知己、そのうち特に逢いたいのが、私の仲間である沼に棲む赤いくちばしの鳥、鷭。

（鷭―くいな科の鳥。水辺に住み、全身、灰黒色で、翼はオリーブ色。）

群(むら)がれる蝌蚪(くわと)の卵に春日さす生れ**たけれ**ば生れてみよ② 宮 柊二

（蝌蚪―おたまじゃくし。）

たり ①完了または過去をあらわす。口語で、…た、の意。②動作・作用はすでにすんだが、その結果が状態として存在していることをあらわす。口語で、…てある、の意。動作・作用が引続いて進行している状態をあらわす。口語で、…ている、の意。

動詞の連用形につく。

神の代の姿に似**たり**凍り**たる**湖(うみ)の底ひより湯を掘る村② 島木 赤彦

解けがたき世界のとよみひびけども今日といふ日の灯(ひ)はともし**たり**② 斎藤 史

解くことのできない、世界の揺れ動くひびきが聞えてはくるけれども、自分の生きているこの今日という日をいとおしみながら、夕の灯をともしたのである。

このごろの物思ひおほく疲れ**たら**む君を来しめて心悔い居り② 島木 赤彦

最近、物を考える仕事が多く疲れているはずの君を来させてしまい、心から後悔しています。

鶏頭の色は往時(むかし)にかはりなししかはあれどもとし経(へ)**た**りけり① 岡 麓

新任の教員なれば無駄口もあんまりきかず居**たり**けるかも① 矢代 東村

女孤り心解き**たる**朝湯にて肌(はだへ)透き**たり**うす青き色② 初井しづ枝

蓮葉(はちすは)の広葉のうへに湛へ**たる**玉なす水は天(あめ)の露かも② 藤沢 古実

吾は縫ひ母は絵を描く二三日厨の床は汚れ**たる**まま② 三国 玲子

寒夜いま電熱のうへにたぎち来む湯を待つ妻も子もいね**たれ**ば① 木俣 修

あるものは息子大学を出で**たれ**ど禿頭してなほやめずけり① 矢代 東村

室のうち片づけ終へてすわり**たれ**さてこれからがさびしきなり② 前川佐美雄

臥所(ふしど)の梅の影こそ移り**たれ**月のぼるらむかいよよさやかに② 平福 百穂

おめおめと生きて小さき鉦たたく　夏の盛りの峠(たわ)も越え**たれ**① 斎藤 史

ずうずうしく生きのびて、またも小さい鉦を叩いて祈るよ。夏のまっ盛りの絶頂さえ通り越したので。

たり

指示する意の助詞「と」と動詞「あり」のついた「とあり」の略。口語で、…だ。…である。…なのだ、と物事を指定、断定する意をあらわす。体言につく。

管理職なれど編集者**たら**むかな武器のごともつしゃーぷぺんしる 武田 弘之

葱の向う組まれゆくものの音きこゆ憧れては兄も兵**たら**ざりし 平井 弘

おもかげに母おもひ見れば人遂に母**たり**なむと思ひ悲しも 長塚 節

兵**たり**しものさまよへる風の市(いち)白きマフラーまきゐたり哀(かな)し 大野 誠夫

うす味の妻が佃煮の蕗の薹　古稀の味覚の第一**と**して 太田 青丘

晩年の蹉跎**たる**涙わくまでに秋の光は澄みてゆくらし 加藤知多雄

（蹉跎―あてがはずれること。失敗すること。つまづくこと。）

一億の養魚地**たる**べき瀬戸内を汚して遠洋に魚とりまくる　　太田　青丘

偽りに馴れざる心**たれ**彼れが裏切る心さみしき心　　中原　綾子

つ

①動作・作用が完了し、またそれが存続していることをあらわす。口語で、…た。…てしまう。…てしまった、の意。②単に強意を示す。③確認をあらわす。口語で、確かに…だ。必ず…する、の意。④並列をあらわす。口語で、…たり…たり、の意。

活用語の連用形につく。

活用は未然形、連用形ともに（て）、終止形（つ）、連体形（つる）、已然形（つれ）、命令形（てよ）となる。

（註　同じ完了の「ぬ」が自然推移的で、多く自動詞につくのに対して、「つ」は意志的・故意的・動作的で、多く他動詞に接続する。）

おきなぐさに唇ふれて帰りしがあはれあはれいま思ひ出で**つ**も①　　斎藤　茂吉

焼跡のいぶりくすぶるきな臭さ胸さわぎして行き**つ**もどりし**つ**④　　岡　麓

心まちし木犀の匂ひが十月の或る夜かすかに漂ひそめ**つ**③　　河野　愛子

憂き恋をふつと忘れておもしろくこのもかのもに物言ひ**て**まし③　　与謝野　寛

（物言ひてまし―物を言ってしまったらよかったのだ。「つ」の未然形「て」に、仮想・推量の助動詞「まし」が連なったもの。）

あきらめて事のなりゆきに任せ**て**むと思ふに涙とどまらずとふ③　　植松　寿樹

父母にきかせ**て**しがな鈴虫の鳴海の野辺の夕ぐれのこゑ（鳴海にて）③　　落合　直文

（きかせてしがな―聞かせてやりたいものだ。）

入り来**つる**森の蘚地の深くして踏みごたへなく思ほゆるなり①　　島木　赤彦

とりどりに植木の鉢はおもしろし病み臥り**つる**枕べに置き**つ**①　　平福　百穂

ことなげにものをいひ**つれ**かくまでにおとろへまししかしばし会はぬに③　　平福　百穂

ふるさとの貫前の宮の守り札捧げて来**つれ**あはれ老い

母③　　　　　吉野　秀雄
ふるさとの上州一の宮、群馬県富岡の貫前神社の守り札を、私の許へ来るときは必ず大切に持ってくる、こんなにも年老いた母なのに。
わがために編めりといふ(ふ)をあらかじめひと夜は君の身にくるめ**てよ**③　　　　　大熊　信行

なり　①ある事実を断定して述べる。口語で、…である、の意。②地点・場所などをあらわす語について、口語で、…に存在する。…にある。…にいる、の意。③口語で、…という、の意。
体言および用言の連体形につく。
くちなしの黄に乾びたる花ながらにほひつつまた外は雨**なり**①　　　　　森岡　貞香
死はも死はも悲しきもの**なら**ざらむ目のもとに木の実落つたはやすきかも①　　　　　斎藤　茂吉
産卵を終へし魚たちがとめどなく流されてゆく身軽さ**なら**む①　　　　　大野　誠夫
ドラマの中の女**なら**ば如何にか哭きたらむ灯を消してわれの眠らむとする①　　　　　大西　民子
庭の面はしぐれの雨に濡れはてぬ思ひ堪ふべき心**なり**けり①　　　　　四賀　光子
みちのくの母のいのちを一目見ん一目みんとぞいそぐ**なり**けれ①　　　　　斎藤　茂吉
みちのくで、息をひきとろうとしている母の、生きている姿**を**一目見たい、一目見たいと思って、急いで駆け付けたことよ。
うすうすと芽吹き初めたる裏山を見るもの**に**して今日も倚る窓①　　　　　太田　青丘
ほのかに木々が芽吹きはじめている裏山こそ、必ず見るべき景色であると思って、今日もまた窓際へ近づく。
しづかなる病の床にいつはらぬ我**なる**ものを神と知るかな①　　　　　山川登美子
ゆく秋の大和の国の薬師寺の塔の上**なる**一ひらの雲②　　　　　佐佐木信綱
深みゆく秋の一日、奈良の薬師寺の庭にきて、美しい東塔を見ている。その塔の上に、一ひらの雲が浮んでいる。
紫陽花の花は重たく傾きて下**なる**はあたら泥にまみれぬ②　　　　　小泉　苳三
幽か**なる**煙**なる**かも何事も過ぎにしことは我もねむりいりしか①　　　　　長沢　美津

単純**なる**仕事繰り返す勤め**なれ**ど通ひ始めてより夜ごとよく眠る**なり**①　　吉野　昌夫

人みながかなしみを泣く夜半(よは)**なれ**ば陰(かげ)のやはらかに深みて行けり①　　前川佐美雄

うまれむを男子(をのこ)**なれ**とし願へるは　寂しき仲の母とわれゆゑ①　　五島美代子

なり

①聞こえてくる音声から判断し推定していう。口語で、…のようだ。あれは…だな、の意。②周囲の状況などから判断し推定していう。口語で、…のようだ。…らしい、の意。③直接に経験しないこと、間接に聞いて知ったことをいう。口語で、…だそうだ。…ということだ、の意。

用言の終止形（ラ変は連体形）につく。

無能なるわがごとき者も棄てたまはぬ神います**なり**畏しとせむ②　　窪田　空穂

かなしみは蓬(よもぎ)の香(か)よりきたる**なり**おれんなゆきそ加茂(かも)の河原(かはら)に③　　吉井　勇

ほとゝぎす声も聞かぬは来馴れたる上野の松につかず**なり**けむ③　　正岡　子規

秋をしもかなしき時といふめるはかかるわかれのあれば**なる**らむ（秋哀傷）②　　落合　直文

秋の季節をかなしい心になる時のように言うのは、このような別離があるので、言うのだろう。

さりげなく起居(たちゐ)はす**なれ**秋曇る家に籠(こも)れば悔ゆること多し②　　若山　牧水

夕されば牛の仔群れて鳴く**なれ**ど黒きみづうみの水は動かず①　　土屋　文明

ぬ

①動作の完了をあらわす。口語で、…てしまう。…てしまった、の意。②「む」「べし」「らむ」などを伴って陳述を確かめ、強いる。口語で、きっと…するであろう。確かに…する、の意をあらわす。

活用語の連用形につく。

活用は、未然形（な）、連用形（に）、終止形（ぬ）、連体形（ぬる）、已然形（ぬれ）、命令形（ね）となる。

（註　同じ完了の「つ」に対し、「ぬ」は自然推移的・無意的な動作・作用に用いる。また予期に反してそうなる意をあらわすこともある。）

消えがてに行くうたかたの悲しかる思ひのこして母みまかり**ぬ**①　　山本　友一

消えることができないで流れて行く泡のような悲しい思

いを残して、母は亡くなってしまった。

あたたかき雨降る朝てのひらを重ねてをり**ぬ**呼ばるるまでを①　　河野　愛子

藤の花　女はらから住む宿に　咲きてあり**なば**、たのしからまし①　　釈　迢空

雨はれ**なば**山に竹の実求めゆかむ饑(うゑ)を惶(おそ)るとな思ひそね①　　土屋　文明

眉根よせ何をか吾れの思ひ得たる眉延べてただにあり**なむ**ものを②　　宇都野　研

こんなに眉根にしわを寄せて、私は何を考え、理解できたのだろうか、確かに眉をのばして、ふつうにしていたらよいのに。

しづかなる新緑光と思ふさへいたつきいえむ春しあり**に**けり①　　橋本　徳寿

天地の極みしづけし富士が峯(ね)のなぞへこごしく雪照り**に**つつ①　　平福　百穂

（なぞへ―傾斜。斜面。）

おのづから熟(う)みて木(こ)の実(み)も地に落ち**ぬ**恋のきはみにいつか来**に**けむ①　　若山　牧水

（来にけむ―来てしまったのだろう。）

絶え**ぬ**べく悩みわたれる妻を見てはじめて知り**ぬ**夜の恐ろしさ②①　　尾上　柴舟

間違いなく死んでしまうだろうと思うほど、苦しみつづけている妻を看病していて、はじめて夜の恐ろしさを知ってしまった。

高々とたてる向日葵(ひまはり)とあひちかく韮(にら)の花さく時になり**ぬる**①　　斎藤　茂吉

老い**ぬれ**ばこころ卑しくものいふと言葉うるみて母は父を言ふ①　　宮　柊二

むらきもの心さびしもうらうらと照れる春日に人は行き**ぬれ**①　　四賀　光子

天地の一大事なりわが胸の秘密の扉誰か開き**ね**①　　柳原　白蓮

身一つのあらましごとぞ消(け)**なば**消**ね**消**ぬ**べくもあらぬ妻子(めこ)が縁(えにし)は①①②　　明石　海人

自分自身の将来についての考えであることよ。仮に消えるのであれば消えてくれ。絶えることのない妻子の縁と思うけれど。

ふ

動作・作用が反覆、継続していることをあらわす。口語で、繰り返し…する。…しあっている。…し

つづける、の意。
四段活用動詞の未然形につく。
活用は未然形（は）、連用形（ひ）、終止形、連体形ともに（ふ）、已然形、命令形ともに（へ）となる。

言ひわけを妻に言ひつつ立てる時ガラスに映れる自（し）が目が笑ま**ふ**　松坂　弘

葛花（くずばな）はおもしろきかもたはやすく木にも石にも匐（は）ひもとほら**ふ**　与謝野　寛
（もとほらふ―めぐっている。）

心足ら**は**ぬ吾に涙のきざすもの受話器を置きし人は明るく　河野　愛子

見おろせば和田の原かきにごら**ひ**つ白泡（しらわ）ふきたちおらぶなりけり　尾山篤二郎
高いところから見ると、広びろとした海原は一面に濁りつづけてしまって、白い泡を吹き上げて叫んでいたことよ。

もの言はぬ日かさなれり。稀に言ふことばったなく足ら**ふ**心　釈　迢空

いかり綱五百尋杉（いほひろすぎ）に包ま**へ**る梅の林は見れど飽かぬかも　長塚　節

春の水そのしみとほるさやけさよ多摩川の瀬に立ちて呼ば**へ**ば　馬場あき子

べし　①推量をあらわす。とくにある程度確信のある推測、予想をあらわす。口語で、きっと…であろう。…にきまっている。…しそうだ、の意。②可能、または可能性を推定する。口語で、…することができる。…することができよう、の意。③当然をあらわす。口語で、…するはずだ。…するにちがいない、の意。④終止形を用いて意志をあらわす。口語で、…するつもりだ。…する決心だ、の意。⑤命令、勧誘、許可をあらわす。口語で、…するのがよい。…なさい、の意。⑥予定をあらわす。口語で、…することになっている、の意。⑦適当をあらわす。口語で、…がよかろう。…が適当だ、の意。⑧必要、義務をあらわす。口語で、…しなければならない、の意。
動詞活用の終止形（ラ変は連体形）、形容詞・形容動詞活用の連体形につく。

檜葉さやぐ闇の一隅（いちぐう）に椅子ありて死者なる**べし**そこに瞠（めみは）るは①　岡井　隆

足の爪きれば乾きて飛びけりと誰（た）に告ぐ**べし**や身のさ

かりゆく⑦　　宮　柊二
つぶやきて粗朶の濡るるを言ひ出づる朝明の雨に又ねむる**べし**⑤　　近藤　芳美
此の苦しみ口に出(いだ)して言ふ**べから**ず親しき友に対ひてゐても②　　佐佐木信綱
まうですと吾が行くみちにもえにける青菜はいまかつむ**べから**しも⑦　　長塚　節
お参りしようと私が歩いて行った道に、芽生えていた青い野草は、いま摘むのが一番よさそうだ。
風さむき夜の荻窪にかへり行く堪へ難き子の病見る**べく**⑥　　前田　透
厨房の煩より解放されしこと四年ぶりしづかに住む**べく**なりぬ②　　大野　誠夫
椎わかばにほひ光れりかにかくに吾れ故里(ふるさと)を去る**べかり**けり⑥　　古泉　千樫
白玉のこぶしの花よこの花に埋む**べかり**き妻が柩(ひつぎ)は⑦　　江口　渙
白玉のような美しい辛夷(こぶし)の花よ、この花で埋めればよかったのだ、妻の柩こそ。
身に著けて帰る**べかり**しその衣(きぬ)は遺骨の壺に添へて送らむ⑦　　明石　海人
からだに着けて退院するのが一番よかった病友のその着物は、骨壺に添えて送り届けてあげよう。
うらぎらる**べき**やがてのときに思ひつき耐へられずして人等と絶交(わか)る①　　福田　栄一
内職のをやみなき音きこゆ**べき**隣室に酒徒の君を迎ふる①　　山本　友一
何を光と何を拠りどと生く**べき**や若きらは向ふ眼(まなこ)するどく⑧　　安田　章生
血塗らずして得**べき**平和は思はねど塗炭の苦を嘗むる者を先づ救はざる**べから**ず②⑤　　尾山篤二郎
（救はざるべからず——救わなくてはならない。）
子は子とて生く**べかる**らししかすがに遊べるみればあはれなりけり③　　土屋　文明
子どもは子どもとして間違いなく生きていくにちがいない。そうはいっても、無心に遊んでいるのを見ているとかわいそうであるなあ。
淡き酸味(すみ)、病人(やみびと)こそは吸ふ**べけれ**、かくおもひつゝなほも枇杷吸ふ⑦　　金子　薫園
かすかなる歓(よろこび)といはばいふ**べけれ**胸元あはれこくこく

とおとす①　坪野　哲久
ほのかな歓喜と言うなら言えそうだが、私の胸のあたりがなんと刻一刻鳴っているよ。

まい　①打消の推量をあらわす。口語で、…ないだろう。②打消の意志をあらわす。口語で、ないことにしよう。③打消の当然、適当の意をあらわす。口語で、…するはずがない。…しないほうがよい。④禁止の意をあらわす。口語で、…してはいけない。

四段活用型の終止形、それ以外は未然形につく。

活用は特殊型である。終止形、連体形はともに（まい）、已然形は（まいけれ）である。

ある時は誰知る**まい**と思ひのほか人が山から此方（こちら）向いてゐる①　北原　白秋

あの時には、誰にもわかるはずがないと思ったが、意外なことに、人が山の方からこっちを向いているのでびっくりした。

まし　①事実に反したこと、実際には起こらないことを仮定して、その結果を推量する。口語で、もし…たら…だろうに、の意。②現実を不満に感じてある状態を仮定し、それにあこがれる気持ちをあらわす。口語で、もし…たら…たいのに不満だ、の意。③仮定の上に立って相手に対する希望をあらわす。口語で、…てくれ。…てほしい、の意。④疑問語と共に用いて、主観的な意志、推量をあらわす。口語で、…だろう。…しよう、の意。⑤口語で、…たらよかったのに、と適当の意をあらわす。

動詞、形容詞・形容動詞型活用の未然形につく。形容詞には「から」の形につく。

活用は特殊型である。未然形は下に「ば」を伴って仮定の意をあらわす（ましか）と、（ませ）の二つがあり、終止形と連体形はともに（まし）、已然形（ましか）は「こそ」の結びとして用いられる。

（註　「む」に対して「まし」は主観的な推量を示す。）

美しく小さく冷たき緑玉（エメラルド）その玉掬（す）らば哀（かな）しから**まし**
①　北原　白秋

怒（いか）る時／かならずひとつ鉢を割り／九百九十九（くひゃくくじふく）割りて死な**まし**②　石川　啄木

顔ふせて子の母はしも附添ひぬ死にてはいかにさびしから**まし**④　松村　英一

泣か**まし**と思ふ心にわが瞳紫陽花いろの空に親しむ⑤

原　阿佐緒

しら珠の珠数屋町とはいづかたぞ中京こえて人に問は**まし**④　山川登美子

片言も得云はぬ吾子のさみしさは何にかあらむいゆき抱か**まし**を⑤　若山喜志子

足なへの病いゆとふ伊予の湯に飛びても行かな鷺にあら**ませ**ば②　正岡子規

足の動かない病気が直るという愛媛県の温泉に、もしも鷺であったら空を飛んでも行きたいのに。

まなこあへば眼みだれて人はすぐ淋しとだにも言は**まし**ものを③　土屋文明

仮に目が合ったなら、人は眼がうろたえたとしても、せめて淋しいという一言だけでも話してくれればよいのになあ。

まじ

①多く話し手の動作の下について、否定的意志をあらわす。口語で、…ないつもりだ。決して…まい、の意。②多く聞き手の動作の下について、相手に対して当然の禁止をあらわす。口語で、当然…てはいけない、の意。③多く第三者の動作の下について、否定的推量をあらわす。口語で、…のはずがないだろう、の意。④多く第三者の動作の下について不可能の推量をあらわす。口語で、…できそうにない、の意。

動詞の終止形（ラ変は連体形）、形容詞・形容動詞の連体形、ある種の助動詞の終止形または連体形につく。

おもふ**まじ**夢もながるる川の洲の砂のごとくもかげとゞむ**まじ**①　尾山篤二郎

あはれにもいたはりて育みにける心よ、何をあらがふ、憎む**まじ**憎む**まじ**②　松村英一

駆け引きはなす**まじ**と心に決めたれどたじろぐことのなしと言はなくに①　阿久津善治

よわ(は)いすでに傾きたりと虚のごとき感動わくも虚にある**まじく**①　山田あき

年齢がすっかりかたむいてしまったなあ、と空しさのような心持ちを深く感じるけれども、決して空しい気持であってはならない。

ありがたき人よりわれは生れけりおろそかに身をもてなす**まじき**ぞ①　窪田空穂

この世にめったにいない人から私は生まれたのだ。いいかげんに一生を振るまってはならないことよ。

まほし

①話し手の希望をあらわす。口語で、…たい、の意。②話し手以外の人の希望をあらわす。口語で、…たい。…たがっている、の意。

動詞および動詞型活用の未然形につく。

をさな児の、眠らんとして泣くごとく、／われも、この日ごろ、／泣くばかり、眠ら**まほし**①　土岐　哀果

まじまじと君が姿の見**まほしく**眼をとぢてをる陽の中にゐて①　長谷川銀作

もの狂ひ女しからず酒を思ふ捨て身心の泣か**まほしかり**②　原　阿佐緒

東京を僅か離れし町ながらこの静けさよ保た**まほしき**①　松村　英一

人気（ひとけ）なき正午の伽藍にあふぐ時抱か**まほしき**サンタマリヤか①　堀口　大学

犬とともに走れる吾子のうしろかげ薄（すすき）に消えぬ泣か**まほしけれ**①　吉井　勇

手にとれば桐の反射の薄青き新聞紙こそ泣か**まほしけれ**①　北原　白秋

新聞紙を手にとってみると、桐の青葉が薄青く反射している。それをじっと見ていると、泣きたい気分になってくる。

む

①第三者の動作の下について、予想、推量をあらわす。口語で、…だろう、の意。②話し手の動作の下について、意志、希望をあらわす。口語で、…しよう。…たい、の意。③連体形を用いて仮定をあらわす。口語で、もし…としたら、の意。④聞き手の動作の下について、多く「こそ…め」の形で遠回しの勧誘をあらわす。口語で、…なさい。…してくれ、の意。⑤第三者の動作の下について、適当、当然をあらわす。口語で、…するのがよい。…すべきだ。…するはずだ、の意。⑥「めや」「めかも」の形で反語の意をあらわす。

活用語の未然形につく。

活用は終止形、連体形ともに（む）、已然形（め）の三つである。「む」は「ん」とも言う。

夜を更かす些事（いささかごと）は何なら**む**あはれまれつつほかに道なき①　窪田章一郎

どう見ても幸福さうなわが掌ゆゑ天邪鬼やめて生き**む**と思ふ②　田谷　鋭

ゆふぐれとゆふやみのあはひ支へゆく橋あり薔薇をも

ちてわたら**む**②　　　　　　　　鎌倉　千和

読書きに借ら**む**人手をおもひつつ縁に夕づく物音を聴く②　　　　　　　　明石　海人

ひっそりと秋はつめたきものなら**め**大き蚊一つうなりをたてる⑤　　　　　　　　長沢　美津

吾子よく〳〵くるしから**め**ど力出し（ちからいだし）このいたつきをしのぎてくれよ①　　　　　　　　木下　利玄

（いたつき―病気。）

秋草は晴れてこそ見**め**長月のこの長雨（ながさめ）に腐れつつ咲きぬ④　　　　　　　　若山　牧水

ながらへ**む**命のすゑを思は**め**や見るにをさなく子のあはれなり③⑥　　　　　　　　宇都野　研

私の生命がどのくらい生きるのかわからないが、もし長く生きるとしても行く末をなんで心配するものか。子どもを見るたびにいつも幼ないと思うので、そんなことを考えていたらかわいそうである。

めり　不確かではあるが大体そうだろうと主観的に推量し、また、動作を直接的に言うのを避けて、遠回しに言うのに用いる。口語で、…ように見える。…のように思える。…らしい、の意。

活用語の終止形につく。（ラ変は連体形）

（註　「らむ」が見えないものを推量するのに対し「めり」は眼前にあるものを推量する。）

あそぶかと見ゆる白雲いつしらに伴（つれ）を呼ぶ**めり**冨士の中処（なかど）に　　　　　　　　岡野直七郎

菜の花に藻くづ昆布の塩じめば北の日本の秋も去（い）ぬ**めり**　　　　　　　　北原　白秋

ゆ　①受身をあらわす。口語で、…される、の意。②可能をあらわす。口語で、…することができる、の意。下に打消を伴う。③自発をあらわす。口語で、自然に…される、の意。

四段・ナ変・ラ変動詞の未然形につく。

活用は未然形、連用形ともに（え）、終止形（ゆ）、連体形（ゆる）、已然形（ゆれ）である。

君と云ふ禁断の実を食みしより住む方（かた）も無く人に憎ま**ゆ**①　　　　　　　　与謝野　寛

もののさびものの渋味はおのづからいたりつく時はじめて知ら**ゆ**③　　　　　　　　岡　麓

かりそめの現実（げんじつ）ならず夢幻界（むげんかい）もおほひたまひてかぎり知ら**え**ず（露伴先生頌）②　　　　　　　　斎藤　茂吉

滝壺は霧しぶきつつ轟けり踏ま**ゆる**巌根もとどろとどろに②　明石　海人

らし　①ある根拠・理由に基づき、確信をもって推定する。口語で、…らしい。…にちがいない、の意。②根拠・理由は示さないが、確信をもって推定する。口語で、まちがいなく…にちがいない、の意。

動詞・動詞型活用の終止形、(ラ変は連体形)その他の活用語の連体形につく。

活用は無変化型で、終止形、連体形、已然形の三つ。ともに(らし)である。ただし、連体形のみ(らしき)が用いられる。

(註　「らし」がラ変型活用の助動詞連体形につく場合、活用語尾の「る」が落ちて、「けらし」「ならし」などとなることがある。)

地下水の脈ほそぼそと触るる**らし**高きに集落ありて木を植う①　石本　隆一

わが娘母よりもらふ月給を月月いくらかのこしたむ**らし**②　橋本　徳寿

その児らに捕へられむと母が魂螢となりて夜をきたる**らし**①　窪田　空穂

死んでいった母親が、もう一度、のこしてきた子どもたちのもとに帰りたいと思って、その魂が螢になり、わが子に捕えられたいと願って、夜をとんできたのにちがいない。

曇りつつ雪ふる**らしき**夕ぐれの縁に出で立ち背伸びせりけり②　島木　赤彦

きりぎりす羽すりあはせ鳴くことにすべてをかけて悔やまぬ**らしき**②　野村　操

らむ　①目前に見えていない事柄を推量する。口語で、今頃はさぞかし…のことであろう、の意。②時を超越した一般的推量をあらわす。口語で、…だろう、の意。③現在の動作の原因、理由、場所などを推量する。(a)疑問語を伴い、口語で、…ているのは(どうして、どこ)か、の意。(b)疑問語を伴わないで、口語で、どうして…なのだろう、の意。④伝聞による推測に用いる。口語で、…とかいう、の意。⑤助詞「かな」に当たる詠嘆をあらわす。

活用語の終止形につく。(ラ変は連体形)

(註　「らむ」は疑問をあらわす語とともに用いられるが「らし」は用いられない。)

ふるさとの盆も今夜はすみぬ**らむ**あはれ様々(さまざま)に人は過ぎにし①
土屋　文明
ふるさとの盆も今夜で終ってしまったであろう。ああ、さまざまに人は、その生を過ごしていったことだ。

よき人の来る家なれば天飛ぶや鳥のやからも来てを鳴く**らむ**②
伊藤左千夫

わが目には見えず流るるなかぞらの河にさそはれ桜花散る**らん**②
玉井　清弘

百姓の多くは酒をやめしといふ。／もっと困らば／何をやめる**らむ**。②
石川　啄木

かかる日の胸のいたみのしくしくと空に光りて雨ふる**らむ**か②
北原　白秋

小夜ふけてあいろもわかず悶(もだ)ゆれば明日は疲れてまた眠る**らむ**②
長塚　節

（あいろ―模様。様子。区別。けじめ。）

一夜寝ば明日は明日とて新しき日の照る**らむ**を何か嘆かむ②
半田　良平

古やまと埴輪の兵が夜の山を越ゆ**らむ**こよひ風昏く盈つ①
加藤知多雄

この秋の寒蟬(かんせん)のこゑの乏(とぼ)しさをなれはいひ出づ何思ふ**らめ**③(a)
吉野　秀雄

今年の秋のひぐらしの鳴き声が少ないことを、あなたは気にして言っているが、何を心配しているのだろうか。

思ひあまり着のみ着のままごろ寝するものぐさき心妻知る**らめ**や③(b)
新井　洸

あれこれと考えても心が決まらず、面倒くさくなって着のみ着のままごろ寝している私の気持ちなどは、どうして妻にわかるだろうか、わかるはずがない。

深からぬ山に来て死ぬ男女らも死といふきははしづかなる**らめ**②
斎藤　史

らる

①受身をあらわす。口語で、…される。…られる、の意。②自発をあらわす。口語で、自然と…される。…しないではいられない、の意。③可能をあらわす。口語で、…することができる、の意。④尊敬をあらわす。口語で、お…になる。お…なさる。…ておられる、の意。

上一・下一・上二・下二・カ変・サ変動詞の未然形につく。

ためらい(ひ)つつ言い(ひ)し一句も記されて満場の意志と伝え(へ)**らる**べし①
後藤　安彦

寂しさに浜へ出(で)て見れば波ばかりうねりくねりあき

らめ**られ**ず③　　北原　白秋

夜半の雨滴りはじむ何かつかまへてをらねば人は生き**られ**ぬのか③　　小暮　政次

笹の葉をとりに行きしに声かけ**られ**今年も粽（ちまき）つくれるのかと①　　岡　麓

帯鉄（おびてつ）に締めあげ**られ**し棉俵（わたたわ（は）ら）量感はず（づ）みあり肉体の如く①　　五島　茂

唾かけて棄て**らるる**とも君が手にふれつと思へば嬉しかりけり①　　金子　薫園

母の顔淋しくなれば家のうちおもちやの如く捨て**らるる**児よ①　　山田　邦子

鎌の刃先かくも減りしが今更に過ぎにし年がかへり見**らるる**②　　加納　薫

り

①動作の完了をあらわす。口語で、…た。…てしまった、の意。②完了した動作がなお継続・存在している意をあらわす。口語で、…ている。…てある、の意。

四段活用の已然形とサ変の未然形につく。

（註　上代のかなづかいの研究によって、接続を四段とサ変の命令形につくとする考え方もある。）

活用は未然形（ら）、連用形、終止形ともに（り）、連体形（る）、已然形、命令形ともに（れ）となる。

親馬にあまえつつ来る子馬にし心動きて過ぎがてにせ**り**①　　斎藤　茂吉

二月（ふたつき）をこやりつづけてふと見れば秋の雲白く空に光れ**り**②　　石榑　千亦

晩夏（ばんか）の雲厚き日に花は咲け**り**朝顔の白く小さき花②　　葛原　繁

はかなき身も死にがてぬこの心君し知れ**ら**ば共に生きなむ①　　斎藤　茂吉

冬にいりて莟ふふめ**る**臘梅は春にまで咲きなほ咲きにけり①　　福田　栄一

をりをりにそよぐ篠の穂母のゞに悲しめ**る**身の透明にあり②　　鈴木　幸輔

平淡にこころかへれ**る**目の前にいくつも光る川のうづまき②　　鹿児島寿蔵

この子ゆゑ命懸けにし母なりと我は知れ**れ**ど子は知らずけり①　　窪田　空穂

五月雨（さみだれ）の草しげれ**れ**や大御城（おほみしろ）み濠に居りて草を刈る舟②　　中村　憲吉

南天の実はくれなゐににほへ**れ**どここの焼跡に来る鳥もなし②　木俣　修

る

①受身をあらわす。口語で、…られる。…される、の意。②自発をあらわす。口語で、自然と…される。…しないではいられない、の意。③可能をあらわす。口語で、…することができる、の意。④尊敬をあらわす。口語で、お…になる。お…なさる。…しておられる、の意。四段・ナ変・ラ変動詞の未然形につく。

青き火に捲か**る**と云は**る**恋すれば泉下(せんか)の人の魂(たま)に似るらむ①　与謝野晶子

青い炎で取りまかれると人に言われることよ。恋をすると、あの世の人の魂に似るのだろう。

急ぐべき用持ちつつもしばらくと怠くる我を知ら**る**な人に①　窪田　空穂

急がなければならない用事を持ちながらも、もう少しと言って次第に怠けている私を人に知られてはならない。

風にそよぐ青き小草を見てあれば泣か**れ**むとしき今日のこころに①　窪田　空穂

世に生きて蔑ま**れ**ずにすごす日のかかるよろこびは草にも分かたむ①　前川佐美雄

わづかなる空間に物が干さ**れ**あり南瓜の蔓とダリアの間(あひ)に①　福田　栄一

たちまちに持ちきたり持ちさら**れ**ゆく魚のいのち保てるなかに黒き鯛①　中野　菊夫

幾たびか我が心くだか**れ**つ、またくだか**れ**つ、物を思へば安らけくなりぬ②　松村　英一

養は**るる**ゆゑに遊びと見られゐむ歎きうたへば曇天のいろ①　中城ふみ子

すこやかに育てばまして歎か**るる**幼き命わが血をぞ曳く①　明石　海人

ただ一縷(る)しづかに人をおもへよとさとす涙にこころひか**るれ**①　尾山篤二郎

労わ(は)ら**るれ**ば陽のあるうちに畑を去る吐きたき叫びはよ(や)うやく耐へて①　清原日出夫

わがめぐりもろ手うち振り小走りにはしる子見ればうら嘆か**るれ**②　石井直三郎

身にまとふ昏きかげりは許さ**れよ**水飯の類食ぶるこの朝④　高松　秀明

（註　可能は、打消語を伴って不可能の意を多くあらわす。尊敬にのみ命令形がある。）

連語

連語

二つ以上の単語が連なり、一語と同じはたらきをする語。活用のあるものを「活用連語」という。本書には、省略語や約語、慣用語も収載した。

あか-で（飽かで） 四段動詞「飽く」の未然形「あか」に、打消の接続助詞「で」が連なったもの。口語で、もの足りなく。不満で。満足しないで、の意。

たなばたの**あかで**別るゝ袂よりこぼるゝ露を秋といはまし　太田　水穂

たなばたの星が一年振りの逢瀬に満足しないで別れたので、涙が着物の袖をぬらしてこぼれ落ち沢山の露を結んだ、それで秋になるのだと言ったらよかったのだ。

あ-らし ラ変動詞「あり」の連体形「ある」に、推量の助動詞「らし」が連なった「あるらし」の略。口語で、あるにちがいない。あるにきまっている、の意。

印刷所のひびきはやみて日の光窓ゆさし来ぬ午にし**あらし**　古泉　千樫

かくしつゝ楽しく**あらし**渚(なぎさ)べに砂かきあつめ遊ぶ子供等　松村　英一

あら-な ラ変動詞「あり」の未然形「あら」に、願望の終助詞「な」が連なったもの。口語で、あってほしい。ありたい、の意。

ことづてにても**あらな**とおもへ人の瞳(め)のよるべもなくてものいはずをり　五島　茂

山の上平(ひら)に漂ふ雲のなく有明山のおだやかに**あらな**　岡　麓

あらなく-に ラ変動詞「あり」の未然形「あら」に、打消の助動詞「ず」の未然形「な」、接尾語「く」、さらに詠嘆の助詞「に」が連なったもの。口語で、①ないのに。ないことなのに、の意。②ないことよ、と詠嘆の意をあらわす。

病める身のなにをするとに**あらなくに**けふのひと日も過ぎにけるかも①　筏井　嘉一

常日ごろ寂かなる天(そら)も**あらなくに**命運を吊る糸のごと

き雨①　岡井　隆

惑ひつつ怖ぢつつ待てり求めらるるなべてを許す吾に**あらなくに**①　三国　玲子

あら-まほ・し　ラ変動詞「あり」の未然形「あら」に、助動詞「む」の未然形「ま」と接尾語「く」、形容詞「ほし」が連なったものの略。口語で、そうありたい。そうあることが望ましい、の意。

つつがなく身は**あらまほし**雪ふりて野べも山べもみな耀けり　筏井　嘉一

ゆるやかに動き出したる汽船のありいつまでもいつまでも見て**あらまほし**　岩谷　莫哀

ありあり-て（在り在りて）　ラ変動詞「あり」が二つ重なり、下に助詞「て」が連なって、副詞になったもの。口語で、同じ状態のまま時がたって。生き長らえて。長い年月を経て。このまま引き続いて、とうとう。結局、の意。

有りありて吾は思はざりき暁の月しづかにて父のこと祖父のこと　土屋　文明

ありありて見るさへわびし昨夜の茶の出がらを撒きて畳はくさま　山本　友一

清純の齢は既に越ゆるとも**ありありて**唯夫を頼めり　河野　愛子

ありがて-な・し（有りがて無し）　ラ変動詞「あり」に、上代の補助動詞「かつ（できる・堪える）」の未然形「かて」と形容詞「なし」とが連なって、ク活用の形容詞になったもの。口語で、じっとしていられない。堪えられない、の意。

しらじらと雨ふるなかの丹の花の**ありがてなく**に寄りにけらしも　中村　憲吉

灯の下に青き桑葉をきざむ時胸さわぎして**ありがてなくに**　久保田不二子

あり-や-なし（有りや無し）　ラ変動詞「あり」と形容詞「なし」の間に、疑問・反語の助詞「や」が入ったもの。口語で、有るだろうか、いや無い、の意。

乾きたる砂利道のうへあゆみ来て春ちかづきし思**ありやなし**　佐藤佐太郎

タイトルの幾こまか映り過ぐる間の我のゆとりの値**ありやなし**　鹿児島寿蔵

安らぎし日の四週間は**ありやなし**と一生（ひとよ）かへりみてゲテ言ひにき　高安　国世
（ゲテ—ゲーテ。ドイツの詩人。）

あるかなきか（有るか無きか）　①ラ変動詞「あり」と形容詞「なし」の各連体形「ある」「なき」の下に、疑問・不定の助詞「か」がそれぞれに連なったもの。口語で、①有るのか無いのかわからないほどかすかなさま。②いるのかいないのかわからないほどひっそりしたさま。③生きているのかいないのかわからないほど衰弱したさま、の意。

思はるゝこの時ばかりめでしれん**あるかなきか**のいのちなれども②　原　阿佐緒
（めでしれん—愛で痴れん。夢中で愛そう。）

真昼日の小野の若葉の木の間ゆき**あるかなきか**の春にかなしむ①　若山　牧水

いかにか（如何にか）　副詞「いかに」に、疑問・不定の助詞「か」が連なって、副詞になったもの。口語で、どういうふうに…か。どのように…か、の意。

わが一生（ひとよ）**いかにか**過ぎむをりふしにおもへばあはれ心ゆらぎて　安田　章生

苦しみて供出遂げし村に住み銀座祭を**いかにか**告げむ　土屋　文明

我さへにこのふる雨のわびしきに**いかにか**います母は一人して　長塚　節

いかばかり（如何ばかり）　状態について疑いをあらわす語「いか」に、程度を推測する副助詞「ばかり」が連なって、副詞になったもの。口語で、どれほど。どれくらい。どんなにか。さぞ、の意。

老いて子に従ふといふこと**如何ばかり**満ちたりて人のいく世いひけむ　五島美代子

いつしか（何時しか）　代名詞「いつ」に、強意の助詞「し」、係助詞「か」が連なったもの。①すでに起こった事柄について用いる。口語で、いつのまにか。知らぬ間に。早くも、の意。②これから起こる事柄に対して待ちこがれる気持ちをあらわす。口語で、いつ…か、いつになったら…か、早く、の意。

いつしかも矢車草は咲き盛りゆふべのひかり庭にゆらげる①　安田　青風

いつしかに心がなしき夕雲の幅せばまりて暗くなりたり①　佐藤佐太郎

いつしかとわが領域を犯しきぬ地震(なゐ)の備へとふ袋ものなど①　木俣　修

逝きしより八年を経ておもかげも**いつしか**写真の顔に定まる①　大西　民子

いつしかは食はむ泉にしづむ螺(にな)黙(もだ)にしあれば今日も見てかへる②　土屋　文明

（螺―かわにな科のまき貝の総称。川・池にすむ。）

がて―に

上代の補助動詞「かつ」の未然形「かて」に、上代の打消の助動詞「ぬ」の連用形「に」が連なった語であるが、平安時代以後、形容詞「難し(がたし)」の語幹「がた」に、助詞「に」が連なった意にとられるようになったもの。口語で、…できないように。…しかねるように、の意。

動詞の連用形につく。

この二階におそく眼覚めていつまでも起き**がてに**居り久しぶりなる　植松　寿樹

夕がほの花茎ながくうなだれて日ぐれの雨にさき**がてに**見ゆ　鹿児島寿蔵

心潔(きよ)くなり**がてに**してさびしきかおもわをふせて人もわかれぬ　五島　茂

がて―ぬ

上代の補助動詞「かつ（できる・堪える）」の未然形「かて」に、上代の打消の助動詞「ぬ」の連体形「ぬ」が連なったもの。口語で、…できない。…しかねる、の意。

動詞の連用形につく。

山々に深くこめたる雨雲(あまぐも)のおほに動きつつ雨はれ**がてぬ**　久保田不二子

竹藪の蔭に残れるはだら雪ひたぶるさびし堪へ**がてぬ**かも　平福　百穂

かにも―かくにも

代名詞「か」と副詞「かく」が対(つい)になり、格助詞「に」と係助詞「も」が下にそれぞれに連なったもの。口語で、ともかくも。いずれにしても、の意。

いぬころはうつつなきこそたふとけれほとけごころは**かにもかくにも**　会津　八一

よき友は**かにもかくにも**言絶えて別れゐてだによろし

きものを　古泉　千樫

け-らし　過去の助動詞「けり」の連体形「ける」に、推量の助動詞「らし」が連なった「けるらし」の略。口語で、…たらしい、の意。活用語の連用形につく。

夜のまに雨ふり**けらし**屋根ぬれて朝明(あさけ)涼しく秋づきにけり　古泉　千樫

燃えしことありやなしやと思ふほど心の灰も冷えに**けらし**な　吉井　勇

あめつちの夜のひき明けの清(すが)しさにほのりとわれは目覚め**けらし**も　筏井　嘉一

ける-かな　過去の助動詞「けり」の連体形「ける」に、感動の助詞「かな」が連なったもの。口語で、…ことよ。…だことよ、の意。活用語の連用形につく。

児をあやすとねぢをひねればほつかりと昼の電燈つきに**けるかな**　若山　牧水

気の変る人に仕へて／つくづくと／わが世がいやになりに**けるかな**　石川　啄木

くるしくて暮れに**けるかな**目にふれし書の埃りを手にはたきつつ　五島　茂

ける-かも　過去の助動詞「けり」の連体形「ける」に、感動の助詞「かも」が連なったもの。口語で、…ことよ。…だことよ、の意。活用語の連用形につく。

みんなみの嶺岡山(みねおかやま)の焼くる火のこよひも赤く見えに**けるかも**　古泉　千樫

南の方角の嶺岡山の、山を焼く火が、こよいも夜空に赤く見えたことよ。

椿の蔭をんな音なく来りけり白き布団を乾しに**けるかも**　島木　赤彦

椿の木の蔭に女がひっそりと、音もなくやってきたのだなあ。そして、白い布団を乾していったことである。

大空に何も無ければ入道雲むくりむくりと湧(わ)きに**けるかも**　北原　白秋

この-も-かの-も（此の面彼の面）　指示代名詞の「こ」と「か」の下に名詞「面(も)」がついたもの。口語で、①両側。②あちらこちら、の意。

漣(さざなみ)の**このもかのも**の時折に光りまた照り光り消え②

あれ見たまへ**このもかのも**の物かげをしのびしのびに　北原　白秋
秋かぜのふく②　若山　牧水

さも-あらば-あれ　副詞「さも」に、動詞「あり」の未然形「あら」、接続助詞「ば」、「あり」の命令形（放任する意）「あれ」が連なったもの。また「遮莫」の訓読。①直前の話題・関心を打ち切って、話題を転ずる時に用いる。口語で、それはともかくとして。ともかくも、の意。②口語で、不本意だがそれならばそれでよい。ままよ、の意。

日も月も**さもあらばあれ**うつしみになすべきことの残れるはなに①　長沢　美津

むらぎもの心はもとな**遮莫**(さもあらばあれ)をとめのことは暫し語らず②　長塚　節

私の心はどうにもならない、それならばそのままにしておけ、しばらくあの少女のことを話すのはやめよう。

しか-ば　過去の助動詞「き」の已然形「しか」に、接続助詞「ば」が連なったもの。口語で、…たので。…たらば、の意。
連用形につく。（カ変・サ変動詞には特殊な接続をする）

失はじとあまりすがりてあり**しかば**捨てられてまどふおろかなる母　五島美代子

したたかに雨降り**しかば**月よみは地に垂れし枝をまどかに照す　服部　直人(なおと)
（月よみ―月の異称。「月夜見」「月読」。「つくよみ」。）

幾つかの支流越えしが、雄物川　望むことなし。日に入り**しかば**　釈　迢空

道にころび手をつき**しかば**リューマチのその手の痛み言ひ様もなし　宮　柊二

しも-あら-ず　副助詞「しも」に、動詞「あり」の未然形「あら」、打消の助動詞「ず」が連なったもの。口語で、必ずしも…ではない、の意。いろいろの語につく。

電車を待つに**しもあらず**うづくまり長き煙管(きせる)を吸ふひと二人　植松　寿樹

組織さるる力の中に安らかに在りと思ふ時なきに**しもあらず**　小暮　政次

しら-に（知らに）　四段活用の動詞「知る」の未然形「しら」に、打消の助動詞「ず」の上代の連用形「に」が連なったもの。口語で、

知らないで、の意。

この日頃たづきも**知らに**籠らへば今日も隣に籾(もみ)たたく音　　久保田不二子

（たづきも知らに籠らへば―周囲の様子も知らないで家にこもっていると。）

未だ見ぬ吾子(わこ)が衣ぬふとすわりつつ何かは**しらに**涙ぐまるる　　五島美代子

まもなく生まれてくる、わが子の産着を縫っていると何かわからないが、涙ぐんでくることよ。

ゆゑ**しらに**つつましくなり父を見つ父の寝顔の寂かなるかも　　五島　茂

このねぬる暁**しらに**眠りたる若きさかりも遙けくなりぬ　　吉植　庄亮

ず-けり　打消の助動詞「ず」に、過去・詠嘆の助動詞「けり」が連なったもの。詠嘆して打消す意をあらわす。口語で、…ないことだ。…ないことよ、の意。

未然形につく。

五千円はたしかならんとかがやかにむけたる目見(まみ)をうたがは**ずけり**　　橋本　徳寿

秋ふかき障子に充てる木々の音うたがは**ずけり**ここに住むことを　　五島　茂

死の街はいづこともなく水の音きこえて長き夜も明け**ずけり**　　吉井　勇

ず-て　打消の助動詞「ず」の連用形「ず」に、接続助詞「て」が連なったもの。口語で、…ないで。…ずに、の意。

未然形につく。

をとめ子に　告げ**ずて**あらむ―。荒山の鬼の踊りを見て来しことを　　釈　迢空

君泣くや寂しき女天地に未だ死な**ずて**歌よむことを　　原　阿佐緒

す-なり　サ変動詞「す」に、推定の助動詞「なり」が連なったもの。周囲の状況や音や声などから判断し推定する意をあらわす。口語で、…するようだ。…するらしい、の意。

笛よ鳴れ実朝の思ひ今やみちて大海の歌舞はむと**すなり**　　馬場あき子

降りしきり触れあう(ふ)雪の音**すなり**憤怒の肩はとお(ほ)く包まる　　岡井　隆

そこはか‐と　①「其処は彼と」のことで、場所・事柄・状態をはっきり知っているさま。口語で、そこであるとはっきりと、の意。②下に「なく」を伴って、はっきりそれとは見定めがたいさま。口語で、何とは知れず。とりとめては言えない、の意。

そこはかと落葉こぼれて藪下の土あたたかく日ざしふけたり①　太田　水穂

ひとりあれば広き家内(やうち)の音もなく**そこはかと**なく暮るるさびしさ②　武山　英子

一日(いちにち)が**そこはかと**なく朝あけて生き疲れたる人のごとしも②　佐藤佐太郎

冬空に虹たちわたりうら悲し**そこはかと**なき心のみだれ②　古泉　千樫

たら‐む　完了の助動詞「たり」の未然形「たら」に、推量の助動詞「む」が連なったもの。口語で、…ているのだろう。…たならば。…たような、の意。連用形につく。

吾が如く妻もめざめてあり**たらむ**今し鶏(かけ)の子鳴くと言ひたり　宇都野　研

この窓より看はりゐ**たらむ**むらぎもやただにわびしくわが立ちにけり　橋本　徳寿

潮風と攻防はげしかりし帆も畳まれ**たらむ**夜の深みに　春日井　建

たり‐けり　完了の助動詞「たり」の連用形「たり」に、過去の助動詞「けり」が連なったもの。過去の事実を強調し、また詠嘆する。口語で、…た。…たのだった、の意。連用形につく。

あわただしく香たきつぎてゐる自(し)が父の手つきは遂に友に似**たりけり**　五島　茂

たたかひは上海(しやんはい)に起り居(ゐ)**たりけり**鳳仙花紅(あか)く散りゐ**たりけり**　斎藤　茂吉

たり‐し　完了の助動詞「たり」の連用形「たり」に、過去の助動詞「き」の連体形「し」が連なったもの。口語で、…た。…であった、の意。連用形につく。

君がふみをまなぶたあつく読み**たりし**昨日(きぞ)の夜にしてあした君亡し　橋本　徳寿

きみいひしかの一言(ひとこと)を単純に信じ**たりし**日恋ほしきゆふべ　安田　章生

一心におもひつめたるに膝ぬくみ畳這ふ陽がとどきゐ**たりし**　五島　茂

平和なりし明治の末にわれもかくわが父の胸に眠り**たりし**や　服部　直人

「と言ふ」の略。口語で、…という、の意。

ちふ

病妻(やみづま)の臥床(ふしど)に来しを纒(ま)きし**ちふ**友のみ歌を息づまり読む　岡野直七郎

死の近づいた病妻が、ぜひ抱いてくれ、というので、涙して愛妻を抱きしめた、という友人吉野秀雄の歌「これやこの一期(いちご)のいのち炎立(ほむらだ)ちせよと迫りし吾妹(わぎも)よ吾妹」を、おおきな感動をもって読んだことである。

（纒きしちふ—まいたという。「まく」は、抱いて寝る、いっしょに寝る、の意。）

山住ひを棄つ**言(チ)ふ**友の消息を　見たる日の午後　銀座に出で来　釈　迢空

つねに-も-がもな

副詞「常に」に、感動の助詞「も」願望の助詞「がも」感動の助詞「な」が連なったもの。口語で、いつもありたいものだ。そのままありたいことよ、の意。

此の幸(さち)は**常にもがもな**ごみの如き舟一つ海のかがやきの中　小暮　政次

つ-らむ

完了の助動詞「つ」に、推量の助動詞「らむ」が連なったもの。事実の完了や、実現を推量して、確認する意をあらわす。口語で、…ただろう。…たことであろう。…に違いない、の意。

連用形につく。

わがこころの底ひあかるくなり**つらむ**何もなしにおちつかれけり　五島　茂

わかき時　わが居し部屋の片すみに照りし鏡は、くだけ**つらむ**か　釈　迢空

なにならむ慈悲のごときをいひけらしたれに向ひて吾がいひ**つらむ**　葛原　妙子

て-き

完了の助動詞「つ」の連用形「て」に、過去の助動詞「き」が連なったもの。完了の意を強めて、口語で、…てしまった。…た、の意。

連用形につく。

怒りつつ怒りごたへのなき君をそのままには赤彦に伝へ兼ね**てき**　土屋　文明

かくばかり悲しきわれを殺し得ぬかよわき性(さが)は父に承

けてき　　　　岩谷　莫哀

て-けり　完了の助動詞「つ」の連用形「て」に、過去の助動詞「けり」が連なったもの。完了の意を強めて、口語で、…てしまったことよ、の意。連用形につく。
（註「てけり」は動作を強調し、「にけり」は状態をあらわす場合に用いられる。）

椿の樹しまらく見ねば椿の花はみな落ち**てけり**雨になりにけり　　杉浦　翠子

わが妻はつひにうるはし夏たてば白き衣（きぬ）きてやゝ痩せ**てけり**　　若山　牧水

てふ　「と言ふ」の略。口語で、…という、の意。

とりすがり哭くべき骸もち給ふ妻**てふ**位置がただに羨しき　　中城ふみ子

この日ごろ　ほしきまゝにも遊ばねば、怠らず**てふ**ことも　さびしき　　釈　迢空

て-む　完了の助動詞「つ」の未然形「て」に、推量の助動詞「む」が連なったもの。①行為を果たそうという強い意志をあらわす。口語で、…してしまおう。…してやろう、の意。②実現の確実なことの推量をあらわす。口語で、きっと…するだろう、の意。③可能性に対する推量をあらわす。口語で、…することができるだろう、の意。④相手に行為を果たすことを勧誘し、または遠まわしに命令する。口語で、…してください。…したらどうだろうか、の意。⑤当然・適当の意を強めて用いる。口語で、…するのがよい。当然…すべきだ、の意。
連用形につく。

前庭の八坪の畑をことごとく汝（な）をし植ゑ**てむ**庵も照るまで①　　伊藤左千夫
（汝—伊藤左千夫が好んだひおうぎの花のこと。）

銀河系そのまほらを堕ちつづく夏の雫とわれはなり**てむ**①　　前　登志夫

荒磯にくだけてわれて散る波を汲みこ海人の子嗽ぎ**てむ**①　　服部　躬治
（汲みこ—汲んで来い。）

くれぐれも身の健康をまもり**てん**翌けて四月の日の来るまで①　　岩谷　莫哀

我うさをなごめて咲ける菊の花絵にし写して壁にかけ

てん①　　正岡　子規

と……かく

副詞の「と」と「かく」が対になって、慣用句を作る。「かく」が「かう」と音便化することもある。

行くところ**と**ざま**かう**ざま乱れたるわかきいのちに悔(くい)を知らすな　　若山　牧水

（とざまかうざま―あちらこちらと。あれやこれや。）

耳につくうつつの声は朝雉子(あさきぎす)**と**ても**かく**ても立ち別れなむ　　土田　耕平

四十日病ひにいねて思ふこと**と**ても**かく**ても起ねばならぬ　　太田　水穂

（とてもかくても―ああであってもこうであっても。いずれにせよ。どのようにしてでも。）

氏素姓育ちは**と**まれ**かく**もあれ美しきものにはこころ惹かるる　　関根　京平

（とまれかくもあれ―ともかく。何にしても。）

春寒にしてあしたあかるき部屋(へや)のうち林檎(りんご)の照りを**と**み**かう**見つつ　　岡本かの子

（とみかうみ―あっちを見たりこっちを見たり。あちこち見まわして。）

とも思ひ**かく**もおもへど**と**に**かく**におもひさだめて幸(さち)祝(いは)せむ　　若山　牧水

（とも思ひかくも思へど―あれこれと思へど。とにかくに―なにかに。ともかくも。）

昆布(こぶ)の葉の広葉にのりてゆらゆらに**と**ゆれ**かく**ゆれ揺らるる鴎(かもめ)　　石榑(いしくれ)　千亦(ちまた)

（とゆれかくゆれ―あっちに揺れこっちに揺れ。）

とや**かく**に思ひひがめてわれとわが清きこゝろを蝕(は)みゆかむとす　　若山　牧水

とやせまし**かく**やせましと迷ふよりつと尊くもわが身の見ゆる　　窪田　空穂

（註　この他に「とにもかくにも」―ああもこうも、なんにしても、の意。「といきかくいく」―あっちこっち行く、の意。などが多く用いられる。）

と・す

格助詞「と」に、サ変動詞「す」が連なったもの。助詞「む」「ん」「う」の下について、口語で、まさに…しようとする、の意。

うすべにに葉はいちはやく萌えいでて咲かむ**とす**なり山桜花　　若山　牧水

鳳仙花(ほうせんくわ)照らすゆふ日におのづからその実のわれて秋く

れむ**とす**

鳳仙花の実が、夕日に照らされながら、自然とはじけているのが見える。まさに夏が過ぎて秋が訪れようとしているのである。

金子　薫園

（鳳仙花―夏に、赤、白、絞りなどの花が咲き、実は熟すと破れて種子をはじき出す。）

山独活の口ひびく日は黒南風（くろはへ）にしづめる村をおりゆか**む**とす

前　登志夫

（山独活―やまうど。山に自生するウドのこと。黒南風―梅雨季の初めに吹く南風。）

と－て－も

格助詞「と」に、接続助詞「て」係助詞「も」が連なったもの。口語で、①…としても。②…といっても、の意。体言などにつく。

もまれもまれてまどけき石となる**とても**ものをいはねばさびしきことぞ①

安田　章生

樹樹の芽のはにかみにつつ萌ゆれども山慎（つつ）しみて事**と****て**もなし②

斎藤　史

と－ふ

「と言ふ」の略。口語で、…という、の意。

やとばかり驚き見たる一鉢の睡蓮の花は友の呉れし**と****ふ**

若山　牧水

陶酔に似て文芸のにほへるを記念館**とふ**屋ぬちにみき

島田　修二

日々重くなりゆくいのちか胎動**とふ**合図もて子は吾（あ）を揺りやまぬ

河野　裕子

妻**とふ**名に執する如き生き方も苦しみてわが超えねばならぬ

大西　民子

否**とふ**を強ひつつ姉よたまひたる外套を背より著せかけて立つ

山本　友一

なかれ（勿かれ）

形容詞「なし」の連用形「なく」に、動詞「あり」の命令形「あれ」が連なった「なくあれ」の略。動作の禁止に用いる。口語で、…するな。…ていけない、の意。

初老不惑といひならはすもすさまじきその齢（よはひ）われを老いしむ**なかれ**

筏井　嘉一

たゆたへるわが朝夕を振りかへり弱きオポチユニストとなる**勿れ**

宮　柊二

四（よ）つといふ子が目の澄みの深さかも廃頽の風景うつる事**なかれ**

佐佐木信綱

老醜をさらす**なかれ**と心きおい（ほひ）、／今日も出てゆく／夜の集会に。　　渡辺　順三

老いさらばったみにくさを、世にさらしてはならないぞと心いきおいだって、今日も、夜の集会に出ていくのだ。

なく-に　打消の助動詞「ず」の未然形「な」に、名詞を作る接尾語「く」、助詞「に」が連なったもの。①接続助詞のように用いる。口語で、…ないのに、の意。②文末で詠嘆をあらわす。…ないことよ。…ないのだなあ、の意。

未然形につく。

性にだにめざめあへ**なくに**嫁ぎゆく妹（いもと）おもふはぐくみたまへな①　　五島　茂

服縫ひて籠る日装ひていでゆく日満たされ**なくに**秋となりにし①　　三国　玲子

日の移りすみやかにして十二月来しと今年はおもはれ**なくに**②　　窪田　空穂

なに-しか-も　代名詞「なに」に、強意の助詞「し」、疑問の助詞「か」、詠嘆の助詞「も」が連なったもの。①詰問の意をこめて、口語で、なんだってまあ。②反語として、口語で、どうしてまあ、の意。

何しかも若草燃えてわが思ふ永遠といふ飲食（おんじき）のこと①　　山中千恵子

若草が燃えているのを見て、なんでまあこれからもずっと続く飲食のことなんか、思い出すのだ。

なにしかも一人ひそかに白菖蒲（しろあやめ）咲けるみぎはに来りしものか②　　北原　白秋

白菖蒲の美しく咲いている水際へ、どうしてまあ一人こっそりと、見にいっていることがあろうか。

な-まし　完了の助動詞「ぬ」の未然形「な」に、推量の助動詞「まし」が連なったもの。①未来の推量をあらわし、口語で、…しまうかもしれない、の意。②口語で、きっと…だろう。きっと…しただろうに、の意。

連用形につく。

暮れなやむ港入江の残照のほのあかるさに命消（いのちけ）**なまし**①　　岩谷　莫哀

恋もうし死も思はじなひとりたゞかく投げやりの日に生き**なまし**①　　原　阿佐緒

恋も思うままにならないので苦しく、といって死ぬことも思わないことよ。一人孤独にただこのような投げやり

な気持ちで、毎日を過ごしてしまうかもしれない。

なーみ（無み）　形容詞「なし」の語幹「な」に、接尾語「み」が連なったもの。口語で、ないから、ないので、の意。

苦しさを告げむ術**なみ**咳き入りてすがりつく子を抱きしめてやる　石井直三郎

君見れば獣のごとくさいなみぬこのかなしさをやるところ**なみ**　若山　牧水

なーむ　完了の助動詞「ぬ」の未然形「な」に、推量の助動詞「む」が連なったもの。主に自動詞が下について確実な推量をあらわす。①実現確実なことの推量をあらわす。口語で、…してしまうだろう。きっと…するだろう、の意。②行為を果たそうとする強い意志をあらわす。口語で、…してしまおう。きっと…しよう、の意。③可能性に対する推量をあらわす。口語で、…することができよう、の意。

連用形につく。

①

朝がほののびさかる蔓庭隅の雁来紅におよび**なむ**とす　宇都野　研

（雁来紅—葉鶏頭。葉は黄、紅、紫色のまだらがあって美しい。夏秋のころに黄緑色の小花を開く。）

老い足りし人の死こそしづかにてあはれやすやすと又眠り**なむ**②　吉田　正俊

なげかひも人に知らえず極まれば何に縋りて吾は行き**なむ**か③　斎藤　茂吉

なーらし　断定の助動詞「なり」の連体形「なる」に、推量の助動詞「らし」が連なった「なるらし」の略。断定して推量する意をあらわす。口語で、…であるらしい、の意。

体言と活用語の連体形につく。

からす鳴く霧深山の渓のへに群れて白きは男郎花**ならし**　長塚　節

（男郎花—山野に生える多年草。おみなえしに似るが、花は白く、夏から秋にかけて咲く。茎、葉に毛が多い。）

日に照れる木草を見ればその生命のまさかり**ならし**緑くろずめり　宇都野　研

巣立ちにし雀子**ならし**さ庭べの若葉にふかく囀りやまず　平福　百穂

なら－ず

断定の助動詞「なり」の未然形「なら」に、打消の助動詞「ず」が連なったもの。口語で、①…ではない。②…どころではない、の意。

体言と用言の連体形につく。

会堂の暗きに＜黒マリア＞ゐたまへり抱くに黒きつみ**ならず**やも②　河野　愛子

今年ばかりに逝くものみえて万菊に万燈ともすこと孤**ならず**や②　馬場あき子

今年に限って逝去する人の葬儀に多く会ったけれども、沢山の菊の花とともに沢山の燈明をともして死者を悔やむので、死も孤独ではない、と思ったことだ。

ものいえ（へ）ば激（げき）しふるえ（へ）んを圧え（へ）居り恥見え悔見え風狂**ならず**②　武川　忠一

ならなく－に

断定の助動詞「なり」の未然形「なら」に、打消の助動詞「ず」の未然形「な」接尾語「く」、接続助詞「に」が連なったもの。①口語で、…ではないのに。…ではないから、の意。②文末に用いられ、口語で、…ではないことよ、の意。

体言および連体形につく。

運動をして体重をへらすべき齢（とし）**ならなくに**やや肥りゆく①　窪田章一郎

桑の実にむらがる蟻のつれよりもうまきもの食ふわれ**ならなくに**②　山本　友一

在り経つつこころのさやぎたのみなしいつまで強き我**ならなくに**②　五島　茂

（在り経つつ——生き長らえて歳月を過ごしながら。）

なれ－や

断定の助動詞「なり」の已然形「なれ」に、疑問の係助詞「や」が連なったもの。口語で、①…だから…か。②…だなあ。③…であるのか、いやそうではないのに、の意。

体言および連体形につく。

榛（はん）の木に鳥芽を嚙む頃**なれや**雲山を出でて人畑をうつ②　正岡　子規

（榛の木——別称はり、またはりのき。高いものは二〇mにもなる落葉喬木。二月ごろ、葉に先だって暗紫色の花をつけて、花の後、松かさに似た小さな果実をむすぶ。田の畦などに植えて稲掛などに利用する。）

朝**なれや**木原のつゆのぬれいろに和むこころをたもちつつ行く②　安田　青風

よべ荒れし月夜の風のあと**なれや**岸辺濁りて朝焼けにけり②　若山　牧水

草むらを湧く雲**なれや**山住みの歌たどたどし土雲(つちぐも)のごと③　前　登志夫

に―か　断定の助動詞「なり」の連用形「に」に、疑問の助詞「か」が連なったもの。口語で、①…でか。②補助動詞「あり」を伴って、…で…か、の意。体言、連体形につく。

消極なる性を励ますつもり**にか**吾に女性を意識せぬと言ふは①　三国　玲子

身ひとつを専ら安くと願へるは吾が何時よりのこと**にかあるらむ**②　土屋　文明

夏蕎麦(そば)の早成(わせ)**にか**あらむ伸びぬればなびきて揃ふ音のかそけさ②　生方たつゑ

に―き　完了の助動詞「ぬ」の連用形「に」に、過去の助動詞「き」が連なったもの。回想をあらわす。口語で、…た。…てしまった、の意。連用形につく。

暖き日は硝子戸にいつまでも射しまどろみ覚めて虚しかり**にき**　吉田　正俊

連　語　なら―に

春の雪みだりつつ降る日のゆふべこころ疲れて吾はをり**にき**　岡部　文夫

生(しやう)ありし一日(いちにち)の音過ぎ**にき**とこころ静まり夜の部屋に立つ　宮　柊二

に―けむ　完了の助動詞「ぬ」の連用形「に」に、過去の推量をあらわす助動詞「けむ」が連なったもの。口語で、…てしまったのだろう、の意。連用形につく。

胎(たい)にしてわれは腕(かひな)を張り**にけむ**かなしわが母よたらちねの母よ　橋本　徳寿

去年今年友や幾人死に**にけむ**夜はかかることのみを思へる　吉井　勇

思はるる幸(さち)より覚(さ)めてはげしくも恋(こ)ふべきために捨てられ**にけん**　三ヶ島葭子

に―けり　完了の助動詞「ぬ」の連用形「に」に、過去の助動詞「けり」が連なったもの。多く、自然推移の意をあらわす動詞の下について、気がついてみると…だったと確認し、また強く詠嘆する語。口語で、…てしまったなあ。…たことよ、の意。連用形につく。

水打たば青鬼灯(あをほほづき)の袋(ふくろ)にもしたたりぬらむたそがれに**けり**　長塚　節

墓地かげの夾竹桃の花の色くれなゐ黒く夕ぐれ**にけり**　古泉　千樫

に-して

格助詞「に」に、サ変動詞「す」の連用形「し」、接続助詞「て」が連なったもの。①場所をあらわし、口語で、…にあって。…において。…で、の意。（格助詞「に」と接続助詞「して」とも）②時をあらわし、口語で、…の時に。…で、の意。
体言などにつく。

真下(ましした)に潮の寄する崖**にして**萱青々し日中(にっちゅう)の風①　木下　利玄

一年**にして**咲く桜二十年まもりて乏しき山桜の花②　土屋　文明

に-して

断定の助動詞「なり」の連用形「に」に、接続助詞「して」が連なったもの。口語で、①…であって、の意。②…でありながら。…ではあるが、の意。（格助詞「に」と接続助詞「して」とも）
体言および連体形につく。

春の雲いたづら**にして**かがやけど夢々惨々(ぼうぼうさんさん)として未来あり②　宮　柊二

雨**にして**上野の山をわがこせば幌のすき間よ花の散る見ゆ②　正岡　子規

秋きよき空に吹かれてゆく煙いま更**にして**今日はながめつ②　土屋　文明

たなごころほどの灯りが歳末の深更**にして**灯る隣り家②　中村　純一

に-しも

完了の助動詞「ぬ」の連用形「に」に、副助詞「しも」が連なったもの。特にその事を強調していう。口語で、正に…たことは、の意。
連用形につく。

若くしてこの世の無常知り**にしも**戦ひの日にわが逢ひしゆゑ　安田　章生

消極の子の生(いき)**にしも**をりをりは光る泪のごときもあらむか　宮　柊二

に-たり

完了の助動詞「ぬ」の連用形「に」に、完了の助動詞「たり」が連なったもの。あることが起こってそれが続いていることをあらわす。口語で、…ている。…てしまっている、の意。
連用形につく。

水の面に光ひそまり昼深しぬつと海亀息吹き**にたり**
北原　白秋

今日の日は飯をも食(を)せず真白なる玉子を吸ひて悲しみ**にたれ**
久保田不二子

に－て
断定の助動詞「なり」の連用形「に」に、接続助詞「て」が連なったもの。①口語で、…であって、の意。②下の「あり」と呼応して断定をあらわす。口語で、…である、の意。
体言と連体形につく。

うつそみのわれを支ふるかすかなるのぞみといへどわが光**にて**①
安田　章生

魂のいでいり自在うつしみの飲食排泄人まかせ**にて**①
長沢　美津

よるべなき雲**にて**あればかりそめの歌**にて**あれば炎なしつつ②
斎藤　史

たよりどころのない雲のようであるけれど次から次へと浮かび、かりそめのような歌であるけれど、炎える気持ちをこめて歌っていることよ。

に－も
断定の助動詞「なり」の連用形「に」に、係助詞「も」が連なったもの。下に「あり」を伴って打消に用いることが多い。口語で、…でも、の意。
体言と連体形につく。

年の暮れまづしき書架をながめつつ思ふ**にも**あらぬ物思ひする
岩谷　莫哀

うかりける思をまたもくりかへし人泣かせたき宵**にも**あるかな
相馬　御風

（うかりける思―ゆううつな心持ち。）

真昼野に晒すわが身は遊行**にも**あらず葛吹く風に揉まるる
加藤知多雄

（遊行(ゆぎやう)―僧が諸国を巡り歩くこと。行脚(あんぎや)。）

に－や
断定の助動詞「なり」の連用形「に」に、疑問の助詞「や」の連なったもの。①連体形の結びを伴って用いる。口語で、…ので…か、の意。②結びを伴わないで用いる。口語で、…であろうか、の意。
体言と連体形につく。

いちはやく湧く**にや**あらむこの身さへ懺悔の心わく**にや**あらむ①
斎藤　茂吉

月を含む曇りの空の明るさにひとしきり蟬は啼く**にや**あらむ①
千代　国一

我に猶充たさるるべきものありやありと頼みて斯く生

くる**にや**② 松村　英一

かならず私を満足させてくれる何かがまだあるのだろうか。それとも、有って欲しいと思うのでこのように生きているのか。

ぬ-べし　完了の助動詞「ぬ」に、推量の助動詞「べし」が連なったもの。口語で、…してしまうであろう。…してしまいそうだ。…することができよう、の意。

連用形につく。

小倉山くもりが下の夏嵐椎花の香にわれ酔ひ**ぬべし**
土屋　文明

あれを聞け明日(あす)はも命消(け)**ぬべし**とやるせなげにも蟬なく八月 岩谷　莫哀

ぬ-らし　強意をあらわす完了の助動詞「ぬ」に、推量の助動詞「らし」が連なったもの。口語で、たしかに…ているらしい、の意。

連用形につく。

この朝け磯の潮干に鯵を追ふ降り居る雨や秋づき**ぬらし** 土屋　文明

おぼろかに蕎麦畑(そばばた)しろく残りをり山もとさむく陽(ひ)は入り**ぬらし** 生方たつゑ

はるかなる野山に散りて住む人も　みな　老い**ぬらし**

ー。冬深きころ 釈　迢空

ぬ-らむ　強意をあらわす完了の助動詞「ぬ」に、推量の助動詞「らむ」が連なったもの。口語で、きっと…ているだろう、の意。

連用形につく。

（註「らむ」と「らし」はともに根拠のある推量をあらわすが、「らむ」は疑問をあらわす語とともに用いられることが多く、「らし」は疑問をあらわす語とともには用いられない。）

たゝかひに果てし我が子を　かへせとぞ　言ふべき時と　なりやし**ぬらむ** 釈　迢空

さそり座の赤星濡るる梅雨の夜は棚田の水のひそまり**ぬらむ** 前　登志夫

ね-かし　完了の助動詞「ぬ」の命令形「ね」に、強意の助詞「かし」が連なったもの。口語で、…てしまえよ。…なさいね、の意。

連用形につく。

古りにし吾をば踏みて行き**ねかし**勢ひても一つは忘れ

給ふな　　　　　土屋　文明

ねば　打消の助動詞「ず」の已然形「ね」に、接続助詞「ば」が連なったもの。①「ば」が順接の確定条件をあらわす場合、口語で、…ないので。…ないから、の意。②「ば」が恒時条件をあらわす場合、口語で、…ない場合には、の意。③上に「まだ…」の意をもって、口語で、…ないのに、の意。
未然形につく。

また恋の無残なる手に奪はれむ身と思は**ねば**まろ寝しにけれ①　　吉井　勇

力持た**ねば**むなしき声よ社会悪を憎み憎みていかにいふとも②　　安田　章生

はしきやし（愛しきやし）　形容詞「愛し」の連体形「はしき」に、間投助詞「や」「し」の連なったもの。愛惜・追慕などの感情をあらわす。口語で、いとしい。かわいい。ああ、の意。「はしきよし」「はしけやし」とも。

はしけやしふすまの外に帯をとく妹がけはひのほのかにきこゆ　　大橋　松平

いとしいことであるよ。ふすまの外で、帯をといている妻のけはいがかすかに聞えてきて。

はしけやし玩具を持ちて歩み居りわが児の病今日よくあれよ　　古泉　千樫

釣りあげて手には持てれど**はしけやし**魚にあらねば身うごきもせぬ　　若山　牧水

べかりけり　当然・適当をあらわす推量の助動詞「べし」の連用形「べかり」に、詠嘆をあらわす過去の助動詞「けり」が連なったもの。口語で、当然…だ。…するのがよい、の意。
終止形につく。（ラ変は連体形）
（註　「べし」の連用形「べかり」、連体形「べかる」は、他の助動詞につらなるときに用いる。）

まことに己が命しみじみ泣くべくば夜の蟬ともなる**べかりけれ**　　吉井　勇

太蕗の並みたつうへに降りそそぐ秋田の梅雨見る**べかりけり**　　斎藤　茂吉

べらなり　「べし」の語幹「べ」に、接尾語「ら」と形容動詞型の語尾「なり」が連なったもの。口語で、…のようだ。…しそうだ、の意。
終止形（ラ変は連体形）につく。

菩提樹のむくさく華の香を嗅げば頑固人(かたくなびと)もなごむ**べらなり**　　長塚　節

（むくさく―無垢咲く。清浄に咲く。）

まく　推量の助動詞「む」の未然形「ま」に、活用語を名詞化する接尾語「く」が連なったもの。未来の推量をあらわす。口語で、…だろうこと。…しようとすること、の意。

未然形につく。

しじにしも想ひしおもひ断(た)た**まく**よ白光(びやくかう)ゆらぐ櫟(くぬぎ)が原に　　生方たつゑ

（しじに―繁に。しげく。数多く。）

物学ぶ人といふとも得**まく**ほり持た**まく**するは銭と名とかも　　宇都野　研

くさまくら旅にも行かず木犀の芽立つ春日は空(むな)しけ**まく**も　　長塚　節

（空しけまくも―「空しけ」は形容詞「空し」の上代の未然形。空しいだろうことよ。くさまくら―「旅」にかかる枕詞。）

ままに（儘に・随に）　名詞「まま」に、格助詞「に」が連なったもの。口語で、①…の状態の通りで、の意。②成り行きにまかせること。口語で、…につれて。…放題に、の意。

海沿ひの見知らぬ町に下り立ちぬゆふぐれて心ひもじき**ままに**①　　大野　誠夫

風紋の限りなく浮く朝の浜埋れし**ままに**麦は生ひつつ①　　三国　玲子

いまだ陽のさし来(こ)ぬ**ままに**薄氷(うすらひ)のにぶく光るをうち砕(くだ)きをり②　　生方たつゑ

めや　推量の助動詞「む」の已然形「め」に、反語をあらわす係助詞「や」が連なったもの。口語で、どうして…ようか（そんなことはない）、の意。

未然形につく。

一生の悲しみに胡盧島を離れしこと忘れ**めや**。ペンタゴンを見下ろしにして　　山本　友一

薬師指(くすしゆび)ただ一茎(ひとくき)のなまめきて匂ふいのちに触れ敢へ**めや**も　　吉野　秀雄

もて　「以ちて」の略。体言および活用語の連体形、またはそれに格助詞「を」のついた形に接続して、口語で、…によって。…で、の意。

スケートの刃**もて**軟かき氷質を傷つけ止まぬこの子も

孤り　中城ふみ子

花びらの薄きが含む湿り**もて**地を冷やしゆく散り終え(へ)し夜は　石本　隆一

わが時は失はれたり涙**もて**築きしものぞすべて流るる　与謝野鉄幹

わが時代は喪失されてしまった。涙でもって築いた一切のものは、すべてみな、流れていくように無くなっていくことだ。

ゆふかた-まけて（夕方設けて）　名詞「夕方」に、動詞「設く（その時期を待つの意）」の連用形「まけ」、接続助詞「て」が連なったもの。口語で、夕方近くになって。夕方をまって、の意。

おもてにて遊ぶ子供の声きけば**夕かたまけて**すずしかるらし　古泉　千樫

病床で、戸外に遊んでいる子供たちの元気な声をきいていると、夕がたになって、外も涼しくなっているらしい。

葛飾の沼美しと聞きしより**夕かたまけて**飛ぶ心かな　碓田のぼる

葛飾にある手賀沼は、美しいと君が話してくれてから、夕がたになると、想いが馳せていくことであるよ。

暑き日の**夕かたまけて**草とると土踏むうれしこの庭にして　石原　純

鳳仙花城あとに散り散りたまる**夕かたまけて**忍び来にけり　斎藤　茂吉

よ-を-こめて（夜を籠めて）　「こめて」は、他動詞下二段活用「籠む」の連用形「こめ」に、接続助詞「て」が連なったもの。「夜をこもらせて、とじこめて」の意から、夜明けにならない時を言う。口語で、夜がまだ深く朝には間があるので、の意。

夜をこめて未だも暗き雪のうへ風すぐるおとひとたび聞こゆ　斎藤　茂吉

よ-を-ひに-つぎて（夜を日に継ぎて）　「夜を日につぎたす」の意から、口語で、夜も昼も続行して。昼夜の別なく急いで、の意。

生一本に**夜を日につぎて**山河のたぎちのとよみとゞまらぬかも　木下　利玄

らーく　完了の助動詞「り」の未然形「ら」に、名詞を作る接尾語「く」が連なったもの。口語で、…ていること、の意。

四段活用の已然形・サ変活用の未然形につく。

愛妻(はしづま)を遠く還(かへ)して離れ島に一人残れば生け**らく**もなし　北原　白秋

おもへ**らく**君もひとりのあめつちに迷ひてよるべあらざらむひと　若山　牧水

らむーか　推量の助動詞「らむ」に、疑問の助詞「か」が連なったもの。①目前に見えない事を推定する。口語で、おそらく…だろうか、の意。②現在の事実の原因・理由・事情などを推定しかねる気持ちや、さらに驚き怪しむ気持ちをあらわす。口語で、どうして…なのだろう。…とは不思議だ。…とはまあ、の意。

終止形につく。ラ変には連体形につく。

妻の笑ひ義母(はは)の笑ひの厨よりきこゆるあした夏逝く**らむか**①　宮　柊二

草あかりはるけき方にほうほうと眼鏡かしげて父ゆく**らむか**②　前田　透

型なさぬ橇を作りて少年の汝(なれ)の野心のなぐさむ**らむか**②　葛原　妙子

りーけり　完了の助動詞「り」に、過去の助動詞「けり」が連なったもの。①回想して詠嘆する気持ちをあらわす。口語で、…たことよ。…たものよ、の意。②ある事実に気がついて驚く意をあらわす。口語で、…たのだった、の意。

四段活用の已然形とサ変の未然形につく。

このわれを信じてつゆし疑はぬたふとき兄をわが持て**りけり**①　岩谷　莫哀

朝はやく／婚期を過ぎし妹の／恋文めける文(ふみ)を読め**りけり**①　石川　啄木

まぼろしにもの恋ひ来れば山川の鳴る谷際(たにあひ)に月満て**りけり**②　斎藤　茂吉

付

文語動詞・形容詞・形容動詞活用表
文語助動詞活用表・主要助動詞一覧表

動　詞　1同じ活用で、語幹の形が異なるものを二語ずつのせた。
2語幹と語尾との区別のないものには（　）を付した。
3カ変の命令形は、中世までは「こ」、現在は「こよ」を使用。

形容詞　1未然形「から」「しから」は助動詞「ず」などに続く形。連用形「かり」「しかり」は助動詞「き」などに続く形。連体形「かる」「しかる」は助動詞「べし」などに続く形。

形容動詞　1連用形「に」「と」は、言いさしのとき、「なる」に続く形、副詞的な連用修飾語になる形。

助動詞　1活用形が空欄のものは活用しないもの。
2接続の項は、活用語の何形につくかを示したもの。

文語動詞活用表

種類	行	基本の形	語幹	未然形	連用形	終止形	連体形	已然形	命令形
四段	カ	吹く 歩く	ふ ある	か	き	く	く	け	け
	ガ	漕ぐ 急ぐ	こ いそ	が	ぎ	ぐ	ぐ	げ	げ
	サ	消す 起こす	け おこ	さ	し	す	す	せ	せ
	タ	立つ 保つ	た たも	た	ち	つ	つ	て	て
	ハ	買ふ 歌ふ	か うた	は	ひ	ふ	ふ	へ	へ
	バ	飛ぶ 浮かぶ	と うか	ば	び	ぶ	ぶ	べ	べ
	マ	編む 勇む	あ いさ	ま	み	む	む	め	め
	ラ	刈る 光る	か ひか	ら	り	る	る	れ	れ
ナ変		死ぬ 往ぬ	し い	な	に	ぬ	ぬる	ぬれ	ね

文語動詞活用表

種類	行								
ラ変		有り・居り	あ・を	ら	り	り	る	れ	れ
下一段	カ	蹴る	(け)	け	け	ける	ける	けれ	けよ
上一段	カ	着る	(き)	き	き	きる	きる	きれ	きよ
上一段	ナ	似る	(に)	に	に	にる	にる	にれ	によ
上一段	ハ	干る	(ひ)	ひ	ひ	ひる	ひる	ひれ	ひよ
上一段	マ	見る・顧みる	(み)・(顧み)	み	み	みる	みる	みれ	みよ
上一段	ヤ	射る	(い)	い	い	いる	いる	いれ	いよ
上一段	ワ	居る・率ゐる	(ゐ)・(率ゐ)	ゐ	ゐ	ゐる	ゐる	ゐれ	ゐよ
上二段	カ	生く・起く	い・お	き	き	く	くる	くれ	きよ
上二段	ガ	過ぐ	す	ぎ	ぎ	ぐ	ぐる	ぐれ	ぎよ
上二段	タ	落つ・朽つ	お・く	ち	ち	つ	つる	つれ	ちよ
上二段	ダ	恥づ・閉づ	は・と	ぢ	ぢ	づ	づる	づれ	ぢよ
上二段	ハ	強ふ・用ふ	し・もち	ひ	ひ	ふ	ふる	ふれ	ひよ

	上二段				下二段						
行	バ	マ	ヤ	ラ	ア	カ	ガ	サ	ザ	タ	ダ
例語	伸ぶ 滅ぶ	恨む 試む	老ゆ 報ゆ	下る 懲る	う 心う	受く 授く	遂ぐ 妨ぐ	伏す 寄す	交ず 爆ず	捨つ 企つ	撫づ 秀づ
語幹	の ほろ	うら こころ	お むく	お こ	(得) (心得)	う さづ	と さまた	ふ よ	ま は	す くはだ	な ひい
未然形	び	み	い	り	え	け	げ	せ	ぜ	て	で
連用形	び	み	い	り	え	け	げ	せ	ぜ	て	で
終止形	ぶ	む	ゆ	る	う	く	ぐ	す	ず	つ	づ
連体形	ぶる	むる	ゆる	るる	うる	くる	ぐる	する	ずる	つる	づる
已然形	ぶれ	むれ	ゆれ	るれ	うれ	くれ	ぐれ	すれ	ずれ	つれ	づれ
命令形	びよ	みよ	いよ	りよ	えよ	けよ	げよ	せよ	ぜよ	てよ	でよ

文語動詞活用表

主な用法	サ変		カ変	下二段 ワ	下二段 ラ	下二段 ヤ	下二段 マ	下二段 バ	下二段 ハ	下二段 ナ
	命ず 応ず	す 察す	く	植う 据う	溢る 恐る	越ゆ 覚ゆ	染む 改む	食ぶ 並ぶ	ふ 終ふ	兼ぬ 尋ぬ
	めい おう	（為） さつ	（来）	う す	あふ おそ	こ おぼ	そ あらた	た なら	（経） を	か たづ
ズ・ムに続く	ぜ	せ	こ	ゑ	れ	え	め	べ	へ	ね
タリ・テに続く	じ	し	き	ゑ	れ	え	め	べ	へ	ね
言い切る	ず	す	く	う	る	ゆ	む	ぶ	ふ	ぬ
トキに続く	ずる	する	くる	うる	るる	ゆる	むる	ぶる	ふる	ぬる
ドモに続く	ずれ	すれ	くれ	うれ	るれ	ゆれ	むれ	ぶれ	ふれ	ぬれ
命令の意味で言い切る	ぜよ	せよ	こ（よ）	ゑよ	れよ	えよ	めよ	べよ	へよ	ねよ

文語形容詞活用表

種類	語	語幹	未然形	連用形	終止形	連体形	已然形	命令形
ク活用	さやけし	さやけ	く から	く かり	し	き かる	けれ	かれ
シク活用	いちぢるし	いちぢる	しく しから	しく しかり	し	しき しかる	しけれ	しかれ
主な用法			バ・ズに続く	ナル・キに続く	言い切る	時・ベシに続く	ドモに続く	命令の意味で言い切る

文語形容動詞活用表

種類	語	語幹	未然形	連用形	終止形	連体形	已然形	命令形
ナリ活用	爽やかなり	さはやか	なら	なり に	なり	なる	なれ	なれ
タリ活用	茫茫たり	ばうばう	たら	たり と	たり	たる	たれ	たれ
主な用法			ズ・ム・バに続く	キ・ナルに続く	言い切る	時・ベシに続く	ドモに続く	命令の意味で言い切る

文語助動詞活用表

種類	語	未然形	連用形	終止形	連体形	已然形	命令形	接続
（受身尊敬）	る	れ	れ	る	るる	るれ	れよ	四段・ナ変・ラ変の未然形
	らる	られ	られ	らる	らるる	らるれ	られよ	右以外の未然形
（可能自発）	る	れ	れ	る	るる	るれ		四段・ナ変・ラ変の未然形
	らる	られ	られ	らる	らるる	らるれ		右以外の未然形
（使役尊敬）	す	せ	せ	す	する	すれ	せよ	四段・ナ変・ラ変の未然形
	さす	させ	させ	さす	さする	さすれ	させよ	右以外の未然形
	しむ	しめ	しめ	しむ	しむる	しむれ	しめよ	未然形
過去	き	（せ）		き	し	しか		連用形（カ変・サ変には特殊）
過去詠嘆	けり	（けら）		けり	ける	けれ		連用形
（完了強意）	つ	て	て	つ	つる	つれ	てよ	連用形
	ぬ	な	に	ぬ	ぬる	ぬれ	ね	連用形
（完了存在継続）	たり	たら	たり	たり	たる	たれ	たれ	連用形
	り	ら	り	り	る	れ	れ	四段の已然形 サ変の未然形

（推量意志 婉曲仮定）	推量意志	（過去の推量伝聞）	（現在の推量伝聞）	婉曲な推定	推定	仮想意志	（推量当然 可能命令）	打消の（推量当然 意志）		（推定伝聞 詠嘆）	（断定）	
む	**むず**	**けむ**	**らむ**	**めり**	**らし**	**まし**	**べし**	**じ**	**まじ**	**なり**	**なり**	**たり**
						ましか （ませ）	べく べから		まじく まじから		なら	たら
				めり			べく べかり		まじく まじかり	なり	なり に	たり と
む	むず	けむ	らむ	めり	らし	まし	べし	じ	まじ	なり	なり	たり
む	むずる	けむ	らむ	める	らし	まし	べき べかる	じ	まじき まじかる	なる	なる	たる
め	むずれ	けめ	らめ	めれ	らし	ましか	べけれ	じ	まじけれ	なれ	なれ	たれ
												たれ
未然形	未然形	連用形	終止形 ラ変型の連体形	右と同じ	右と同じ	未然形	終止形 ラ変型の連体形	未然形	終止形 ラ変型の連体形	終止形 ラ変型の連体形	体言・連体形	体言

文語助動詞活用表

打消	ず	ず ざら	ず ざり	ず	ぬ ざる	ね ざれ	ざれ	未然形
（希望）	たし	たく たから	たく たかり	たし	たき たかる	たけれ		連用形
	まほし	まほしく まほしから	まほしく まほしかり	まほし	まほしき まほしかる	まほしけれ		未然形
比況	ごとし	ごとく	ごとく	ごとし	ごとき			連体形・体言 助詞「の・が」

文語助詞一覧表

種類	語	主なはたらき	接続
格助詞	の	主語、連体修飾語をつくるなど	体言、副詞、助詞
	が	主語、連体修飾語をつくるなど	体言、活用語の連体形
	に	連用修飾語をつくり時、場所、動作の対象、受身の相手等を示す	体言、活用語の連体形
	を	連用修飾語をつくり動作の対象、目的、起点を示すなど	体言、活用語の連体形
	へ	連用修飾語をつくり方向方角などを示す	体言
	と	連用修飾語をつくる伝聞引用、変化の結果、行為の目的、並列	体言、活用語の連体形
	より から	連用修飾語をつくり時や動作の起点を示したり、比較の基準を示したりなどする	体言、活用語の連体形
	にて	連用修飾語をつくる種々の意を示す	体言、活用語の連体形
	して	連用修飾語をつくり使役の対象を示す等	体言
接続助詞	ば	確・仮定条件（順接）確・仮定条件（逆接）	活用語の未然形、已然形
	と とも	仮定条件、不確定条件（逆接）	動詞の終止形形容詞の連用形など
	ど ども	確定条件（逆接）	活用語の已然形
	も	仮定条件、確定条件（逆接）	活用語の連体形
	が に	単なる接続、確定条件（逆接）	活用語の連体形
	て	単なる接続など	活用語の連用形
	して	方法を示す、単なる接続など	動詞以外の連用形

文語助詞一覧表

接続助詞	つつ	時間の経過、反復、継続など	動詞型活用語の連用形
	ながら	逆接、事柄の並行など	体言、用言の連用形
	で	打消、単なる接続	活用語の未然形
	ものの ものから ものゆゑ	確定条件（逆接）	活用語の連体形
	からに	単なる接続	体言、活用語の連体形
係助詞	は	他と区別、提示	種々の語
	も	列挙、強意添加	種々の語
	ぞ・なむ	強調、強く指示する	種々の語
	や	疑問、反語	種々の語
	か	疑問、反語	種々の語
	こそ	強調、強く指示する	種々の語
副助詞	だに	軽いものをあげて重いものを類推させる	体言、活用語の連体形
	すら	軽いものをあげて重いものを類推させる	体言、活用語の連体形
	さへ	添加によって類推させる	体言、活用語の連体形
副助詞	のみ	限定	種々の語
	ばかり	限定（大体を限る）	種々の語
	など	例示	種々の語
	まで	限度、範囲	体言、活用語の連体形
	し	強調	種々の語
終助詞	な	禁止、詠嘆	動詞型終止形
	そ	禁止	動詞連用形
	ばや	自己の希望	動詞型未然形
	なむ	相手への希望、期待	動詞型未然形
	が がな	自己の願望	種々の語
	か かな	詠嘆、感動	体言、活用語の連体形
	かし	念を押し意味を強める	動詞の終止形、命令形、助詞「ぞ」など
	や・よ	詠嘆、呼びかけ	種々の語
	を	詠嘆	種々の語
	も	提示	種々の語
	は	詠嘆	種々の語
	も	詠嘆	種々の語

—ら—

—り—

—る—

—ろ—

—わ—

—ゐ—

—を—

—は—

—ひ—

—ふ—

—へ—

—に—

—ぬ—

—ね—

—の—

—て—

—と—

—な—

—た—

—ち—

—つ—

—す—

—せ—

—そ—

―し―

—け—

—こ—

—さ—

―き―

―く―

—え—

—お—

—か—

—う—

見出し語索引

—あ—

—い—

見 出 し 語 索 引

1. 配列は五十音順とし，延音，濁音，半音は無視し，拗音は一音とみなした。

2. 見出し語（項目）を用語とし(　)内に漢字を表記した。

3. 同表記の語の場合は，下記の通り品詞を略記して＜　＞内に入れた。

終助詞＜終助＞	間投助詞＜間助＞	格助詞＜格助＞
係助詞＜係助＞	接続助詞＜接助＞	副助詞＜副助＞
代名詞＜代＞	接 続 詞＜接＞	感動詞＜感＞
副　詞＜副＞	形容動詞＜形動＞	連　語＜連＞
助動詞＜助動＞		

接頭語は語の前に－を，接尾語は語の後に－を付した。

短歌文法辞典 新装版（たんかぶんぽうじてん しんそうばん）

2021年10月10日　第1刷発行
2022年 1月10日　第2刷発行

編　著　飯塚書店編集部

発行者　飯塚 行男

装　幀　飯塚書店装幀室

印刷・製本　モリモト印刷株式会社

株式会社 飯塚書店

http://izbooks.co.jp

〒112-0002 東京都文京区小石川5-16-4
TEL03-3815-3805 FAX03-3815-3810
郵便振替00130-6-13014

ISBN978-4-7522-1049-8
Printed in Japan